도스토옙스키
깊이 읽기

석영중 지음

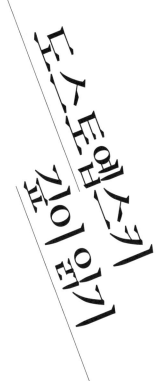

종교와 과학의
관점에서

일러두기

도스토옙스키 작품의 인용은 한국어판 전집(열린책들, 2000)을 사용할 때는 아라비아 숫자
로 권수와 면수를 표시했다. 러시아어판 전집인 *Polnoe sobranie sochnenii v 30 tomakh*
(Leningrad: Nauka, 1972~1990)(약칭 PSS)를 사용할 때는 로마 숫자로 권수를, 아라비아
숫자로 면수를 표시했다.

머리말

 러시아의 대문호 도스토옙스키는 지금부터 꼭 2백 년 전에 모스크바에서 태어났다. 전 세계를 강타한 팬데믹으로 인해 규모는 많이 축소되었지만 그래도 탄생 2백 주년 축하 행사들이 러시아를 비롯한 세계 곳곳에서 온라인과 오프라인을 넘나들며 이어지고 있다. 나 역시 도스토옙스키 연구자 차원에서 무언가 이 뜻깊은 해를 기념할 만한 일을 하고 싶었다. 그래서 준비한 것이 이 책 『도스토옙스키 깊이 읽기』이다.

 이 책은 내가 지난 2004년부터 학회지에 발표했던 연구 논문 중 열한 편을 엄선하여 편집한 결과물이다. 논문을 발표할 당시에는 미처 의식하지 못했는데, 책을 만들기 위해 과거의 글을 수집하여 정리하다 보니 한 가지 분명한 사실을 알게 되었다. 어쩌다 보니 나는 거의 언제나 대략 두 가지 테마, 요컨대 그리스도교의 테마와 과학의 테마를 중심으로 논문을 썼던 것이다. 도스토옙스키는 독실한 정교 그리스도교 신앙인이었고 또 그의 소설에는 예외 없이 신과 인간의 문제가 깊이 새겨져 있다. 따라서 그리스도교 신학의 코드로 그를 읽어 낸 연구 논문과 저술은 셀 수도 없이 많다. 아니, 그리스도교를 완전히 배제하고 그를 논한 연구서는 거의 찾아보기 어렵다는 게 더 적절한 표현일지도 모른다. 그러므로 내 논문 중 여러 편이 그리스도교를 키워드로 하는 것은 당연한 일일 것이다. 그런데 과학의 테마는 조금 더 부연할 필요가 있다. 잘 알려진 사실이지만 도스토옙스키는 상트페테르부르크 공병 학교에서 수학한 후 공병 소위로 임관했다. 당시 상트페테르부르크 공병 학교는 오늘의 공과 대학에 해당하는 러시아 최고의 과학 기술 고등 교육 기관이었다. 그는 숫자와 통계와 도표는 싫어했지만 생물학, 기하학, 물리학을 비롯한 자연 과학과 의학에는 대단히 관심이 많았고, 생애 후반까지도 늘 러시아와 유럽에서 발간되는 최신 자연 과학 서적을 탐독했다. 그의 이러한 관심은 당연히 소설 곳곳에 흔적을 남겼다. 그리하여 최근에는 〈도스토옙스키와 과학〉이라는 주제가 조금씩 연구 무대의 표면으로 부상하고 있는 추세다. 나는 지난 10년간 신경 과학에 매료되어 문학과 신경 과학을 접목시킨 연구를 했다. 관련 주제로 책과 논문을 쓰는 동안 나는 도스토옙스키야말로 신경 과학의 시각에서 연구할 가치가 가장 많은 작가 중 하나라는 사실을 깨달았다. 이 책에 포함된 과학 관련 논문들은 도스토옙스키 소설의 특성과 나의 개인적 관심사가 합쳐져 만들어 낸 연구 성과라 할 수 있다. 자랑(!) 같지만 신경 과학과 소설을 접목시켜 도스토옙스키를 연구한 학자는 내가 아는 한 국내외에 거의 없는 것 같다.

각 논문의 내용을 요약하면 다음과 같다.

1. 『지하로부터의 수기』: 신경 과학자냐 〈지하 생활자〉냐
도스토옙스키의 자유 의지 관념과 신경 과학적 사실로서의 자유 의지를 비교 고찰하고, 그것을 토대로 하여 그의 소설을 현대적 시각에서 재조명한다.

2. 『죽음의 집의 기록』: 해방과 일치의 신학
도스토옙스키의 심오한 영성과 그리스도교의 구세사적 초논리가 논리적 결함으로 보이는 요소들을 흡수하는 방식을 천착하고, 더 나아가 역사와 신학과 소설이, 시간과 신앙과 서사가 하나로 융해되는 과정을 밝힌다.

3. 『죄와 벌』: 신문의 〈뉴스〉와 복음서의 〈영원한 뉴스〉
신문과 성서는 모두 시간성을 수반한다. 신문은 흘러가는 시간을 포착하여 매 순간 〈소식〉을 만들어 내지만 바로 그렇기 때문에 신문의 〈말〉은 철저하게 시간성의

지배를 받는다. 반면 복음서의 〈굿 뉴스〉는 시간을 초월하여 영원히 새로운 소식을 전달한다. 성서와 신문은 『죄와 벌』의 주인공을 존재와 비존재의, 삶과 죽음의 긴장 위에 놓음으로써 부활의 관념을 소설화한다.

4. 『백치』: 그리스도 강생의 신비와 소설 미학

도스토옙스키는 사실적인 이미지들을 통해 그리스도의 강생을 제시함으로써 〈그리스도에 관한 소설〉이라는 근원적으로 제한된 서사를 가능하게 했다. 『백치』는 이런 의미에서 글로 쓰인 이콘이라 할 수 있다.

5. 『백치』: 아름다움, 신경 미학을 넘어서다

소설 속에서 일련의 회화를 중심으로 상술되는 시각의 메커니즘을 시각 신경 과학 및 신경 미학 연구와 접목시켜 살펴봄으로써 신경 미학 연구에 융합적 사고의 한 가지 패러다임을 소개하고, 동시에 도스토옙스키 소설 연구에 새로운 과학적 해석의 차원을 더해 준다.

6. 『악령』: 역설의 시학

도스토옙스키는 신학적 개념인 케노시스(그리스도의 자기 비움)와 테오시스(인간의 신화)에 근거하는 패러디와 역패러디의 논리를 『악령』의 서사 전략으로 수용함으로써 미학과 진리, 문학과 종교의 합일을 실현시켰다.

7. 『악령』: 권태라는 이름의 악

권태와 눈의 욕망을 연결시켜 『악령』의 주인공 스타브로긴의 이른바 〈신비주의〉를 천착한다. 오늘날 서구에서 활발하게 논의되고 있는 〈권태 연구〉를 소설 분석의 한 가지 방법으로 수용함으로써 도스토옙스키에 관한 초학제 연구의 지평을 확장시킨다.

8. 『카라마조프 씨네 형제들』: 예술이 된 진리

『카라마조프 씨네 형제들』에서 19세기 프랑스의 역사가 르낭의 『예수의 생애』가 어떻게 도스토옙스키의 그리스도교와 충돌하고 대화하고 논쟁하는지를 인물과 모티프를 중심으로 살펴봄으로써 신학적 관념의 예술적 변형 양상을 천착한다.

9. 『카라마조프 씨네 형제들』: 소설가의 물리학과 물리학자의 형이상학

아인슈타인이 왜 그토록 도스토옙스키의 소설에 열광했는가의 문제를 두 천재의 실재에 관한 관념을 중심으로 살펴보는 논문. 물리학에 문외한인 필자가 쓴 논문이므로 한계가 분명히 보이지만 융합적 사유를 위한 하나의 가설은 충분히 될 수 있을 것 같다.

10. 『카라마조프 씨네 형제들』: 신경 신학, 혹은 〈뇌 속

에서 만들어진 신)의 한계

신경 신학이라고 하는 새로운 학문 영역의 시각에서 바라보는 도스토옙스키의 문학과 전기를 정리해 보고 역으로 도스토옙스키의 시각에서 예고된 신경 신학을 정리해 봄으로써 문학, 종교, 신경 과학 간의 다학제적 관계를 탐구한다.

11. 『카라마조프 씨네 형제들』: 경청에서 관상(觀想)으로

듣기에서 시작하여 보기로 마무리되는 도스토옙스키의 성서 읽기와 중세 그리스도교의 전통적인 독서 방식인 〈렉시오 디비나〉의 관련성을 천착함으로써 도스토옙스키에게 시각성이란 청각성을 아우르는 모종의 초월적인 감각이라는 결론을 도출한다.

이 책은 논문집이므로 순서대로 읽기보다는 원하는 테마나 작품 위주로 선택해서 읽는 것이 좋을 듯하다. 오랜 기간에 걸쳐 여러 다른 학회지에 발표되었던 논문들을 한데 모아 책으로 묶는 것은 여간 복잡한 작업이 아니다. 중복되는 내용, 반복적으로 등장하는 참고 도서가 간간이 보이지만 각 논문이 하나의 단위이므로 편집하는 것이 쉽지 않다. 그러나 무엇보다도 표기의 일관성이 가장 큰 문제다. 고려대학교 노어노문학과의 손재은 선생과 정지원, 이선영 조교가 헌신적으로 일관성 작업을 전담

해 주지 않았더라면 이 책은 제시간에 나올 수 없었을 것이다. 이 자리를 빌려 깊은 감사의 말을 전한다. 지칠 줄 모르는 열정으로 짧은 시간 안에 원고를 다듬어 준 열린책들 편집부의 박지혜 선생에게도 진심으로 고마운 마음을 전한다. 그동안 학회지에 지면을 마련해 준 노어노문학계 선생님들 모두께 감사드리며 서문을 마친다.

2021년 9월
석영중

차례

1. 『지하로부터의 수기』: 신경 과학자냐 〈지하 생활자〉냐

1

도스토옙스키가 1880년 6월 8일 모스크바에서 열린 푸시킨A. Pushkin 동상 제막식 축제에서 강연을 마쳤을 때 청중이 그를 〈예언자〉라 부르며 환호했다는 것은 널리 알려진 사실이다. 여기서 〈예언자〉는 물론 앞날을 예측하는 사람이라는 의미가 아니라, 성서적이고 푸시킨적인 의미에서, 즉 신의 섭리를 민중에게 전달하는 사람이라는 의미에서 붙여진 명칭이다.[1] 그러나 도스토옙스키는 앞날의 예측이란 측면에서도 역시 예언자라 할 수 있다. 그는 실제로 20세기와 21세기의 정치, 경제, 사상, 윤리,

---

1 푸시킨의 시 「예언자」를 참조할 것. 〈나 송장처럼 광야에 누워 있을 때/ 신의 음성이 나를 불렀다./《일어나라 예언자여, 보라, 들으라./ 나의 뜻을 네 안에 가득 채우고/ 천하의 땅과 바다 두루 돌아다니며/ 말로써 사람들의 가슴을 불사르라.》〉

종교 등 여러 영역의 문제들을 한 세기 앞서 심오한 통찰력으로 예고했다. 그런데 더욱 놀라운 것은 과학 분야에서도 도스토옙스키의 혜안이 두드러진다는 사실이다. 『지하로부터의 수기』에서부터 『카라마조프 씨네 형제들』에 이르는 소설들에 나타나는 도스토옙스키의 과학 사상은 많은 지점에서 현대 과학의 흐름과 교차한다. 과학에 대한 도스토옙스키의 언급은 추상적인 우려의 차원을 넘어 구체적이고 예언적이다. 그리고 바로 그러한 구체성과 예언적 함의야말로 도스토옙스키의 소설과 현대 과학을 연계하여 바라볼 수 있도록 해주는 근거가 된다.

본 논문은 〈도스토옙스키의 모든 소설 중에서 과학이 개인의 인격에 지우는 문제를 가장 집중적으로 탐구하는 작품〉이라[2] 평가받는 『지하로부터의 수기』에 나타난 과학의 문제와 현대의 신경 과학이 교차하는 지점을 천착하는 데 목적이 있다. 『지하로부터의 수기』는 관례적으로 당대의 합리적 사상가인 체르니솁스키N. Chernyshevskii의 『무엇을 할 것인가Chto delat'』에 대한 문학적인 반박으로 읽혀져 왔다. 실제로 도스토옙스키는 이 소설에서 체르니솁스키를 위시한 당대 주류 사상가들이 주장한 합리주의와 결정론을 통렬하게 반박하는데, 그 반박의 중심에 있는 것은 지하 생활자를 통해서 개진되는 인간의 자유

---

2 D. Thompson, "Dostoevsky and Science", *The Cambridge Companion to Dostoevskii*, edit. W. J. Leatherbarrow (Cambridge: Cambridge Univ. Press, 2002), p. 201.

의지이다. 요컨대 자유 의지의 문제는 이 소설의 핵심이라 할 수 있다. 지하 생활자가 주장하는 자유 의지는 당대 결정론자들에 대한 논쟁으로 읽힐 수 있지만 뇌 결정론을 주장하는 현대의 신경 과학자와의 논쟁으로도 읽힐 수 있다. 도스토옙스키가 보여 주는 자유 의지의 딜레마는 현대 뇌 과학자들이 당면한 딜레마를 거의 문자 그대로 예고하기 때문이다.

본 논문은 도스토옙스키의 자유 의지 관념과 신경 과학적 사실로서의 자유 의지를 비교 고찰하고 그러한 비교 고찰을 토대로 하여 도스토옙스키의 문학을 현대적 시각에서 재조명하고자 한다. 본 논문의 논의는 도스토옙스키의 해석에 한 가지 새로운 차원을 더해 주는 것은 물론 그러한 해석의 차원이 현대의 신경 과학적 논의에 참조의 틀을 제공하고, 그럼으로써 과학 발전에 대한 고전 문학의 기여 가능성을 열어 주게 될 것으로 기대된다. 더 나아가 본 논문에서 시도되는 문학적 담론과 신경 과학적 담론의 비교는 지난 30년 동안 꾸준히 발전해 온 〈문학과 과학〉이라고 하는 거대한 초학문적 사유 체계에 일조하게 될 것으로 사료된다.

2

자유 의지는 정치학, 사회학, 철학, 윤리학, 신학, 법학,

등 인간의 삶과 관련된 거의 모든 학문 분야에서 오래전부터 끊임없이 논의되어 왔다. 인간에게 자유롭게 결정을 내릴 수 있는 능력이 있는가의 문제는 인간의 법과 관습, 사회 속에서의 인간의 위상, 그리고 종교적인 믿음과 윤리적 성향 등과 밀접하게 관련되어 있기 때문이다. 인류 정신사에서 수백 년 동안 지속되어 오면서 무수히 다양한 주장과 근거와 논증 방식을 갖는 자유 의지 논쟁은 크게 두 가지 범주로 나뉜다. 첫째는 자유 의지와 결정론은 양립 가능하다는 입장이다. 〈양립 가능론Compatabilism〉이라 불리는 이 입장에 따르면 자유 의지와 결정론 간에는 아무런 모순도 있을 수 없다. 인간은 이미 결정되어 있는 존재이지만 또한 자유롭게 결정을 내릴 수 있다. 양립 가능론의 반대편에는 〈양립 불가능론Incompatabilism〉이 있다. 양립 불가능론은 논리적으로 두 가지 극단으로 나뉜다. 즉, 인간에게 자유 의지가 있다는 견해와 모든 것은 결정되어 있으므로 인간에게는 자유 의지가 없다는 견해이다.[3]

이 두 가지 큰 입장 중 어느 것이 옳은지, 그리고 만일 양립 불가능론이 옳다면 자유 의지 논증이 옳은지 아니

---

3 자유 의지와 결정론에 대한 좀 더 자세한 논의는 존 설, 「신경생물학적 문제로서의 자유의지」, 『신경생물학과 인간의 자유』, 강신욱 옮김(서울: 궁리, 2010), 57~112쪽; G. Strawson, "The Impossibility of Ultimate Moral Responsibility", *Real Materialism and Other Essays* (Oxford: Oxford Univ. Press, 2008), pp. 319~337을 보라.

면 결정론이 옳은지는 사실상 대답하기 어렵다. 자유 의지와 결정론은 모두 관념의 영역에서 다루어질 수 있는 문제이므로 아무도 확답하기 어렵다. 이는 신이 존재하느냐 아니냐의 문제에 아무도 대답할 수 없는 것과 마찬가지다. 그러나 최근의 신경 과학자들은 이 문제에 대한 답은 반드시 뇌에서 찾아져야 한다고 주장한다. 〈초당 수백만 번의 결정을 왕성하게 내리면서 궁극적으로 인지와 행위를 가능하게 하는 것은 우리의 뇌다. 그래서 자유 의지에 관한 문제를 검토하려면 뇌를 보아야 한다.〉[4] 특히 1980년대에 행해진 뇌 실험이 〈과학적〉으로 검증 가능한 대답을 제시한 뒤부터 이러한 성향은 두드러지게 나타난다. 흔히 〈리벳 실험〉이라 알려진 이 유명한 실험은 얼핏 보기에 자유 의지 논쟁에 종지부를 찍은 듯 여겨진다. 인간의 자유 의지는 허상이며 모든 것이 뇌에서 미리 결정된다는 것을 생물학적으로 입증했기 때문이다.

신경 과학자 벤저민 리벳B. Libet은 피실험자들이 손을 움직이는 동안 뇌에서 일어나는 활동을 측정하는 실험을 했다.[5] 리벳은 피실험자들로 하여금 머리에 EEG-파의

---

4 마이클 가자니가, 『윤리적 뇌』, 김효은 옮김(서울: 바다출판사, 2009), 126쪽.

5 리벳 실험에 대한 설명은 B. Libet, "Unconscious Cerebral Initiative and the Role of Conscious Will in Voluntary Action", *Behavioral and Brain Sciences*, Vol. 8, 1985, pp. 529~566; 마르틴 후베르트, 『의식의 재발견』, 원석영 옮김(서울: 프로네시스, 2007), 243쪽; 마이클 가자니가, 『윤리적 뇌』, 129쪽; 수전 그린필드, 『브레인 스토리』, 정병선 옮김(서울: 지호, 2004), 302쪽을 요약한 것이다.

형태로 뇌의 전기값을 기록하는 감지기를 부착하고서 특수한 시계를 바라보도록 했다. 피실험자들은 자발적으로, 즉 자신들의 자유로운 결정에 따라 갑자기 손이나 손가락을 움직이고 동시에 언제 그 결정을 내리는지를 시계를 보고 알아내도록 되어 있었다. 당연한 일이겠지만 리벳은 의식적인 욕구가 발현되고 나서야 운동 피질이 작동하기 시작할 것이라고 예측했다. 그러나 그는 예상과 정반대되는 결과를 얻었다. 운동 피질이 활성화된 후에 운동 결정이 내려졌던 것이다.

이 상황에서 리벳은 사건 관련 전위event-related potentials로 알려진 방법을 사용해서 피실험자의 뇌 활동을 측정했다. 피실험자는 시계를 보는 바로 그 순간 자신의 손목을 구부리겠다는 의식적 결정을 내리고 시계의 검은 점의 위치를 확인하고 이를 실험자에게 보고한다. 리벳은 이 순간을 피실험자의 뇌파에서 준비 전위가 기록된 시간과 상호 관련시킨다. 이때 리벳이 발견한 것은 피실험자가 손을 움직이려는 결정에 대해 의식적으로 처음 자각하는 〈시간t〉 이전에 피실험자의 뇌가 이미 활동하고 있었다는 — 즉 뇌 활동의 신호(준비 전위readiness potential)가 있었다는 — 사실이다. 준비 전위가 시작되는 시점과 의식적 결정을 내리는 시점 사이의 시간 간격은 약 3백 밀리초였다. 요컨대 뇌는 피실험자들이 결정을 내리기 전에 이미 손가락이나 손의 움직임을 준비했음을 보여 준 것이다. 이는 즉 인간의 뇌가 인간이 어떤 행동을 하기 이전에 이미 운동 결정을 내리고 일단 그 과정이 시작되고 난 후에야 인간은 그것을 깨달을 뿐이라는 것을 입증하는 것이다. 신경 과학자 그린필드 S. Greenfield는 이 실험의 의의를 이렇게 요약한다. 〈이 발견은 놀라운 사실을 내포한다. 무언가를 하려는 의도가 뇌가 이미 그것을 하기로 결정한 다음에 발현된다면, 즉 당신이 결정하기 전에 뇌가 결정을 한다면, 우리의 행위는 자유 의지에 의해서가 아니라 잠재의식적 과정에 의해 인도되는 셈이다. 당신이라는 관념, 다시 말해서 당신 머릿속에 존재하는 개인은 어쩌면 뇌가 보여 주는 가장 그럴듯한 속임수일지도 모른다. (······) 뇌의 견지에서 객관적으로 볼 때 의식적으로 통제하고 있다는 느낌은 신경 생리학적인 사기인 것이다. 이 개념은 들리는 것만큼 그렇게 이단적인 것도 아니다. 우리의 모든 사고와 행동은 무의식적이든 의식적이든 결국 뇌의 활동에서 비롯된다. 이것들은 자아와 뇌라는 두 개의 다투는 실재가 아니라 통합적 전체의 일부이다. 당신을 이루고 있는 모든 것은 뇌이다.〉[6]

확실히 리벳의 실험은 뇌가 모든 것을 결정한다는 생각, 모든 것은 뇌로 환원된다는 생각에 힘을 실어 준다. 심지어 자유 의지와 같은 인간 고유의 가장 고차원적인 의식까지도 뇌세포와 피질 등의 생리학적이고 물질적인

---

6 수전 그린필드, 『브레인 스토리』, 302~304쪽.

것에 의해 결정된다는 사실은 그동안 지속되어 온 자유 의지 논쟁 자체를 무의미한 것으로 만들어 준다. 그런데 이렇게 물질적인 증거가 결정론이야말로 저 해묵은 자유 의지 논쟁의 답이라는 사실을 입증했다고 해도 문제가 간단해지는 것은 아니다. 뇌 결정론을 신봉하는 신경 과학자들은 해답과 더불어 더욱 심각한 문제와 당면하게 되었다.

새로 제기된 문제의 핵심은 이렇다. 만일 정말로 뇌세포가 인간의 자유 의지 대신 결정을 내린다면, 요컨대 자유 의지란 것이 일부 신경 과학자의 주장대로 환상이라면, 인간이 하는 행동에 대한 책임은 어디에서 비롯되는가? 신경 과학의 윤리적 측면에 관해 쓴 가자니가M.Gazzaniga는 이 문제를 다음과 같이 요약한다. 〈21세기 뇌 과학의 발전은 많은 이들로 하여금 자유 의지와 개인적 책임이라는 케케묵은 이야기들에 대해 새삼 우려하게 만든다. 그 논리는 다음과 같다. 뇌는 마음을 결정하는 물리적 실체이며 물리 세계의 규칙에 의해 결정된다. 물리 세계는 결정되어 있어서 우리의 뇌 또한 결정된다. 만약 뇌가 물리적으로 결정되고 또 마음을 가능케 하는 필요충분한 기관이라면 다음의 문제들과 마주하게 된다. 마음에서 발생하는 사고 또한 결정되는 것인가? 우리가 경험하는 자유 의지는 환상일 뿐인가? 만약 자유 의지가 환상이라면 우리가 우리 자신의 행위에 개인적인 책임이 있다는 생각을 수정해야 하는가?)[7] 자유 의지에 관해 독보적인 시각을 견지하고 있는 영국 철학자 스트로슨G. Strawson은 자유 의지는 환상이며 인간에게 도덕적 책임이란 원천적으로 불가능하다고 잘라 말한다. 스트로슨에 따르면, 인간이 자신의 〈행동〉에 진정으로 책임을 지려면 자신의 〈존재〉에 대해 진정으로 책임을 져야 한다. 그러나 인간은 그 자신의 존재에 대해서 결코 책임을 질 수 없다. 유전적 형질, 어린 시절의 경험 등이 성인이 된 인간 존재에 개재하는 요소들이다. 인간은 그 요소들을 변경 할 수 없으며 그 요소들에 대해 책임을 질 수도 없다. 따라서 그 요소들이 원인이 되어 생긴 존재와 행위에 대해서 도덕적으로 책임을 지는 것은 불가능하다.[8]

이러한 주장은 대단히 중요한 법적 윤리적 함의를 갖는다. 개인의 행위에 대한 책임을 개인이 아닌 그의 뇌가 져야 한다면 우리는 이제까지 존재해 온 인간의 법 체계를 완전히 새롭게 정립해야 한다. 그리고 더 나아가 인간 존재 자체에 대한 새로운 철학적·존재론적 시각을 정립해야 한다. 뇌 결정론을 어느 정도 지지하는 그린필드까지도 이러한 딜레마를 피해 갈 수 없음을 인정한다. 〈뇌를 이런 식으로 보게 되면 우리는 내면적 자아 — 스스로

7 마이클 가자니가, 『윤리적 뇌』, 124~125쪽.

8 G. Strawson, "The Impossibility of Ultimate Moral Responsibility", *Real Materialism and Other Essays* (Oxford: Oxford Univ. Press: 2008), pp. 319~320.

판단하고 그 행동에 책임을 지는 개인 — 라고 하는 개념
을 폐기해야 하는 곤란에 직면한다.〉[9]

　현대의 신경 과학자들이 직면하는 이러한 딜레마는
1864년에 발표된 도스토옙스키의 『지하로부터의 수기』
에서 거의 문자 그대로 예고된다. 『지하로부터의 수기』
의 제1부는 〈지하 생활자〉가 결정론자들과 벌이는 논쟁
이라 할 수 있다. 이 소설이 발표된 시기인 1860년대는
유럽 지성사에 과학이라는 이름의 강력한 주인공이 등장
한 시기와 맞물린다. 과학의 등장은 신앙과 이성의 대립
에서 이성의 손을 들어 주었다. 과학은 철학적 유물론을
지지하고 결정론과 실증주의를 북돋워 주었다. 진리의
개념 자체가 변화할 정도로 과학과 진리는 동의어가 되
었고 젊은 지식인들은 인류에게 제공된 자연 과학의 검
증, 계산, 예측이라고 하는 전대미문의 강력한 도구가 사
회적·정치적 문제 해결에 적용될 수 있다고 확신했다.[10]
1860년대의 신지식인들, 특히 니힐리스트들에게 과학은
단지 적용 가능한 지식과 이론적 원칙들의 집합체에 불
과한 것이 아니었다. 그것은 하나의 견해, 새로운 세계관,
심지어 이데올로기적 무기였다. 체르니솁스키, 도브롤류
보프N.Dobroliubov, 피사레프N. Pisarev 등 당대 주류 사회 평론
가들은 모두 사회적·정치적 문제들의 해결책에 대한 모

---

9 수전 그린필드, 『브레인 스토리』, p. 304.
10 D. Thompson, "Dostoevskii and Science", pp. 192~193.

델의 근원은 과학이 되어야 한다고 주장했다.[11] 이러한 상황에서 자연은 더 이상 아름다운 경관이나 복잡한 삶의 도피처 같은 전원적인 성격의 어떤 것이 아니었다. 자연은 내재하는 자신만의 법칙을 가지며 철저하게 그 법칙에 따라 인간의 삶을 규정하는 주체였다. 한마디로 인간의 모든 것은 자연의 법칙에 의해 결정된다.

바로 이 법칙에 대한 화자의 반항이야말로 『지하로부터의 수기』 제1부의 핵심이라 할 수 있다. 지하 생활자가 가상의 논쟁 상대로 여기는 존재는 철학적인 결정론자가 아니라 좀 더 구체화된 과학적인 결정론자이다.[12] 가상의 상대방에 의하면 인간의 모든 것이 자연의 법칙에 의해 결정되므로 자유롭게 결정할 수 있는 권리란 인간에게 다만 환상일 뿐이다. 1부에서 개진되는 지하 생활자의 악의에 가득 찬 진술들은 모두 이 자유 의지를 부정하는

11 M. Katz, "Dostoevsky and Natural Science", *Dostoevsky Studies*, Vol. 9, 1988, p. 64.

12 서구 지성사에서 과학적 결정론*scientific determinism*이라 불릴 수 있는 경향은 스토아학파로 거슬러 올라간다. 인간의 삶을 지배하는 보편적인 〈자연의 법칙〉에 대한 언급은 이미 이때부터 발견된다. R. Kane, *The Significance of Free Will* (Oxford: Oxford Univ. Press, 1998), p. 6을 참조할 것. 그러나 실제로 과학적 결정론의 진수는 도스토옙스키의 소설이 출간된 해보다 한 해 늦게 출간된 프랑스 생리학자 클로드 베르나르C. Bernard의 유명한 논저 『실험 의학 연구 개론*An Introduction to the Study of Experimental Medicine*』이라 할 수 있다. 이 논저는 다음 해에 러시아어로 번역 출간되었다. 스트라호프N. Strakhov가 번역한 이 책에는 장문의 해설이 붙어 있는데, 이 저술의 핵심은 무엇보다도 실험과 관찰에 의해 검증된 아이디어의 중요성에 있다고 할 수 있다. 절대적이고 과학적인 결정론을 주장하는 저자의 취지는 〈한 현상의 조건들이 일단 알려지고 충족되면 그 현상은 반드시 일어나게 되어 있다〉이다. M. Katz, "Dostoevsky and Natural Science", p. 71을 참조할 것.

결정론에서 비롯된다. 그는 우선 자신이 벌레가 되고 싶었지만 벌레조차 될 수 없었다고 주장한다. 자신에게는 결정할 권리가 없기 때문에 그렇다는 것이다. 〈벌레가 되고 싶었던 적이 한두 번이 아니었다는 것을 당신 앞에 엄숙히 말할 수 있다. 그러나 벌레가 될 수 있는 영광조차도 나에게는 없었다.〉(10:17)

이것은 물론 억지다. 그러나 그다음에 이어지는 〈따귀〉 이야기는 더 이상 억지가 아니라 논리다. 화자는 누군가가 자신의 뺨을 때렸을 때 자신이 할 수 있는 것은 아무것도 없다고 주장한다. 왜냐하면 뺨을 때린 사람은 〈자연의 법칙〉에 따라 뺨을 때렸기 때문에 그에게 책임을 추궁할 수 없기 때문이다. 그는 가해자에게 복수를 할 수도 없고 심지어 가해자를 용서할 수조차 없다. 우리가 복수를 하거나 용서를 한다고 할 때 그 대상은 반드시 살아 있는 존재여야 한다. 우리는 〈법칙〉을 용서할 수는 없다. 〈나는 정말 내 도량으로는 아무것도 할 수가 없다. 용서를 할 수도 없다. 왜냐하면 모욕을 준 사람은 아마도 자연의 법칙에 따라 나를 때렸을 것이기 때문이며 자연의 법칙이란 가혹한 것이기 때문이다. (……) 정반대로 나를 모욕한 사람에게 복수하기를 원했다 할지라도, 나는 그 무엇으로도 그 누구에게도 복수할 수 없었을 것이다. 왜냐하면 아마도 무엇이든지 해야 한다는 결심을 할 수 없었을 것이기 때문이다.〉(10:21~22)

이어지는 논의 역시 과학적 결정론과 그것의 자연스러운 결과인 행동의 불능이다.[13] 〈당신은 과학 그 자체가 인간에게 이렇게 가르칠 것이라고 말할 것이다. 인간은 의지나 혹은 변덕을 부릴 수 있는 자질을 부여받지 못한 상태이고 그런 적도 없었으며, 그리고 인간은 피아노 건반 중의 하나, 혹은 오르간의 작은 나사못 이상은 아니라는 것을 말이다. 게다가 세상에는 아직도 자연의 법칙들이 존재하며, 그래서 그가 무엇을 하든 간에 그것은 그가 원하기 때문에 그렇게 되는 것이 아니라 그것 스스로 자연의 법칙에 따라 된 것이라고 당신은 말할 것이다. 그러므로 우리는 단지 자연의 법칙들만 발견하면 되고, 그렇게 되면 인간은 더 이상 자신의 행동에 대해 책임질 필요가 없으며 삶은 훨씬 쉬워질 것이다. 모든 인간의 행동들은 말할 필요도 없이, 그때에는 이런 법칙들에 따라 수학적으로 마치 로그표처럼 10만 8천까지 계산되어 달력에 기입될 것이다. 혹은 더 좋은 것은, 어떤 좋은 의도를 가진 출판물이, 즉 오늘날의 백과사전들과도 같은 것들이 나타나게 될 것이며, 그 안에 모든 것들이 대단히 정확하게

13 심지어 지하 생활자가 예로 드는 자유 의지 실험까지도 리벳의 실험을 예고한다. 우연의 일치인지 모르지만 리벳의 피실험자들이 손의 동작과 뇌 활동의 관련을 통해 자유 의지의 부재를 입증했듯이 지하 생활자 역시 결정론의 예로서 손 동작을 제시한다. 〈예를 들어, 만약에 언젠가 그들이 내가 어떤 사람을 조롱하는 손가락질을 했을 때 그것이 내가 그 행동 외에 다른 행동은 할 수 없다는 정확한 이유 때문이며 그 행동은 바로 그 손가락으로 행해져야 했다라고 나에게 계산해서 입증한다면, 그때에 내 안에 자유롭게 남아 있는 것은 대체 무엇인가.〉(10: 52)

계산되고 표시되어서 행동들도 모험들도 더 이상 지구상에 존재하지 않게 될 것이다.〉(10:47)

요컨대 결정론의 가장 큰 딜레마는 책임의 소재가 없다는 사실이다. 인간이 자연의 법칙에 따라 움직이는 꼭두각시라면 인간은 그 무엇에 대해서도 책임이 없다. 과학 그 자체 역시 도덕성에 대해 아무런 근거도 제공하지 않는다.[14] 즉 자연의 법칙 자체는 아무런 문제도 없지만 그것으로 하여금 인간 존재를 설명하려 할 때 인간은 대단히 심각한 문제에 봉착하게 된다. 예를 들어, 〈$2 \times 2 = 4$〉는 사실상 아무런 잘못도 없다. 그러나 잘못도 없기 때문에 책임을 질 수도 없다. 〈$2 \times 2 = 4$〉가 존재의 법칙인 세상에서는 아무도 그 무엇에 대해서도 책임을 물을 수 없고 아무도 그 무엇에 대해서도 용서할 수도 없으며 결국 인간은 아무것도 할 수 없다.

이러한 세계에서 화자가 화를 내는 이유 역시 그가 할 수 있는 일이 아무것도 없다는 사실 때문이다. 화자는 〈결정되어〉 있고 그의 앞에 있는 것은 〈불가능〉이다. 화자는 이 불가능을 〈돌벽〉의 비유로써 설명한다. 〈어떤 돌벽 말인가? 흠. 물론 자연의 법칙들, 자연 과학의 결론들, 수학을 말하는 것이다. 사람들이 당신에게, 예를 들어, 당신의 조상이 원숭이라고 입증할 때에도 찌푸릴 필요는 없다. 있는 그대로 받아들여라. (……) 그 밖에 할 일이란

14 D. Thompson, "Dostoevskii and Science", p. 197.

없다. 왜냐하면 2×2=4는 수학이기 때문이다. 이것에 반대하려면 해봐라.〉(10:26~27)

여기서 자연의 법칙 일반을 가리키는 일련의 비유들은 모두 〈부동성〉의 특징을 공유한다. 〈2×2=4〉도 돌벽도 모두 철옹성이다. 인간이 도저히 어찌해 볼 수 없는 것이 바로 법칙들이다. 〈자연은 당신에게 물어보지 않는다. 자연은 자연의 법칙들이 당신 맘에 드는지 들지 않는지 당신의 욕구에 개의치 않는다. 당신은 자연의 법칙들을 있는 그대로 받아들여야 하고, 따라서 그것의 모든 결과들도 받아들여야 한다.〉(10:27)

결정론을 지지하는 신경 과학자들의 딜레마와 일치하는 이 부동의 돌벽에 대항해서 지하 생활자가 강변하는 것은 인간의 불합리성과 변덕과 〈2×2=5〉이다. 지하 생활자는 자연의 법칙에 격렬하게 저항한다. 그는 인간 존재의 의의 자체가 자신이 톱니바퀴가 아님을, 자연의 법칙에 의해 지배당하는 존재가 아님을 입증하는 데 있다고 소리친다. 〈일정표에 적혀 있지 않은 어떤 것도 인간이 바랄 수 없다는 위협까지 받을 정도로 자연의 법칙에 의해 인간이 연주된다 하더라도, 인간은 자신이 피아노의 건반이 아니라는 사실을 확신시키기 위해 자신의 환상적인 꿈과 가장 뻔뻔스러운 어리석음을 유지하려 할 것이다. 그가 정말 피아노 건반으로 변한다 할지라도, 그리고 이 사실을 심지어 자연 과학과 수학적으로 그에게 입증한다 할지라도 그는 이성을 회복하지 않을 것이며 의도적으로, 단지 배은망덕 때문에 정반대되는 어떤 일을 할 것이다. 엄격하게 말해서 자기 마음대로 하기 위해서이다. (……) 왜냐하면 모든 인간의 일이란 것은 정말로 매 순간마다 그가 톱니바퀴가 아니라 인간임을 자신에게 입증하는 데 의의가 있기 때문이다.〉(10 : 57~58)

요컨대 지하 생활자가 지지하는 변덕과 불합리성과 환상적인 꿈과 어리석음과 〈2×2=5〉는 신경 과학자들이 주장하는 뇌 결정론에 대한 정면 공격이다. 『지하로부터의 수기』 제1부는 한 세기 앞당겨 한 예언적 작가의 상상력 속에서 진행된 반과학주의자와 신경 과학자 간의 자유 의지 논쟁이라 해도 과언이 아니다. 그러나 신경 과학자들의 뇌 결정론도 지하 생활자의 자유 의지론도 모두 딜레마에 봉착한다. 대부분의 주류 신경 과학자들은 리벳 실험에 의해 뇌가 의식적인 결정보다 앞서 작동함이 과학적으로 밝혀졌음에도 불구하고 여전히 결정론의 완벽한 승리를 인정하는 데 주저하고 있다. 반대로 지하 생활자는 자신에게 자유 의지가 있음을 증명하려고 온갖 노력을 기울임에도 불구하고 오히려 자신이 아무것도 결정할 수 없다는 사실만을 입증한 채 수기를 마친다. 양자가 직면한 이 모순적인 상황을 조금 더 구체적으로 살펴보자.

3

앞에서도 말했듯이 대부분의 신경 과학자들은 뇌가 의식에 대한 필요충분조건임을 인정하면서도 여전히 결정론을 진정으로 인정하는 것은 주저한다. 그 이유는 우선 도덕적인 책임의 문제를 해결할 방도가 지금으로서는 없어 보이기 때문이다. 스트로슨처럼 아예 도덕적 책임은 그 누구에게도 물을 수 없다는 단언을 하면 모르겠지만, 적어도 스트로슨 같은 〈골수 유물론자real materialist〉가 아닌 다음에는 그런 식의 결정적인 결정론을 주장하지는 못하고 있다. 그래서 그들은 여전히 자유 의지를 인정하는 것도 아니고 그렇다고 완전히 결정론을 주장하는 것도 아닌, 어중간한 상태에서 모호한 입장을 견지하고 있다.

가자니가 교수의 논지가 그 대표적인 예라 할 수 있다. 신경 윤리학의 가장 중요한 테마인 자유 의지 문제와 관련하여 가자니가는 전형적인 뇌 결정론을 지지하는 듯하면서도 결론적으로는 개인의 책임을 인정하는 쪽으로 기운다. 그는 뇌가 대단히 중요함에도 불구하고 개인적 책임이라는 개념을 포기할 필요는 없다고 주장한다. 〈사람들은 자유롭고 따라서 자신들의 행동에 책임이 있다. 뇌는 책임이 없다.〉[15] 그러나 가자니가는 자신의 주장이 리

15 마이클 가자니가, 『윤리적 뇌』, 126쪽.

벳 실험과 상치된다는 사실은 일단 접어 둔 채 사회성의 개념을 도입하여 개인의 책임 문제를 해결하려 시도한다. 〈뇌는 자동적이고 규칙 지배적이고 결정적인 도구인 반면, 사람들은 결정하는 데 있어 자유롭고 개인적으로 책임이 있는 행위자이다. (……) 개인적 책임이란 집단 안에 있는 것이지 개인 안에 있는 것이 아니다. 만약 당신이 지구상의 유일한 사람이라면 개인적인 책임이란 존재하지 않는다. 책임이란 당신이 타인의 행동에 대해 그리고 타인이 당신의 행동에 대해 가지는 개념이다.〉[16] 타당하게 들리는 말이기는 하지만 이러한 주장은 뇌 결정론과 자유 의지와 책임의 삼각관계에 대한 논리적인 해결책은 아니다. 결국 가자니가는 결정론이 당면한 최대의 딜레마인 책임의 문제에 관해서 신경 과학은 아무런 도움도 줄 수 없다는, 대단히 염세적인 결론으로까지 나아간다. 〈사실상 신경 과학은 책임이라는 것을 이해하는 데 있어서 거의 아무런 도움도 되지 못한다. 책임이라는 것은 한 사람 이상이 있는 사회에만 존재하는 인간의 구성물이고 인간 간의 상호 작용에서만 존재하는 사회적으로 구성된 규칙이다. 뇌 스캔에서 볼 수 있는 화소들은 유죄인지 무죄인지를 증명해 줄 수 없다. 신경 과학은 책임에 대응하는 뇌 상호 관련자를 절대 찾을 수 없을 것이다. 왜냐하면 책임이라는 것은 뇌에 부여하는 것이 아니

16 위의 책, 126쪽.

라 인간에게 부여하는 것이기 때문이다. 사회 규칙 안에서 만들어진 책임이라는 개념은 뇌의 신경 구조 안에 없다.〉[17]

그린필드 역시 〈당신을 이루고 있는 모든 것은 뇌다〉라고 단정 지으면서도 결론에 이르러서는 유보적인 태도를 취한다. 그녀의 결론은 결정론이 옳다는 것인지 아니면 자유 의지가 옳다는 것인지 사뭇 모호하다. 〈우리는 신경 세포의 네트워크, 신경 전달 물질, 무의식 과정에 관해 많은 것을 알게 되었지만 그래도 여전히 자유롭게 선택하는, 의식적인 내면의 자아가 있을 것 같다는 생각이 든다. 내면의 자아를 곰곰이 생각하는 우리의 능력은 인간 의식의 중요한 특질을 드러내 준다. 우리는 세계와 주변에서 일어나는 사태를 의식할 수 있을 뿐만 아니라 우리 자신도 의식할 수 있다. 우리는 자기 의식적이다.〉[18]

신경 생리학자로서 뇌 결정론을 지지하는 존 설John Searle 역시 자유 의지의 부재를 확언해야 하는 시점에서는 슬쩍 뇌 결정론과 자유 의지 지지론 사이에서 교묘하게 중간적인 입장을 취한다. 그는 자유 의지의 문제는 〈뇌에서의 의식적인 사고 과정, 즉 자유 의지의 경험을 구성하는 과정이 완전히 결정론적인 신경 생물학적 시스템 내에서 어떻게 발생하는가의 문제〉라고 요약한 뒤, 자

17 위의 책, 138, 140쪽.
18 수전 그린필드, 『브레인 스토리』, 305쪽.

유 의지라는 것이 단순한 착각이 아니고 이 세계의 진정한 모습 중 하나라면 그에 해당하는 신경 생물학적 실체가 반드시 있어야 한다는, 즉 자유 의지를 실현하는 뇌의 어떤 특질이 반드시 있어야 한다는 가설을 세운다. 그러나 이러한 문제 제기와 가설에서 도출된 결론은 결국 이도 저도 아닌 완벽한 이율배반일 뿐이다. 그는 〈명백히 자유로워 보이는 우리의 행동을 설명하기 위해서는 비환원적 자아라는 개념이 도입될 필요가 있다〉라고 말하면서 동시에 그것에 완전히 상충하는 주장 즉, 〈자유 의지를 경험하지만 전정한 자유 의지는 없다. 이것이 실제로 뇌가 작동하는 방식이고 자유 의지의 경험은 착각에 불과하다는 것이 대부분의 신경 생물학자들이 가진 견해일 것 같다〉라는 주장을 하고 있는 것이다.[19]

신경 윤리학에 관한 최근 논저들 역시 뇌 결정론을 지지하기보다는 자유 의지와 관련한 논증에서 뇌 환원주의가 갖는 한계를 지적한다. 〈유전 윤리학은 자유 의지에 관한 논의에서 문제를 제기하는 것 이상의 큰 통찰은 주지 못한다. (……) 우리는 자신이 곧 뇌라고 믿는 경향이 있기 때문에 근본주의자적인 주장은 힘을 얻고 있다. 그러나 새롭게 활발해진 발생적 뇌 가소성에 대한 다년간의 연구들과 손상 이후의 재조직화 연구는 그런 복잡한

19 존 설, 「신경생물학적 문제로서의 자유의지」, 『신경생물학과 인간의 자유』, 강신욱 옮김(서울: 궁리, 2010), 87쪽.

현상에 대한 환원주의적의 관점이 외부적이고 문화적인 요인에 대한 고려 없이는 불완전하다는 것을 보여 주고 있다. (……) 뇌 과학을 결정론적으로 보는 논증은 개념적으로도 경험적으로도 결함이 있다.〉[20]

신경 과학자와 도스토옙스키의 논쟁은 마치 거울처럼 서로를 거꾸로 반사한다. 신경 과학자들이 결정론을 지지하면서도 동시에 결정론 우위에 대한 확신을 유보하듯이 도스토옙스키는 결정론에 반기를 들면서도 동시에 자유 의지에 대한 확신을 유보한다. 『지하로부터의 수기』 제2부는 결정론 딜레마의 뒤집힌 버전, 곧 자유 의지의 딜레마를 요체로 한다. 이미 여러 연구자들이 지적했듯이 지하 생활자는 자신이 그토록 혐오하는 〈자연의 법칙〉으로부터 자유롭다는 것을 입증하기 위해 몸부림치지만 그의 시도는 실패로 끝난다. 그는 〈자연의 법칙〉의 노예일 뿐이다. 자신이 자연의 법칙(혹은 운명)의 주인임을 입증하려는 그의 모든 시도들은 그가 그 눈멀고 사악한 힘에 종속되어 있음을, 그의 행동 하나하나에는 운명의 힘이 작용함을 보여 줄 따름이다.[21] 저자는 수치스러

20 홍성욱·장대익 엮음, 『뇌 속의 인간 인간 속의 뇌』, 신경인문학회 옮김(서울: 바다출판사, 2010), 61, 86쪽.

21 R. Jackson, "Aristotelian Movement and Design in Part Two of Notes from the Underground", *Dostoevsky New Perspectives*(Englewood Cliffs: A Spectrum Book, 1984), pp. 70~71, 80; C. Flath, "Fear of Faith: The Hidden Religious Message of Notes from Underground", *SEEJ*, Vol. 37, 1993, p. 517을 참조할 것.

운 행동이 결정론의 횡포를 제압할 수 있는 자유 의지의 승리로 찬미되어야 하는 상황을 개탄하고 있는 것처럼 보이기도 한다.[22]

부자유스러운, 혹은 운명의 힘에 강제로 이끌려서 행하는 행위의 첫 번째 에피소드는 넵스키 대로에서 마주친 어느 장교와의 심리적인 대결이다. 이 장교와의 만남에서 지하 생활자가 실제로 자신의 자유 의지대로 하는 것은 아무것도 없다. 그는 상처 입은 자존심을 회복하기 위해 장교와 대결하기를 학수고대하지만 실제로 그가 장교와 대등하게 어깨를 부딪히는 것은 〈아무런 행동도 하지 않기로 결심한 뒤〉이다.

술집에서 열린 동창생들과의 악몽 같은 재회 역시 지하생활자의 의지와는 상관없이 진행된다. 일단 그는 모욕당한 데 대한 복수심에서 병을 던지기로 작정하지만, 그리고 실제로 병을 집어 들며 〈지금이야말로 이자들에게 병을 집어 던질 절호의 순간이다〉라고 생각하지만 병을 던지지 못한다. 그는 또 〈노래를 부를 거야〉라고 마음속으로 작정했음에도 불구하고 노래를 부르지 못한다. 그는 마치 태엽이 감긴 자동인형처럼 동창생들의 주의를 끌기 위해 〈8시부터 11시까지〉세 시간 동안이나 〈식탁에서 난로까지, 그리고 다시 난로에서 식탁까지〉방 안을 맴돈다. 이 행동은

---

22 D. Oakley, "Notes from Underground: An Examination of Dostoevsky's Solution to the Absurd Dilemma", *Macalester Journal of Philosophy*, Vol. 11, 2002, p. 38.

그의 의지와는 전혀 상관없이 지속되었으며, 그는 바로 그이유 때문에 이때의 일을 〈내 전 생애에 있어 가장 추악하고 가장 우스꽝스럽고 가장 무서운 순간으로 구역질과 치욕감을 느끼며 기억할 것이다〉(10:139).

이어지는 거의 모든 행위는 그의 의지와는 상관없이 진행된다. 그는 마음속으로 결심하고 결정한 것을 하나도 실천에 옮기지 못한다. 그는 즈베르코프의 뺨을 때리고 그의 귀를 잡고 끌고 다니겠다고 다짐하지만 그렇게 하지 못한다. 동이 틀 무렵 결투를 하겠다고 결심하지만 그것 역시 그의 결정대로 실현되지 않는다. 즈베르코프와 동창들이 매춘업소로 몰려간 뒤 지하 생활자는 자기도 모르는 힘에 이끌려 그들을 좇아간다. 그는 자신이 거기에 가서는 안 된다는 것을 알고 있지만 그냥 미친 듯이 그리로 달려간다. 마치 그리로 가도록 〈결정되어〉 있기라도 하듯이. 그는 마부에게 외친다. 〈그것은 이미 예정되어 있었던 거야. 그것은 운명이야! 이봐 서둘러, 그곳으로 가자!〉(10:148) 그는 자신이 따귀를 때리기로 결정했다고 말하지만 사실상 그의 결정은 그보다 더 큰 어떤 힘에 의해 진행된다. 〈결국 그것은 지금, 바로 지금 반드시 일어날 것이며, 그리고 그것을 멈추게 할 힘은 이 세상에 없다.〉(10:149)

그가 매춘부 리자와 함께 보낸 시간들 역시 그의 의지에 반해서 진행된다. 〈내가 왜 떠나지 않았는지는 신만이 아신다. (……) 어제의 모든 장면들이, 그것들 모두가 왠지, 내 의지와는 상관없이 혼란스럽게 내 기억 속을 스쳐 가지 시작했다.〉(10: 155)

도스토옙스키는 이것만으로는 불충분하다고 느꼈던지, 지하 생활자에게 운명의 화신과도 같은 인물을 제공한다. 이 인물이란 다름 아닌 그의 하인 아폴론이다. 신의 이름을 지닌 이 늙고 방자한 하인은 문자 그대로 주인을 고문하고 학대한다. 지하 생활자는 하인 마저도 자신의 의지로 단속할 수가 없다. 하인이 주인을 지배하고 주인은 하인의 부림을 당한다. 스스로 자유 의지의 신봉자임을 자처하지만 현실에서는 하인의 지배를 받는 지하 생활자는 자유 의지에 대한 패러디처럼 보일 따름이다. 1부에서 지하 생활자를 모욕하고 괴롭혔던 〈자연의 법칙〉이 2부에서는 무례한 하인으로 환생하여 그를 모욕한다. 아폴론은 주인을 〈거의 폭군처럼〉 다루었고 일을 할 때면 주인에게 〈군주의 은혜를 베푸는 것처럼 보였다〉. 그러나 지하 생활자는 그를 해고할 수가 없다. 그는 운명처럼 주인에게 달라붙어 있다. 〈그러나 나는 그를 쫓아낼 수 없었다. 마치 그가 내 존재에 화학적으로 접착되어 있는 것 같았다.〉 월급 문제만 해도 지하 생활자는 돈을 주는 입장임에도 불구하고 아무것도 자기 의지대로 할 수가 없다. 다음 대목은 지하 생활자가 얼마나 하인의 노예가 되어 있는지를 극명하게 보여 준다.

그 당시 나는 모든 것에 대해 대단히 화가 나 있었기 때문에 아무런 이유도 없이 아폴론을 처벌하기로 결심했으며*reshilsia* 앞으로 2주 동안 월급을 주지 않기로 작정했다. 오래전에, 약 2년 전에 나는 이렇게 하기로 결정했다*sobiralcia eto sdelat'*. 즉 내게 그토록 도도하고 당당하게 굴면 안 된다는 것을 보여 주기로, 그리고 만일 내가 원한다면 언제든지 그의 급료를 주지 않을 수 있다는 것을 보여 주기로 작정한 것이다*polozhil*. (……) 나는 원치 않는다. 나는 단순히 그에게 급료 주는 것을 원치 않는다. 왜냐하면 내가 그렇게 하기를 원하기 때문이다. 그것이 그의 주인으로서의 내 의지이기*moia volia gospodskaia* 때문이다.(10: 195; PSS V: 168)

그러나 화자는 단 한 번도 자신의 의지를 실행한 적이 없다. 주인과 하인의 대결은 언제나 하인의 승리로 끝난다. 하인은 눈빛으로 혹은 표정으로 혹은 침묵으로 주인을 압도한다. 부동의, 불굴의 자연의 법칙처럼 하인은 주인 앞에서 꿈쩍도 하지 않는다. 하인은 돌벽이다. 하인은 〈2×2=4〉다. 아폴론은 그를 평생 동안 모욕해 온 자연의 법칙의 체현된 형태다.[23] 그래서 주인은 하인을 벌할 수도 없고 하인을 용서할 수도 없고 하인에게 복수를 할 수

---

23 R. Jackson, "Aristotelian Movement and Design in Part Two of Notes from the Underground", p. 72.

도 없다. 주인은 하인에게 외친다. 〈잘못을 인정하고 용
서를 빌지 않으면 급료를 받을 수 없다〉고. 그러자 하인
은 대답한다. 〈그럴 수는 없습니다. 당신에게 용서를 빌
것이라고는 아무것도 없습니다.〉 분노로 소리치고 발작
을 일으키는 주인을 향해 하인은 조용히 말한다. 〈그래
봐야 아무 소용이 없습니다.〉

  결국 무지몽매하고 고집불통이고 완고한 하인 아폴론
이 체현하는 자연의 법칙도, 많이 공부하고 변덕스럽고
불합리한 지하 생활자도 모두 딜레마에 빠져 있다. 지하
생활자가 수기의 마지막에서 외치는 절망에 찬 절규는
양 진영 모두가 처한 딜레마를 요약해 준다. 〈오늘날 우
리는 정확히 살아 있는 삶이 어디에 있는지도 모르고 있
고 그것이 어떤 것인지도 모르며 그것을 어떻게 불러야
할지도 모른다. (……) 우리는 어디로 합류해야 할지도,
무엇을 붙잡아야 하는지도, 무엇을 사랑하고 무엇을 증
오해야 하는지도 모른다. 우리는 (……) 사산아들이다!〉
(10: 221~222)

  4

  자유 의지의 문제는 종종 철학사 전체를 통틀어서 가
장 해결하기 어렵고 그래서 가장 많은 분량의 논저가 쓰
인 주제라 간주되곤 한다.[24] 그런 만큼 자유 의지에 관한

확답은 그 누구도 단언하기 어렵다. 이 논문에서 살펴본 두 진영, 즉 도스토옙스키와 신경 과학자는 모두 이 주제의 난해함과 복잡성을 확신시켜 주었다고 여겨진다. 여기서 흥미로운 것은 양자가 결정론과 자유 의지 중 어느 한 쪽을 지지한다는 사실이 아니라 두 가지 중 한 가지 입장을 지지할 경우 발생하는 딜레마를 극명하게 보여 주었다는 사실이다. 그러므로 딜레마에 도달했다는 그 사실만 두고 본다면 도스토옙스키와 신경 과학자는 한배를 탔다고 해도 좋을 것이다. 그러나 그 딜레마에 대한 해결책에 있어 양자는 다른 길로 나아간다.

앞에서 언급했듯이 리벳 실험이 〈과학적으로〉 결정론을 입증해 주었음에도 불구하고 대부분의 주류 신경 과학자들은 결정론이 백 퍼센트 옳다고 말하기를 꺼려한다. 그래서 결국 일종의 타협점으로 제시되는 것이 1954년도에 앨프리드 에이어A. Ayer가 처음으로 제창한 이래로 꾸준히 지지를 받아 오고 있는 〈연성 결정론soft determinism〉이다. 가자니가 교수의 지적처럼 연성 결정론은 〈결정론이 맞지만 그럼에도 불구하고 인간은 여전히 자유롭게 행동할 수 있다〉는 다소 모순적인 주장인데, 이것은 현재 신경 과학이 자유 의지 딜레마와 관련하여 내놓을 수 있는 최선의 대안인 것 같다. 〈자유 행위는 자기 자신이 근원이 되

24 R. Kane, *The Significance of Free Will*, p. 3. 자유 의지에 관한 논의의 역사는 같은 책 pp. 3~17을 보라.

어 의지를 행하는 행위이고 제약된 행위는 외부 원인에 의해 야기되는 행위이다. 어떤 사람이 자유 행위 a를 행할 때 그는 b를 할 수 있었을 수도 있다. 그러나 강제된다면 그는 그것만을 할 수 있었을 뿐이다. 따라서 에이어는 행위는 강제되지 않는 한 자유롭다고 주장한다. 자유 행위는 원인이 있고 없고와는 관련이 없고 그 원인의 출처가 어떤지와 관련이 있다. 비록 에이어가 뇌의 역할을 명백하게 이야기하지는 않았지만 우리는 뇌의 측면에서 이것을 충분히 표현할 수 있다. 뇌는 결정되어 있으나 사람은 자유롭다.〉[25]

반면 도스토옙스키는 자유 의지의 딜레마에서 빠져나올 수 있는 유일한 길을 그리스도교에서 찾았다. 『지하로부터의 수기』는 표면적으로는 그리스도교적 메시지를 전달하지 않는 것처럼 보이지만 이후 쓰일 장편소설들 못지 않게 종교적이다. 이미 여러 연구자들이 지적했듯이 이 소설에 〈은닉된 종교적 메시지〉야말로 자유 의지 딜레마와 관련해 도스토옙스키가 발견한 탈출구이자 시베리아에서 돌아온 작가가 마지막 소설 『카라마조프 씨네 형제들』에 이르기까지 가장 열렬하게 지속한 종교적·윤리적 탐구의 그리스도교 신학의 시발점이라 할 수 있다.[26]

---

25 마이클 가자니가, 『윤리적 뇌』, 136~137쪽.
26 C. Flath, "Fear of Faith: The Hidden Religious Message of Notes from Underground", pp. 510~529; R. Jackson, "Aristotelian Movement and Design in Part Two of Notes from the Underground", pp. 66~89; V.

도스토옙스키는 아폴론, 즈베르코프, 2×2=4, 수정궁이 대변하는 자연의 법칙과 지하 생활자와 악의와 변덕과 2×2=5가 대표하는 자유 의지 간의 팽팽한 긴장을 해결하는 제3의 대안으로 신의 섭리를 제안한다. 결정론의 돌벽을 깨뜨릴 수 있는 것은 뒤틀린 지하 생활자의 오만과 이성과 변덕이 결코 아니다. 그도, 돌벽도 〈구원〉받을 대상일 뿐이다. 소설에서 이 구원의 역할을 수행하는 인물은 지하 생활자가 모욕하고 학대하고 조롱한 매춘부 리자다. 수기의 마지막 부분에서 리자가 지하 생활자를 포옹하는 대목이야말로 이 수기 이후 도스토옙스키의 소설이 나아갈 방향을 아주 분명하게 보여 준다. 진정한 사랑, 신적인 사랑과 인간적인 사랑의 합일만이 인간을 돌벽과 악의에서 구원해 줄 수 있다. 〈리자의 포옹이 모든 것의 해답이다.〉[27]

그런데 갑자기 그때 이상한 상황이 발생했다. (……) 그 이상한 상황이란 내가 모욕하고 짓밟았던 리자가 내가 상상했던 것보다 더 많이 이해했다는 것이다. 내가 말했던 모든 것들로부터 그녀는 여자가 진실하게 사랑하고 있다면 항상 무엇보다도 먼저 이해할 수 있

Kotel'nikov, "Apokaliptika i eskhatoloriia u Dostoevskogo", *Russkaia literatura*, Vol. 3, 2011, p. 58을 참조할 것.

27 R. Jackson, "Aristotelian Movement and Design in Part Two of Notes from the Underground", p.74.

다는 것을 깨달은 것이다. 즉, 나 또한 불행하다는 것을 그녀는 깨달았다. (……) 그리고 갑자기 그녀는 내게로 달려왔다. 내 목을 자신의 팔로 감싸고는 울기 시작했다. 나 또한 무너져서 결코 전에는 그런 적이 없는 것처럼 흐느꼈다.(10: 210~211)

이 놀라운 사랑의 행위에서 이어지는 것은 용서에 대한 갈망이다. 마지막에 그가 그토록 원했던 것은 진정으로 용서받는 것이었다. 〈왜 나는 그녀 뒤를 쫓아가고 있는 것인가? 왜? 그녀 앞에 엎드리기 위해, 후회의 눈물을 흘리기 위해, 그녀의 발에 입 맞추고 용서를 빌기 위해! 그것이 내가 원했던 것이었다.〉(10: 218) 자연의 법칙은 용서를 모른다. 자연의 법칙에 따라 진행되는 인간의 삶 속에서 용서하거나 용서받는 행위는 불가능하다. 마지막 순간에 지하 생활자가 진심으로 용서를 원한다고 하는 것은 그 자체로서 자연의 법칙에 대한 도스토옙스키의 답변이다. 바위처럼 꿈쩍 않는 자연의 법칙에 대항할 수 있는 것은 그 어떤 인간의 법칙도 아닌, 신의 법칙, 즉 사랑과 용서의 법칙뿐이다.

본 논문에서 살펴본 지하 생활자와 가상의 신경 과학자 간의 논쟁은 자연스럽게 문학과 과학의 논쟁으로 이어진다. 도스토옙스키는 왜 그토록 격렬하게 과학에 반대한 것일까. 카츠M. Katz의 지적처럼 도스토옙스키는 과학 그 자체에 반대한 것은 아니다. 그가 반대한 것은 과학의 이론과 방법으로 모든 것을 설명하는 〈과학주의〉다.[28] 과학주의의 가장 큰 문제는 그것이 전통적인 인간상을 심각하게 변질시킨다는 데 있다. 인간은 우주 전체를 통틀어서 유일하게 반성적으로 사고할 수 있는 존재다. 인간은 자신의 자연적·물질적·사회적 조건을 뛰어넘을 수 있고, 자율적으로 행동할 수 있고 책임을 질 수 있는 존재다. 그러나 과학주의는 이러한 인간상을 물질로 환원시킬 위험을 내포한다. 과학주의적 설명에 따르면 인간은 오로지 〈뇌의 복잡성과 융통성에 의해 일반적인 기계와 구별될 뿐이다.〉[29]

과학주의는 인격의 부정으로 이어진다. 과학은 모든 맥락을 초월한다. 〈수학과 자연 과학은 맥락으로부터 자유로운 객관적 시스템이다. 주체를 결여하고 인간의 레퍼런스를 결여한다. 역사 및 구체적인 시간과 장소에 구애되지 않는다. 피타고라스의 정리는 언제 어디서 누가 얘기해도 옳다. 그것의 의미는 순수하게 추상적인 인지의 대상으로서만 존재한다.〉[30] 바흐친M.Bakhtin은 같은 맥락에서 인간 삶의 일회성과 고유성으로부터 분리된 채 내재적 법칙만 따르는 추상적인 이론과 기술의 세계가

28 M. Katz, "Dostoevsky and Natural Science", p. 73.
29 마르틴 후베르트, 『의식의 재발견』, p. 21쪽.
30 D. Thompson, "Dostoevskii and Science", p. 198.

끔찍한 것이 될 수 있다고 경고한다.[31] 내재적 법칙만 따르는 과학주의로 인간의 삶을 정의 내린다면 그 최종적인 단계에 이르면 인간은 실종될 것이다. 인간은 아무것도 할 수 없을 것이다. 이 아무것도 할 수 없다는 것을 뒤집으면 결국 도스토옙스키가 훗날 탐구하게 될 〈모든 것이 허용된다〉는 명제가 된다. 아무것도 할 수 없고 모든 것이 허용되는 자연의 법칙을 향해 도스토옙스키가 던지는 것은 『카라마조프 씨네 형제들』의 화두인 〈만인은 모든 일에 있어 만인 앞에 죄인이다〉라는 명제이며, 지하 생활자는 이 명제의 시작을 알리는 신호탄이라 할 수 있다. 도스토옙스키는 모든 이가 모든 이에 대해 죄인이라는 말을 함으로써 과학주의의 극한에서 파생되는 인간의 도덕적인 책임 불능에 대해 두 세기나 앞서 단호하고 적극적으로 항변한 것이다. 비노그라도프I. Vinogradov가 도스토옙스키를 가리켜 〈21세기가 가장 필요로 하는 작가〉라 칭한 것은 이런 의미에서 시의적절하다고 사료된다.[32]

31 M. Bakhtin, *Toward a Philosophy of the Act*, Trans. V. Liapunov (Austin: Univ. of Texas Press, 1993), pp. 7~8.

32 I. Vinogradov, *Dukhovnie iskaniia russkoi literatury*(Moskva: Russkii put', 2005), p. 670.

2. 『죽음의 집의 기록』: 해방과 일치의 신학

1

이미 여러 연구자들이 지적했듯이 도스토옙스키가 옴스크 유배를 토대로 쓴 자전적 소설 『죽음의 집의 기록』은 일관성의 측면에서 몇 가지 중대한 결함을 보여 준다.[1] 그 결함들은 대체로 두 가지로 요약된다. 하나는 화자-주인공 고랸치코프의 위상이다. 소설의 프레임으로 설정된 〈서론〉의 화자인 〈나〉는 출감한 이후 시베리아 어느 마을에 정착한 고랸치코프의 이웃이다. 그는 고랸치코프를 결혼한 지 1년도 채 지나지 않아 질투 때문에 아

---

1 R. Jackson, *The Art of Dostoevsky* (Princeton: Princeton Univ. Press, 1981), p. 35; Anne Dwyer, "Dostoevsky's Prison House of Nation(s): Genre Violence in Notes from the House of the Dead", *The Russian Review*, Vol. 71, 2012, pp. 209~225; K. Oeler, "The Dead Wives in the Dead House: Narrative Inconsistency and Genre Confusion in Dostoevskii's Autobiographical Prison Novel", *Slavic Review*, Vol. 61, No. 3, 2002, pp. 519~534를 보라.

내를 살해하고 자수한 살인범이라 설명한다. 그러나 〈수기〉 형식으로 쓰인 소설의 본문에서 고랸치코프는 스스로를 〈정치범〉이라 소개한다. 치정 살인범이 갑자기 정치범으로 둔갑하는 것이다.

두 번째 결함은 이보다 더 심각한 것으로, 의미론상의 괴리다. 본문의 마지막을 장식하는 고랸치코프의 출감 장면은 자유와 희망으로 넘쳐난다. 〈그렇다, 하느님의 은총과 함께! 자유, 새로운 생활, 죽음으로부터의 부활······ 이 얼마나 영광스러운 순간인가!〉(9: 557) 그러나 〈서론〉의 화자가 묘사하는 출감 후의 고랸치코프는 〈부활〉과는 동떨어진 모습을 보여 준다. 그는 심각한 대인 기피증 환자로 삶에 대한 그 어떤 의욕도 보여 주지 않는다. 고독 속에서 약사 한 번 부르지 않고 세상을 떠나는 주인공의 모습과 본문 마지막에 나타난 갱생의 의지로 불타는 주인공의 모습 간에는 간과하기 어려운 갭이 존재한다.

첫 번째 결함은 〈단순 부주의〉로 치부될 수도 있다. 사실 늘 쫓기듯이 소설을 써야 했던 도스토옙스키에게서 이런 식의 실수는 낯선 것이 아니다. 반면 두 번째 결함은 이보다 훨씬 더 복잡하다. 이 소설은 〈자서전〉이 아니라 〈비전〉이며 주인공의 수감 생활은 단테Dante Alighieri의 지옥 여행에 견줄 수 있는 〈보고 배우는〉 여행, 〈자기 극복의 과정〉이라는 지적[2]을 염두에 둔다면 주인공의 고독

2 R. Jackson, *The Art of Dostoevsky*, p. 7.

한 죽음은 더욱 납득하기 어려운 결말로 다가온다. 힘겨운 〈자기 극복〉의 과정을 거쳐 자유를 찾은 주인공이 왜 비참하게 요절해야 하는지 독자로서는 의아할 수밖에 없다.

이 두 가지 결함은 다음과 같은 두 가지 의문으로 요약된다. 자전적 소설답게 주인공을 자신과 같은 정치범으로 설정했던 저자가 왜 나중에 〈아내 살인범〉이라는 부가적 설명을 더했는가. 주인공은 왜 출감 당시의 포부와는 다르게 고독한 죽음으로 생을 마감하는가. 만일 도스토옙스키가 실수로 그런 것이 아니라 의도적으로 이 두 가지 결함을 수용 혹은 도입한 것이라면, 이에 대한 답의 추정은 소설의 근원적인 메시지를 이해하고 더 나아가 저자 자신의 의도를 이해하는 데 불가피한 조건이다.

본 논문은 상기한 두 가지 결함이 실수가 아니라 저자의 의도라는 전제하에 그 의미를 추정하는 데 목적이 있다. 『죽음의 집의 기록』은 두 가지 운동을 축으로 구성된다. 하나는 원형 운동이고 다른 하나는 선형 운동이다. 원형 운동이 아무런 의미도 창출하지 못하는 정체의 동의어라면 선형 운동은 화자-주인공의 물리적·영적 해방의 궤적과 일치한다. 전자는 수감자들이 거주하는 〈죽음의 집〉의 특징이며 후자는 그 공간에서 벗어나려는 주인공의 움직임을 특징짓는다. 그런 의미에서 주인공의 선형 운동은 개인 차원에서 진행되는 구원의 역사*Salvation*

*History*라 할 수 있는데, 내러티브 축에서 비일관적으로 보이는 화자의 위상과 심리는 이 구원의 역사란 시각에서 볼 때 일종의 초월적인 논리성을 함축한다. 본 논문에서는 수감자들의 원형 운동과 화자-주인공의 선형 운동을 차례로 살펴보면서 화자-주인공의 선형 운동이 갖는 구세사적 의미를 천착해 본 뒤, 결론에 대신하여 그 선형 운동이 어떻게 내러티브상의 결함을 해명해 주는지 살펴보기로 하겠다.

2

2.1

『죽음의 집의 기록』을 이루는 두 가지 운동은 자유의 문제와 직결된다. 도스토옙스키는 주인공이자 화자인 고랸치코프의 눈을 통해 수감자들을 관찰하면서 자유를 향한 인간의 욕구를 다각도에서 분석한다. 〈죽음의 집〉의 수감자들이 저지르는 기이한 행동들은 모두 자유에의 열망에 의해 촉발된다. 인간은 그 어떤 상황에도, 그 어떤 최악의 부자유한 상황에도 적응할 수 있는 대단히 탄력적인 존재다. 그러나 그럼에도 불구하고 인간은 그 어떤 상황에서도 자유에 대한 열망을 완전히 상실하지는 않는다. 그래서 가장 부자유한 상황에서 그들은 순간적으로나마 자유의 느낌을 맛보기 위해 상식적으로는 납득하기 어려운 일들을 저지른다. 조지프 프랭크J. Frank는 자유에의 열망을 인간 정신이 스스로를 증명하고자 하는 욕구라 설명한다.

『죽음의 집의 기록』은 인간 정신의 무의식적 충동에 초점을 맞추면서 그 정신이 스스로를 증명하고자 하는, 타고난 존엄성을 인정하고자 하는 욕구를 묘사하는 일련의 놀라운 분석을 포함한다. 이 욕구는 너무나 강해 감옥의 억압적 상황에서 출구를 찾지 못하자 온갖 비합리적이고 부조리하고 심지어 자기 파괴적인 형식 — 일견해 볼 때 전적으로 말도 안 되고 설명도 할 수 없는 행동들 — 을 통해 터져 나온다. 도스토옙스키는 초기작에서부터 자유의 결핍으로 인해 뒤틀린 인물에 사로잡혀 이 문제를 탐구했으나 그때는 거의 수박 겉 핥기에 불과했다. 수감 생활은 그에게 유리한 관찰의 고지를 제공했다. 그곳에서 그는 극단적인 정신적 스트레스 하에 놓인 인간이 가장 광적인 행위로 그 스트레스에 반응하는 모습을 연구했다.[3]

『죽음의 집의 기록』의 주인공은 프랭크가 지적한 〈유리한 관찰의 고지〉에서 이 문제를 바라보았고 결국 인간이란 단 한명의 예외도 없이(자기 자신을 포함하여) 자유를 열망하는 동물이라는 결론에 도달한다. 자유는 〈인간

---

3 J. Frank, *Dostoevsky The Years of Ordeal* (Princeton: Princeton Univ. Press,1990), p.146.

성)이라고 하는 보편성의 일부분인데, 잭슨R. Jackson은 이 것을 〈니체식〉으로 〈생명에의 의지a will to life〉라 부른다. 그 것은 인간의 근원적인 에너지이며 인간의 진화 속에서 발전해 나간 본능의 만족을 수반한다.[4]

요컨대 인간에게 자유는 일차적으로 식욕이나 성욕처 럼 생명과 동등한 어떤 본능이라는 뜻이다. 잭슨의 지적 처럼 자유는 생명에의 의지이며 가장 깊은 의미에서 이 기적인 것이다. 아무리 억압당해도 이 의지는 사라지지 않으며 일그러지고 기형화된 형태로 표출될 뿐이다. 이 것은 인간의 생명과 생존에 대한 본능의 파토스이다.[5]

소설에서 자유를 향한 인간의 욕구가 실현되는 방식은 두 가지다. 하나는 방금 말한 〈기형적〉 방식이고 다른 하 나는 그것과 완전히 다른 차원의, 일종의 〈참된〉 방식이 다. 자유란 가장 기본적인 수준에서 〈움직임〉을 의미한 다는 전제를 받아들인다면, 이 두 가지 방식은 시간 축상 에서 일어나는 두 종류의 운동, 즉 원형 운동과 선형 운 동으로 바꿔 말해질 수 있다. 전자에 속한 모든 운동은 기호학적으로 말해서 〈계열축〉에 속하며 후자는 〈통합 축〉에 속한다. 전자는 출구 없는 제자리 운동이고 후자는 출구라는 목표를 향한 선적 운동이다. 전자의 운동은 결 국 해방이 없는 운동, 구속으로 되돌아가는 운동이고 후

---

4 R. Jackson, *The Art of Dostoevsky*, p.145.
5 Ibid., p.145.

자는 해방의 운동이다. 엄밀히 말해서 전자는 운동이라고 할 수 없는 어떤 상태, 곧 정체를 의미하고 오로지 후자만이 진정한 의미에서의 운동을 의미한다. 대부분의 수감자들이 보여 주는 자유욕의 표출은 전자에 속한 운동, 곧 기형적인 운동이고 오로지 주인공-화자의 해방 과정만이 후자에 속한 운동이다. 주인공-화자의 움직임은 뚜렷한 목표를 향해 지속적으로 〈선형적으로〉 진행되며, 그 점에서 그리스도교의 구세사와 동형적isomorphic 관계를 맺는다.

2.2

시인 블로크A. Blok는 자유가 부재하는 세상을 닫힌 원의 상징으로써 묘사한 바 있다. 시작도 끝도 없이 그저 무한히 반복되는 것 ― 이것이 그가 바라보는 부자유한 세상의 핵심이었다. 제자리에서 영원히 빙빙 도는 원은 그 자체가 지옥이며 여기에서 빠져나갈 길은 없어 보인다. 이 원형 감옥의 본질은 〈출구 없음〉이며 인간은 이 감옥에 유폐된 수인이다.

도스토옙스키의 〈죽음의 집〉 역시 출구 없는 감옥이다. 수인들의 〈자유욕(자유에의 의지)〉은 원형 운동으로 표출된다.[6] 그들이 획득했다고 생각하는 자유는 예외 없

6 블로크의 원과 도스토옙스키의 원은 단테를 중심으로 수렴한다. 이미 도스토옙스키의 당대에 『죽음의 집의 기록』은 단테의 『신곡』과 비교된 바 있으며 그 이후에도 시클롭스키V. Shklovskii, 잭슨 등 많은 연구자들이 단테의

이 자유가 아닌 〈자유의 환영〉이며, 그들은 자유의 환영
을 잠시 맛본 뒤 다시 제자리로, 구속의 상태로 되돌아오
기 때문이다. 자유의 환영을 제공함으로써 수인들을 원
형 운동의 노예로 만들어 주는 요소들은 돈, 도박, 탈옥,
술, 예술 등이다. 그러면 이 다섯 가지를 차례로 살펴
보자.

감옥에서 자유의 환상을 제공하는 가장 직접적인 도구
는 돈이다. 〈돈은 주조된 자유다〉(9 : 43)라는 유명한 진술
과 함께 화자는 돈과 자유의 관계를 이렇게 설명한다.

죄수들은 돈을 무척이나 좋아해서 돈을 모든 것 이
상으로, 자기의 자유와도 견줄 만한 것으로 평가했으
며, 그래서 만일 돈이 호주머니 속에서 딸랑거리면 그
들은 벌써 위안을 받을 정도가 되는 것이었다. 반대로

지옥과 도스토옙스키의 지옥을 동일선상에서 연구했다. V. Shklovskii, *Za i protiv zametki o Dostoevskom*(Moskva: Sovetskii pisatel', 1957), p. 107; R. Jackson, *The Art of Dostoevsky*, p. 353. 올러 역시 죽음의 집과 단테의 지옥을 공간 이미지상으로는 유사하다고 평가하지만 의미론에 있어서는 양자 사이에 뚜렷한 차이가 있다고 본다. 단테는 신의 정의를 확실하게 인정한 반면 도스토옙스키의 〈죽음의 집〉에는 그러한 정의가 부재한다는 것이다. K. Oeler, "The Dead Wives in the Dead House: Narrative Inconsistency and Genre Confusion in Dostoevskii's Autobiographical Prison Novel", p. 525를 보라. 블로크의 원(고리형 세계)과 단테의 지옥 역시 많은 연구자들의 관심을 끌었다. 『신곡』이 러시아어로 완역된 1907년을 전후한 시기에 단테는 러시아 작가들의 필독서로 자리 잡았다. 특히 상징주의 시인들의 이탈리아 르네상스에 대한 폭넓은 관심은 단테에 대한 열광으로 이어져 그에 관한 평론과 해석이 무더기로 쏟아져 나왔다. 자세한 것은 J. Kopper, "Dante in Russian Symbolist Discourse", *Comparative Literature Studies*. Vol. 31, No. 1, 1994, pp. 25~51를 보라.

돈이 없으면 그들은 슬프고 우울하고 불안하고 용기를 잃고 말아서, 단지 돈만을 구하기 위해 도둑질도 마다 하지 않을 지경까지 이르렀다. 그러나 감옥에서 돈이 그만큼 귀중한 가치가 있다고는 하지만, 돈이란 것이 그것을 소유하고 있는 행복한 사람의 곁에 그렇게 오래 머물러 있지는 않았다. 무엇보다도 그것을 도둑맞거나 몰수되지 않게 보관하기가 수월하지 않았다.(9: 82)

감옥은 세상의 축소판이다. 그 안에는 고리대금업자도 있고 술장수도 있으며 무료한 죄수들은 밤마다 노름판을 벌이기도 한다. 그 안에도 부자가 있고 가난뱅이가 있다. 돈이 없는 자는 항상 다른 돈이 많은 죄수의 시중을 들고 돈이 많은 죄수는 거들먹거린다. 그러나 감옥안에서의 돈은 자유의 〈환상〉을 확보한다는 그 본연의 기능 때문에 거의 남아 있는 적이 없다. 돈을 쓴다는 것은 자유롭다는 뜻이고 자유롭다는 것은 살아 있다는 뜻이다. 그래서 죄수들은 어떻게 해서든 푼돈이나마 모은 뒤 어느 날 단 몇 분간, 혹은 몇 시간 동안 그 돈을 다 써버린다. 쓰는 동안 그가 느끼는 자유의 체험은 중독성이 있다. 그래서 그는 빈털터리가 된 순간 또 언젠가의 그날을 위해 돈을 벌고 모으고 훔친다.

돈은 감옥에서 가공스러운 의미와 힘을 가지고 있다. 단호히 말할 수 있는데, 감옥에서는 돈을 조금이라도 가진 죄수가 돈이 하나도 없는 죄수보다 열 배나 고통을 덜 받는다. (……) 만일 죄수들이 자기 돈을 가지고 있을 모든 가능성을 박탈당한다면 그들은 미쳐 버리거나 혹은 파리처럼 죽어 버릴 수도 있으며(모든 것이 배급의 형태로 지급됨에도 불구하고 말이다), 혹은 들어 보지도 못한 나쁜 짓에 마침내는 빠져 버릴 수도 있을 것이다. (……) 죄수들은 경련을 일으키고 이성이 흐려질 만큼 돈을 갈망하고 있으므로, 만일 그들이 방탕할 때 실제로 돈을 나무 조각 내버리듯이 던져 버린다면, 돈 이상으로 생각하고 있는 어떤 것을 얻기 위해서 던져 버리는 것이라고 볼 수 있다. 죄수들에게 돈 이상의 것이란 무엇일까? 그것은 자유 혹은 자유에 관한 어떤 꿈 같은 것이다. (……) 말하자면 이 모든 것은 인생의 어떤 환영과 자유에 대한 요원한 환영을 가지고 있다는 뜻이다.(9: 161~163)

돈의 소비는 근본적으로 원형 운동이다. 수인들은 허망하기 짝이 없는 〈자유에 대한 요원한 환영〉을 잡기 위해 돈을 모으고 쓴다. 모으고 쓰고 또 모으고 쓰는 행위는 끝없이 반복되지만 그들이 진정으로 자유를 확보하는 경우는 단 한 번도 없다. 잠시 동안 자유를 맛본 죄수들은 다시 수인의 상태, 거지의 상태로 돌아간다.

죄수들에게 자유의 환영을 심어 주는 두 번째 요소는 역동성이다. 역동성은 사실상 가장 물리적이고 직접적인 자유의 환상이다. 살아 있는 모든 것이 변하고 움직이듯 자유로운 존재는 변하고 움직인다. 그래서 죄수들은 이 역동성에 대한 환상을 실현하기 위해 두 가지 이탈 행동을 하는데, 하나는 도박이고 다른 하나는 탈옥이다.

도박은 죄수들에게 중요한 생존의 요소다. 죄수들은 언제나 노름을 한다. 그것은 지루한 감옥의 저녁 시간을 때우기 위한 것이라기보다는 살아 있다는 것, 즉 자유롭다는 것을 스스로에게 확인시키기 위한 일이다. 형기를 채울 동안 죄수는 아무런 변화도 기대할 수 없기 때문에 감옥은 물리적으로 정체된 공간이다. 죄수에게는 운명을 시험해 볼 기회도 없고 리스크를 무릅쓸 일도 안 생긴다. 족쇄가 채워져 움직임이 제한된 죄수의 모습만큼이나 정적인 감옥 안에서 움직임이란 제자리에서 빙빙 도는 원형 운동이 유일하다. 사계절의 순환, 밤낮의 순환, 그리고 언제나 같은 점호와 노역과 취침, 이것 자체가 지옥 같은 권태의 동의어다. 시인 블로크가 출구 없는 세상에 대한 은유로 보여 준 원, 그 지옥에서 빠져나오기 위해 죄수들은 밤이 새도록 카드 놀음을 한다. 운명을 시험할 수 있다는 그 커다란 착각이 주는 쾌락은 벗어나기 어려운 유혹이기 때문이다.[7]

탈옥은 도박보다 더 공격적이고 훨씬 더 위험한 행동이지만 죄수들은 상습적으로 탈옥을 한다. 치밀한 계획이 받쳐 주지 않으면 탈옥은 반드시 실패로 끝나게 되어 있다는 걸 알고, 또 도로 붙잡혀 오면 형기만 늘어날 것임을 이성적으로 알고 있음에도 불구하고 그들은 지속적으로 탈옥을 하고 도로 붙잡혀 오기를 반복한다.

탈옥은 실패할 확률이 높다. (……) 〈운명을 바꾼다는 것〉, 이것은 기술적인 전문 용어이다. 만일 탈옥하다 실패하여 심문을 받게 되면, 죄수들은 자신의 운명을 바꾸고 싶었다고 대답한다. 조금은 교과서적인 표현이지만, 이는 이러한 탈옥 행위와 문자 그대로 부합하는 말이다. 모든 도망자들이 완전히 자유로워질 수 있다고 생각하지는 않는다. 거의 불가능하다는 것을 알고 있다. 그러나 탈옥하다 붙잡혀 다른 감옥에 갇히든지 유형지로 보내지든지, 방랑 도중에 범한 새로운 죄로 다시 재판에 회부되든지 간에, 한마디로 말해서,

7 잭슨은 그런 의미에서 〈죽음의 집〉과 소설 『도박꾼』의 세계가 상당 정도 중첩됨을 지적한다. 자세한 것은 R. Jackson, *The Art of Dostoevsky*, p.153을 보라. 미하일 바흐친 M.Bakhtin 역시 도박의 세계와 〈죽음의 집〉의 세계가 결국은 같은 것임을 시사한다. 〈겉으로 보기에 룰렛 게임과 유형, 《도박꾼》과 《죽음의 집》을 각각 대비시키는 것은 부자연스럽고 이상하게 보일지 모른다. 하지만 이러한 대비는 상당히 본질적이다. 유형수의 생활과 도박꾼의 생활은 내용 면에서 서로 다를지는 몰라도 둘 다 똑같이 《생활에서 제외된 생활》(즉 일상적이고 통상적인 생활로부터 벗어난 생활)이다. (……) 도스토옙스키가 룰렛 게임과 유형을 똑같이 지옥이라 동등시하였던 사실은 주목할 만하다.〉 미하일 바흐쩐, 『도스또예프스끼 시학』(서울: 정음사, 1988), 251~252쪽.

아무 데라도 좋으니 이젠 진절머리 나도록 지긋지긋한
현재의 속박에서 벗어났으면 좋겠다는 심정인 것이
다.(9: 424~425)

탈옥은 도박의 한 형태이며 탈옥수들은 모두 도박꾼과
도 같은 뒤틀린 환상에 사로잡힌 인간들이다. 잭슨은 이
러한 행위들을 무책임과 좌절의 행위이자 눈먼 우주에서
자신의 존재론적 위상을 결정하고 인정하고픈 욕구, 좌
절하지 않으려는 처절한 욕구에서 나온 행위라 해석한
다. 이 모든 행위들은 병들고 일그러진 것이지만 죄수들
에게는 그것이 정상적인 행동이다. 그것들은 자기 보존,
생명, 움직임의 본능에서 비롯된 것이기 때문이다.[8]
　중요한 것은 이런 행위들을 통해 달라지는 것은 아무
것도 없다는 점이다. 도박꾼 중에 부자가 되는 사람이 없
듯이, 그리고 도박을 통해 꿈꾸는 운명의 변화가 예외 없
이 좌절되듯이, 탈옥에 성공한 죄수는 거의 없다. 죄수들
은 탈옥했다가 도로 감옥으로 잡혀 오는 일을 반복하면
서 또 하나의 원형 운동을 만들어 낸다.
　술 역시 자유의 환영을 제공하는 주요 요소이다. 〈어떠
한 낙인이나 족쇄가 있다고 해도, 그에게 신의 세계를 가
로막고 마치 우리 속에 갇힌 짐승처럼 둘러싸는 저주스
러운 감옥의 울타리가 있다고 해도, 그는 술, 즉 엄중하

---

8 R. Jackson, *The Art of Dostoevsky*, p.153.

게 금지된 향락을 얻을 수 있다.〉(9:162) 죄수들은 휘청
거리고 비틀거리면서 자신이 취했다는 것을 모든 사람에
게 보여 주려고 애쓴다. 그들 세계에서 술에 취했다는 것
은 심지어 다른 사람들의 존경을 받을 수 있는 일로 여겨
지기까지 한다. 관리들도 음주를 금하면 더 나쁜 일이 벌
어질 것을 알기 때문에 음주를 눈감아 준다. 죄수들은 이
른바 〈술장수〉, 즉 밀반입되어 온 술에 물을 타서 파는 다
른 죄수에게서 술을 산다.

　　마치 황소처럼 몇 개월 동안 일만 하던 이 죄수는 미
리 생각해 두었던 그날이 오면 모두 마셔 버리려고 코
페이카를 모아 두었던 것이다. 이 불쌍한 일꾼은 꿈속
에서도, 일을 하는 동안의 공상 속에서도, 이날이 다가
오기 오래전부터 이날을 꿈꾸기 시작하는데, 바로 이
러한 매혹이 지루한 감옥의 일상생활에서 그의 정신을
지탱하는 힘이 된다. 드디어 광휘 가득한 여명이 동녘
에서부터 나타난다. 돈도 모았겠다, 압수당하지도 도
둑맞지도 않았겠다, 그는 그 돈을 가지고 술장수에게
로 간다. 술장수도 처음에는 가능하면 진짜 술을, 말하
자면 두 번 밖에 물을 타지 않은 술을 그에게 준다.
(……) 죄수는 곧바로 취해 버리고 마는데, 보통은 자
기의 돈이 모두 탕진될 때까지 술을 계속 마셔 댄다.
(……) 그다음 날에는 머리가 빠개지는 듯한 고통을 받

으면서 잠에서 깨어나 술장수에게 공연히 해장술을 한 잔 청하기도 한다. 그는 가엾게도 불행을 참아 내면서 바로 그날부터 또다시 노역을 시작해 몇 달 동안을 목 한 번 펴지 않고, 다시 돌아오지 않는 영원 속으로 자취를 감춘 행복했던 주연의 날을 꿈꾸며 일을 한다.(9: 93~94)

죄수들의 음주는 일상적인 알코올 섭취와는 다른 차원의 행위다. 첫째, 그것은 〈금지된 쾌락〉을 즐길 수 있는 자유의 표출이다. 여기에는 철저하게 이기적인 동기만이 작용한다. 즉 자신이 자유롭다는 것을 스스로에게 납득시키고 타인에게 자랑하기 위한 것이다. 그러나 죄수도 그를 바라보는 다른 죄수들도 자기들의 부자유에 대해 그 누구보다도 잘 알고 있다. 그러므로 감옥에서의 음주는 허세와 기만, 환상과 무위미한 도취일 따름이다.

둘째, 도취, 흥분, 상승 같은 〈쾌감〉도 그들에게는 음주의 극히 일부에 불과하다. 그들은 만취 상태에서 다른 세계로의 〈탈출〉을 체험하기 때문에 술에 집착한다. 심리학자 제임스W. James는 술의 이러한 기능을 〈신비적 기능〉이라 일컫는다.

나는 중독성 물질과 마취제, 특히 술로 인해 형성되는 의식 상태에 대하여 언급하려고 한다. 인류를 압도하는 술의 지배는 의심할 여지 없이 인간 본성의 신비적 기능을 자극하는 술의 힘 때문에 생겨난다. 그 신비적 기능이란 술에서 깨어나고 나면 다가오는 냉혹한 사실들과 인정 없는 비판에 의해 여지없이 현실에서 으깨어지는 것이지만 말이다. 맨정신 상태에서는 사람이 위축되고 분별력이 있으며 〈아니오〉라고 말한다. 그러나 술에 취한 상태에서는 위풍당당해지고 〈예〉라고 말한다. 사실 술은 인간에 내재되어 있는 긍정 기능에 대단한 자극제인 것이다. 술은 그 탐닉자들을 사물의 차가운 외면으로부터 찬란한 중심으로까지 이끌어간다. 술은 한순간 그를 진리와 함께하는 존재로 만든다. 사람들이 술을 추구하는 것은 단순히 타락해서 그런 것이 아니다. 술은 가난한 자와 문맹자에게 교향악단과 문학을 대신한다.[9]

제임스가 말하는 신비한 기능은 죄수들에게 그대로 적용된다. 죄수들은 모두 정신을 잃을 때까지 마신다. 그점에서 그들은 모두 알코올 중독자다. 향기로운 술의 맛을 음미하거나 기분 좋게 취하는 것은 그들의 목적이 아니다. 그들은 반드시 〈정신을 잃어야만 한다〉. 그 정신 잃음은 잠들지 않은 상태에서의 지옥 같은 부자유에서 벗어날 수 있는 유일한 해방구다. 많은 알코올 중독자들이

---

9 윌리엄 제임스, 『종교적 경험의 다양성』(서울: 한길사, 2000), 469쪽.

이러한 이유에서 알코올에 집착한다.[10] 그들은 한번 맛본 자유의 환영을 잊을 수가 없어 술에서 깨어나면 다시 술을 찾는다. 음주에서 만취로 이어지는 과정은 죄수가 다음 날 아침 깨어나면 다시 음주, 만취, 깨어나기로 반복된다.

3

이상에서 살펴본 돈, 도박, 탈옥, 술이 〈자유욕〉 표출의 가장 저급한 출구이자 원형 운동의 동력이라면 소설에서는 그것들과는 대비되는 다른 운동 방식이 제시된다. 그것은 연극 상연이다. 감옥에서는 성탄 주간에 며칠간 죄수들에게 연극 상연을 허용하는데, 그것은 자유의 테마와 직결된다. 자유를 박탈당한 인간들이 자유의 환상을 가장 긍정적인 의미에서 체험하고, 자유를 거의 〈실현〉시킬 수 있는 유일한 기회가 바로 이 연극 상연이기 때문이다. 연극이 상연되는 시간은 〈다른 어떤 것과도 비교할 수 없이 가치 있는 시간이며 공동체가 개인을 초월하고 결합이 파편화를 초월하는 시간이다〉.[11]

10 알코올 중독과 자유의 문제를 결부시켜 연구한 발베르데M. Valverde 역시 알코올 중독자들에게 음주는 언제나 자유 의지의 실현으로 시작하지만 마지막은 그 자유의 마비로 끝난다고 지적한다. M. Valverder, *Disease of the Will: Alcohol and the Dilemmas of Freedom*(Cambridge: Cambridge Univ. Press, 1998), pp. 23~42.

11 J. Sherbinin, "Transcendence through Art: the Convicts' Theatricals

연극이 공연되는 시간인 성탄 주간은 죄수들에게도 진정한 축일이다. 이 버려진 사람들에게도 진정한 기쁨의 시간이 1년에 며칠 주어진다. 그리하여 그들은 마치 〈자유인〉인 듯 축일을 거룩하고 기쁘게 축하한다. 〈죄수들은 이 축일을 지킴으로써 자기가 모든 세계와 접하고 있으며 그래서 자기들은 결코 버림받은 사람도 죽어 가는 사람도 빵 부스러기 같은 사람도 아니라는 것을, 감옥에도 다른 사람들에게 있는 것과 같은 것이 있다는 것을 무의식적으로나마 느끼고 있었다. 그들은 이것이 자명하다고 이해하거나 느끼고 있었던 것이다.〉(9:259)

그러나 이 자유의 느낌을 선사하는 대축일에는 두 가지 얼굴이 있다. 하나는 앞에서 말한 〈술의 자유〉의 연장이다. 죄수들은 수많은 구호품을 받아 물질적으로 풍성한 명절을 지낼 수 있다. 1년에 몇 차례 제공되는 맛있는 식사가 시작되자 5분도 안 되어 죄수들은 술에 취하기 시작한다. 술이 돌면서 죄수들은 그동안 모아 두었던 돈을 〈물 쓰듯〉 쓰고 여기저기서 드잡이를 하고 노름판을 벌린다. 〈대화는 점점 취기를 더해 갔고 시끄러워지기 시작했다. 그러나 별다른 소동 없이 식사를 마쳤다. 모두들 포식했다. (……) 옥사마다 노랫소리가 울려 퍼지고 있었다. 그러나 취기는 이미 이성을 잃을 만큼 퍼져 있었으므로, 노

래는 머지않아 곧 눈물로 바뀌었다.〉(9:269~270)

결국 기다리고 기다리던 축일은 술과 고성과 소음과 아귀다툼으로 마무리된다. 〈그러나 이 같은 아귀다툼의 혼란을 어떻게 모두 적을 수 있단 말인가! 마침내 질식할 것 같던 하루도 끝났다. 죄수들은 나무 침상 위에서 괴롭게 잠을 자고 있다. 꿈속에서 그들은 다른 날보다도 더 심하게 말을 하고 헛소리를 한다.〉(9:286)

이와는 극적으로 대비되는 것이 〈죄수 극단〉의 연극 상연이다. 술잔치가 아귀다툼을 특징으로 하는 것과 달리 연극은 처음부터 〈질서〉를 특징으로 한다. 〈연극과 그것을 허락받은 데 대한 감사의 마음이 축제일 동안에 감옥에서 어떤 한 건의 심각한 무질서도 악의에 찬 말다툼도 도둑질도 일어나지 않게 한 원인이었다.〉(9:289) 연극은 처음부터 끝까지 모두 죄수들이 준비한다. 죄수들뿐만 아니라 간수와 하사관, 장교, 공병 서기 등이 관객으로 참여한다. 무대가 세워진 군용 죄수실은 입추의 여지 없이 꽉 들어차고 이곳의 열기와 에너지는 가장 순수한 의미에서 〈생명에의 외경〉 같은 것이다. 〈이들의 일그러지고 낙인 찍힌 이마와 볼에서, 지금까지 음침하고 찡그리고 있던 이들의 시선에서, 때때로 무섭게 번뜩이는 이들의 두 눈에서, 어린아이처럼 즐겁고 사랑스러우며 순수한 만족의 경이로운 광채가 반짝이고 있었다.〉(9:302)

여기서 무엇보다도 중요한 것은 연극이 개인적인 어떤

것이 아닌, 〈공동체〉적인 사건이라는 것, 그리고 그들은 〈함께〉 진정한 〈기쁨〉을 맛보고 있다는 사실이다. 이것은 술이나 도박이 주는 기형적인 쾌락이 아니라 진정한 기쁨이다. 배우들이 배우들대로 자기의 역에 완전히 몰입하여 궁극의 기쁨을 맛보고 있다면 관객들 역시 거기에 감염이라도 된 듯 진정한 기쁨에 몰입하고 있다. 그러한 기쁨은 언제나 평화와 함께한다. 〈그곳에서는 모두들 편안한 마음가짐을 하고 있었다. 그들은 자신들의 기쁨에만 열중하고 있었다.〉(9: 306) 〈감방, 족쇄, 감금, 앞으로의 길고 긴 우울한 날들, 음침한 가을날의 물방울 같은 단조로운 생활 등을 상상해 보라. 그리고 주위의 모든 압박과 구속된 생활의 무거운 꿈을 잊어버리고 잠시나마 편안하고 즐거운 시간이 허락되고 대대적인 연극 공연이 허용되었다고 상상해 보라.〉(9: 306)

여기서 연극이 죄수 배우와 죄수 관객들에게 제공해 주는 기쁨의 원천은 그 내용이나 볼거리가 아니라 〈자유의 환영〉이다. 연극의 스토리는 뒤죽박죽이고 무대 장치는 형편없지만 아무도 그런 것에는 신경 쓰지 않는다. 관객들은 동료 죄수들이 〈마치 자유인처럼〉 무대에 올라 있는 것을 보고 자신들의 자유에 대한 염원이 충족되고 있다는 〈환상〉을 체험한다.

〈저게 죄수야. 족쇄를 절그덕거리던 바로 그 죄수야.

그런데 지금은 연미복을 입고 중절모를 쓰고 망토를 입고 나왔어〉, 〈마치 관리 같잖아. 수염도 붙이고 가발도 썼군. 아니 주머니에서 빨간 손수건을 꺼내 흔들고 있군. 나리처럼. 정말 나리와 똑같아〉 하며 모두들 들떠 있었다.(9: 307)

이렇게 체험하는 자유는 그들에게 거의 〈행복〉이라 부를 수 있는 어떤 것을 준다. 그러나 이들이 체험하는 것 역시 자유의 환상이며 이들의 행복도 〈마치 행복에 젖은 듯〉한 감정일 뿐이다. 그럼에도 불구하고 연극 상연은 가장 행복에 가까운 상태로 죄수들을 끌어올린다. 앞에서 인용했던 술판 대목에서 죄수들이 다른 때보다 괴로워하며 잠이 들고 더 심하게 잠꼬대를 하는 것과 달리 연극 상연 뒤의 죄수들은 〈고요한 마음〉으로 잠이 든다. 〈우리 모두는 만족해하면서 배우를 칭송하기도 하고 하사관에게 감사하기도 하며 헤어진다. 다투는 소리는 들리지 않는다. 모두들 일찍이 없던 만족감으로 마치 행복에 젖은 듯, 여느 때와는 다른 고요한 마음 속에서 잠이 든다.〉(9: 318) 이것을 화자는 〈정신적인 변화〉로 설명한다. 〈이같은 불행한 사람들에게도 잠시나마 자기 식대로 살 수 있는 것, 인간답게 웃을 수 있는 것, 일순간이라도 감옥 같지 않은 현실을 느끼는 것 등이 허용됨으로써 그들은 잠시나마 정신적으로 변화하게 되는 것이다.〉(9: 318)

물론 화자는 여기서도 〈잠시나마〉라는 말을 붙이는 것을 잊지 않는다. 그러나 이 잠시 동안의 변화는 도스토옙스키가 탐구하게 될 자유의 여정에 출발점이 되기에 충분하다.[12] 연극 상연, 그리고 그것의 연장인 예술 활동은 그러므로 완전한 원형 운동도 아니고 선형 운동도 아닌, 그 경계선에 위치하는 운동이라 할 수 있다.

4

한순간에 그친 연극 상연이지만 그것은 술이나 도박과 두 가지 점에서 다르다. 첫째, 술이나 돈, 도박이 소모적인 것이라면 연극은 창조적인 것이다. 창조에는 치유의 힘이 있다. 그리고 이 치유의 힘은 연극을 상연하고 관람한 죄수들뿐 아니라 그 모든 것을 관찰하고 기록한 화자-주인공에게도 적용된다. 둘째, 연극은 공동체적인 것이다. 연극은 수인들의 최종적인 구원에는 기여하지 못하지만 화자의 구원에는 중요한 촉매가 된다. 연극 상연을 계기로 화자는 구원의 길에 한걸음 다가서게 된다.

화자-주인공의 개인적인 〈구원의 역사〉는 두 가지 구

12 셰르비닌J. Sherbinin은 더 나아가 이 연극 상연은 일종의 성사 *Sacrament*이며 연극이 상연되는 장소까지도 성당의 구조와 비슷하다고 지적한다. 다소 비약적인 논지이긴 하지만, 도스토옙스키가 탐구하는 자유가 〈그리스도안에서의 자유〉라는 것을 염두에 둔다면 이러한 지적은 어느 정도 타당하다고 여겨진다. J. Sherbinin, "Transcendence through Art: the Convicts' Theatricals in Dostoevskii's 'Zapiski iz mertvogo doma'", p.341을 참조할 것.

속 요인에서 벗어나는 것으로 요약된다. 첫 번째 구속 요인은 물리적인 자유의 부재이고, 두 번째 요인은 그가 이제까지 현실에서 한 번도 마주한 적이 없는 잔인한 동료 수감자들과 언제나 함께 지내야 한다는 사실이다. 강제된 공동생활은 족쇄와 수감에서 오는 부자유와 맞물리면서 주인공에게 두 배의 고통을 선사한다. 〈뒷날에 가서야 나는 자유의 박탈과 강제 노동 이외에도 유형 생활에는 다른 무엇보다 더욱 힘든 고통 하나가 더 있다는 것을 깨달았다. 그것은 강제적인 공동생활이었다.〉(9: 52)

자신의 범죄에 아무런 가책도 못느끼는 흉악범들을 관찰하면서 주인공은 분노와 혐오와 공포에 사로잡히고 결국 인간성에 대한 신뢰를 상실해 간다. 이러한 심리적인 상태는 물리적인 자유의 부재 못지않은 올가미가 되어 그의 존재를 압박한다. 주인공이 자유를 찾아가는 과정은 이 올가미에서 벗어나 인간성에 대한 믿음을 회복하는 과정과 나란히 진행된다. 그는 〈도덕적인 콰지모도〉들 속에서, 아직도 남아 있는 인간성을 발견해야만 했다. 그럼으로써만 그는 자신의 〈인간성〉을 유지할 수 있었다. 주인공에게 살아남는다는 것은 감옥에서 해방된다는 것이자 동시에 악의 심연에서 솟아오른다는 것이었다. 그는 악에 대한 선의 승리를 어떤 식으로든 확신해야만 했다. 요컨대 출감이라고 하는 물리적인 해방과 증오와 분노로부터의 심리적 해방은 주인공이 걸어가는 자유의 여정의 양면이다. 앞에서 언급한 수인들이 자유의 환영에 갇혀 제자리걸음을 반복한다면, 주인공은 해방을 향해 물리적으로, 그리고 심리적으로 전진한다.

주인공은 연극 상연을 계기로 감옥 생활에서 가장 고통스럽게 생각했던 〈강요된 공동체 생활〉의 고문을 극복하고 인간에 대한 신뢰를 회복할 수 있는 가능성을 발견한다. 이것은 단지 자유의 환영이 아니다. 주인공이 체험하는 것은 잠시 동안 느끼는 자유의 감정도 아니고 행복에 잠긴 듯한 기분도 아니다. 이것은 진정한 자유를 향한 첫걸음이다.

우선 연극은 화자와 다른 죄수들 간에 그어져 있던 넘지 못할 선을 제거한다. 그때까지 화자는 귀족이었고 그에게 돈을 얻을 속셈으로 접근하는 〈거지〉들과 몇몇 이방인을 제외하면 그는 다른 죄수들의 증오의 대상이었다. 그러나 연극 상연을 하면서 다른 죄수들은 그를 〈귀족〉으로 인정해 준다. 이것은 그들 사이에 감상주의적인 어떤 친밀감 같은 것이 갑자기 생겨났다는 것과는 다른 얘기다. 연극을 준비하면서 죄수들은 연극 경험이 많으리라고 여겨지는 귀족 죄수의 그 귀족적임을 인정하고, 그에게 조언을 구하고, 그에게 우경험자의 대우를 하며 제일 좋은 좌석을 제공한다.

그들은 내가 연극에 대해서는 자기들보다 훨씬 더

잘 판단할 수 있으며 자기들보다 더 많이 보고 더 잘 안다는 것을 인정하고 있는 것이다. 그들 중 나에게 호의를 갖지 않는 자들도 지금은 내가 그들의 연극을 보고 칭찬해 주기를 바라며 아무런 자기혐오의 감정 없이 나에게 자리를 내주었다.(9: 299)

화자와 다른 죄수들 간의 넘을 수 없는 경계선이 허물어지면서 화자는 연극의 준비 과정, 공연, 그리고 관객의 태도를 관찰한다. 그러면서 그는 그동안 짐승처럼 생각했던 죄수들의 내면에 씨앗처럼 뿌려진 어떤 것, 훗날 〈대지주의자〉로서 이상화하게 될 민중의 진정한 내면의 한 단면을 보게 된다. 이 발견은 궁극적으로 그를 혐오의 족쇄에서 해방시킨다.

우리 민족의 가장 숭고하고 단호한 성격의 특징은 정의감과 그것에 대한 갈망이다. 어느 곳에서나, 무슨 일이 일어나더라도, 그것이 가치가 있건 없건 수탉처럼 달려드는 습성이 그들의 결점은 아니다. 표면에 뒤집어쓰고 있는 껍질을 벗겨 버리고, 아무런 편견 없이 신중하게 그 알맹이만을 가까이서 바라보면 된다. 그러면 민중들에게서 생각지도 못했던 것들을 보게 될 것이다.(9: 300)

이제까지 수인들을 괴물처럼 묘사하던 화자는 여기서 갑자기 그들을 미화하기 시작한다. 이 갑작스러운 시각의 변화는 화자의 내면에서 일어난 변화를 반영한다. 연극 상연이 계기가 되어 죄수들이 〈일시적으로〉 변화했다면, 그것을 관찰하는 화자 자신은 먼 미래까지 지속될 근본적인 변화의 첫발을 내디딘다. 이 변화는 도스토옙스키의 소설에서 늘 그렇듯 인과율을 따르지 않으며 갑작스럽게 발생한다. 연극 상연은 화자가 주도한 것도 아니고 그가 의도한 것도 아니다. 그것은 외부에서 그에게 주어진 어떤 계기인데, 그 계기로 인해 그의 내부에서는 엄청난 변화가 일어나는 것이다. 그는 죄수들의 〈껍데기〉를 벗겨 버리고 그들의 내면을 보기 시작한다. 그러자 많은 것이 눈에 들어온다. 그는 생전 처음으로 러시아 민중들의 감춰진 예술성을 보고 듣고 느낀다.

소리들의 화음, 연주의 호흡, 그리고 특히 모티프의 본질에 대한 훌륭한 재연과 그것의 성격을 이해하는 정신들은 그저 놀라움만을 안겨다 줄 뿐이었다. 나는 그때 처음으로 러시아의 낙천적이며 대담한 춤곡 속에 깃들어 있는 그 끝없는 낙천성과 용맹스러움을 완전히 이해할 수 있었다. (……) 여기까지의 무언극은 흠잡을 데가 없었다. 동작도 실수 하나 없이 정확했다. 배우들의 이러한 즉흥적인 연기를 보면서 경탄할 수도 있지만 자연스레 이런 생각이 들기도 한다. 얼마나 많은 재능과 실력이 우리 러시아에서 가끔은 아무런 쓸모 없이 부자유와 힘겨운 운명 속에서 파멸해 가는가 하고 말이다.(9: 303, 315)

이 깨달음 이후 화자는 자신과 수감자들 간에 그어져 있던 경계선을 넘어 심리적인 자유를 향해 전진한다. 다른 수인들은 시간의 원형 운동 안에 유폐되어 있지만 화자에게 시간은 앞을 향해 흘러간다. 소설 전체를 통해 〈Vremia shlo〉(PSS IV: 78)는 화자에게만 적용된다.[13]

5

『죽음의 집의 기록』에서 화자-주인공이 걸어가는 해방의 길은 다른 모든 내러티브의 요소들을 압도하면서 영적인 차원으로 연장된다. 그의 심리적 해방과 물리적이고 공간적인 출옥은 결국 영혼의 구원과 하나로 합쳐진다. 이러한 일치의 측면에서 보면 서론에서 언급했던 내러티브상의 두 가지 결함은 결국 결함이 아닌 저자의 전략으로 여겨질 수 있다. 우선 화자의 위상부터 살펴보자. 화자의 선적 운동의 원동력이 된 〈연극 상연〉은 제

---

13 투니마노프V. Tunimanov가 화자의 존재 의의를 극적 효과로 가득찬 〈과정〉에 두는 것도 비슷한 맥락에서이다. V. Tunimanov, *Tvorchestvo Dostoevskogo* (Leningrad: Nauka, 1980), p. 93.

1부의 마지막 장이다. 그리고 이어지는 제2부의 첫 장은 〈병원〉이라는 부제를 달고 있어 그가 축제일 동안 마음으로 얻은 치유의 은혜가 실질적인 치료로 연장되는 것 같은 인상을 준다. 그런데 마치 화자의 치유 과정을 시험이라도 하듯 제2부에는 이 소설 전체를 통해 가장 끔찍한 에피소드인 〈아쿨카의 남편〉 스토리가 삽입된다. 〈아쿨카의 남편〉은 아무 이유도 없이 아내를 때려죽인 재봉소 일꾼이다. 그의 살인이 무서운 이유는 범죄 동기가 없다는 것, 그리고 살인범에게 범죄에 대한 자각이 전혀 없다는 것이다. 그는 담담하게, 마치 과거 어느 한때 있었던 작은 사건을 옆사람에게 들려주듯이 아무 죄도 없는 (자기도 그녀가 잘못이 없다는 것을 알면서) 아내를 상습적으로 구타하다가 마침내 죽인 이야기를 들려준다.

이 소름끼치는 폭력, 무지몽매와 야만, 인간 본성 속에 자리잡은 악의 이야기는 〈연극 상연〉에서 잠시 보여 주었던 갱생의 가능성을 비웃는 듯하다. 화자는 그러한 악이 실재로 존재한다는 것을 믿을 수가 없다. 그래서 그는 나중까지도 그 이야기를 기억하지만 〈이 이야기는 내가 마치 열병을 앓고 누워서 궂은 꿈을 꾸고 있는 것처럼 느껴졌고, 이 모든 것들을 열병과 헛소리 속에서 꿈꾸고 있는 것 같았다〉고 회상한다(9 : 400).

그러나 이렇게 꿈처럼 비현실적인 〈아쿨카의 남편〉 이야기는 화자의 위상 변화를 설명해 주는 대단히 현실적

인 텍스트이다. 고랸치코프가 도스토옙스키의 분신이고
『죽음의 집의 기록』이 도스토옙스키 자신의 체험을 바탕
으로 한 자전적 소설임은 자명하다. 화자가 〈정치범〉이
라는 설정은 그가 도스토옙스키 자신을 대변한다는 사실
을 확고하게 뒷받침해 준다. 그러나 화자이자 저자인 주
인공이 자유를 찾아가는 선형 운동을 부각시키기 위해서
는 정치범이라는 위상 외의 부가적인 요소가 요구되었
다. 그래서 도스토옙스키는 내러티브의 논리를 다소 희
생시키더라도 그 부가적 위상을 수용하는 쪽을 선택했
다. 〈아쿨카의 남편〉이 속한 곳은 〈죽음의 집〉에서도 가
장 잔혹한 공간이다. 그것은 화자가 내려갈 수 있는 지옥
의 가장 밑바닥이다. 그러나 화자(그리고 도스토옙스키
자신)는 그 지옥의 밑바닥에서 흉악한 죄인만을 본 것이
아니라 자기 자신의 모습도 보았다. 〈아쿨카의 남편〉은
인간의 마음속 깊은 곳에 있는 악의 상징이다.

　이 점을 말하기 위해 도스토옙스키는 정치범 화자를
〈아내 살인범〉으로 변형시킨다. 이제 아쿨카의 남편은
곧 화자 자신이 되며 아쿨카의 남편에 대해 그가 느끼는
공포와 혐오는 자기 내면에 있는 악에 대한 공포와 혐오
로 이중화된다. 아쿨카의 남편 이야기는 화자의 선형 운
동에서 중요한 분기점이다. 여기서 그는 다른 죄수들처
럼 원형 운동의 틀 속에 남아 있거나 아니면 심연에서 빠
져나와 전진하거나 둘 중의 하나를 선택해야 한다. 화자

는 후자를 선택한다. 그는 그 무엇에도 불구하고 소생에 대한 희망을 버리지 않기 때문에 해방의 길로 들어선다. 〈단 하나, 부활과 갱생과 새로운 생활에 대한 강렬한 갈망만이 나를 지탱할 수 있게 해준 힘이었음을 기억한다. 그리고 나는 결국 참아 냈다.〉(9: 529~530) 화자가 아쿨카의 남편과 똑같은 〈아내 살인범〉이란 것은 그러므로 우연도 아니고 실수도 아니다. 그것은 화자가 걷는 〈악으로부터의 해방〉의 길에서 하나의 이정표로 작용하는 것이다.

소설의 두 번째 결함인 화자의 비일관적인 심리와 때 이른 죽음 역시 구원의 역사란 측면에서 보면 필요 불가결한 조건이다. 앞에서도 한 번 언급했지만, 고랸치코프의 수기는 다음과 같은 문장으로 끝난다. 〈그렇다. 하느님의 은총과 함께! 자유, 새로운 생활, 죽음으로부터의 부활…… 이 얼마나 영광스러운 순간인가!〉(9: 557) 이 문장은 화자의 물리적 자유(출옥)와 심리적 자유를 모두 표현한다. 그러나 이 진술의 의미는 여기에 그치지 않고 영적 차원으로 연장될 때 비로소 완전히 드러난다.

화자의 진술은 영적 차원에서 〈구세사〉의 핵심을 담고 있다. 그리스도교에서 구원이란 소극적인 면에서는 〈악에서의 해방(자유)〉이며 적극적인 면에서는 〈하느님과의 일치〉이다.[14] 번역본에서는 〈하느님의 은총과 함께〉로

14 해방과 일치의 신학적 의미에 관해서는 안셀름 그륀, 『예수, 생명의

되어 있지만 러시아 텍스트는 〈하느님과 함께S Bogom〉
(PSS IV: 232)이다. 따라서 마지막 진술은 문자 그대로
화자가 악에서 해방되고(자유), 다시 태어나고(죽음으로
부터의 부활), 〈하느님과 함께〉 일치를 이루었음을, 즉 화
자의 개인적인 〈구원의 역사〉가 절정에 이르렀음을 선포
하는 것이다.

그리스도교 패러다임 속에서 구세사의 종착점인 부활
과 영원한 생명은 물질적인 세계와의 완전한 단절 이후
에 획득되는 어떤 것이다. 그러므로 죽음은 절대적인 선
행 조건, 즉 영원한 삶으로의 변모를 위한 문으로 기능한
다.[15] 이렇게 볼 때 화자의 때 이른 죽음은 내러티브의 마
지막과 구세사의 절정이 중첩되기 위한 필요조건이라 할
수 있다. 이미 내러티브의 마지막 부분에서 영적으로 부
활한 화자에게 그 이후의 지상에서의 삶은 상식적인 의
미와는 다른 차원, 구원의 여정에 대한 기록의 차원에서
만 지속의 의미가 있다.

〈기록〉(즉 〈죽음의 집의 기록〉이라고 하는 내러티브)을
통해 고랸치코프의 구원의 역사는 문학으로 고착된다.
그는 글로써 해방의 〈영광스러운 순간〉을 영원 속에 새
겨 놓는다. 그가 출옥 후에 보여 주는 대인 기피증은 개

문. 요한복음 묵상』, 김선태 옮김(왜관: 분도출판사, 2004), 120~123쪽을
보라.

15 N. Grillaert, "Only the Word Order Has Changed. The Man-God in
Dostoevsky's Works", *Dostoevsky Studies, New Series*, Vol. 9, 2005, p.89.

인적인 구세사의 측면에서 보면 자연스러운 현상이다. 화자의 글쓰기는 개인적인 해방과 구원의 행위이며 이 내적인 해방은 자아와 그리스도 간의 관계 차원에서 진행될 뿐 여기에 다른 사람들이 개입할 여지는 별로 없기 때문이다. 그의 기록을 통해 그가 찾은 자유는 일시적인 어떤 느낌, 〈자유의 환상〉이 아닌 진정한 해방으로 고양된다. 화자의 선형 운동은 기록이 구현하는 항구함과 맞물려 이후 도스토옙스키의 모든 대작들을 관통하는 화두가 될 〈그리스도 안에서의 자유〉를 예고한다.[16]

결론적으로 말해서, 『죽음의 집의 기록』을 주도하는 것은 인과율도 아니고 미학적인 논리도 아니다. 저자의 깊은 영성과 그리스도교의 구세사적 초논리가 상식을 압도하고 표면적으로는 의미론적 결함으로 보이는 요소들을 흡수하며 그 과정에서 역사와 신학과 소설이, 시간과 신앙과 내러티브가 하나로 융해된다.

---

16 화자의 선형 운동*linearity*을 그리스도교의 목적론과 결부시켜 바라보는 올러K.Oeler의 시각을 참조할 것. K. Oeler, "The Dead Wives in the Dead House: Narrative Inconsistency and Genre Confusion in Dostoevskii's Autobiographical Prison Novel", p. 522.

3. 『죄와 벌』: 신문의 〈뉴스〉와 복음서의 〈영원한 뉴스〉

1

도스토옙스키는 열렬한 성서 독서가였다. 그가 유배지에서 보낸 4년간 거의 성서만을 읽고 지냈다는 것은 이미 잘 알려진 사실이지만, 밑줄과 노트와 손톱 자국으로 나달나달하게 해어진 채 현재까지 남아 있는 그의 복음서,[1] 그리고 성서에 대한 인용과 암시와 모방으로 가득 찬 그의 소설들은 그 어떤 말보다도 웅변적으로 성서에 대한 그의 깊은 이해를 입증해 준다. 성서는 도스토옙스키에게 있어 종교와 윤리의 토대였을 뿐 아니라 소설 창

---

1 도스토옙스키가 자신의 성서에 남긴 여러 가지 다양한 표시들에 관해서는 I. Kirillova, "Dostoevsky's Markings in *the Gospel according to St. John*", *Dostoevsky and the Christian Tradition*, edit. G. Pattison and D. Thompson (Cambridge: Cambridge Univ. Press. 2001), pp. 41~50을 참조하라.

작 과정에서 〈장르론적으로 가장 중요한〉 〈문학적 모델〉이었다.[2] 그러나 다른 한편으로 도스토옙스키는 신문의 애독자이기도 했다. 그는 신문에 실린 사건들, 특히 범죄 및 소송과 관련된 기사들을 수집하였으며 거기에서 당대 사회의 숨겨진 해악에 대한 징후들을 읽어 냈으며[3] 저널리즘에 대한 관심을 포괄적으로 소설 속에 반영시켰다. 이는 그의 소설에 대한 주석의 거의 모든 페이지에서 19세기 후반에 페테르부르크와 모스크바에서 발간되던 신문 기사가 언급되고 있다는 사실만 보아도 쉽게 알 수 있을 것이다.

『죄와 벌』도 성서와 신문을 주요 기저 텍스트로 삼고 있다는 점에서 예외가 아니다. 「욥기」에서 「요한의 묵시록」에 이르기까지 구약과 신약의 구절들이 직간접으로 인용되고 있을 뿐 아니라 「요한의 복음서」의 핵심 에피소드인 〈라자로의 부활〉은 전문이 삽입되어 있다. 또한 당대 신문의 머리기사로 등장했던 여러 가지 범죄 사건들이 모델로 등장하는가 하면, 신문의 문예란*feuilleton*에 실릴 법한 글의 장르 구조, 통속적인 이념, 선정적인 테마, 멜로드라마적인 배경, 감상적인 인물들이 그대로 수

2 G. Pattison and D. Thompson, "Introduction: Reading Dostoevsky Religiously", *Dostoevsky and the Christian Tradition*, edit. G. Pattison and D. Thompson (Cambridge: Cambridge Univ. Press, 2001), p. 25.

3 Y. Lotman, "Simvol v sisteme kul'tury", *Stati po semiotike i tipologii kul'tury, Tom I* (Tallinn: Aleksandra, 1992), p. 193.

용되어 있다.[4] 여기서 도스토옙스키의 신문에 대한 의존
도는 이미 출판된 텍스트에서 광범위하게 글을 차용해
오고 진부한 논쟁과 아이디어를 도용하고 상투적인 문구
에 무겁게 의존하는 당시의 전형적인 저널리스트를 연상
시킬 정도이다.[5]

이렇게 소설의 구성에 직접적으로 개재하는 성서와 신
문은 양극적인 대립의 양상을 보임으로써 저자의 메시지
를 실현시키는 데 결정적인 인자로 작용한다. 도스토옙
스키는 『죄와 벌』에 관한 작가 노트에서 소설의 주된 관
념이 〈정교회적 관점Pravoslavnoe vozzrenie〉이라고 단언한 바
있는데(PSS VII: 154), 그리스도의 부활이야말로 정교회
신앙의 핵심임을 감안해 본다면,[6] 이 소설은 정교회적인
관점에서 바라본 부활과 갱생에 관한 이야기라고 무리

4 K. Klioutchkine, "The Rise of Crime and Punishment from the Air of
Media", *Slavic Review*, Vol. 61, No. 1, 2002, p. 89.

5 Ibid., p. 91.

6 동방 정교회에서 강조하는 부활의 기쁨과 영광은 무엇보다도 동서방
교회 간의 전례의 차이에서 확연하게 드러난다. 로마 가톨릭이 그리스도의
강생과 수난을 강조하는 것과는 달리 동방 정교는 그리스도의 부활을 강조
하기 때문에 전례에 그리스도 수난의 상징인 〈십자가의 길〉이 포함되지 않는
다. 또한 동방 교회에서는 복음서 중 가장 영광스러운 대목으로 간주되는
「요한의 복음서」의 프롤로그를 부활절 전례에서 낭송하는 데 반해 서방교회
에서는 성탄 미사 때 낭송한다. 모든 전례의 꽃이라 할 수 있는 자정 미사 또
한 동방 교회에서는 부활절 전야에 봉송되는 반면 서방 교회에서는 성탄 전
야에 봉송된다. 동방 교회는 심지어 그리스도 수난의 정점인 성 금요일 밤의
전례에서도 슬픔보다는 부활의 기쁨을 예견하는 찬송가를 부른다. 〈어머니,
무덤 속의 저를 보더라도 슬퍼하지 마소서……. 저는 살아나 영광을 받을지
니…….〉 J. de Vyver, *The Artistic Unity of the Russian Orthodox Church.
Religion, Liturgy, Icons and Architecture* (Michigan: Firebird Publishes,
1992), p. 23.

없이 요약될 수 있다. 성서적 의미에서 부활이란 곧 〈낡은 인간성을 벗어 버리고 마음과 생각이 새롭게 되어 하느님의 형상대로 창조된 새 사람으로 갈아입는 것〉(「에페소인들에게 보낸 편지」 4: 22~24)을 의미한다. 이 부활의 의미를 소설 속에서 형상화하는 데 있어 도스토옙스키는 가장 성스러운 복음서와 가장 대중적이고 통속적인 신문을 병치시킨다. 요컨대 살인범 라스콜니코프는 신문 텍스트를 모델로 하는 진부한 내러티브 속에 철저하게 유폐되는 반면, 그를 부활로 인도하는 인물들은 끊임없이 성서 텍스트를 환기시킴으로써 그 진부한 내러티브를 균열시킨다. 라스콜니코프가 〈낡은 인간성〉, 즉 죄와 죽음의 속박을 벗어 버리고 〈새 사람〉, 즉 그리스도의 모습을 닮은 참된 인간으로 다시 태어나는 과정에 개재하는 〈낡음〉과 〈새로움〉, 〈죽음〉과 〈부활〉의 의미론적 대립은 신문과 성서의 대립을 통해 표면화되는 것이다. 그러면 이제 신문과 성서가 소설의 내러티브와 어떻게 관련되는지 좀 더 구체적으로 살펴보기로 하자.

2

『죄와 벌』이 쓰어질 당시 러시아에서는 신문이 사상 초유의 호황을 누리고 있었다. 한편으로는 저널리즘의 활성화를 고무했던 알렉산드르 2세의 정책이, 다른 한편으로는 저렴한 가격과 쉬운 문체와 선정적인 테마로 인해 다수의 민중에게 어필할 수 있다는 이점이 신문의 폭발적인 성장을 가져왔다. 『상트페테르부르크 통보*Sankt peterburgskie vedomosti*』, 『모스크바 통보*Moskovskie bedomosti*』, 『목소리*Golos*』, 『페테르부르크 일보*Peterburgskii listok*』 등 1860년대에 창간된 주요 일간지들은 서유럽과 러시아 내의 최근 소식과 흥미로운 가십거리를 싼 가격에 신속하고도 규칙적으로 제공해 주었고, 따라서 일부 제한된 지식인들에게만 영향력을 행사하던 〈두꺼운 잡지들〉을 제치고 러시아 대중의 정신계를 좌우하는 가장 중요한 매체로 부상했다.[7]

이러한 상황에서 우후죽순처럼 생겨난 신문들은 두 가지 불가피한 현상을 초래했다. 첫째, 동일한 소재가 거의 모든 신문에 그대로 반복되었는데, 이러한 현상은 경제적인 목적에서 신문업에 뛰어든 잡지 발행인들이 자신들의 잡지에서 다루었던 소재를 신문에 다시 게재함으로 해서 더욱 심화되었다. 둘째, 온갖 잡다한 소재를 흥미 본위로 가볍게 다루는 소위 〈문예란〉이라는 것이 보다 진지한 소설과 심각한 잡지 논문을 대신하여 주된 읽을거리로 자리잡게 되었다. 원래 프랑스에서 시작된 문예란은 신문의 대중적인 유포를 통해 자극된 현상으로 고도로 관례적이고 양식화된 기고가들에 의해 쓰였다.[8] 문예란 기고가들

---

7 K. Klioutchkine, "The Rise of *Crime and Punishment* from the Air of Media", pp. 88~91.

8 J. Frank, "The Petersburg Feuilletons", *Dostoevsky. New Perspectives*,

은 독자를 즐겁게 하는 데만 혈안이 되어 있었기 때문에 종종 진정한 정보와 진정한 사실들은 그들의 치졸한 상상력을 통해 기이하고 황당한 〈환상〉으로 돌변하기 일쑤였다.[9] 한마디로 말해서 신속하고 정확하게 정보를 전달한다는 신문 본래의 기능은 반복과 상투성으로 인해 역전되었던 것이다. 도스토옙스키는 유배 이전부터 저널리즘의 이러한 속성을 간파하고 있었다. 1847년 『상트페테르부르크 통보』의 문예란 〈페테르부르크 연대기Peterburgskaia letopic〉에 기고한 에세이에서 그는 페테르부르크의 삶은 〈뉴스〉가 없는 삶이라고 개탄한 바 있는데(PSS XVIII: 11, 18) 그의 이러한 생각은 유배 이후 본격적인 저널리스트로 활동하면서 더욱 확고해진다. 그는 1861년 자신의 잡지 『시간Vremia』의 문예란에 기고한 에세이 「운문과 산문으로 쓴 페테르부르크의 꿈Peterburgskie snovideniia v stikhakh i proze」에서 신문과 신문의 문예란이 갖는 상투성을 다음과 같이 꼬집은 바 있다. 〈무엇보다 실망스러운 것은 그들이 이것을 진짜 뉴스라고 생각한다는 점이다. 신문을 집어들어도 읽을 엄두가 나지 않는다. 사방에 똑같은 말이 반복되고 있으니까 (……) 열정과 의미와 관념과 기호가 없다면 모든 것이 판에 박힌 말과 반복, 반복과 판에 박힌 말이 될 것이다. (……) 여러분, 이 모든 뉴스라는 것에 나는

edit. R. Jackson (Englewood Cliffs: Prentice-Hall, Inc, 1984), pp. 36~37.

9 K. Klioutchkine, "The Rise of *Crime and Punishment* from the Air of Media", p. 93.

넌덜머리가 나서 여러분은 어떻게 그런 걸 읽고도 구역질을 하지 않는지 도저히 이해가 가지 않을 정도이다.〉(PSS XIX: 67~68) 스스로가 저널리스트이자 문예란 기고가이기도 했던 도스토옙스키는 저널리즘의 홍수 속에서 〈열정과 의미와 관념과 기호〉의 부재, 그리고 그 결과 도처에서 판을 치는 진부한 반복을 보았던 것이다.

저널리즘 일반, 특히 신문의 이러한 상투성은 『죄와 벌』에서 라스콜니코프의 존재 및 그가 속한 세계의 〈낡음〉을 규정지어 주는 프레임으로 작용한다. 라스콜니코프의 세계는 처음부터 끝까지 신문이나 잡지의 기사로 포화되어 있다. 우선 소설의 제목 〈죄와 벌〉이 1863년 『시간』지에 실린 포포프V. Popov의 에세이 『죄와 벌(형법의 역사에 관한 소고)Prestuplenie i nakazanie. eskizy iz istorii ugolovno-go prava』를 그대로 모방함으로써(PSS VII: 334) 소설과 저널리즘의 관련성을 예고해 준다면, 소설의 배경은 보다 구체적으로 당시의 신문 기사를 상기시킨다. 저 유명한 첫 문장의 〈7월 초 찌는 듯이 무더운 날〉(PSS VI: 5)에서 시작해서 소설 전체를 관통하는 〈숨 막히는 공기dukhota〉(PSS VI: 6)는 다음의 예문에서 드러나듯이 당대의 독자에게 낯익은 『페테르부르크 일보』나 『목소리』의 기사와 직결된다. 〈열기, 참을 수 없는 무더위! 그늘에서도 수은주는 24-25-26도로 올라간다! 바람이라고는 한 점도 불지 않는다! 밤 1시, 2시경에는 거의 숨도 쉬기 어렵다.〉(1865, 7월 18일 자 『페테르부르크 일보』, no. 106; PSS VII: 363 재인용) 〈참을 수 없는 열기(땡볕 아래에서는 40도나 된다), 숨 막히는 공기, 폰탄카에서 풍겨 오는 악취…….〉(1865, 7월 18일 자 『목소리』, no. 196; PSS VII: 332~333) 〈숨 막히는 공기〉는 한편으로는 1865년 여름에 페테르부르크를 덮친 폭서를 감안할 때 매우 정확한 사실 묘사로 이해될 수도 있고, 또 다른 한편으로는 죄의 답답한 굴레에 갇힌 주인공의 정신 상태에 대한 상징이자 도덕적 숨 막힘의 은유로 볼 수도 있다.[10] 그러나 그것은 사실 묘사와 상징이기에 앞서 신문 기사에서 그대로 발췌한 글의 단편, 즉 메타-텍스트적 모티프이다. 〈숨 막히는 공기〉는 라스콜니코프가 〈신문 인간media man〉으로 작용한 결과 소설에 스며들게 되는 상황인 것이다.[11]

10 일례로 토포로프V. Toporov는 『죄와 벌』에 대한 신화 시학적 고찰에서 주인공의 정신 상태를 비추는 윤리적 공간으로서의 중앙과 변경을 구분한 뒤 변경의 자유와 대립되는 중앙의 비자유를 지적하는 요소로서 비좁음, 답답함, 후덥지근한 공기를 예로 든다. V. Toporov, "O strukture romana Dostoevskogo v sviazi s arkhaichnymi skhemami mifologicheskogo mishleniia(〈Prestuplenie i nakazanie〉)", *Mif, Ritual, Simvol, Obraz* (Moskva: Progress, 1995), p. 205. 케치안은 작품의 배경이 되는 무더운 〈7월July〉의 어원이 〈줄리우스 시저Julius Caesar〉에서 비롯된 것이라는 데 착안하여 7월은 초인 사상, 그리고 유혈이 낭자했던 프랑스 7월 혁명을 암시한다고 지적한 바 있다. S. Ketchian, "Dostoevskij's Linguistically-based Ideational Polemic with Goncharov: Through Raskol'nikov and Oblomov", *Russian Literature*, 51, 2002, p. 413. 사실 무더위와 숨 막힐 듯 답답한 공기의 상징성은 굳이 연구자의 입을 빌지 않아도 소설 속에서 주인공을 향해 끊임없이 〈당신은 공기가 필요하다〉고 외치는 포르피리를 통해 자명하게 된다.
11 K. Klioutchkine, "The Rise of Crime and Punishment from the Air of Media", p. 103.

범죄의 배경이 되고 있는 페테르부르크 또한 〈숨 막히는 공기〉와 마찬가지로 메타-텍스트적이다. 물론 더럽고 비좁고 악취만이 가득한 남루한 공간, 거지와 매춘부와 술주정뱅이와 범법자들이 우글거리는 추악한 공간 페테르부르크는 사실적인 공간이며 동시에 관념적인 공간이지만, 그 이전에 이미 신문 기사에 토대를 둔 모방적 공간이기도 하다. 알코올 중독과 매춘과 우범자들과 도시 빈민과 대기 오염은 당시 신문에서 반복적으로 다루어지던 당면 문제들이었다. 일례로 1865년 4월 11일 자『목소리』지는 〈알코올 중독은 최근 그 정도가 너무도 심각해져서 이러한 사회적 불행에 대해 생각해 보지 않을 수 없게 한다〉고 보도하고 있으며(PSS VII: 333) 1865년 2월 7일 자에서는 극빈자의 증가 및 그로 인한 고리대금의 성횡에 관하여 보도하면서 〈영혼을 갈갈이 찢어 놓는 극빈〉에 관해 개탄하고 있다(PSS VII: 332). 매춘에 관한 기사 역시 1862년도에 잡지『시간』에서 여성의 타락과 매춘의 증가를 집중적으로 다룬 것을 필두로 1860년대 신문 잡지에 수시로 등장하였으며, 1865년 7월 18일 자『페테르부르크 일보』를 비롯한 몇몇 주요 일간지는 점점 심각해져 가는 대기 오염을 지적하면서 더 많은 분수가 시공될 것을 제안하고 있다(PSS VII: 333).[12] 이렇게 신

---

12 A. Lindenmeyr, "Raskolnikov's City and the Napoleonic Plan", *Dostoevsky. New Perspectives*, edit. R. Jackson (Englewood Cliffs: Prentice-Hall, Inc., 1984). p. 102.

문에서 오려 낸 것과도 같은 페테르부르크는 라스콜니코프의 세계에 아무것도 새로운 것이 없다는 것을 지적해 주는 지표가 된다. 린덴마이어A. Lindenmeyer는 사실적이며 또한 관념적인 도시가 주인공의 사상과 행위에 심리적인 영향을 발휘하고 있다고 지적하지만,[13] 오히려 주인공의 사상이 갖는 독창성의 부재, 그 〈낡은〉 관념들이 모방적인 공간을 만들어 낸다고 볼 수도 있다.

  그러면 이제 라스콜니코프의 범죄에 관해 살펴보자. 한마디로 말해서 자신의 범죄를 정당화하는 라스콜니코프의 사상에 새로운 것은 아무것도 없다. 그것은 그를 둘러싼 공간만큼이나 낡고 진부한 모방에 불과하다. 그동안 연구자들이 꾸준히 지적해 왔듯이, 인류는 초인과 범인으로 구분되며 초인에게는 살인을 포함하는 〈모든 것이 허용된다〉는 라스콜니코프의 사상은 무수한 원천을 토대로 한다. 나폴레옹 3세Napoleon III, 칼라일T. Carlyle, 다윈C. Darwin, 오언R. Owen, 푸리에C. Fourier, 벤담J. Bentham, 카베É. Cabet, 콩시드랑V. Considérant, 헤겔G. Hegel 등등 선대와 당대의 셀 수도 없이 많은 사상가들의 저작이 라스콜니코프의 범죄와 연관 지어 매우 자세하게 설명되어 왔다.[14] 이들

  13 Ibid. p. 110.
  14 V. Tikhomirov, "K voprosu o prototipakh obrazov idei v romanakh Dostoevskogo", *Dostoevskii: Issledovaniia i materialy*, Vol.12, 1996, pp. 44~54; D. Offord, "The Causes of Crime and the Meaning of Law: *Crime and Punishment* and Contemporary Radical Thought", *Fyodor Dostoevsky's Crime and Punishment*, edit. H. Bloom (N.Y.: Chelsea House Publishes,

의 저작은 당시 신문과 잡지에서 활발하게 소개 및 논의되고 있었던 만큼 라스콜니코프가 그것들을 읽고 수용했으리라는 것은 쉽게 짐작할 수 있는 일이다.

　그러나 라스콜니코프에게 보다 직접적인 살인의 영감을 제공해 준 것은 이들 거창한 사상가들보다는 좀 더 통속화되고 좀 더 대중적인 살인범 라세네르P. F. Lacenaire였다. 1830년대 프랑스 사회를 떠들썩하게 했던 라세네르는 감옥에서 집필한 회고록을 통해 자신의 살인은 이념에 의한 것이며, 자신은 단순한 죄인이 아니라 〈지적인〉 살인자이며, 또한 사회 불평등을 위해 싸우는 투사이자 사회의 희생양이라는 주장을 펼침으로써 자신의 범죄 행각을 정당화했다(PSS VII: 335).[15] 도스토옙스키는 라세네르의 재판에 비상한 관심을 표방했으며 1861년 자신의 잡지 『시간』에(1861, No. 2, pp. 1~56) 라세네르 재판의 속기록을 게재했다(PSS VII: 334).[16] 도스토옙스키는 또한 『라세네르 재판 기록에 부치는 주석Primechanie k stat'e 'Protsess Lacenera'』에서 〈재판 기록은 그 어떤 소설보다도 더 흥미롭다. 왜냐하면 예술이 다루고자 하지 않는 인간 영혼의 어두운 측면을 조망해 주기 때문이다〉(PSS XIX:

1988), p. 82; A. Lindenmeyr, "Raskolnikov's City and the Napoleonic Plan", p. 107; K. Klioutchkine, "The Rise of Crime and Punishment from the Air of Media", p. 107.

　15 라세네르에 관한 보다 자세한 정보는 PSS XIX: 284~285를 참조할 것.

　16 H. Murav, *Holy Foolishness: Dostoevsky's Novels and the Poetics of Cultural Critique*(Stanford: Stanford Univ. Press, 1992), p. 51.

89~90)라고 밝히기까지 했다. 통속적인 이념을 들먹이며 스스로를 정당화하는 라스콜니코프는 라세네르의 표절일 뿐 아니라, 도스토옙스키의 말에 따르자면 소설 속 인물로서의 그는 실제 재판 기록의 주인공인 라세네르보다 흥미라는 측면에서도 뒤떨어지는 셈이다.

이렇게 저널리즘에 투영된 살인범의 논리를 흉내 내는 라스콜니코프는 한 걸음 더 나아가 표절에 불과한 자신의 논리를 「범죄에 관하여O prestuplenii」라는 논문으로 구체화시켜 『정기 논단Periodicheskaia rech'』에 게재함으로써 저널리즘이 갖는 〈판에 박힌 말과 반복, 반복과 판에 박힌 말〉의 악순환에 일조한다. 그는 저널리즘의 희생자이자 저널리즘의 창조자인 것이다. 라스콜니코프에게 있어 비범한 인물의 징표는 〈새로운 말novoe slovo〉을 발설할 수 있는 능력이다. 그에 의하면 평범한 인물들이 비범한 인물이 될 수 없는 것은 〈새로운 말〉을 발설할 수 없기 때문이다. 〈사람들이 제일 두려워하는 것은 무엇일까? 새로운 한 걸음, 자신만의 《새로운 말》, 이것을 제일 두려워한다.〉 (PSS VI: 6) 반면에 비범한 인물들은 〈자기가 처한 환경 속에서 《새로운 말》을 할 줄 아는 재능, 혹은 천분을 부여받은 사람들〉이다(PSS VI: 200). 이렇게 라스콜니코프는 〈새로운 말〉의 중요성을 강조하지만 그의 논리와 그의 글이 모조리 대중적인 저널리즘의 모사품임을 감안해 볼 때, 〈새로운 말〉은 라스콜니코프의 〈낡은 말〉을 역설

적으로 강조해 주는 역할을 한다.[17]

　모사품으로서의 라스콜니코프의 이미지는 실질적인 범죄 행위와 범죄 후 일련의 에피소드로 계속 이어진다. 전당포 노파와 그의 여동생을 도끼로 살해하는 라스콜니코프는 사실상 1865년 1월에 게라심 치스토프라는 점원이 행한 살인 사건을 그대로 답습한다. 『목소리』지에 보도된 기사에 따르면 치스토프는 강도짓을 하기 위해 어떤 집의 요리사와 세탁부(두 명의 노파)를 살해했는데, 피해자의 시신에 남은 자국에 미루어 범행 도구는 도끼라는 것이 판명되었다고 한다(PSS VII: 332). 게다가 살인범 치스토프가 분리파 교도, 즉 〈라스콜리니크_raskol'nik_〉였다는 사실을 고려해 볼 때 라스콜니코프는 범죄 행위뿐 아니라 이름까지도 모방을 하는 셈이다.

　라스콜니코프의 재판과 판결 또한 저널리즘의 상투성으로부터 제외되지 않는다. 다음의 두 텍스트가 예시하듯이 라스콜니코프가 범행을 자백한 뒤 법정에서 보이는 행동은 잡지 『시간』에 실린 라세네르의 심리 과정을

　17 이와 관련하여 더욱 흥미로운 것은 소설 안에서 항상 이탤릭으로 강조되는 이 〈새로운 말〉이란 개념 자체도 라스콜니코프의 머릿속에서 나온 것이 아니라 잡지 문예란에서 빌려 온 것이라는 사실이다. 도스토옙스키는 잡지에 기고한 글 「운문과 산문으로 쓴 페테르부르크의 꿈」에서도 이탤릭으로 강조한 〈새로운 말〉에 관해 다음과 같이 언급하고 있다. 〈모든 것을 자신만의 시각으로 바라보고 자신만의 생각으로 확인하고 자신의 말, 《새로운 말》을 발설할 수도 있는 듯이 여겨진다. 그렇지만 맙소사! 새로운 말이라니. 평생에 걸려 새로운 말을 획득할 수 없을진대 날마다 새로운 말을 어찌 발설할 수 있겠으며, 또 그것을 듣게 된다 할지라도 어찌 그것이 새로운 말임을 알아차릴 수 있겠는가.〉(PSS XIX: 67~68)

답습한다.[18] 〈죄인은 사태를 복잡하게 하는 일도, 자신에게 유리하도록 정황을 완곡하게 바꾸거나 진실을 왜곡하는 일도 없이, 가장 사소한 부분까지도 잊지 않고 자기가 자백한 것을 확고하고 정확하게 그리고 분명하게 입증해 보였다. 그는 살인의 전 과정을 낱낱이 밝혔다.〉(PSS VI: 410) 〈피고는 언성을 높이는 일 없이 담담하고 분명하게 진술을 계속했다. 자신의 진술을 통해 그는 단 한 가지의 정황도 잊지 않고 범죄 과정의 모든 사실을 아주 사소한 부분에 이르기까지 정확하게 밝혔다.〉(『라세네르 재판 기록』)[19] 라스콜니코프에 대한 판결 또한 당대 신문 지상에서 빈번히 언급되던 소위 〈정신 착란설〉을 반영한다. 〈결국 몇 명의 사람들은 (……) 범죄 자체가 일종의 일시적인 정신 착란, 즉 이득을 얻기 위한 고의적인 목적과 의도 없이, 그저 살인 및 강도에 대한 병적인 편집증 때문에 저질러진 것으로밖에는 해석할 길이 없다는 결론을 내렸다. (……) 더욱이 라스콜니코프가 오래전부터 우울증을 앓아 왔다는 사실은 여러 증인들과 의사 조시모프, 그의 예전 친구들, 하숙집 여주인과 하녀 등에 의해 정확하게 입증되었다.〉(PSS VI: 411) 범죄의 동기를 범인의 정신 이상으로 돌리는 이러한 경향은 〈새로운 유행 이론〉(PSS VI: 411)으로서 1864년 11월에 알

18 K. Klioutchkine, "The Rise of Crime and Punishment from the Air of Media", p. 106.

19 Ibid., p. 106 재인용.

렉산드르 2세가 재판 및 소송과 관련하여 새로운 칙령을 발표한 이후 러시아 신문 지상을 뜨겁게 달구었던 다양한 범죄 논쟁 중의 하나를 반영함으로써 라스콜니코프와 관련된 모든 것을 모방으로 전변시키는 데 일조한다 (PSS VII: 340~341).[20]

이제껏 살펴본 바와 같이 라스콜니코프는 범죄의 이론, 배경, 범행 자체, 재판에서 판결에 이르기까지 모든 점에 있어 당대 저널리즘을 모방하는 가운데 점진적으로 스스로의 정체성을 상실한다. 그는 신문에 투영된 공간을 배회하면서 신문에 보도된 이론을 토대로 범죄를 구상하고 신문에 보도된 살인을 모방하는데, 이러한 모방의 귀착점은 자아의 죽음이다. 그 스스로가 외쳐 대듯이 그는 저널리즘의 궤적을 따라 움직이다가 결국 스스로를 죽이게 되는 것이다. 〈나는 나 자신을 죽였어, 노파가 아니라! 그렇게 단칼에 나는 나 자신을 영원히 죽여 버린 거야!〉(PSS VI: 322) 그가 속한 세계는 아무것도 새로울 것이 없는 낡은 세계, 〈자동화된 내러티브의 세계*avtomatizm povestvovoniia*〉, 〈자기 지시적인*self-referential*〉 세계이며, 이 세계 속에서 〈학과를 암송하듯이*zauchennii urok*〉(PSS VI: 172,

---

20 『악령』의 다음과 같은 대목을 참조하라. 〈누군가가 도둑질을 했거나 사기를 쳐서 분명히 덜미가 잡혔고 증거도 다 드러났다면, 시간이 조금이라도 있을 때 서둘러 집으로 달려가서 어머니나 죽이는 편이 나을 겁니다. 금세 모든 죄를 없애 줄 것이고 부인네들은 방청석에서 마로 된 손수건을 흔들어 댈 테죠. 틀림없는 진리죠!〉(PSS X: 234)

173, 313) 타자의 말을 반복하는 주인공은 발화의 주체로부터 기존하는 담론을 유포시키는 매체로 축소되다가 마침내 사라져 버린다.[21] 연구자들이 자주 언급해 온 라스콜니코프의 〈관같이 비좁은 방〉은 그의 언어적이고 인식론적인 소멸을 단적으로 보여 주는 표상인 것이다.

3

이렇게 〈낡은 세계〉 속에서 죽음을 체험하는 라스콜니코프가 부활과 갱생의 길로 들어서게 되는 것은 성서와의 접촉을 통해서이다. 다시 말해서 도스토옙스키의 주요 소설들에서 제시되는 신약적인 의미에서의 〈낡은 자아〉와 〈새로운 자아〉의 대립이[22] 여기서는 신문과 성서의 대립을 통해서 구체화된다. 신문이 〈낡은 세계〉, 〈낡은 자아〉를 상징하는 텍스트라면 성서는 그 세계 속에서 죽는 주인공을 〈새로운 세계〉에서 〈새로운 자아〉로 다시 태어나게 해주는 텍스트이다. 소설 속에서 라스콜니코프와 성서의 접촉을 가능하게 해주는 주요 인물로 마르멜라도프, 포르피리, 소냐를 들 수 있는데, 이들의 말은 모두 소

21 N. Fataeeva, "Dostoevskii i Nabokov: o dialogichnost' i intertekstual'nosti 'otchaizniiz'", *Russian Literature*, 51, 2002, p. 33; K. Klioutchkine, "The Rise of Crime and Punishment from the Air of Media", pp. 104~105.

22 B. Harress, "The Renewal of Man: A Poetic Anthropology on Dostoevsky's Major Novels", *Dostoevsky Studies, New Series*, Vol. 3, 1999, p. 20.

설의 상투적인 내러티브와 충돌하면서 주인공을 서서히 부활로 인도한다. 그러면 마르멜라도프의 경우부터 살펴보기로 하자.

인물로서의 마르멜라도프는 사실상 라스콜니코프가 속한 〈낡은〉 신문의 세계에 속한다. 앞에서도 언급했듯이 알코올 중독이 당대 신문을 장식했던 현안 중의 하나임을 감안해 볼 때, 그리고 하급 관리가 문예란 소설의 단골 등장인물이라는 사실을 감안해 볼 때, 술주정뱅이 하급 관리인 마르멜라도프는 리얼리티 속에서건 아니면 신문을 통해 굴절된 리얼리티 속에서건 쉽게 만날 수 있는 진부한 인물이라 말할 수 있다. 그러나 그가 술집에서 행하는 독백은 그러한 진부함을 뛰어넘을 뿐만 아니라 주인공의 갱생을 예고해 준다는 점에서 그 의미가 매우 심장하다.[23] 선술집에서 우연히 라스콜니코프와 만나게 된 마르멜라도프는 자신의 불행에 대한 넋두리를 장황하게 늘어놓은 다음 성서의 선언적 문체와 억양을 흉내 내면서 좌중을 향해 열변을 토한다. 〈우리를 불쌍히 여기실 분은 모든 이를 불쌍히 여기시고, 모든 이들과 모든 것을 이해하시는 그분뿐이로다. 그분만이 유일무이하신 심판

---

23 이와 관련하여 도스토옙스키가 『죄와 벌』의 대중 낭송을 의뢰받았을 때 무엇보다도 술집에서 마르멜라도프가 주인공과 나누는 대화 부분을 선택했다는 사실을 상기할 필요가 있을 것이다. 그 이후에도 도스토옙스키는 마르멜라도프의 장광설을 여러 차례 대중 앞에서 낭송한 바 있다(PSS VII: 356).

관이시다. 그날이 오면 물으시리라.《사악한 폐병쟁이 계모와 남의 자식들을 위해 자기 몸을 판 딸은 어디 있느냐? 지상의 아비, 쓸모없는 주정뱅이의 짐승 같은 짓거리를 두려워하지 않고 불쌍히 여긴 딸은 어디 있느냐?》그리고 말씀하실 거야.《이리로 오너라! 난 이미 너를 한 번 용서했노라……. 너를 한 번 용서했노라……. 그러니 이제 너의 많은 죄는 용서받으리라. 왜냐하면 너는 매우 많은 사랑을 베풀었기 때문이니라…….》내 딸 소냐를 용서해 주실 거야, 용서해 주실 거야. (……) 모든 사람들에 대한 심판이 끝나고 나면 그때 우리에게도 말씀하시리라.《나오너라, 너희들도! 주정뱅이들아, 나약한 자들아, 부끄러움을 모르는 자들아, 너희들도 나오너라!》(……)《너희들, 돼지 같은 것들! 짐승의 형상과 낙인이 찍힌 인간들아! 그렇지만 너희들도 오너라!》(……)《지혜로운 이들아, 내가 그들을 받아들이노라, 합리적인 이들아, 내가 받아들이노라, 이들 중에 자신이 구원받을 만한 가치가 있다고 여기는 사람은 아무도 없으므로 내가 이들을 받아들이노라…….》그러신 다음 우리에게 두 손을 내미시면 (……) 주여, 당신의 나라가 임하소서!》(PSS VI: 21)

어휘와 문체 및 의미론에 있어서 마르멜라도프의 말은 흥미로운 짜깁기라 할 수 있다. 생략과 영탄조와 속어가 섞여 있는 구어체 문체에 고상한 교회 슬라브어 — 〈딸 *dshcher'*〉, 〈오너라*priidi*〉, 〈많은*mnozi*〉, 〈손*rutse*〉 — 가 결합되어 있으며 주정뱅이의 넋두리와 「루가의 복음서」에서 부정확하게 따온 구절 ― 〈이 여자는 이토록 극진한 사랑을 보였으니 그만큼 많은 죄를 용서받았다〉(「루가의 복음서」 7:47) ― 이 뒤섞여 있다. 또 「요한의 묵시록」의 저자가 〈누구든지 그 짐승과 그의 우상에게 절을 하고 자기 이마나 손에 낙인을 받는 자는 하느님의 분노의 포도주를 마시게 될 것이다〉(「요한의 묵시록」 14:9~10)라고 기술하는데 반해, 마르멜라도프는 그 구절을 엉터리로 인용할 뿐 아니라 〈낙인이 찍힌 자들〉까지도 용서받으리라고 제멋대로 뒤집어 해석한다. 얼핏 보기에 마르멜라도프는 그리스도를 참칭하고 라스콜니코프가 신문을 모방하듯이 성서를, 그것도 어설프게 모방하는 듯 여겨지며, 또 성서에 대한 그의 자의적인 해석은 신성 모독처럼 보이기까지 한다.

그러나 마르멜라도프의 성서 남용은 강력한 〈새로운 말〉을, 거룩한 전례로부터 〈빈민굴 자연주의적인〉 환경으로 전이된 근본적인 설교를 창출해 낸다.[24] 굳이 바흐친M. Bakhtin의 카니발 개념을 원용하지 않더라도 이 주정뱅이의 불경한 언어는 그리스도를 모독하는 것이 아니라 그리스도의 강생과 편재를 그 어떤 신학적인 논리보다 직접적이고 강력하게 전달해 주기 때문이다. 〈학과를 암

24 D. Thompson, "Problems of the Biblical Word in Dostoevsky's Poetics", *Dostoevsky and the Christian Tradition*, edit. G. Pattison and D. Thompson (Cambridge: Cambridge Univ. Press, 2001), p. 73.

송하는 듯한〉 라스콜니코프의 〈낡은 말〉과 달리 마르멜라도프의 장광설에는 불행의 극한에 다다른 인간의 절박함과 그리스도에 대한 처절한 믿음, 그리고 이 두 가지 요소의 결합으로부터 솟아나는 카니발적 생명력이 충만해 있다. 이 생명력이야말로 그리스도를 사칭하는 주정뱅이가 유발시킬 수 있는 모든 가능한 독신과 패러디를 구원에 대한 희망으로 바꿔 놓는다.

사실 마르멜라도프의 웅변은 저급하고 비천하고 우스꽝스러운 것과 가장 거룩하고 진지한 주제, 즉 구원과 갱생의 주제가 결합되어 있다는 점에서 중세 기독교의 한 장르인 〈비천한 설교sermo humilis〉의 변주라 할 수 있다. 〈비천한 설교〉가 그 〈비천함〉에도 불구하고 권위를 지니고 있듯이 마르멜라도프의 웅변은 주인공의 운명을 예고하고 저자의 메시지를 전달해 주는 권위를 내포한다. 그의 웅변의 요체는 한마디로 말해서 믿는 사람은 누구나, 창녀도 주정뱅이도, 그리고 심지어 「요한의 묵시록」에서는 〈불과 유황의 구덩이에서 고통을 당하게 될〉(「요한의 묵시록」 14: 11) 것으로 되어 있는 〈낙인찍힌 자들〉까지도 무한히 자비로운 그리스도의 용서를 받아 갱생하게 되리라는 희망이다. 마르멜라도프의 이러한 구원론은 구원의 모든 것을 유일무이한 심판자인 그리스도 한 분에게 일임한다는 점에서 절대적이고 무조건적이다. 용서와 구원의 조건으로 제시되는 것은 아무것도 없다. 심지어 죄인의 회개까지도 마르멜라도프의 성서 오역에서는 구원의 전제 조건으로 등장하지 않는다. 믿음과 희망, 그리고 마르멜라도프가 딸을 위해 가슴에 품고 있는 용서에의 열망만이 거의 유일하게 인간이 구원을 위해 할 수 있는 일이지만 그런 인간적인 노력까지도 그리스도의 신적인 무한한 자비에 압도당한다. 그리스도는 모든 죄인을 조건 없이, 〈구원받을 가치가 있다고 생각하는 사람은 아무도 없으므로〉 용서한다. 모든 이는 그리스도의 〈신적 충만〉 덕분에 구원받을 것이다.[25] 이는 사실상 소설의 핵심적인 기저 텍스트인 〈라자로의 부활〉 에피소드와 맞물리는 것으로, 라스콜니코프가 끝까지 회개하지 않음에도 불구하고 갱생하게 된다는 저 불합리한 플롯을 설명해 준다. 구원받을 가치가 없어 보이는 주인공의 구원은 소설의 1부에 등장하는 주정뱅이와의 조우에서부터 예견되고 있는 것이다.

라스콜니코프를 부활의 길로 한 걸음 더 가까이 인도하는 두 번째 인물은 포르피리이다. 범인을 추적하여 심판대에 세우는 일을 하는 예심 판사 포르피리 역시 범죄 관련 기사에서 종종 마주치게 되는 〈진부한〉 인물이라 할 수 있으며 실제로 소설 속에서 그의 기능은 라스콜니코프가 범인임을 입증하는 것에 집중된다. 그러나 포르피리는 한편으로는 예심 판사의 전형적인 직분을 이행하

25 곽승룡, 『비움의 영성』(서울: 가톨릭출판사, 2004), 39쪽.

면서도 다른 한편으로는 그 직분을 뛰어넘어 살인범의 갱생과 부활에 관여함으로써 지상에 오신 그리스도의 역할을 대행한다. 포르피리의 이러한 이중적인 기능은 그가 라스콜니코프와 처음 만나는 대목에서 분명하게 나타난다. 그는 라스콜니코프와 함께 라스콜니코프가 쓴 논문 「범죄에 관하여」를 논하던 중 라스콜니코프가 〈새 예루살렘〉을 언급하자 갑자기 말꼬리를 잡고서 기묘한 대화를 유도하기 시작한다. 〈「그럼 당신도 어쨌거나 새 예루살렘을 믿으시는군요?」「믿습니다.」라스콜니코프는 단호한 어조로 대답했다. 그는 장광설을 늘어놓는 동안 양탄자의 한 지점을 선택해서는 그곳만을 내려다보고 있었다. 「그, 그, 그렇다면 하느님도 믿으십니까? 죄송합니다. 이렇게 이상한 질문을 해서…… 죄송합니다만.」「믿습니다.」라스콜니코프는 눈을 들어 포르피리를 보며 말했다. 「그러면 라자로의 부활도 믿으십니까?」「미, 믿습니다. 그런데 왜 그런 것을 물어보시는 겁니까?」「문자그대로 믿으십니까?」「문자 그대로 믿습니다.」「그렇군요. (……) 조금 궁금했습니다. 죄송합니다. 하지만 용서하십시오.」〉(PSS VI: 201)

여기서 포르피리는 예심 판사와 살인 용의자 간의 대화를 불현듯 일종의 교리 문답으로 뒤집음으로써 라스콜니코프의 세속적인 이데올로기와 성서를 첨예하게 대립시킨다. 『원초 연대기*Povesti vremennikh let*』이후 러시아 정교 신학의 중심에서 종종 교회 자체로 상징화되었던 〈지상의 천국〉은[26] 19세기 러시아에서 정반대의 두 가지 의미를 갖는다. 생시몽C-H. Saint-Simon식의 공상적 사회주의자들에게 있어 〈새 예루살렘〉은 하느님이 배제된 미래의 유토피아를 의미함으로써(PSS VII: 380) 신학적으로는 〈반(反)-천국〉의 동의어가 되는 반면, 「요한의 묵시록」에서는 〈하느님과 함께하는 진정한 천국〉, 〈새로운 세상〉을 의미한다. 〈그 뒤 나는 새 하늘과 새 땅을 보았습니다. 이전의 하늘과 이전의 땅은 사라지고 바다도 없어졌습니다. 나는 또 거룩한 도성 새 예루살렘이 신랑을 맞을 신부가 단장한 것처럼 차리고 하느님께서 계시는 하늘로부터 내려오는 것을 보았습니다. 그때 나는 옥좌로부터 울려 나오는 큰 음성을 들었습니다. 《이제 하느님의 집은 사람들이 사는 곳에 있다. 하느님은 사람들과 함께 계시고 사람들은 하느님의 백성이 될 것이다. 하느님께서는 친히 그들과 함께 계시고 그들의 하느님이 되셔서 그들의 눈에서 모든 눈물을 씻어 주실 것이다. 이제는 죽음이 없고 슬픔도 울부짖음도 고통도 없을 것이다. 이전 것들이 다 사라져 버렸기 때문이다.》)(「요한의 묵시록」21: 1~4) 미루어 짐작컨대 〈신문 인간〉으로서의 라스콜니코프는 〈새 예루살렘〉을 당대 논단의 맥락에서, 즉 전자의

---

26 S. Baehr, "Paradise Now: Heaven-on Earth and the Russian Orthodox Church", *Christianity and Eastern Slavs, II*, edit. R. Hughes and I. Paperno (Berkeley: Univ. of California Press, 1994), p. 95.

의미에서 사용하고 있지만 포르피리는 그것을 교묘하게 후자의 의미로 바꾸어 되묻는다. 요컨대 〈새 예루살렘〉을 믿느냐는 질문 바로 이어서 던지는 〈하느님도 믿습니까〉라는 질문에 〈그렇다면〉을 앞세움으로써, 즉 〈천국〉과 〈하느님〉을 인과율의 접속사로 엮어 놓음으로써 라스콜니코프가 믿는 〈반-천국〉을 하느님에 대한 믿음을 수반하는 〈진정한 천국〉으로 변모시키는 것이다.

세 번째 질문은 어떤 의미에서 하나 마나 한 질문처럼 보인다. 신을 믿고 천국의 도래를 믿는 사람이라면 라자로 — 혹은 다른 그 누구라도 — 가 부활했다는 성서의 말씀을 안 믿을 이유가 없기 때문이다. 그러나 포르피리는 추상적이고 보편적인 관념에 이어서 성서 속의 특정 에피소드를 지목함으로써 라스콜니코프에게 구체적인 부활의 단초를 제공하고 4부에서 소냐가 하게 될 복음서 낭독에 대한 복선을 미리 마련해 놓는다. 라스콜니코프가 세 가지 질문에 모두 긍정적인 대답을 하는 것은 물론 거짓말이다. 〈라자로의 부활〉이 어느 복음서에 수록된 것인지도 모르는 그가(PSS VI: 249) 그 내용을 〈문자 그대로〉 믿는다는 것은 있을 수 없는 일이기 때문이다. 그러나 그의 〈믿는다〉는 대답이 진심이건 거짓이건 아니면 위기를 모면하려는 임기응변적인 책략이건 간에 그것은 그다지 중요한 것이 아니다. 문제는 포르피리와의 교리 문답을 통해 어찌 되었든 그의 의식 저 깊은 곳에는 갱생에 관한 성서 텍스트가 각인되었다는 사실이다. 그가 4부에서 소냐를 찾아가 하고많은 복음서의 에피소드 중에서 하필이면 잘 기억도 나지 않는 〈라자로의 부활〉 이야기를 읽어 달라고 청하게 되는 것은 포르피리가 던져 놓은 구원의 미끼를 덥석 물은 결과라 할 수 있다. 라스콜니코프의 갱생은 역설적이게도 본인의 의지와 상관없이 예정되어 있는 것이다. 카사트키나T. Kasatkina는 라스콜니코프의 갱생과 관련하여 〈소설 전체에 걸쳐 하느님은 마치 목자가 길 잃은 양을 찾아가시듯 라스콜니코프의 뒤를 쫓고 계시다〉[27]라고 지적한 바 있는데, 마르멜라도프와 예심 판사 포르피리는 모두 주인공의 뒤를 쫓는 이 보이지 않는 신의 현세적인 대행자들인 것이다.

그러면 세 번째로 소냐에 관해 살펴보자. 앞의 두 인물과 마찬가지로 소냐 역시 매춘에 관한 당대 신문 기사, 그리고 잡지에 소개된 『올리버 트위스트Oliver Twist』, 『동백꽃 아씨La Dame aux Camélias』 등의 대중 소설을 통해 〈통속화된〉 인물이다.[28] 그러나 그녀는 라자로의 부활을 낭독하면서 주인공의 부활 행로를 결정짓는 결정적인 인자로 등장한다. 소냐가 〈라자로의 부활〉을 낭독하는 대목에서

27 T. Kasatkina, "Voskreshenie Lazaria: opyt ekzegeticheskogo prochteniia romana F. M. Dostoevskogo 〈Prestuplenie i nakazanie〉", *Voprosy litesratury*, Vol. 1~2, 2003, p. 208.

28 R. Nazirov, "Spetsifika khudozhestvennogo mifotvorchestva F. M. Dostoevskogo: Sravnitel'no-istoricheskii podkhod", *Dostoevsky Studies, New Series*, Vol. 3, 1999, p. 90.

주인공과 성서의 접촉은 절정에 이르며 소설의 내러티브와 라자로의 내러티브는 완벽하게 중첩된다. 도스토옙스키는 라스콜니코프와 소냐와의 대면을 기술함에 있어 신중하게 선택한 일련의 어휘를 사용하여 〈새로움〉을 강조한다. 라스콜니코프는 〈새롭고 이상한 감정*c novim, strannim chuvstvom*〉을 느끼며 소냐를 바라보고, 그에게는 모든 것이 〈이상하고 불가사의하게*strannim, nevozmozhnim*〉 여겨지며, 소냐의 모든 것은 그에게 매 순간 〈점점 더 이상하고 기적적으로*strannee i chudesnee*〉 여겨진다(PSS VI: 248~249). 소냐의 말은 〈이상하게*stranno*〉 울려 퍼지며 소냐와 리자베타 간의 〈신비한*tainstvennie*〉 만남은 라스콜니코프에게는 〈뉴스*novost'*〉처럼 느껴진다(PSS VI: 249). 한마디로 말해서 소냐는 낡은 세계의 라스콜니코프를 〈새롭고〉 〈이상하고〉 〈기적적이고〉 〈신비한〉 뉴스의 세계로 인도하는데, 〈복음서〉의 그리스어 어원인 〈*euangelion*〉이 〈좋은 뉴스*good news*〉를 의미한다는 사실을[29] 상기해 본다면, 소냐가 낭송하는 복음서의 세계와 라스콜니코프의 신문 세계 간의 대립은 〈신비한 뉴스〉의 세계와 〈뉴스가 부재하는〉 세계 간의 대립으로 바꾸어 말해질 수 있을 것이다.

소냐는 이렇게 주인공을 성서의 세계로 인도할 뿐 아니라 복음서를 낭송하는 과정에서 스스로도 변모한다.

---

29 J. Gabel and C. Wheeler, *The Bible as Literature* (Oxford: Oxford Univ. Press, 1986), p. 183.

그동안 거의 언제나 눌변으로 일관해 왔던 그녀는 처음에는 여전히 〈어렵사리ₛ usiliem〉 복음서를 읽는다(PSS VI: 250). 그러나 〈전대미문의 가장 위대한 기적의 말씀〉에 가까이 다가감에 따라 그녀는 〈위대한 승리감〉에 사로잡히고 그녀의 목소리는 〈금속처럼 낭랑해지다가〉 〈승리감과 기쁨을〉 담아 우렁차게 울려 퍼진다(PSS VI: 251). 그녀는 더 이상 책 속에 쓰인 글자를 읽지 않는다. 완전히 외운 말이 그녀의 입에서 터져 나온다(PSS VI: 251). 독자가 이제껏 알아 온 소냐, 수줍고 나약한 창녀는 사라지고 그 대신 하느님의 말씀을 죄인에게 전해 주는 당당한 그리스도의 전사가 등장한다. 이 대목에서 복음서의 내러티브, 〈가장 위대한 기적〉의 스토리는 소설의 내러티브를 완전히 장악하며 소설 텍스트와 기저 텍스트 간의 경계선은 모호해진다. 소냐는 이 모호해진 경계선을 넘나들며 때로는 성서 속의 인물이 되기도 하고 때로는 도스토옙스키의 작가적인 의도를 표명해 주는 대변자 역할을 하기도 한다.

　소설 텍스트와 성서 텍스트 간의 중첩은 소냐의 낭송 방식에 의해 확인된다. 소냐는 〈예수께서 돌을 치워라 하시자 죽은 사람의 누이 마르타가 《주님, 그가 죽은 지 나흘이나 되어서 벌써 냄새가 납니다》하고 말씀드렸다〉라는 대목을 읽으면서 〈이 《나흘》이란 말을 열정적으로 강조했다〉.(PSS VI: 251) 〈나흘〉은 복음서 안에서 대단히 중요한 의미를 갖는다. 2세기 말경의 랍비들은 사람이 죽으면 영혼이 시체의 주위를 사흘 동안 맴돌지만 나흘째가 되어 시신이 부패하면 영혼은 영원히 무덤 주위를 떠나 버린다고 믿었다.[30] 그러므로 라자로가 죽은 지 나흘째가 된다는 것은 그의 시신이 부패해서 영혼을 되돌릴 가능성이 전무하다는 사실을, 실질적으로 죽은 이를 부활시킨다는 것은 불가능함을 단적으로 증명해 주는 요소이며, 그렇기 때문에 역으로 그런 라자로를 다시 살린 그리스도의 권세를 한층 강조해 주는 요소이기도 하다. 그러나 소냐가 〈나흘〉을 강조하는 것은 소설 내러티브 안에서는 또 다른 의미를 갖는다. 리자베타와 전당포 노파가 살해당한 지 나흘이 지났으므로 소냐는 〈나흘〉을 강조함으로써 리자베타 또한 라자로처럼 부활할 것이며 〈하느님을 보게 될 것이라〉는 믿음을 보여 주고 있는 것이다.[31] 나흘의 의미는 그러나 여기서 그치지 않는다. 리자베타가 죽은 지 〈나흘〉이 된다는 것은 곧 라스콜니코프가 스스로를 죽인 지 나흘이 된다는 것과 마찬가지이며, 그렇기 때문에 〈나흘〉은 라스콜니코프의 〈부패한〉 영혼 또한 부활하게 되리라는 것을, 그리고 성서 속의 라자

---

30 안니 조베르, 『요한복음』, 안병철 옮김(서울: 가톨릭출판사, 1981), 125쪽.

31 E. Ziolkowski, "Reading and Incarnation in Dostoevsky", *Dostoevsky and the Christian Tradition*, edit. G. Pattison and D. Thompson (Cambridge: Cambridge Univ. Press, 2001), p. 165.

로와 소설 속의 라스콜니코프가 결국 동일한 구원의 궤적을 따르게 되리라는 것을 예고해 주는 시간적 징표인 것이다.

라자로와 라스콜니코프의 등가성은 소냐가 〈라자로의 부활〉 에피소드의 핵심을 읽는 장면에서 더욱 구체화된다. 소냐는 〈예수께서 《나는 부활이요 생명이니(텍스트에서 이 부분은 이탤릭으로 강조되어 있다 — 필자) 나를 믿는 사람은 죽더라도 살겠고 또 살아서 믿는 사람은 영원히 죽지 않을 것이다. 너는 이것을 믿느냐?》하고 물으셨다〉라는 대목을 읽은 다음 〈마치 모든 사람 앞에서 신앙을 고백하듯〉 다음 대목을 읽는다(PSS VI: 250). 〈마르타는 《예, 주님, 주님께서는 이 세상에 오시기로 약속된 그리스도이시며 하느님의 아드님이신 것을 믿습니다》하고 대답하였다.〉 여기서 마르타의 말과 소냐의 말은 하나로 합쳐지며, 마르타가 믿음으로써 라자로의 부활에 동참하듯이 소냐는 믿음으로써 라스콜니코프의 부활에 동참하게 된다. 사실 복음서의 라자로가 〈왜〉 부활의 대상으로 선택되었는지는 인간적인 논리로는 설명되지 않는다. 라자로는 말도 하지 않고 행동도 하지 않으며 어떤 사람인지도 나타나 있지 않다. 굳이 어떤 특징을 찾는다면, 라자로는 예수께 아무것도 해드리지 않고 주님이 다 하신다는 점을 들 수 있다.[32] 그를 갱생시킴에 있어

32 C. M. 마르티니, 『요한복음』, 성염 옮김(서울: 바오로의딸, 1986), 40쪽.

그리스도가 제시하는 조건은 단 한 가지, 〈부활이요 생명이신〉 그리스도에 대한 마르타의 믿음뿐이다. 이 논리를 소설에 적용한다면, 〈부활이요 생명이신〉 그리스도를 소냐가 믿기 때문에 라스콜니코프의 부활은 확보된다고 말할 수 있다. 그녀는 라스콜니코프 역시 〈믿게 될 것이라는〉 확신에 가득 차서 복음서를 읽어 나가며 마지막 대목에 가서는 〈감격에 겨워 큰 소리로 마치 그 장면을 두 눈으로 보기라도〉 하듯이 읽는다. 《라자로야, 나오너라》하고 큰 소리로 외치시자 죽었던 사람이 밖으로 나왔는데, 손발은 베로 묶여 있었고 얼굴은 수건으로 감겨 있었다. 예수께서 사람들에게 《그를 풀어 주어 가게 하여라》하고 말씀하셨다.〉(PSS VI: 251) 복음서의 그리스도는 소냐의 비전을 통해 소설의 〈지금〉 〈여기〉로 이입되며, 〈나오너라〉라고 외치는 그리스도의 음성은 소냐의 감격에 찬 음성과 융해되어 〈관같이 비좁은 방〉에 있는 라스콜니코프로 하여금 생명의 세상으로 〈나올 것〉을 명령한다. 라스콜니코프는 결국 인간의 논리를 뛰어넘어 죄의 속박에서 〈풀려나 가게〉 되며 그럼으로써 「요한의 복음서」에 씌어진 〈가장 위대한 기적의 말씀〉을 소설적으로 재현한다.

이상에서 살펴본 성서와 신문의 관계는 「에필로그」의 의미를 조망해 줄 수 있는 대단히 중요한 인자라 할 수 있다. 「에필로그」는 본문과 대립되면서 동시에 본문을 반복하는 기묘한 위상을 지닌다. 페테르부르크와 대립되는 확 트인 공간 시베리아, 본문과 다른 느슨한 시간 구조, 내레이터의 돌변한 서술 방식 등등은 본문과 「에필로그」 간의 괴리를 지적해 주는 요소이지만, 또 다른 일련의 요소들은 주인공의 정신에 관한 한 양자 간의 변화가 없음을, 결국 「에필로그」는 본문의 반복임을 보여 준다.[33] 요컨대 본문에서와 마찬가지로 「에필로그」에서도 라스콜니코프는 주변 세계에 무관심하며 주변 인물들과 〈도저히 건널 수 없는 무서운 심연〉을 체험한다(PSS VI: 418). 그는 여전히 천박한 논리로써 살인을 분석할 뿐 살인을 후회하지 않는다. 〈그는 자기가 저지른 범죄를 뉘우치지 않았다. (……) 그는 생각했다. 《어떤 점에서, 도대체 어떤 점에서 내 사상이 천지개벽 이후로 세상을 휘저으며 서로 부딪치고 있는 다른 사상과 이론 들보다 더 어리석단 말인가?》〉(PSS VI: 417) 「에필로그」에서도 라스콜니코프는 병에 걸리며 악몽을 꾼다. 그런데 〈선모충〉에 관한 그 악몽조차도(PSS VI: 419~420) 동일한 소재를 다룬 당대 신문 기사를 토대로 함으로써[34] 라스콜니코프의 정신은 여전히 낡은 신문의 세계에 속해 있음을 보

---

33 D. Matinsen, "Shame and Punishment", *Dostoevsky Studies, New Series*, Vol. 5, 2001, p. 67.

34 1865년 말부터 1866년 초까지 러시아 신문들은 당대 의학계에는 알려진 바 없는 전대미문의 미생물인 선모충 및 그로 인한 전염병에 관해 경고성의 기사를 보도한 바 있다(PSS VII: 399).

여 준다. 그러나 본문의 라스콜니코프가 〈죽은〉 라스콜
니코프라면 「에필로그」의 라스콜니코프는 〈부활한 라스
콜니코프〉이며 그의 부활은 〈순식간〉에 일어난다. 〈어떻
게 그런 일이 일어났는지 그 자신도 알 수 없었지만 갑자
기 무언가 그를 사로잡아 그녀의 발에 몸을 던지게 한 것
같았다. (……) 그는 부활했다.〉(PSS VI: 421) 그의 부활
은 「에필로그」의 맨 마지막에 가서 믿을 수 없을 정도로
간결하게 서술되며 인과율에 대한 독자의 기대감은 여지
없이 무너진다. 라자로처럼 그도 〈왜〉라는 질문을 압살
시키며 단순히 〈마침내 그 순간이 도래했기〉 때문에(PSS
VI: 421) 다시 태어난다. 이 점에서 「에필로그」는 본문의
요약이며 또한 본문에 삽입된 성서 텍스트의 변주라 할
수 있는데, 「에필로그」의 이러한 위상은 상투적인 신문
의 세계와 새로운 성서의 세계, 죄의 세계와 용서의 세계,
죽음의 세계와 부활의 세계, 저널리즘으로 왜곡된 가짜
새 예루살렘과 진짜 새 예루살렘 간의 엄청난 간극을, 그
리고 전자에 대한 후자의 최종적인 승리를 표현하기 위
해서 필수적인 것이라 말할 수 있다.

   4

   신문과 성서는 모두 시간의 문제를 수반하는 장르이
다. 신문은 흘러가는 시간을 포착하여 매 순간 〈소식〉을

만들어 내지만 바로 그렇기 때문에 신문의 〈말〉은 철저하게 시간성의 지배를 받는다. 어제 신문에 쓰인 〈말〉은 오늘은 이미 〈낡은〉 소식, 무의미한 소식이 되어 버린다. 그러나 성서의 〈말씀〉은 시간을 초월하여 영원히 새로운 소식을 전달한다. 〈알파와 오메가, 곧 처음과 마지막이며 시작과 끝〉인 그리스도(「요한의 묵시록」22: 13)를 통해서 지상의 흘러가는 시간은 영원으로 확장된다. 지상의 삶 속에서 시간은 존재의 소멸과 함께 사라지지만 성서의 말씀은 존재와 비존재의 경계를 지움으로써 시간을 지배한다. 도스토옙스키가 『죄와 벌』에 대한 작가 노트에서 언급한 시간의 의미는 이런 맥락에서 이해될 수 있을 것이다. 〈시간이란 무엇인가? 시간은 존재하지 않는다. 시간은 숫자다. 시간은 비존재에 대한 존재의 관계다.〉(PSS VII: 161)

본고에서 살펴본 성서와 신문은 주인공을 존재와 비존재의, 삶과 죽음의 긴장 위에 놓음으로써 부활의 관념을 소설화한다. 라스콜니코프가 신문의 원칙을 따라 생각하고 행동하는 동안 그의 육체와 정신은 죽음을 향해 치닫지만, 마르멜라도프, 포르피리, 소냐가 지속적으로 제시하는 성서와의 만남을 통해 그의 영혼은 삶으로 이끌린다. 이러한 긴장은 「에필로그」의 거의 마지막까지 계속되다가 〈갑자기〉 해소되고 그의 영혼은 마침내 부활한다. 〈영원한 삶〉은 시간을 정지시키고 삶과 죽음의 변증

법에 종지부를 찍는다. 〈변증법 대신 삶이 도래했다.〉
(PSS VI: 422) 도스토옙스키가 「요한의 복음서」에 표시
해 놓은 부분들은 부활에 대한 그의 지대한 관심을 보여
준다.[35] 〈그러나 내 살을 먹고 내 피를 마시는 사람은 영
원한 생명을 누릴 것이며 내가 마지막 날에 그를 살릴 것
이다.〉(「요한의 복음서」 6: 54~55) 〈정말 잘 들어 두어라.
내 말을 지키는 사람은 영원히 죽지 않을 것이다.〉(「요한
의 복음서」 8: 51~52) 〈내가 이 세상을 떠나 높이 들리게
될 때에는 모든 사람을 이끌어 나에게 오게 할 것이다.〉
(「요한의 복음서」 12: 32) 〈나는 부활이요 생명이니 나를
믿는 사람은 죽더라도 살겠고 또 살아서 믿는 사람은 영
원히 죽지 않을 것이다. 너는 이것을 믿느냐?〉(「요한의
복음서」 11: 25~26) 특히 마지막 세 단어 〈너는 이것을
믿느냐?〉에는 강한 표시가 되어 있다. 주인공의 삶과 죽
음과 부활을 다룬 소설 『죄와 벌』은 이 〈너는 이것을 믿
느냐?〉에 대한 그 무엇보다도 강력한 저자의 응답이다.

35 I. Kirillova, "Dostoevsky's Markings in the Gospel according to St. John", p. 46.

4. 『백치』:
그리스도 강생의 신비와 소설 미학

1

도스토옙스키의 『백치』가 그리스도의 형상을 축으로 전개된다는 것은 널리 알려진 사실이다. 소설의 첫 부분을 마친 직후인 1868년 1월에 도스토옙스키는 질녀 소피야 이바노바S. Ivanova에게 보낸 편지에서 자신의 집필 의도를 이렇게 요약한다. 〈내 소설의 주된 사상은 전적으로 아름다운 인간polozhitel'no prekrasnyi chelovek을 묘사하는 데 있다. (······) 아름다움이란 이상이지만 그 이상은 우리나라에서도 문명화된 유럽에서도 아직 요원하기만 하다. 이 세상에는 오로지 단 하나의 전적으로 아름다운 인물litso이 있으니 이는 곧 그리스도이다. 이 헤아릴 수 없이 무한하게 아름다운 인물의 등장은 결국 무한한 기적이라 할 수 있다.〉(PSS XXVIII-II: 251) 저자의 이러한 지적은 소설의 준비 자료에서 여러 차례 언급되는 〈공작 그리스도*kniaz' Khristos*〉(PSS IX: 246, 249, 253)라는 표현과 함께 이후 『백치』와 그 주인공 미시킨 공작 연구에 확고부동한 출발점을 제공해 주었다.

그런데 주인공과 그리스도를 연관시키려는 도스토옙스키의 의도에서 괄목할 만한 사실은 그가 소설 구상의 무게 중심을 그리스도의 가르침이나 도덕성보다는 그리스도의 〈강생*voploshchenie*〉[1]에 두었다는 데 있다. 강생은 「요한의 복음서」 프롤로그에서 〈한 처음, 천지가 창조되기 전부터 말씀이 계셨다. 말씀은 하느님과 함께 계셨고 하느님과 똑같은 분이셨다. (……) 말씀이 사람이 되셔서 우리와 함께 계셨는데 우리는 그분의 영광을 보았다〉라는 말로 설명된다. 강생 신학의 토대로 종종 언급되는 복음서의 이 구절은 육(肉)을 취한 로고스(말씀)로서의 예수 그리스도를 하느님의 자기 전달의 최고 형태로 선포하면서 도스토옙스키의 소설 세계로 진입한다. 강생과 그리스도의 소설적 형상 간의 관계는 도스토옙스키의 편지와 준비 자료, 작가 노트 등에서 광범위하게 발견된다. 일례로, 도스토옙스키는 위에서 인용한 질녀에게 보낸 편지에서 사도 요한이 말하는 강생이야말로 무한한 기적

1 한국 정교회와 가톨릭은 모두 〈*Incarnation*〉을 〈강생〉으로 번역한다. 〈*Incarnation*〉을 지칭하는 러시아어 〈*voploshchenie*〉는 강생, 육화(肉化), 구체화를 의미하므로 본 논문에서는 문맥에 따라 강생, 육화 모두를 사용하기로 한다.

으로서의 그리스도를 설명하는 핵심이라고 지적한다. 〈「요한의 복음서」 전체는 같은 맥락에서 이해된다. 요한은 모든 기적을 오로지 강생*voploshchenie*에서, 아름다움의 현현에서 찾고 있기 때문이다.〉(PSS XXXVIII-II: 251) 그는 또한 1868년 4월 10일 준비 자료에서 「요한의 복음서」를 지목한 뒤 바로 이어서 〈공작 그리스도〉라고 기록함으로써 주인공의 형상화에 「요한의 복음서」가 토대가 되고 있음을 시사한다(PSS IX: 394).

『백치』와 직결된 이러한 진술들이 아니더라도 도스토옙스키의 강생에 대한 관심과 믿음은 여러 다른 저술에서 지속적으로 찾아볼 수 있다. 〈세상을 구원하는 것은 그리스도의 도덕성이 아니라, 그리스도의 가르침이 아니라, 《말씀이 사람이 되셨음*slovo plot' byst'*》에 대한 믿음이다. 이 믿음은 그분의 가르침이 우월하다는 것을 이성적으로 인정하는 것이 아니라 본능적으로 거기 매달리는 것이다. 이것이 인간의 최종적인 이상이라는 것, 모든 것이 곧 강생하신*voploshchennoe* 말씀, 즉 육을 취한*voplotivshiisia* 하느님이라는 것, 바로 이 점을 믿어야 한다.〉(PSS XI: 187~188) 〈말씀이 사람이 되셨다. 즉 이상이 육을 취하였다. 그리하여 이상은 불가능한 어떤 것이 아니라 인류가 획득할 수 있는 어떤 것이 되었다.〉(PSS XI: 112) 〈그리스도는 인류로 하여금 지식과 인간 정신의 본질이 꿈이나 이상 속에서가 아니라 찬란한 천상 광휘 속에 나타날 수 있음을, 실제로 육체를 취하여*vo ploti* 나타날 수 있음을, 이는 마땅하고도 가능한 일임을 깨닫도록 하기 위해 오신 것이다. 바로 이것으로써 지상의 삶은 정당화될 수 있다.〉(PSS XI: 112). 〈그리스도는 육을 취한*vo ploti* 인간의 이상이다.〉(PSS XX: 172) 〈그리스도는 전 인류 발전의 위대하고 최종적인 이상, 육을 취한 이상이다.〉(PSS XX: 173) 〈요점은 바로 말씀이 정말로 사람이 되셨다는 데 있다. 신앙 전체, 인류의 위안 전체가 바로 여기에 있다.〉(PSS XI: 113). 〈이 세상 전체가 존재한다는 징표는 세 마디 말, 즉《말씀이 사람이 되셨다》는 데 있다.〉(PSS XI: 179) 이렇게 볼 때 그리스도의 강생은 도스토옙스키의 종교 철학에서 가장 핵심적인 교의라 할 수 있으며 이 점에서 신학자 플로롭스키G. Florovskii의 지적은 매우 타당하게 들린다. 〈도스토옙스키는 최종적인 종합에는 이르지 못했다. 그러나 한 가지 느낌만은 그에게서 언제나 굳건하고 분명하게 남아 있었는데, 그것은 곧《말씀이 사람이 되셨다》는 것이다. 즉 진리는 지상의 삶에서도 드러날 수 있었다는 것이다. 저 장엄한 호산나는 여기에 기인한다.〉[2]

이렇게 강생이 『죄와 벌』에서 관념의 현실화로 변주되었다면, 〈육화된 말씀〉을 주인공으로 하는 두 번째 장편 『백치』에서 그것은 훨씬 직접적이고 훨씬 복잡하게 소설

---

2 G. Florovskii, *Puti russkogo bogosloviia* (Paris, 1937), p. 300.

의 의미론에 관여한다. 요컨대 『백치』는 〈그리스도의 강생이라고 하는 중심 사상 속에서 소설의 모든 것이 움직인다〉[3]고 할 수 있을 정도로 강생의 의미를 전달하는 데 초점이 맞추어져 있다. 육을 취한 말씀을 어떻게 소설 속의 인물로 형상화할 것인가, 보이지 않는 로고스-그리스도와 보이는 인간-그리스도를 어떻게 결합하여 하나의 인물로 재현할 것인가 — 얼핏 보기에 불가능하게 여겨지는 이러한 문제야말로 작가가 『백치』 집필 과정에서 스스로에게 던진 과제라 할 수 있다. 도스토옙스키가 그 어떤 소설보다도 『백치』를 집필하는 과정에서 가장 큰 고통을 체험했다는 사실,[4] 『백치』는 도스토옙스키의 모든 소설 중에서 가장 어수선하고 가장 무질서하고 가장 기이한 소설, 한마디로 〈소설-수수께끼*roman-zagadka*〉[5]라고 평가받는다는 사실은 강생의 소설화가 얼마나 어려운 일이었는가를 단적으로 증명해 줌과 동시에 그것은 『백치』를 이해하는 데 반드시 고찰해야 할 개념임을 말해 준다. 본 논문은 강생에 관한 고찰이 『백치』의 혼란스러운 내러티

3 S. Bocharov, "Paradoks 'bessmyslennoi vechnosti' Ot 'Nedonoska' k 'Idiotu", *Paradoksy russkoi literatury* (Sankt-Peterburg: Inapress, 2001), p. 216.

4 작가는 『백치』가 자신이 원했던 것의 10분의 1도 채 표현하지 못해서 불만이지만 그럼에도 소설을 부정할 생각은 없으며 자신의 실패한 사상을 사랑한다고 1869년 1월에 질녀 이바노바에게 보낸 편지에서 진술한 바 있다 (PSS XXIX-I: 10).

5 K. Stepanian, "Idiot — roman-zagadk", *Soznat' i skazat' Realizm v vysshem smysle kak tvorcheskii metod F. M. Dostoevskogo* (Moskva: Raritet, 2005), pp. 123~142.

브와 모호한 메시지에 접근하는 한 가지 길이 될 수 있다
는 전제하에 강생의 원리와 밀접하게 관련된 그림과 바
라보기의 모티프를 집중적으로 논의할 것인 바, 그러기
위해서 우선 강생의 신학적 측면을 간단하게 정리해 보
기로 하겠다.

2

강생은 사실 도스토옙스키에게 있어서뿐 아니라 정교
회 교리에서도 핵심적인 위치를 차지해 왔다. 정교회는
언제나 그리스도의 도덕적 가르침보다는 강생, 거룩한
변모, 부활을 강조하고 그럼으로써 우주의 장엄함과 그
리스도의 케노시스를 명상하는 데 초점을 맞추었다.[6] 그
런 만큼 강생의 신비를 규명하는 신학적 노력도 교부 시
대로 거슬러 올라가는 오랜 역사를 갖는데, 강생 신학은
무엇보다도 그리스도의 신성과 인성 간의 관계에서 출발
한다. 〈로고스 하느님이 사람이 되셨다〉는 이 엄청난 패
러독스를 인간의 지성과 언어로써 어떻게 해서든 풀어야
하는 과제 앞에서 교부들의 치열한 논쟁이 발생하고 여
러 번에 걸친 세계 공의회가 개최되었다. 그 과정에서 초
대 교회 학자들은 그리스도의 인성과 신성 양쪽 중 한쪽

6 A. Pyman, "Dostoevsky in the Prism of the Orthodox Semiosphere",
Dostoevsky and the Christian Tradition, edit. G. Patterson and. D.
Thompson (Cambridge: Cambridge Univ. Press, 2001), p. 105.

을 더 강조하는 두 가지 입장으로 나뉘어졌다. 콘스탄티노플의 총대주교 네스토리우스*Nestorius*는 그리스도의 인성을 완전히 독립시켜 그리스도를 낳은 마리아에 대해서도 하느님의 어머니*Theotokos* 대신 그리스도의 어머니*Christokos*라는 호칭을 사용해야 한다고 주장했다. 이렇게 그리스도의 인성을 지나치게 강조한 네스토리우스파의 반대편에는 신성을 더 강조한 단성론*Monophysitism*이 존재했는데, 단성론자들은 그리스도의 인성은 신성에 완전히 흡수되었으므로 인성이란 실제로 존재하는 것이 아니라고 주장함으로써 구원의 조건인 인성을 축소시켰다.[7]

　그리스도에 관한 이러한 논쟁은 451년에 칼케돈에서 소집된 제4차 세계 공의회에서 마침내 종지부를 찍었다. 칼케돈 공의회는 단성론자들을 이단으로 규정하고 그리스도의 신성과 인성에 관한 교리를 정립했다. 칼케돈 신조에 따르면 〈우리는 신성에서나 인성에서나 완전하신 외아들 우리 주 예수 그리스도를 일치된 마음으로 가르칩니다. (……) 두 본성 안에서 혼합되거나 변화하지 않으시고*neslitno, neprevrashchenno* 분리되거나 나누어지지 않으시고*nerazdelimo, nerazluchimo* 두 본성이 하나의 인격과 하나의 위격 안에 보존되십니다.〉[8] 즉 그리스도에게는 두 〈성*physis, priroda*〉이 있는데, 이 양성은 한 위격에서 〈혼합됨이

<hr />

7 석영중, 『러시아 정교』(서울: 고려대학교출판부, 2005), 213~214쪽.

8 후베르트 예딘, 『세계 공의회사』, 최석우 옮김(왜관: 분도출판사, 2005), 36쪽; A. Kartashev, *Vselenskie sobory* (Moskva: Respublika, 1994), p. 273.

없이 또 분리됨이 없이〉결합되어 있다는 것이다.

〈혼합되지 않고 분리되지 않고〉를 강조하는 칼케돈 신조는 사실상 패러독스를 풀이하는 또 다른 패러독스로 여겨질 수도 있다. 그러나 신성과 인성 두 성이 실질적으로 한 위격Hypostasis 안에 공존한다는 사실은 패러독스 여부를 떠나 정교회 교리의 매우 중요한 특징을 함축한다. 첫째, 정교회는 그리스도의 인성을 신성과 똑같이 존중한다. 그리스도는 단순한 이상이나 영적인 존재가 아니라 살과 뼈를 가지고 이 세상의 일에 참가한 〈인간〉이며, 따라서 그리스도를 지칭하는 신인Bogochelovek이란 표현은 문자 그대로의 뜻을 지니게 된다.[9] 신인 안에 신적 자질과 인간적 자질이 결합되어 있다는 것은 신학자 세르게이 불가코프s. Bulgakov가 3부작 『신인성에 관하여O bogochelovechestve』에서 지적한 바 있듯이 〈결합할 수 없는 것들, 완벽하게 이질적

9 그리스도의 탈인격화에 대한 정교회의 우려는 〈필리오케Filioque〉 논쟁에서 드러난다. 〈필리오케〉란 니케아 신경의 〈성령은 성부께 좇아 나시며〉란 구절에 첨가된 말로 〈······와 성자에게서〉란 의미를 갖는다. 이 단순한 구절 때문에 동방 교회와 서방 교회는 1054년에 분열을 하게 되는데, 동방 교회는 성령의 유출을 〈성령이 성자를 통하여 성부에게서 좇아 나심〉으로 이해한 반면 서방 교회는 〈성령이 성부와 성자에게서 좇아 나심〉으로 이해했다. 서방 교회에서는 신의 위격을 성부의 독특한 본질의 내적 관계로서 파악한 반면 동방 교회는 성령이 신성의 독자적인 근원인 성부로부터 유출하므로 성부, 성자와 동질인 바, 신의 내적 생명과 구원의 섭리 속에서 자신만의 존재와 위격적 기능을 지닌다고 보았다. J. Meyendorff, *The Orthodox Church* (Crestwood: St. Vladimir's Seminary Press, 1981), pp. 196~197. 요컨대, 정교회 신학자들은 필리오케가 성령을 다른 두 위격에 종속시키고 그럼으로써 그 자체의 구원의 역할을 축소시킨다고 간주했던 것이다. R. Poole, "The Apophatic Bakhtin", *Bakhtin and Religion*, edit. S. Felch and P. Contino (Evanston: Northwestern Univ. Press, 2001), p. 160.

이고 상이한 것들의 외적인, 그리고 존재론적으로 자의적인 결합의 행위가 아니라 천상 존재와 지상 존재의 결합, 원형과 이미지의 결합, 존재론에 근거를 둔 미리 결정된 결합〉을 의미한다.[10]

체계적인 신학이나 도그마를 멀리했던 도스토옙스키가 강생을 사색함에 있어 칼케돈 신조의 신학적 디테일 자체를 염두에 두고 있었다고는 볼 수 없겠지만, 그 신조를 반영하는 정교회 전례*liturgiia*를 통해서 신성과 인성의 〈혼합되지 않고 분리되지 않은 결합〉을 충분히 이해하고 있었을 거라는 데에는 의심의 여지가 없다. 러시아 정교회 전례의 대표적인 양식인 〈성 대바실리오스 성찬 예배〉와 〈성 요한 크리소스톰 성찬 예배〉는 모두 그리스도의 인성이 신성과 불가분의 관계를 맺는다는 것을 〈제2 안티폰 성가〉에서 강조한다. 〈하느님의 말씀이시며 영생하시는 독생자시여, 당신은 우리의 구원을 위해 평생 동정 성모님에게서 육신을 취하시고 본성에 변함없이 사람이 되시어 십자가에 달리심으로써 죽음을 죽음으로 멸하셨나이다〉.[11]

둘째, 첫째와 같은 근거 위에서 정교회는 물질의 신성함을 인정한다. 정교회 패러다임 안에서 종교가 갖는 연상은 신경이나 윤리가 아닌 전례(육의 현존) 및 성사(물

10 S. Bulgakov, *Agnets bozhii* (Paris: YMCA Press, 1933), pp. 26~28.
11 한국 정교회, 『성찬 예배서 성 요한 크리소스톰 및 성 대바실리오스 리뚜르기아』(서울: 한국정교회출판부, 2003), 12, 44쪽.

질의 신성함)와 직결된다.[12] 물질은 그리스도의 실질적인 〈몸〉처럼 존중되며 말씀이 육을 취하여 사람이 되신 만큼 물질과 육의 세상은 천상계와 공존의 관계를 유지한다. 물, 빵, 향유, 포도주 같은 가시적인 물질로써 신의 은총을 구하는 성사(聖事)는 강생의 원리를 직접적으로 예시해 준다. 정교회에서 특별한 〈공경Proskynesis〉의 대상으로 간주하는 이콘 역시 칼케돈 신조로 설명될 수 있다. 이콘은 그리스어로 〈eikon〉, 즉 이미지, 상(像)을 의미한다. 그래서 러시아 사람들은 이콘을 단순히 〈이미지obraz〉라 부르기도 한다. 이콘은 거룩한 존재, 보이지 않는 존재, 즉 원형을 인간의 눈으로써 인식할 수 있도록 해주는 이미지이며 그 자체로써 물질과 영혼의 혼재를 증명해 준다. 다마스쿠스의 성 요한St. John of Damascus은 다음과 같은 말로써 이콘에 내재된 강생의 의미를 요약한다. 〈육신의 육적인 성질은 그것이 하느님의 일부가 되었을 때에도 상실되지 않았다. 육을 취하신 말씀이 언제나 말씀으로 남아 있었듯이, 육신은 말씀이 되었지만 말씀의 위격과 결합하여 육으로 남아 있었다. (……) 우리가 이콘을 공경할 때 우리의 공경은 이콘 자체의 재료로 가는 것이 아니라 그 원형으로 간다. (……) 이콘의 원형은 이콘 속에 강생하신 보이지 않고 무한한 본질이다. 그 보이지

12 C. Lock, "Bakhtin and the Tropes of Orthodoxy", *Bakhtin and Religion*, edit. S. Felch and P. Contino(Evanston: Northwestern Univ. Press, 2001), p. 100.

않고 무한한 본질이 바로 하느님이다. 하느님은 이콘의 원형이므로 우리가 이콘을 공경할 때 우리가 흠숭하는 대상은 물감과 유약이 칠해진 나뭇조각이 아닌 하느님 바로 그분이시다.〉[13]

스투디오스의 성 테오도르St. Theodore the Studite 역시 같은 맥락에서 이콘의 영적임과 물질적임을 차이와 유사의 개념으로 설명한다. 테오도르에 의하면 〈이미지는 본질이란 측면에서 원형과 언제나 상이하지만 위격과 이름이란 측면에서 그것과 유사하다. 그리스도의 이콘에서 표현되는 것은 그리스도의 개별적인 신성, 혹은 인성이 아니라 이렇게 모든 것을 포괄하는 강생하신 말씀의 위격이다.〉[14] 테오도르는 여기서 〈동일함〉이란 표현 대신 〈유사함〉이란 표현을 쓰는데, 엄밀히 말해서 그리스도의 원형과 그리스도의 이미지가 완벽하게 일치하는 이콘은 오로지 〈손으로 만들지 않은nerukotvornyi, Acheiropoietos〉 구세주 이콘뿐이기 때문이다. 그리스도 자신이 직접 아마포에 얼굴을 찍어 에데사 군주에게 보냈다고 전해지는 이 이콘은 〈만딜리온(아마포) 이콘〉이라 불리기도 한다.[15] 여기서 원형과 이미지의 일치는 극에 달하며 그 이후의 모든

13 St. John of Damascus, *On the Divine Images: Three Apologies against Those who Attack the Divine Images*, trans. A. Anderson (Crestwood: St. Vladimir's Seminary Press, 1980), p. 16, 40.

14 V. Lossky, *The Vision of God* (Crestwood: St. Vladimir's Seminary Press, 1983), p. 138에서 재인용.

15 석영중, 『러시아 정교』(서울: 고려대학교출판부, 2005), 304~305쪽.

이콘은 사실상 이 이콘의 〈모사〉, 즉 이콘의 이콘, 이미지의 이미지라고 할 수 있다.

강생을 그리스도교의 핵심으로 파악했던 도스토옙스키에게 이콘은 어떤 교리보다도 더 흥미로운 사색의 대상이었을 것으로 짐작된다.[16] 도스토옙스키는 『백치』를 집필 중이던 유럽 체류 기간에 수많은 성당과 화랑을 방문하면서 여러 유형의 시각적인 이미지들을 접했던 것으로 알려져 있다. 이 시기 도스토옙스키에게 이콘 숭배와 관련된 정교회적 관점이 상당한 영향을 미쳤을 것이라는 해석은 1868년 12월 피렌체에서 마이코프A. Maikov에게 보낸 편지에서 여실히 드러난다.[17] 도스토옙스키는 이콘을 묘사한 마이코프의 시를 상찬하면서도 마이코프의 어조가 이콘을 〈변호하고 합리화시키는 것 같아〉 못마땅하다고 썼다. 이어서 그는 이콘에 대한 입장은 〈믿든지 믿지 않든지〉 단 두 가지밖에 있을 수 없다고 못 박았다 (PSS XXVIII-II: 333). 즉, 도스토옙스키에게 있어서 이콘은 〈강생하신 말씀〉처럼 신앙의 대상이었던 것이다.

---

16 도스토옙스키의 다양한 작품들에 등장하는 이콘의 의미와 기능에 관해서는 S. Ollivier, "Icons in Dostoevsky's Works", *Dostoevsky and the Christian Tradition*, edit. G. Patterson and D. Thompson (Cambridge: Cambridge Univ. Press, 2001), pp. 51~68을 보라.

17 『백치』의 집필을 전후하여 도스토옙스키가 이콘에 관심을 가지게 된 정황 및 마이코프의 시에 관한 설명은 D. Grigor'ev, Prot, *Dostoevskii i tserkov'*(Moskva: Izdatel'stvo pravoslavnogo sbiato-tikhonovskogo bogoslovskogo instituta, 2002), pp. 28~29을 보라.

3

『백치』에 나타나는 여러 유형의 그림들은 강생에 대한 저자의 사색, 그리고 거기서 유발되는 시각적인 이미지의 문제와 불가분의 관계를 맺는다. 그리스도를 주인공으로 하는 텍스트의 원형은 물론 복음서이다. 그리스도를 묘사하는 이콘들이 〈손으로 만들지 않은 구세주〉를 〈모방〉하는 것이라면 성자전은 복음서를 모방하는 텍스트라 할 수 있다. 그러나 소설가인 도스토옙스키는 성자전이 아닌 허구의 글쓰기로써(실제로 성자전은 훨씬 나중에 『카라마조프 씨네 형제들』에 독립적인 텍스트로 삽입된다) 강생하신 말씀을 형상화시켜야 했으며, 이 점에서 그는 이콘의 의미를 세속적인 화법으로 전달해야 한다는 딜레마에 봉착한 사실주의 화가와 유사하다고 보여진다. 사실 신성과 인성의 〈혼합되지 않고 분리되지 않은〉 형상을 완벽하게 재현한 문학은 도스토옙스키 이전에도 이후에도 존재하지 않는다. 그리스도에 관한 저작들은 언제나 신성과 인성 중의 하나를 더 강조할 수밖에 없으며, 그 결과는 언제나 성자전, 아니면 르낭E. Renan의 『예수의 일생La Vie de Jésus』이나 슈트라우스D. Strauss의 『예수의 생애Das Leben Jesu』처럼 역사물의 형식을 따르는 세속적인 전기이기 때문이다. 양자의 길을 모두 거부하면서 동시에 인성과 신성을 허구 속에서 결합시키고자 하는 소설가의 의도는 실패로 끝나게 마련이다.

　도스토옙스키의 딜레마와 그 해결은 역설적이게도 그리스도의 강생을 의심하는 등장인물 이폴리트의 입을 통해 이렇게 요약된다. 〈그 생각들은 일관성이 없고 당치도 않은 것이었지만 가끔씩은 이미지로서 나타나기도 했다. 실제로 이미지*obraz*가 없는 것이 이미지를 가지고 나타날 수 있는가? 그러나 나에게는 어떤 기이하고 불가능한 형태*forma*로 그 무한한 힘과, 그 무지하고 어둡고 말 없는 존재를 보는 듯한 때가 종종 있다.〉(PSS VIII: 340) 이폴리트의 진술은 『백치』 및 도스토옙스키의 시학 일반과 관련하여 매우 중요한 두 가지 문제를 지적해 준다. 요컨대, 가시적인 이미지의 문제와 그것을 바라보는 시각의 문제가 그것이다.

　도스토옙스키의 모든 소설에 해당되는 점이겠지만, 특히 그리스도의 강생과 강생의 원리를 토대로 하는 『백치』는 구체적이고 물질적인 이미지로 가득 차 있다. 〈그의 관념적 세계는 전혀 《비물질적*bespredmetnyi*》이지 않다. 관념의 힘과 운동은 그 어떤 《생리학》보다도 생생하다.〉[18] 도스토옙스키는 자신이 창조한 인물들이 어떤 말을 하건 관념적 세계를 객관적이고 사실적인 이미지를 통해 묘사하기 때문이다.[19] 도스토옙스키 소설의 이러한

---

18 V. Tunimanov, *F. M. Dostoevskii i russkie pisateli XX veka* (Sankt-Peterburg: Nauka, 2004), p. 133.

19 J. Gatrall, "Between Iconoclasm and Silence: Representing the

구체성을 바흐친M. Bakhtin은 〈강생〉이란 단어를 직접 사용하여 설명한다. 〈도스토옙스키에게 있어서는 어떤 관념도, 생각도, 입장도 아무에게도 속하지 않고 그《자체로서만》존재하는 법이 절대 없다. 그는 심지어《진리 자체》까지도 그리스도교 이데올로기를 따라 그리스도 안에서 강생한voploshchennaia 형태로 제시한다. 즉, 진리를 다른 개성들과 상호 관계를 맺는 하나의 개성으로서 제시한다.〉[20] 구체성에 대한 바흐친의 강조는 저자와 주인공에 관한 에세이에서도 비슷한 표현을 통해 반복된다. 〈심지어 하느님까지도 자비를 베풀고 고통당하고 용서하기 위해서 강생하셔야만 했다. 즉 정의라고 하는 추상적인 관점으로부터 하강해야만 했다.〉[21] 여기서, 그리고 다른 저작에서 바흐친이 사용하는 〈강생〉이란 용어는 물론 도스토옙스키 소설 및 소설 일반이 갖는 담화의 특성을 설명하기 위한 메타 비평적 용어로 이해되어야 하지만, 그의 지적은 『백치』에서 담화는 물론이거니와 다른 의미론적 층위에도 적용될 수 있다.[22]

Divine in Holbein and Dostoevskii", *Comparative Literature*, Vol. 53, No. 3, 2001, p. 221.

20 M. Bakhtin, *Problemy poetiki Dostoevskogo* (Moskva: Sovetskaia Rossiia, 1979), p. 38.

21 M. Bakhtin, "Author and Hero in Aesthetic Activity", *Art and Answerability. Early Philosophical Essays by M. M. Bakhtin*, edit. M. Holquist and V. Liapunov (Austin: Univ. of Texas Press, 1990), p. 129.

22 최근의 바흐친 연구자들은 그의 이론이 근본적으로 정교회 신학의 교리와 용어를 빌려 왔다는 사실에 주목해 왔다. 일례로, 미하일로비치A. Mihailovic는 그의 선도적인 저술 『물질적인 말, 바흐친의 담화의 신학

『백치』를 가득 채우고 있는 가시적인 이미지들은 무엇
보다도 주인공의 불충분한 강생과 관련된다. 주인공 미
시킨은 물론 그리스도와 매우 유사하다. 적어도 주변의
인물들은 그에게서 〈신적인〉 것을 기대한다. 스테파냔K.
Stepanian이 지적했듯이,[23] 예판친 장군은 미시킨을 〈정말

Corporeal Words Mikhail Bakhtin's Theology of Discourse』에서 체계적으로
바흐친과 정교회 신학의 관련성을 추적한다. 그에 의하면 바흐친의 다음향
성, 혹은 소설 담화의 개념은 강생의 모델과 패러다임을 적용한 것이며 특히
『도스토옙스키 시학의 문제들Problemy poetiki Dostoevskogo』은 칼케돈 신
조에 대한 반향으로 가득 차 있다. A. Mihailovic, Corporeal Words Mikhail
Bakhtin's Theology of Discourse (Evanston: Northwestern Univ. Press, 1997),
p.5, 131. 또 그의 에세이『소설 속의 담화Slovo v romane』에서도 〈갱생
voploshchenie, 육화하신oplopnennyi, 육화oplotnennost〉는 핵심적인 용어
로 사용된다. Ibid., p.22. 이 밖에도 많은 연구자들이『행위의 철학K filosofii
postupka』을 비롯한 바흐친의 여러 에세이들에 강생의 개념이 깔려 있음을
밝혀냈는데, 그것은 진리의 추상적인 영역을 구체적인 존재의 사건으로 통
합시키려 한 바흐친의 의도를 반영한다. R. Coates, Christianity in Bakhtin
(Cambridge: Cambridge Univ. Press, 1998), p. 33. 강생의 원리는 모든 수준
에서 모든 종류의 추상화와 대립한다. R. Coates, "The First and the Second
Adam in Bakhtin's Early Thought", Bakhtin and Religion: A Feeling for
Faith, edit. P. Contino and S. Felch (Evanston: Northwestern Univ. Press,
2001), p. 73. 바흐친에게 있어서 살아 있는 진리는 강생하신 진리, 육이 된
말씀이다. R. Coates, Christianity in Bakhtin, p. 35. 그러므로 바흐친이 사용
한 신학적 개념이 설령 비유라 할지라도 그것은 궁극적으로 최종적인 진리
로서의 그리스도에 대한 그의 믿음, 소위 〈신앙의 감정chuvstvo very〉을 시사
한다. M. Bakhtin, "Toward a Reworking of the Dostoevsky Book",
Problems of Dostoevsky's Poetic, edit. and trans. C. Emerson (Minneapolis:
Univ. of Minnesota Press, 1984), p. 294. 따라서 바흐친이 말하는 〈강생〉과
도스토옙스키가 말하는, 그리고 그의 소설에 내재하는 강생의 원리가 간혹
중첩되기는 하지만 기본적으로 서로 다른 인식론적 차원에서 이해되어야 함
에도 불구하고 양자의 종교적 신념은 같은 궤적을 따랐다고 보아도 무방할
것 같다. 〈바흐친의 도스토옙스키론을 읽으면 그의 세계관과 그가 존경했던
작가의 세계관 사이의 유사점에 놀라게 된다.〉 R. Coates, Christianity in
Bakhtin, p. 82.

23 K. Stepanian, "Iurodstvo i bezumie, smert' i voskresenie, bytie i
nebytie v romane 'Idiot'", Soznat'i skazat' Realizm v vysshem smysle kak

128

로 하느님이 보내 주셨군!〉(PSS VIII: 44)이라고 생각한
다. 또 장군 부인은 그를 〈섭리처럼 기다렸으며〉(PSS
VIII: 265) 아글라야는 공작이야말로 〈가장 의롭고 가장
정직한 사람〉(PSS VIII: 356)이며 나스타시야 필리포브
나를 〈부활시켜야만 하는〉(PSS VIII: 363) 인물로 평가
한다. 이폴리트는 자살 기도 직전에 공작에게 〈나는 인간
과 작별을 고합니다〉(PSS VIII: 348)라고 말하면서 의도
적으로 대문자 — *Chelovek*(인간) — 를 사용하여 공작
이 신적인 인간임을 암시한다.

그러나 미시킨의 이러한 신적인 특성과 〈혼합되지 않
고 분리되지 않은〉 인성은 소설 속에서 재현되지 않는다.
미시킨의 실패를 논하는 연구자들이 이 실패의 원인이
그의 부족한 〈육화〉에 기인한다고 보는 것도 이 때문이
다. 〈미시킨이 구세주로서의 과업에 실패하는 것은 충분
히 육화되지 않았기 때문이다.〉[24] 〈그리스도는 완전히 육
을 취한 인간이었다. 반면에 미시킨은 물성의 부족으로
인해 구세주의 패턴을 따르지 못한다.〉[25] 바흐친 역시 미
시킨의 불충분한 강생을 지적한다. 〈미시킨은 삶 속으로
완전히 들어가지 못하고 있다고, 완전히《육화》되지 못하
고 있다고*voplotit'sia do kontsa*, 인간임을 구획 지어 주는 명백

---

tvorcheskii metod F. M. Dostoevskogo (Moskva: Raritet, 2005), p. 158.

24 A. Gibson, *The Religion of Dostoevsky* (Philadelphia: The Westminster
Press, 1973), p. 109.

25 M. Finke, *Metapoesis* (Durham: Duke Univ. Press, 1995), p. 94.

한 정의를 획득하지 못하고 있다고 말해도 좋을 것이다. 그는 마치 삶이라고 하는 원의 탄젠트에 남아 있는 것 같다. 그로 하여금 삶 속에서 일정한 위치를 점하도록 해주는 생생한 육신*zhiznennaia plot*'을 결여하고 있는 것 같다.)[26]

미시킨의 이 불충분한 육화는 구체적이고 가시적인 그림들에 의해 보충된다. 그것들은 주인공보다 직접적으로 원형과 이미지의 관계를 제시함으로써 우회적으로 미시킨의 부족함을 상쇄시켜 준다. 그런 의미에서 『백치』의 그림들은 모두 〈완벽한 강생〉[27]의 예들, 바꿔 말해서 이콘의 패러다임이라 할 수 있다. 소설 속에는 실제의 그림들뿐 아니라 상상 속의 그림들까지 등장하는데, 양자는 모두 한편으로는 미시킨과 연결되어 강생의 의미를 소설 속에 각인시키고 다른 한편으로는 미시킨과 다른 인물들의 시각을 시험함으로써 신앙과 불신 사이에 매우 희미하고 유동적이긴 하지만 어쨌든 존재하는 경계선을 그어 주는 기능을 한다.

미시킨이 예판친가를 처음 방문한 자리에서 자신의 필체를 보여 주는 대목은 소설에 나타나는 시각적인 이미지의 의미와 바라보기의 특수성을 예고한다는 점에서 주

26 M. Bakhtin, *Problemy poetiki Dostoevskogo*, p. 202.
27 A. Krinitsyn, "O spetsifike vizual'nogol mira u Dostoevskogo i semantike 'videnii' v romane 'Idiot'", *Roman F. M. Dostoevskogo 'Idiot': Sovremennoe sostoianie izucheniia*, edit. T. Kasatkina (Moskva: Nasledie, 2001), p.179.

목을 끈다. 미시킨은 자신의 필체가 아주 뛰어나다고 말하면서 〈겸손한 수도원장 파프누치가 여기에 서명하다〉(PSS VIII: 29)라는 문장을 써서 장군에게 보여 준다. 실제로 미시킨이 쓴 것은 자신의 필체가 아니라 다른 사람의 필체를 그대로 모방한 것이며 어떤 의미에서는 타인의 서명을 〈위조〉한 것으로 여겨질 수도 있다. 그러나 그의 모방은 창조적 역량의 부족이 아닌, 이미지에 내재하는 본질을 재현하려는 이콘 화가의 의도를 반영한다. 미시킨이 파프누치의 서명을 모방의 일차적 대상으로 삼은 것은 그의 〈성자 같은 삶〉에 감명을 받고 그의 필적이 마음에 들어서 그것을 완전히 자기 것으로 만들었기 때문이므로(PSS VIII: 46) 여기서 모방은 새로운 유형의 창조로 탈바꿈한다. 이콘 화가들이 그러했듯이 미시킨은 서예가에게 있어서 위험한 것은 모방이 아니라 〈서체를 꾸미려는 의도〉라고 생각한다. 그가 러시아 군대의 서체를 〈흉내 내어〉 쓴 글씨에서는 그의 독창성이 드러나는 대신 군인의 〈정신_dusha_〉이 드러나 보인다(PSS VIII: 29). 요컨대 글씨는 단지 눈에 보이는 이미지가 아니라 그 속에 원형(정신)을 담고 있는 일종의 〈이콘〉인 것이다. 여기서 미시킨이 〈교본_obrazchik_〉에 따라 서체를 모방하는 행위는 이콘 화가들이 모든 이콘 화법의 전범인 『이콘 교본 _Podlinnik, Hermeneia_』의 규범을 준수하는 행위와 맥을 같이한다.

미시킨의 서예 에피소드는 다른 한편으로 〈보기〉의 문제와 연결된다.[28] 요컨대, 그 자리에 있던 예판친 장군과 가냐는 필체에서 오로지 놀라운 베껴 쓰기의 〈재능〉과 〈직업 의식〉만을 읽어 낸 반면(PSS VIII: 29, 30) 오로지 공작만이 서체 〈속에서〉 흘러나오는 영혼을 읽어 낸다. 여기에서 원형과 이미지의 〈혼합되지 않고 분리되지 않은 결합〉은 특수한 〈눈〉에 의해 지각될 것을 요구한다는 사실이 드러나게 된다. 요컨대 이콘에 내재된 불가시의 〈본질〉 혹은 관념을 파악하기 위해서는 물리적인 대상을 뛰어넘는 특별한 시각이 있어야만 한다. 신학자 플로렌스키P. Florenskii는 이콘과 관련된 〈보기〉를 두 가지로 나누어 설명한다. 하나는 대상의 외형을 넘어서지 못하는 외적인 보기이고 다른 하나는 천상의 비전, 최고 영역의 가시적인 이미지를 감지하는 내적인 보기인데, 〈전자가 관자의 공허에서 비롯된다면 후자는 관자의 충만에서 비롯된다〉.[29] 이 내적인 보기는 의식의 열림에 의해서 가능해지며 그렇기 때문에 이콘은 언제나 그 자체 이상이거나 그 이하이다. 천상 비전의 이미지가 될 때 그것은 그 자체 이상이지만, 만일 우리의 의식이 감각 너머의 세계를

---

28 『백치』에서 언급되는 시각과 관련된 표현들은 일일이 열거하는 것이 무의미할 정도로 엄청나게 많다. 바라보기의 예들은 A. Krinitsyn, "O spetsifike vizual'nogol mira u Dostoevskogo i semantike 'videnii' v romane 'Idiot'", pp. 173~174를 보라.

29 P. Florenskii, *Iconostasis*, trans. D. Sheehan and O. Andrejev (Crestwood: St. Vladimir's Seminary Press, 2000), pp. 44~50.

향해 열리지 못할 경우 그것은 그 자체 이하가 된다.[30] 잭슨R. Jackson은 도스토옙스키의 소설에 나타나는 〈비전의 윤리〉 일반을 천착하면서 특히 『백치』와 관련하여 플로렌스키와 거의 유사한 두 가지 비전을 언급한다. 즉, 〈리얼리티를 꿰뚫어 보는see into reality〉 바라보기와 그렇지 못한 바라보기, 즉 〈도덕적으로 영적으로 눈먼morally and spiritually blind〉 바라보기가 그것이다.[31]

잭슨은 다른 인물들과 마찬가지로 미시킨 역시 〈바라보기에 있어 문제를 가진다〉고 주장하면서 그의 〈관찰자로서의 한계〉를 지적하지만[32] 사실상 미시킨의 시각은 처음부터 다른 인물들의 제한된 시각과 구별된다. 미시킨은 예리한 〈눈〉으로써 처음 들어와 보는 예판친의 서재에 있는 풍경화를 보고 그것이 스위스 우리Uri주의 풍경을 화가가 직접 보고 그린s natury 그림임을 확신한다(PSS VIII: 25). 그는 이 풍경화에 대해 무언가 논평을 가하려고 하지만 예판친 장군은 〈그것은 여기서 산 것〉이라는(PSS VIII: 25) 말로써 그의 논평을 가로막는다. 즉, 미시킨에게 중요한 것은 그림(이미지)의 모델이지만 그림을 하나의 구매 대상으로만 보는 예판친에게 중요한 것은 그것을 〈샀다〉는 사실이다.

30 Ibid., p.64.
31 R. Jackson, *Dialogues with Dostoevsky: The Overwhelming Questions* (Stanford: Stanford Univ. Press, 1993), p. 46.
32 Ibid., p. 47.

예판친에 의해 중단된 미시킨의 그림 해석은 나스타시야 필리포브나의 사진으로 이어지면서 완전히 다른 차원을 획득한다. 그녀의 사진은 〈직접 보고 그린 그림〉과 거의 같은 초상화*fotograficheskii portret*이지만 미시킨의 눈을 통해 특별한 종류의 그리스도 이콘으로 변모한다. 미시킨은 사진에서 무엇보다도 〈놀라운 아름다움〉을 바라보고 그 다음에는 과거에 있었을 〈무서운 고통〉을 읽어 내며 이어서 미래에 있을 죽음을(〈결혼을 하고 일주일 후면 이 여자를 칼로 베어 버리려 할 겁니다〉) 예견한다(PSS VIII: 27, 31, 32). 요컨대 미시킨은 평범한 사진 속에서 자신의 원형인 그리스도의 본질, 즉 아름다움과 고통과 처형을 읽어 내는 것이다. 단, 〈전적으로 아름다운 인간〉이 여기에서는 〈이 인물이 선하기만 하다면! 그렇다면 모든 것이 구원받을 텐데!〉(PSS VIII: 32)라는 가정법으로 대체될 뿐이다. 사실 여러 연구자들이 이미 지적했다시피 나스타시야 필리포브나와 그리스도와의 연관 관계는 그녀의 이름에서 암시된다. 나스타시야의 그리스어 어원 〈*anastasis*〉는 부활을 의미하며 그녀의 성 바라시코바는 러시아어로 〈작은 양*barashek*〉에서 따온 것이므로 그녀의 이름과 성을 합치면 〈부활하는 하느님의 어린양〉, 곧 그리스도를 의미하기 때문이다.[33] 따라서 그녀의 사진은 부활하는 어

---

33 M. Finke, *Metapoesis*, p. 82; V. Terras, *Reading Dostoevsky* (Madison: Univ. of Wisconsin Press, 1998), p. 78.

린양의 아름다움과 고통과 죽음을 담고 있는 이미지, 곧 이콘이며, 역설적이게도 공작이 나스타시야의 사진을 바라보는 장면은 그리스도의 이미지가 또 다른 그리스도의 이미지를 바라보고 있는 장면으로 바꿔 말해질 수 있다.

〈바라보기〉에 대한 도스토옙스키의 독특한 입장, 바흐친의 표현을 빌려 〈예술적 시각화*khudozhesvennoe videnie*〉[34]는 그 뒤 이어지는 장군 가족들과의 면담에서 좀 더 구체적으로 언급된다. 아델라이다가 공작에게 그림의 주제를 찾아 달라고 청하자 공작은 〈보고 그리면 될 것 같은데요 *vzglianuti pisat*〉라고 답하고, 아델라이다는 〈난 볼 줄을 몰라요*Vzglianut' ne umeiu*〉라고 대꾸한다. 또 공작이 〈보는 법을 배웠을 것〉이라는 그녀의 추측에 공작은 〈보는 법을 배웠는지는 잘 모르겠다〉고 대답한다(PSS VIII: 50). 물론 이 대목에서 〈본다〉는 것은 단순히 대상을 바라본다는 의미가 아니다. 아델라이다는 아마추어 화가이므로 그

---

34 M. Bakhtin, *Problemy poetiki Dostoevskogo*, p. 47. 바흐친이 말하는 예술적 시각화는 물론 다음향 소설이라는 새로운 〈형식〉에 대한 메타포이다. 사실 모든 추상적인 진리에 반대되는 〈육화〉된 진리를 추구했던 바흐친에게 시각은 그 구체성을 인식하는 가장 중요한 수단이었다. 따라서 〈보다〉, 〈보기〉, 〈관조〉, 〈시야〉 등은 문학을 논하기 위한 중요한 비유로 사용된다. R. Jackson, *Dialogues with Dostoevsky: The Overwhelming Questions*, p. 275; A. Mihailovic, *Corporeal Words Mikhail Bakhtin's Theology of Discourse* (Evanston: Northwestern Univ. Press, 1997), p. 22. 『백치』에서 언급되는 〈바라보기〉는 비평적 비유라고 할 수는 없지만 궁극적으로는 보이지 않는 리얼리티를 구체적으로 감지하는 행위에 대한 메타포이므로 바흐친의 표현과 중첩될 수 있다. 시각은 소설가 도스토옙스키와 그의 소설을 논하는 바흐친이 서로 다른 차원의 글쓰기에도 불구하고 공유하는 몇 가지 영역들 중의 하나라 할 수 있을 것이다.

정도 사실은 알고 있다(예판친 부인은 그 사실조차 모르고 있다). 그러나 그녀는 마음의 눈으로 보는 것을 〈학습〉할 수 있다고 믿는 데서 미시킨과 근본적으로 대별된다. 영적인 리얼리티를 향해 의식의 열림을 〈체험〉할 때에야 비로소 〈리얼리티 속을 꿰뚫어 보기〉가 가능해지지만 그 자리에 배석한 인물 중에서 그 사실을 파악한 사람은 아무도 없다. 오로지 공작만이 그냥 선험적으로 그러한 바라보기를 행할 수 있을 뿐이다.

공작이 아델라이다에게 제안하는 그림의 주제는 〈예술적 시각화〉의 뒤집힌 투사라 할 수 있다. 이번에는 주어진 그림에서 그 본질을 읽어 내는 것이 아니라 자신이 직접 목격한 장면을 토대로 상상의 그림을 그리는 것이기 때문이다. 공작이 사형 직전의 사형수의 모습을 그려 보라고 제안하자 아델라이다는 묻는다. 〈머릿속에 상상하고 있는 그대로를 전할 수 있죠? 그 얼굴을 어떻게 그리죠? 얼굴 하나만요? 그게 대체 어떤 얼굴이죠?〉(PSS VIII: 55) 그러자 공작은 리옹에서 보았던 사형수의 이야기를 하고는 구체적으로 그림의 구도에 대해서 설명한다. 〈그림의 핵심은 십자가와 머리입니다. 신부의 얼굴, 형리, 두 명의 형리보, 아래쪽에 보이는 몇몇 머리와 눈, 이 모든 것은 배경의 액세서리로 안개에 싸인 듯 그려도 됩니다……. 이게 그 그림이에요 *Vot kakaia kartina!*〉(PSS VIII: 56) 공작이 제안하는 그림은 모델이 있는 상상 속의 그림이지만 그로부터 스며 나오는 것은 이코노그래피적인 원형이다. 여기서 도스토옙스키는 사실적인 인상을 이코노그래피적인 인상과 결합시키고 그럼으로써 그것들을 전혀 다른, 성스러운 차원으로 전위시킨다.[35] 선고받은 사형수와 십자가가 그려질 상상 속의 그림은 한편으로는 그리스도의 책형 이콘과 연결되며 다른 한편으로는 〈놀라운 아름다움〉과 〈무서운 고통〉이 내재된 나스타시야 필리포브나의 초상화, 즉 또 다른 그리스도 이콘과 연결되기 때문이다.[36] 더 정확하게 말하자면, 공작이 상상하는 그림, 즉 오로지 영혼의 눈으로만 볼 수 있는 비가시적인 이미지는 나스타시야의 초상화, 즉 현실 속에 존재하는 가시적인 이미지 속에서 구체화(강생)된다.

소설에는 공작이 상상하는 그림과 짝을 이루는 또 하나의 상상의 그림이 존재한다. 크리니친A. Krinitsyn의 지적처럼 소설 속에서 실제로 존재하는 그림과 인물의 상상 속에서 존재하는 그림들 사이에는 아무런 실존적 차이도 존재하지 않는다. 그림들은 모두 관념이 육화된 사물, 특수한 방식으로 보여지고 지각된 강생이기 때문이다.[37] 이

35 G. Fedorov, *Moskovskii mir Dostoevskogo* (Moskva: Iazyki slavianskoi kul'tury, 2004), p. 335.

36 페도로프G. Fedorov의 다음과 같은 지적을 참고하라. 〈공작은《죽은》그리스도의 이미지에 대한 기억과 함께 페테르부르크의 세계로 들어온다. (……) 공작이 그리라고 제안하는 사형수의 얼굴은《놀라운 아름다움》의 초상화와 짝을 이루는 것으로 이해될 수 있다.〉 G. Fedorov, *Moskovskii mir Dostoevskogo*, p. 335.

37 A. Krinitsyn, "O spetsifike vizual'nogol mira u Dostoevskogo i

점에서 나스타시야가 상상하는 그리스도의 그림은 공작의 상상 속의 그림과 짝을 이루는 동시에 공작 자신의 초상화로 전이될 수 있다. 나스타시야는 마음속에서 오로지 어린아이 하나와 함께 있는 그리스도를 그린다. 그리스도는 슬픈 상념에 잠겨 있고 어린아이는 그를 유심히 바라본다. 그녀는 자신의 상상을 미시킨이 그러했듯이 〈이게 나의 그림이에요 *Vot moia kartina!*〉라고 마무리 짓는다(PSS VIII: 380). 이 그림에서 그려지는 그리스도는 〈어린아이처럼 되지 않으면 천국에 갈 수 없다〉고 했던 복음서의 그리스도를 연상시키며 다른 한편으로는 스위스에서 어린아이들과 유난히 가까웠던 미시킨을 연상시킨다. 이 상상 속의 그림에서 나스타시야가 실제로 현실 속에서 바라보는 공작의 이미지는 한 번도 본 적이 없지만 언젠가 이 세상에 인간으로 강생하신 그리스도의 모습 위에 이중인화된다. 그녀는 〈이게 나의 그림이에요〉라고 외친 뒤 바로 이어서 〈당신은 죄가 없어요, 그리고 당신의 그 결백함 속에 당신의 모든 완벽함이 있어요〉라고 말함으로써(PSS VIII: 380) 그림 속의 그리스도와 현실 속의 미시킨이 동일한 차원에서 이해될 수 있음을 뒷받침해 준다.

미시킨의 상상 속 그림과 나스타시야의 상상 속 그림에 나타나는 강생의 개념은 소설의 가장 중요한 그림인

semantike 'videnii' v romane 'Idiot'", pp.177~179.

홀바인H. Holbein의 「무덤 속의 그리스도Der Leichnam Christi im Grabe」에서 절정에 이른다. 방금 십자가에서 내려진 〈죽은〉 그리스도를 극도로 사실주의적인 화법으로 묘사하고 있는 이 그림은 사실 『백치』를 연구하는 사람이라면 거의 누구나 한 번은 짚고 넘어갈 정도로 유명한데, 대부분의 연구자들은 이 그림을 〈무신론, 회의 같은 추상적 관념의 가시적인 이미지, 혹은 육화〉,[38] 〈신성이 배제된 인간의 모습〉[39] 등등 그 부정적 함의에 초점을 맞추었다. 사실 〈십자가에 못 박힘(책형)〉 이콘과 비교해 볼 때 홀바인의 그림이 갖는 지나친 사실성은 거의 신성 모독적으로 느껴지기까지 한다. 그리스도의 신성, 그 부활의 가능성을 부정하는 이 그림은 사실 신성과 인성의 〈분리되지 않고 혼합되지 않은 결합〉에 위배되는 일종의 신학적인 오류로 간주된다. 따라서 신학자 불가코프가 이 그림에서 칼케돈 신조의 부정, 즉 진정한 그리스도 안에서는 절대로 〈분리될 수 없는〉 두 본질이 분리되고 있음을 지적한 것은 매우 타당하게 여겨진다.[40]

그러나 〈바라보기〉라는 모티프의 차원에서 볼 때 이 그림의 문제는 홀바인의 불경보다는 그것을 바라보는 시

38 Ibid., p.179.

39 S. Iang, "Kartina Golbeina 'Khristos v mogile' v strukture romana 'Idiot'", *Roman F. M. Dostoevskogo 'Idiot': Sovremennoe sostoianie izucheniia*, edit. T. Kasatkina (Moskva: Nasledie, 2001), p. 35.

40 S. Bulgakov, *Tikhie dumy* (Moskva: Respublika, 1996), p. 288.

각에서 기인한다고 말할 수 있다. 홀바인 그림과 관련하여 종종 언급되는 안나 도스토옙스카야A. Dostoevskaia 여사의 회고록을 다시 인용해 보자. 〈제네바로 가는 길에 우리는 누군가 표도르 미하일로비치에게 얘기해 주었던 그림을 보기 위해 바젤에 들렀다. 한스 홀바인의 이 그림은 예수 그리스도가 비인간적인 고통을 당하신 후, 십자가에서 끌어 내려져 부패하기 시작한 뒤의 모습을 그리고 있다. 그분의 부어 오른 얼굴은 핏자국으로 뒤덮여 있어 차마 바라보기가 끔찍할 지경이었다. 그 그림은 표도르 미하일로비치에게 압도적인 영향을 미쳤다. 그는 어리둥절한 채 그림 앞에 서 있었다. 그러나 나는 그것을 바라볼 여력이 없었다. 특히 건강이 안 좋은 상태에서 그렇게 한다는 것이 너무 고통스러워 나는 다른 실로 갔다. 15분이나 20분쯤 뒤에 내가 돌아왔을 때 그는 여전히 그 그림 앞에 못 박힌 듯 서 있었다. 그의 흥분된 얼굴에는 일종의 공포, 간질 발작 초기에 여러 번 볼 수 있었던 그런 표정이 있었다.〉[41] 또 그녀의 일기에서는 〈그 그림은 무시무시한 힘으로 그를 사로잡았으며 그는 내게《저런 그림을 보고 있다가는 신앙을 잃을 수도 있겠군》이라고 말했다〉라는 대목을 발견할 수 있다.[42]

도스토옙스카야 여사의 회고록에 미루어 도스토옙스

41 A. Dostoevsky, *Dostoevsky Reminiscences*, trans. B. Stillman (N. Y.: Rivelight, 1977), pp. 133~134.

42 Ibid., p.393.

키가 그 그림에 대해 어떤 결론에 도달했는지를 추적하기란 쉽지 않다. 그가 홀바인의 캔버스에서 모종의 놀라운 점을 발견했다는 것, 그 그림의 신비한 〈힘〉에 넋을 잃을 정도로 압도당했다는 것은 확실하지만 그가 거기서 강력한 불신의 메시지를 발견했다고 단정하기는 어렵다. 그가 설령 불신의 흔적을 발견했는지는 모르지만 그의 해석은 단정이 아닌 가정법을 통해 전달된다. 관자는 그 그림을 보고 〈반드시〉 신앙을 잃는 것이 아니라 신앙을 〈잃을 수도 있다〉는 것이다. 요컨대, 도스토옙스키를 그토록 당혹스럽게 했던 것은 그 그림 안에 〈신앙과 불신의 문제에 관한 그 어떤 명백한 메시지도 부재한다는 사실〉이었던 것이다.[43]

소설에서 홀바인의 그림은 두 번 등장한다. 한번은 미시킨의 바라보기를 통해 제시되고 다른 한 번은 이폴리트의 바라보기를 통해 제시된다. 양자의 바라보기는 극명한 대비를 이루면서 소설의 메시지로 독자를 유도한다. 스스로를 〈선고받은 사형수〉로 여기는 이폴리트에게 홀바인의 그림에 묘사된 죽은 그리스도는 부활의 가능성을 전혀 내보이지 않는, 철저하게 자연의 법칙에 예속되는 〈인간〉이다. 그림에 대한 이폴리트의 설명은 사실 절반의 진실을 내포한다. 실제로 〈거기에는 인간의 시체가

43 J. Gatrall, "Between Iconoclasm and Silence: Representing the Divine in Holbein and Dostoevskii", p. 219.

적나라하게 묘사되어 있을 뿐이었다. (……) 사실 그것
은 〈방금〉 십자가에서 내려진 인간의 얼굴이었다〉.(PSS
VIII: 338~339) 그리고 〈초기에 기독교는 그리스도가 받
은 고통은 비유적인 것이 아니라 실제였음을 강조했다.
따라서 그의 육체는 십자가 위에서 완전히 자연의 법칙
에 예속되어 있었던 것이다〉.(PSS VIII: 339) 여기까지
이폴리트의 설명은 그리스도론의 절반, 즉 〈참 사람〉이
었던 그리스도 위격의 본질을 그대로 전달한다. 〈육을 취
한〉 존재로서 그리스도는 지상에서의 삶 속에서 완전히
자연의 법칙에 예속되어 있었기 때문이다. 초대 교부들
이 그리스도의 인성을 축소시킨 단성론을 이단으로 취급
한 이유도 여기에 있다. 물론 자연의 법칙에 대한 그의
해석은 그리스도교의 전통적인 교리를 넘어선다. 러시아
정교는 자연을 그리스도의 신성에 대립하는 〈악〉으로 가
르친 적이 없기 때문이다. 〈자연은 원래 신이 창조한 것
이므로 신과 인간에게 대적하지 않는다.〉[44] 그러므로 신
의 법칙과 대립되는 자연의 〈법칙〉이란 존재하지 않는
다. 그러나 설령 자연의 법칙이라는 것이 존재한다 할지
라도 이어지는 그의 해석은 〈참 사람〉과 〈혼합되지 않고
분리되지 않은〉 〈참 하느님〉에 대한 인정을 배제함으로

44 K. Stepanian, "Eto budet, no budet posle dostizheniia tseli...ili
Chetyre vsadnika v povestovanii o 'polozhitel'no prekrasnom' cheloveke,"
*Soznat' i skazat' Realizm v vysshem smysle kak tvorcheskii metod F. M.
Dostoevskogo* (Moskva: Raritet, 2005), p. 179.

써 결국 강생 자체는 물론이거니와 강생의 다른 한 면인 부활도 부정한다. 〈이 그림 속에서 그리스도의 얼굴은 구타를 당해 무섭게 일그러져 있었고, 지독한 피멍이 들어 퉁퉁 부어 있었으며, 두 눈은 감기지 않은 채였고 동공은 하늘을 바라보고, 커다랗고 허연 흰자위는 뿌연 유리 같은 광채를 내고 있었다. 그러나 이상하게도 고통에 찢긴 이 인간의 시신을 보고 있노라면 매우 특이하고 야릇한 의문이 생겨났다. 만일 그를 신봉하며 추앙했던 모든 제자들과 미래의 사도들, 그리고 그를 따라와 십자가 주변에 서 있던 여인들이 이 그림 속에 있는 것과 똑같은 그의 시신을 보았다면, 그들은 이 시신을 보면서 어떻게 저 순교자가 부활하리라고 믿을 수 있었을까? 만약 죽음이 이토록 처참하고 자연의 법칙이 이토록 막강하다면, 이를 어떻게 극복할 수 있겠는가 하는 생각이 들었다.〉(PSS VIII: 339)

물론 이폴리트의 해석은 화가의 의도를 정확하게 읽어낸 것으로 간주될 수도 있다. 그리스도를 〈이런 식으로〉 그린 홀바인의 의도가 강생과 부활의 가능성을 묵살하는 데 있었으리라고 추측할 수도 있다. 아니, 적어도 홀바인이 이콘 화가가 체험하는 〈의식의 열림〉 없이 이 그림을 그렸을 거라는 추측은 할 수 있다. 이미지가 실존하지 않는 것을 이미지로 표현하는 문제는 그리스도를 그리는 모든 작가가 해결해야 하는 과제이다. 고골N. Gogol'이 이바노프A. A. Ivanov의 그림 「그리스도께서 민중 앞에 나타나심Iavlenie Khrista narodu」과 관련하여 제기한 의문은 사실상 홀바인에게도 적용될 수 있을 것이다. 〈그렇지만 화가가 아직 모델을 찾아내지 못한 것은 어떻게 묘사해야 할까요? 그림 전체의 주된 과제, 즉 인물들의 얼굴에 그리스도에의 지향, 그 과정 전체를 제시하는 일을 위해 그는 어디서 모델을 찾아낼 수 있었을까요? 어디서 그런 모델을 구할 수 있었을까요? 머릿속에서요? 상상력으로 만들어낼까요? 아니면 생각으로 포착할까요? 아니, 그건 말도 안됩니다!)[45] 이 딜레마에 대한 이바노프의 해결책은 이콘 화가가 체험해야 하는 의식의 열림과 매우 유사하다. 〈아니, 화가 자신이 진실로 그리스도에의 지향을 체험하지 못하면 그는 그것을 화폭에 옮길 수가 없습니다. 이바노프는 그러한 완전한 지향을 내려 주십사고 하느님께 기도했고, 하느님께서 불어넣어 주신 생각을 수행할 수 있는 힘을 달라고 청하며 정적 속에서 눈물을 흘렸습니다.)[46] 반면에 홀바인의 해결책은 좀 더 제한적이고 현실적인 것이었다. 카람진N. Karamzin의 『러시아 여행자 서한 Pis'ma russkogo puteshestvennika』에 의하면 홀바인의 이 그림은 실제의 얼굴을 그린 것으로s natury 그 모델은 물에 빠져 죽은 유대인이었다고 한다.[47] 따라서 죽은 인간을 그린 그

45 N. Gogol, *Sobranie sochinenii v 7 tomak* (Moskva: Khudozhestvennaia literatura, 1967), p. 326.
46 Ibid., p. 327.

144

림에서 죽은 인간의 모습을 읽어 낸 이폴리트의 읽기 자체에는 특별한 점이 아무것도 없어 보인다. 인간의 시체는 〈실제로 그러해야만〉 했기 때문이다(PSS VIII: 339).

그러나 문제는 그가 자기도 모르는 사이에 무신론과 신앙 사이에서 위험한 줄타기를 계속하고 있다는 데서 기인한다. 그는 한편으로는 원형과 이미지의 결합 가능성을 이성적으로 믿으면서도 다른 한편으로는 그리스도의 그림을 〈꿰뚫어 보는 시각〉을 결여한다. 강생을 믿지 못하면서도 강생의 가능성을 자기 입으로 설파하는 이폴리트의 자가당착은 그가 친구 바흐무토프에게 〈자네의 모든 사상, 자네가 던진 모든 씨앗들, 그것들은 자네에게서 이미 잊혔을지 모르지만 아마도 육을 취하여*voplotiatsia* 쑥쑥 자라나게 될 거라네〉(PSS VIII: 336)라고 말하는 대목에서 드러난다. 다른 단어도 아닌 바로 〈강생〉이라는 단어가 홀바인 그림에 대한 논평 직전에 사용되고 있다는 것은 이폴리트가 〈논리적〉으로 강생의 가능성을 인정하고 있다는 것을 의미한다. 그는 이성적으로 알고 있을 뿐만 아니라 강생을 직접 체험하기까지 한다. 그가 불필요할 정도로 자세하게 묘사하는 〈혐오스럽게 생긴 거대한 독거미〉(PSS VIII: 340), 그리고 〈거대하고 무자비하고 말 못하는 짐승〉(PSS VIII: 339), 〈닥치는 대로 포

47 N. Nasedkin, *Samoubiistvo Dostoevskogo* (Moskva: Algoritm, 2002), p. 286.

획하여 무감각하게 분쇄시켜 마구 삼켜 버리는 엄청나게 큰 기계〉(PSS VIII: 339)는 자연의 법칙이라고 하는 관념을 구체화시켜 주는 생생한 이미지들이다. 요컨대, 그는 이미지가 없는 것이 이미지를 가지고 나타날 수 있다는 것을, 즉 강생의 가능성을 스스로의 체험을 통해 증명해 보인 셈이다. 다만 그는 홀바인이 그린 그리스도 속에서 강생의 가능성을 보지 못했을 따름이다. 이 점은 바로 뒤에 이어지는 진술에서 극명하게 뒷받침된다. 〈내 방에는 언제나 이콘*obraz* 앞에 밤새도록 성상 등불을 켜놓는다. 희미하고 어슴프레한 빛이지만 그 빛으로 모든 것을 볼 수 있다. 그 등불 아래서 책까지 읽을 수 있다.〉(PSS VIII: 340) 이폴리트는 강생의 가시적인 증거인 이콘을 바로 눈앞에 두고서도 그것을 읽어 내지 못하고 멀리 로고진의 집에서 본 홀바인의 그림을 운운하며 강생의 가능성을 부인하고 있다. 이콘 자체에서 흘러나오는 천상의 빛에 눈 먼 채 그 앞에 켜놓은 등불의 빛으로 지상의 책을 읽는 그는 〈영적인 맹인〉과 다름없는 것이다.

미시킨은 이폴리트와 정반대의 그림 읽기를 행한다. 날마다 이콘을 보면서도 강생을 믿지 못하는 이폴리트와 달리 미시킨은 소위 〈자연의 법칙〉이 압도적인 그림에서도 신앙의 정수를 파악한다. 홀바인의 그림에 대한 미시킨의 설명은 이폴리트의 장광설과 달리 극도로 절제되어 있다. 그는 외국에서 본 적이 있는 홀바인의 그림의 복제

146

품을 눈여겨보고 〈저런 그림을 보고 있다가는 신앙이 사라질지도 모른다〉(PSS VIII: 182)고 말할 뿐(여기서 그는 도스토옙스키가 한 말을 그대로 반복하고 있다) 더 이상의 논평은 자제한다. 그러나 그는 바로 이어서 신앙에 관한 자신의 체험을 기술함으로써 그 그림을 보고서도 신앙이 〈사라지지 않았음〉을, 그리고 그런 그림 속에서도 보기에 따라 신앙을 발견할 수 있음을 시사한다. 그리스도의 제자들이 홀바인이 그린 것과 〈똑같을 것으로〉 추정되는 그리스도의 시신을 보고서도 신앙을 잃지 않았던 것과 마찬가지로 미시킨 또한 오히려 그 그림을 계기로 자신의 신앙을 정리하게 되는 것이다.

그는 신앙의 네 가지 사례를 열거한다. 첫째는 무신론을 설파하면서도 자신이 생각하는 것과 다른 말을 하는 유식한 무신론자이며, 두 번째는 기도를 한 뒤 살인을 하는 농부, 세 번째는 주석 십자가를 은 십자가로 속여 팔아먹은 술 취한 병사, 네 번째는 웃는 아기를 보며 성호를 긋는 아낙네이다. 미시킨은 네 번째 예에서 그리스도교의 본질, 그 강생의 신비를 발견한다. 〈「아이가 처음으로 웃는 것을 본 어머니의 기쁨이란 죄인이 진심을 털어놓고 신 앞에 기도를 드리는 것을 저 하늘에서 하느님이 내려다보시고 크게 기뻐하는 것과 똑같은 일이에요.」이 아낙네가 나에게 한 이 말은 그리스도교의 모든 본질이 한꺼번에 표현된 심오하고 섬세하고 진정으로 종교적인 사상이었네. 즉 인간이 하느님을 자기 아버지로 이해하는 것, 인간에 대한 하느님의 기쁨을 아버지가 자기 아이에게 느끼는 기쁨으로 이해한다는 거지. 그것도 단순한 아낙네가! 그거야말로 그리스도의 가장 중요한 사상이지!〉(PSS VIII: 183~184) 어린아이의 웃음 속에서 하느님의 기쁨을 발견하는 것, 하느님을 아버지로 이해하는 것은 곧 사람이 되신 하느님에 대한 믿음과 일맥상통한다. 이것이야말로 미시킨이 홀바인의 그림에 대해, 아니 그 그림에도 〈불구하고〉 느끼는 신앙의 결정이며 이폴리트의 홀바인 해석에 미리 던지는 반론이며 더 나아가 도스토옙스키 자신의 신경_simvol very_이라 할 수 있다. 크리니친A. Krinitsyn의 지적처럼 『백치』에 등장하는 모든 그림들에는 그 구체성에도 불구하고 어떤 식으로든 리얼리티의 경계를 초월하는, 요컨대 인간의 유클리드적 의식을 넘어서는 모종의 신비가 아로새겨져 있다. 그 그림의 내용은 실질적인 시간으로부터의 출구이며 삶과 죽음, 신적 존재와 인간적 존재 간의 경계선이라 할 수 있다.[48] 따라서 이 그림들은, 심지어 홀바인의 그림까지도 모두 강생의 원리를 구체화시켜 주는 이콘의 변주된 형태라 할 수 있는데, 오로지 미시킨만이 그것을 제대로 볼 줄 아는 시각을 보유한다. 바로 이 시각 때문에 그는 다른 인물들과

48 A. Krinitsyn, "O spetsifike vizual'nogol mira u Dostoevskogo i semantike 'videnii' v romane 'Idiot'", p. 180.

구분되며, 또 바로 이 시각 때문에 그는 세상을 구원하는 데는 실패했을지라도, 그리고 작가 도스토옙스키의 의도를 단지 10분의 1밖에는 구현시켜 주지 못할지라도 어쨌든 그리스도를 닮은 인물이 될 수 있다. 바흐친은 미시킨의 말을 〈침투해 들어가는 말*proniknovennoe slovo*〉[49]이라 정의하지만, 소설의 메시지와 더 직접적으로 연관되는 것은 원형과 이미지의 결합 속으로 〈침투해 들어가는〉 그의 시선*proniknovennoe videnie*이라 할 수 있을 것이다.

4

〈인간은 최고의 가치, 궁극적 가치, 진리, 혹은 신을 완전히 알거나 헤아릴 수 없다. 그러나 인간은 그의 전 존재로써 그것을 느낄 수 있고, 그것에 기댈 수 있고, 그것과 긍정적인 관계를 맺을 수 있다. (……) 도스토옙스키와 그의 인물들이 빛 속에서 혹은 어둠 속에서 지향했던 최종적인 목표는 삶 속에서 그러하듯 소설 속에서도 획득될 수 없다. 유일하게 가능한 일은 추구하는 일뿐이다.〉[50] 『백치』 역시 잭슨의 이러한 일반화에서 크게 벗어나지 않는다. 주인공 미시킨은 실패한 그리스도처럼 보인다. 여주인공의 죽음을 막지도 못했고(물론 그녀를 부

49 M. Bakhtin, *Problemy poetiki Dostoevskogo*, p. 282
50 R. Jackson, *Dialogues with Dostoevsky: The Overwhelming Questions*, p. 277, 284.

활시키지도 못했고) 사람들을 변화시키지도 못했으며 결국 백치 상태로 자기가 왔던 스위스로 되돌아간다. 그러나 적어도 그는 〈침투해 들어가는 시선〉으로써 궁극적인 진리를 끊임없이 추구했으며 독자 또한 그러한 추구에 동참시킨다. 그는 독자로 하여금 진정한 믿음이란 어떤 추상적인 관념에 대한 믿음이 아니라 강생하신 그리스도에 대한 믿음이란 것을 개인적인 사색의 길을 통해 깨닫도록 인도해 주는 것이다.[51]

〈그리스도의 스토리는 스토리들을 가능하게 해주는 스토리이지만 절대로 끝나지 않는 불가능한 스토리이다.〉[52] 그러나 도스토옙스키는 사실적인 이미지들을 통해 그리스도의 강생을 제시함으로써 이 불가능한 스토리를 소설화시켰다. 『백치』가 그리스도에 관한 소설이라면, 그리고 그리스도를 보여 주는 소설이라면 그것은 분명 실패한 소설이다. 그러나 그것이 만일 그리스도를 향하게 해주는 소설, 그리스도에 관해 사색하게 해주는 소설이라면 그것은 성공한 소설이다. 어떤 의미에서 『백치』는 글로 쓰인 이콘이라 할 수 있을 것이다.

51 K. Stepanian, "Iurodstvo i bezumie, smert' i voskresenie, bytie i nebytie v romane 'Idiot'", p. 168.

52 C. Pickstock, *After Writing* (Malden: Blackwell Publishers, 1997), p. 266.

5. 『백치』:
아름다움, 신경 미학을 넘어서다

1

본 연구는 도스토옙스키의 소설 『백치』에 나타는 바라보기와 시각의 의미를 신경 미학*Neuroaesthetics*의 관점에서 분석하는 것을 목표로 한다. 도스토옙스키는 본인이 의도했든 의도하지 않았든 러시아 대문호들 가운데 자연과학에 관해 가장 많은 것을 말해 주는 작가이다.[1] 그렇기 때문에 도스토옙스키의 소설은 인문학과 과학의 융합적 연구에 적합한 주제라 할 수 있는데,[2] 특히 회화에 대

---

1 D. Thompson, "Dostoevskii and Science", *The Cambridge Companion to Dostoevskii*, edit. W. Leatherbarrow (Cambridge: Cambridge Univ. Press, 2002), pp. 191~211; M. Katz, "Dostoevsky and Natural Science", *Dostoevsky Studies*, Vol. 9, 1988, pp. 63~76을 참조할 것.

2 도스토옙스키 관련 융합 연구의 사례는 석영중, 「도스토옙스키의 '지하 생활자'와 신경과학자」, 『러시아어문학연구논집』, Vol. 41, 2012, 29~50쪽; 석영중, 「도스토옙스키의 물리학과 아인슈타인의 형이상학」, 『슬라브학보』, Vol. 27, No. 4, 2012, 313~334쪽; 석영중, 「도스토옙스키와 신경신학」, 『슬

한 그의 특별한 관심, 그리고 그의 작품 속에 깊숙이 각인된 시각성은 시각 신경 과학Visual Neuroscience 및 회화와 관련한 신경 미학의 관점에서 그를 해석할 수 있는 근거를 마련해 준다.

신경 미학이란 최근 부상한 신경 과학 분야의 한 지류로 예술과 아름다움의 기제를 신경 과학적으로 설명하는 학문 영역이다. 신경 미학은 여러 예술 장르 중에서도 주로 회화를 대상으로 연구되어 왔는데, 그 이유는 시각 신경 경로 및 그 구조에 대한 신경 과학적 이해가 이미 상세하게 구축되어 있어 그것을 기반으로 예술 체험에 고유한 신경망을 추적하기가 용이하다는 데 부분적으로 기인한다.[3] 신경 미학은 아직 시작 단계에 있는 신생 학문이지만 신경 과학자 제키S. Zeki의 선구적 저술 『이너 비전』과 라마찬드란V. Ramachandran과 허스테인W. Hirstein의 「예술의 과학: 예술 체험의 신경학적 이론」이 발표된 1999년을 기점으로 국내외에서 일군의 학자들이 전통적으로 철학과 심리학, 미학의 영역에서 다루어졌던 예술 창조의 메커니즘, 예술 지각, 예술 수용과 체험, 예술에 대한 미적 판단과 정서적 판단 등을 생물학적 기반에서 탐구함으로써 신경 미학 발전에 기여해 왔다.[4] 본 연구는 도스토옙스키의 작품

라브학보』, Vol. 28, No. 4, 2013, 267~286쪽을 참조할 것.

3 김채연, 「신경미학의 현황 — 발전과 전망」, 『한국심리학회지: 인지 및 생물』, Vol. 27, No. 3, 2015, 351쪽.

4 국내에서는 김채연 교수가 이 분야에서 선도적인 연구를 진행하고 있으며,

속에서 일련의 회화를 중심으로 상술되는 시각의 메커니즘을 시각 신경 과학 및 신경 미학 연구와 접목시켜 살펴봄으로써 다양한 각도에서 정체성을 모색하고 있는 신경 미학 연구에 융합적 사고의 한 가지 패러다임을 더해 주고 동시에 도스토옙스키의 소설 연구에 새로운 과학적인 해석의 차원을 더해 주고자 한다.

회화와 관련된 신경 미학 연구는 주로 미술 장르를 볼 때 피실험자들의 뇌에서 활성화되는 부위를 비교 고찰하거나 각기 다른 지각 대상에 대한 피실험자들의 선호도를 조사함으로써 미학적이고 정서적인 경험의 저변에 놓인 신경학적 기반을 탐색한다. 본 논문은 이러한 실험을 토대로 제키가 발전시킨 〈시각 뇌visual brain〉 개념이 도스토옙스키가 탐구한 시각성과 중첩되는 부분을 천착하는

해외에서는 신경 미학의 창시자라 할 수 있는 제키와 라마찬드란V. Ramachandran 의 1999년 저술 이후 채터지A.Chattergee, 시마무라A. Shimmamura 등의 신경 과학자들이 연구를 주도하고 있다. 비록 시작 단계이긴 하지만 40여 편의 저술과 수백 편의 논문이 이미 출간된 바 있어 이 분야에 대한 학자들의 관심이 어느 정도인지 알 수 있다. 지난 15년간의 신경 미학 발달 과정에 대해서는 김채연, 「신경미학의 현황 — 발전과 전망」, 341~365쪽; 세미르 제키, 『이너 비전 뇌로 보는 그림, 뇌로 그리는 미술』, 박창범 옮김(서울: 시공사, 2003); A. Chatterjee, *The Aesthetic Brain: How We Evolved to Desire Beauty and Enjoy Art* (Oxford: Oxford Univ. Press, 2013); M. Skov and O. Vartanian, *Neuroaesthetics (Foundations and Frontiers of Aesthetics)* (N.Y.: Baywood Publishing Company, 2009); G. Starr, *Feeling Beauty: The Neuroscience of Aesthetic Experience* (Cambridge: The MIT Press, 2013); A. Shimamura, "Toward a Science of Aesthetics", *Aesthetic Science: Connecting Minds, Brains, and Experience*, edit. A. Shimamura and S. Palmer (Oxford: Oxford Univ. Press, 2012), pp. 3~30; V. Ramachandran and W. Hirstein, "The Science of Art, A Neurological Theory of Aesthetic Experience", *Journal of Consciousness Studies*, Vol. 6, 1999, pp.15~51를 보라.

것에서 출발하여 궁극적으로 예술적인 바라보기를 중심으로 하는 인문학과 신경 과학의 쌍방향적 조명 가능성을 탐구할 것이다.

주지하다시피 우리는 눈으로 보는 것이 아니라 뇌로 본다.[5] 시각과 인지를 분리하려는 시도들은 오류일 뿐 아니라 무의미하다.[6] 본다는 것은 감각*perception*의 문제이자 동시에 인지*cognition*의 문제이며 때로는 감각과 인지를 통합하고 넘어서는 더욱 복잡한 모종의 행위에 대한 문제이다. 그렇기 때문에 시각을 토대로 하는 회화의 창조와 수용은 단순한 미의 문제를 넘어선다. 도스토옙스키가 여러 차례 강조했듯이 〈화가에게 요구되는 것은 사진적인 진실성도 아니고 기계적인 정확성도 아니다. 다른 어떤 것, 더 크고, 더 넓고, 더 깊은 것이다〉.(PSS IXX: 158) 마찬가지로 그림의 감상 역시 무언가 〈더 크고, 더 넓고, 더 깊은〉 어떤 체험이 될 수 있다. 특히 신성한 존재를 재현한 중세 회화와 이콘의 감상은 미학적 체험만으로는 설명할 수 없다. 도스토옙스키가 『백치』에서 구체적인 회화 작품을 중심으로 전개하는 시각성에 대한 고찰은 아름다움에 대한 정서적 반응뿐 아니라 응시를 통한 정신적 고양 가

5 이 점은 전문적인 학술 저술이 아니더라도 대중적인 뇌 관련 책에서 여러 차례 강조된 바 있다. 수전 그린필드, 『브레인 스토리』, 정병선 옮김(서울: 지호, 2004), 102쪽; 존 메디나, 『브레인 룰스』, 서영조 옮김(서울: 프런티어, 2009), 312쪽을 보라.

6 R. Schwartz, "Vision and Cognition in Picture Perception", *Philosophy and Henomenological Research*, Vol. 62, No. 3, 2001, p. 708.

능성까지도 포괄함으로써 시각에 대한 다차원적 연구의
실마리를 제공해 줄 것으로 기대된다.

2

　신경 미학은 대략 세 가지 범주로 나뉜다. 아름다움 및
아름다움을 토대로 하는 예술 일반에 대한 정의, 예술 감
상의 신경학적 기반에 대한 탐구, 그리고 예술 창조의 신
경학적 메커니즘 탐구가 그것이다. 아름다움에 대한 정
의는 모든 미학 이론이 공유하는 것이지만, 즉 미학적 과
학과 비과학적인 미학 연구가 공유하는 공통의 전제라
할 수 있지만,[7] 신경 미학이 추구하는 미의 생물학적 정
의는 진화와 적응의 차원에서 이루어진다는 점에서 차별
성을 보인다. 간단하게 말해서, 아름다움이란 적응과 관
련된 〈미적 즐거움(쾌락)〉이라는 것이 신경 미학의 전제
다. 〈사람들이 아름답다고 하는 것은 임의적이거나 무작
위적인 게 아니라 인류의 감각, 인식, 인지 능력의 발달
과 함께 수백만 년에 걸쳐 진화해 온 결과이며, 적응에
유용한 가치를 지닌 감각과 인식(예를 들어 안전, 생존,
번식을 높이는 감각과 인식)은 아름다운 것으로 선호되
었다.〉[8] 이러한 시각에서 보자면 아름다움이란 것은 〈심

　7 V. Bergeron and D. Lopes, "Aesthetic Theory and Aesthetic Science",
Aesthetic Science: Connecting Minds, Brains, and Experience (Oxford:
Oxford Univ. Press, 2012), p. 63.

리학적으로는 즐거움이고 신경학적으로는 오피오이드의 방출을 의미하며, 그렇기 때문에 아름다움을 기반으로 하는 예술에서 문제가 되는 것은 쾌감 중추를 자극하는 방식이다.〉[9]

인지 심리학자 핑커S. Pinker는 심지어 아름다움은 곧 쾌락이라는 전제를 백퍼센트 수용하여 〈시각 예술은 즐거움 버튼들을 가로막는 자물쇠를 열고 다양한 조합으로 그 버튼을 누르도록 설계된 테크놀로지의 완벽한 예다〉라고 단언하기까지 한다.[10] 아름다움에 대한 생물학적 정의는 자연스럽게 예술 활동(창조와 수용)을 진화의 한 단계로 바라보게 해준다. 그래서 디사냐약E. Dissanayake은 〈예술은 조작, 인식, 감정, 상징, 인지 등 많은 부분으로 구성되어 있으며 인간이 지닌 다른 특성 즉 도구의 제작, 질서에 대한 욕구 언어, 범주 형성, 상징 형성, 자의식, 문화 창조, 사회성, 적성 등과 함께 발현되었다〉고 주장한다.[11]

이렇게 아름다움에 대한 생물학적 정의에서 출발하는 신경 미학은 예술 수용의 신경학적 기반 연구로 이어진다. 예술에 대한 수용자의 이해 및 감상의 본질과 관련된 질문은 수용자가 인지적으로 예술에 관계하는 방식에

8 마이클 가자니가, 『왜 인간인가』, 박인균 옮김(서울: 추수밭, 2009), 297쪽.

9 지상현, 『뇌 아름다움을 말하다』(서울: 해나무, 2005), 72쪽.

10 스티븐 핑커, 『마음은 어떻게 작동하는가』, 김한영 옮김(서울: 동녘사이언스, 2007), 806쪽.

11 마이클 가자니가, 『왜 인간인가』, 284~285쪽 재인용.

관한 질문에 달려 있으므로 미학은 인지 과학과 불가분의 관계를 맺는다.[12] 시마무라는 신경 미학 연구를 가리켜 〈객관적이고 체계적이고 반복 가능한 척도를 수반하는 경험적인 리서치〉라 정의하면서 이 리서치의 핵심은 뉴로이미징 도구를 사용하여 수용자가 예술을 감상할 때 활성화되는 신경 회로를 찾는 것이라고 요약한다.[13] 미학적 경험의 신경학적 기반 연구의 활로를 개척한 연구로 널리 알려진 가와바타H. Kawabata와 제키의 2004년 논문은 fMRI를 사용하여 참가자들에게 다양한 장르의 그림을 보여 준 뒤에 뇌 영역이 활성화되는 부위를 추적하여 예술 작품에 대한 정서적 반응과 예술의 평가 및 판단에 안와 전두엽의 두드러진 활성화가 개재함을 발견했다.[14][15]

한편 제키의 저술 『이너 비전』은 수용자의 미학적 체

12 N. Carroll, M. Moor and W. Seeley, "The Philosophy of Art and Aesthetics, Psychology, and Neuroscience", *Aesthetic Science: Connecting Minds, Brains, and Experience*, edit. A. Shimamura and S. Palmer (Oxford: Oxford Univ. Press, 2012), p. 57.

13 A. Shimamura, "Toward a Science of Aesthetics", p. 14.

14 가와바타와 제키 이후 지속된 신경미학 연구결과 예술 감상에 관여하는 다양한 뇌 부위가 밝혀졌다. 김채연, 「신경미학의 현황 — 발전과 전망」, 350쪽을 보라. 피실험자들의 추상화와 구상화에 대한 선호도에 관해서는 O. Vartanian and V. Goel, "Neuroanatomical Correlates of Aesthetical Preference for Paintings", *Neuroreport*, Vol. 15, No. 5, 2004, pp.893~897을 보라.

15 H. Kawabata and S. Zeki, "Neural Correlates of Beauty", *Journal of Neurophysiology*, Vol. 91, 2004, pp.1699~1705; 김채연, 「신경미학의 현황 — 발전과 전망」, 344쪽.

험이 아닌 예술 창조의 신경학적 메커니즘을 탐색했다는 점에서 창조와 신경 과학 관련 연구 분야의 선구적 저술이라 할 수 있다. 제키는 『이너 비전』에서 신경 과학과 미학의 융합적 고찰 대상으로 시각 예술, 특히 그림을 집중적으로 다루고 있는데, 그 가장 중요한 이유는 인간은 근본적으로 시각적인 존재이며 시각은 인지 과학에서 핵심적인 위상을 점하기 때문이다.[16]

제키에 따르면 시각이란 두뇌가 사물을 분류하기 위해서 필요한 정보만을 추출하고 그 외의 끊임없이 일어나는 변화들을 제외시키는 능동적인 처리 과정이다. 이 저술의 한국어 번역본의 부제인 〈뇌로 그리는 미술〉이 말해 주듯이 제키는 그림을 그리는 행위(시각 예술의 창조)와 시각 뇌의 활동은 동일하다고 전제한다. 〈미술이란 시각 뇌의 기능과 극히 유사한 종합적 기능을 가지고 있으며 실제로 시각 뇌의 기능이 확장된 것이다. 따라서 미술은 시각 뇌의 법칙에 따라 자기 기능을 수행할 수밖에 없다.〉[17]

제키는 이러한 전제를 토대로 시각 뇌의 기능과 미술의 기능이 공유하는 〈능동적인 처리 과정〉을 세 가지로 요약한다. 첫째, 시각 뇌와 그림은 방대하고 변화무쌍한 정보들 속에서 대상의 지속적이고 본질적인 속성을 판단하는 데 필요한 요소들만 골라내어야 한다. 둘째, 그 정

16 알바 노에, 『뇌과학의 함정』, 김미선 옮김(서울: 갤리온, 2009), 201쪽.
17 세미르 제키, 『이너 비전 뇌로 보는 그림, 뇌로 그리는 미술』, 20쪽.

158

보를 얻는 데 중요하지 않은 다른 정보들을 배제해야 한다. 셋째, 뇌와 그림은 모두 과거 경험에서 얻은 시각 정보들과 선택된 시각 정보를 비교하여 사물이나 장면을 판별하고 분류해야 한다.[18][19]

요컨대 그림과 뇌는 모두 정보의 선택, 정보의 배제, 그리고 정보의 해석(비교, 판별, 분류)이라고 하는 세 가지 과정을 공유한다. 이러한 공통적인 과정을 통해 그림과 뇌가 궁극적으로 추구하는 것은 항상성이다. 〈나는 예술의 기능이란 항상성을 추구하는 것이라 정의하고자 한

---

18 그림과 뇌의 기능이 동일하다는 것은 신경학적으로 설명될 수 있다. 화가는 대상을 눈으로 보지만 그가 본 대상이 그림이 되기 위해서는 뇌가 필요하다는 것이 제키 주장의 요지이다. 〈일단 겉보기에 눈의 해부학적 구조는 카메라와 유사하다. 카메라와 마찬가지로 눈은 좁은 구멍을 통해 빛이 들어오는 상자 같은 구조를 가지고 있고 감광성 막 위에 초점을 맞추기 위한 렌즈(망막)가 장치되어 있다. 마치 필름이 손상을 입어 빛에 반응하지 않으면 사진을 찍을 수 없는 것과 마찬가지로 눈에 있는 감광성 막에 손상을 입으면 빛을 느낄 수 없고 따라서 시력을 잃게 된다. 그러나 시각 세계의 상은 단순히 망막에 각인되는 것이 아니며 망막 위에 일어나는 과정을《보기 위해서 정교하게 설계된 시스템》중 중요한 초기 단계에 해당할 뿐이라는 사실은 비교적 최근에 와서야 밝혀졌다. 즉 망막의 처리 과정은 시각적 신호를 받아들이는 기본적인 여과기의 역할을 하며 시각야 *field of vision*의 부위에 따라 나타나는 빛의 강도와 파장의 변화를 기록하여 대뇌 피질로 전달한다. 비록 망막의 해부학적 구조가 복잡하긴 하지만 불필요한 정보는 버리고 대상의 항상적이고 본질적인 특성들만을 표상하기 위해 필요한 정보만을 선택하는 강력한 기제는 포함되어 있지 않다. 이러한 역할을 수행하는 시스템은 대부분 대뇌 피질에 존재한다.〉 세미르 제키, 『이너 비전 뇌로 보는 그림, 뇌로 그리는 미술』, 27~28쪽. 대뇌 피질에는 시각만을 다루는 특정한 부위가 존재하는데, 이를 1차 시각 피질(*primary visual cortex, V1*)이라 부른다. 최근의 신경 과학자들은 1차 시각 피질만이 망막과 직접 연결되어 있다는 시각 국재화 개념을 입증했다. 세미르 제키, 『이너 비전 뇌로 보는 그림, 뇌로 그리는 미술』, 29쪽.

19 세미르 제키, 『이너 비전 뇌로 보는 그림, 뇌로 그리는 미술』, 17쪽.

다. 또한 항상성은 뇌의 가장 기본적인 기능 중의 하나이기도 하다. 즉 예술의 기능은 끊임없이 변화하는 세계에서 정보를 찾아내는 뇌의 기능을 확장하는 것이라 할 수 있다. (……) 플라톤이나 그와 비슷한 생각을 가진 철학자들의 의견 속에서, 회화의 목적이란 〈개개의 형태와 모든 세세한 특성들을〉 초월하는 수단을 통해 신경 생물학자들이 말하는 항상성을 추구하는 것이라는 관점을 쉽게 확인할 수 있다. (……) 뇌는 외부의 물리적 현실의 단순한 수동적 기록자가 아니라 독자적인 법칙과 프로그램에 따라서 시각 상을 생성해 내는 능동적인 참여자이다. 그리고 이것이야말로 화가들이 미술에 부여한 역할이고 일부 철학자들이 회화에 대해서 기대했던 역할이다.〉[20] 제키는 뇌가 대상의 항구적이고 본질적인 특성을 추출하기 위해 발전시킨 전략의 생물학적 증거로 시각 피질의 특수화를 지적한다.[21]

3

이상에서 살펴본 신경 미학의 세 가지 범주, 요컨대 아름다움에 대한 정의, 예술 수용 및 예술 창조의 신경 메커니즘은 모두 도스토옙스키의 소설 일반, 특히 『백치』

20 위의 책, 24, 57, 89쪽.
21 위의 책, 103쪽.

의 그림과 직접적으로 관련된다.

수많은 연구자들이 그동안 끊임없이 지적해 왔듯이 도스토옙스키는 무엇보다도 〈시각visuality〉의 작가다.[22] 그는 무엇이든 시각적으로 형상화하는 경향이 있다. 〈눈〉은 그에게 가장 중요한 감각 기관이자 인지 기관이다. 그에게 본다는 것은 안다는 것이고 이해한다는 것이고 깨닫는다는 것이다. 바흐친M. Bakhtin이 도스토옙스키 소설의 핵심을 〈예술적 시각화artistic visualization, khudozhestvennoe videnie〉라고 반복해서 강조한 것은 그런 의미에서 정곡을 찌른 셈이다.[23] 로버트 잭슨R. Jackson 역시 도스토옙스키의 시각성에 지대한 의미를 부여하여 집중적으로 연구했다. 잭슨에 의하면, 〈보다videt'〉, 〈보기videnie〉는 독일어의 〈wissen〉처럼 어원적으로 〈알다〉와 연관되는 단어들이다. 특히 시각화와 보기를 의미하는 〈videnie〉는 지극히

22 M. Bakhtin, *Problems of Dostoevsky's Poetics*, edit. and trans. C. Emerson (Minneapolis: Univ. of Minnesota Press, 1984); R. Jackson, *Dialogues with Dostoevsky* (Stanford: Stanford Univ. Press, 1993); R. Jackson, *The Art of Dostoevsky* (Princeton: Princeton Univ. Press, 1981); K. Barsht, "Defining the Face: Observation on Dostoevskii's Creative Processes", *Russian Literature, Modernism, and Visual Arts*, edit. C. Kelly and S. Lovell (Cambridge: Cambridge Univ. Press, 2000), pp. 23~58; S. Hudspith, "Dostoevskii and Slavophile Aesthetic", *Dostoevsky Studies*, Vol. 4, 2000, pp.177~197; J. Gatrall, "The Icon in the Picture: Reframing the Question of Dostoevsky's Modernist Iconography", *SEEJ*, Vol. 48, No. 1, 2004, pp. 1~25.

23 바흐친에 의하면 도스토옙스키는 무엇이든 눈으로 보고 그것을 감각 가능한 구체적인 형상으로 재현한다. 그래서 심지어 진리라고 하는 추상적인 개념까지도 그의 펜 아래에서는 어떤 형상, 그리스도라는 형상을 취해서 나타나야만 했다. M. Bakhtin, *Problems of Dostoevsky's Poetics*, pp. 28~32.

풍요로운 함의를 지닌 단어로 보는 능력, 시각, 눈, 예언적인 비전, 얼굴, 이미지, 상 모두를 의미한다.[24]

시각의 작가답게 도스토옙스키는 시각 예술, 특히 회화에 대단히 관심이 많았다. 그는 미술관 방문을 즐겨 했을 뿐만 아니라 다양한 스케일의 전문적인 미술 평론을 썼고, 거의 화가에 버금가는 수준의 얼굴 스케치를 남겼다.[25] 그래서 어느 연구자는 도스토옙스키를 가리켜 〈탁월한 초상화 화가〉라고 부르기까지 했다.[26]

회화에 대한 그의 지속적인 관심은 그리스도교 신앙과 결합하여 〈오브라즈_obraz_(이미지, 상, 이콘)〉의 개념으로 집약된다. 그리고 이는 그가 모든 회화 장르 중에서도 왜 하필 초상화에 가장 관심이 많았는가에 대한 답을 제공한다. 〈오브라즈는 이미지와 형태를 의미하며 더 나아가 이콘을 의미한다. 그것은 《이미지 없음》 즉 《베즈오브라지에_bezobrazie_(괴물, 기형)》와 끊임없이 대립하면서 도스토옙스키의 작품 속에서 구조적이고 윤리적이고 미학적인 카테고리를 형성한다.〉[27]

---

24 R. Jackson, *Dialogues with Dostoevsky*, p. 333.

25 도스토옙스키의 미술 평론 및 예술 일반에 관한 진술은 R. Miller, *Dostoevsky's Unfinished Journey* (New Haven: Yale Univ. Press, 2007) 중 Chapter 4, 6, 7을 참조할 것. 도스토옙스키의 스케치 중 일부는 K. Barsht, "Defining the Face: Observation on Dostoevskii's Creative Processes", p. 36, 40, 42를 볼 것.

26 K. Barsht, "Defining the Face: Observation on Dostoevskii's Creative Processes", p. 41.

27 R. Jackson, *The Art of Dostoevsky*, p. 18.

오브라즈의 기원은 성서로 거슬러 올라간다. 인간은 신의 〈모습과 닮음*obraz i podobie*〉으로 창조되었다. 러시아 성서에서 〈모습〉을 의미하는 단어로 사용하는 것이 바로 〈오브라즈〉이다. 그러므로 오브라즈는 단순한 어떤 대상의 이미지가 아니라 그 자체에 인간의 모습과 신의 모습을 담고 있는 얼굴의 이미지, 동시에 신으로도 보이고 인간으로도 보이는 복합적인 이미지다. 그것은 동시적이고 직관적이며 전체적인 개념으로 도스토옙스키의 소설 속에서 미학과 종교를 한데 모으는 개념이다.[28]

도스토옙스키에게 〈그리스도는 육신을 지닌 이상적인 인간〉(PSS XX: 172)이다. 모든 인간의 이미지(상)는 그리스도의 이미지를 향해 수렴한다. 도스토옙스키가 초상화에 유독 관심을 기울인 것은 인간의 이상인 어떤 존재, 신이자 인간인 존재의 〈상〉을 재현하는 데 대한 그의 관심을 반영한다. 모든 얼굴에서 그리스도의 이상을 보려 했던 작가는 한편으로 초상화 연구에 깊이 빠져들었고 다른 한편으로는 서사 속에 그 이미지를 시각화하기 위해 고심했다. 소설 『백치』는 이 두 가지 노력이 어우러져 나온 결실이라 할 수 있다. 『백치』는 그리스도를 닮은 인물 미시킨을 주인공으로 한다는 점에서 언어로 그린 〈오브라즈〉라 할 수 있으며 동시에 그 〈오브라즈〉의 여러 가지 변주들을 그림으로 보여 주는 소설이라 할 수 있다.

---

28 S. Hudspith, "Dostoevskii and Slavophile Aesthetic", p. 182.

도스토옙스키는 이 소설에서 그리스도를 형상화하여 스토리로 만드는 동시에 그리스도의 상에 관한 〈이론〉을 구체적인 그림으로 예시한다. 한마디로, 오브라즈로 귀착하는 도스토옙스키의 시각성은 생물학과 미학과 종교가 뒤섞인 개념이다. 바로 이 점에서 도스토옙스키와 신경 미학은 오브라즈를 축으로 만나는 동시에 갈라져 나간다고 말할 수 있다.

4

『백치』는 얼굴에 대한 설명, 사진, 초상화로 가득 차 있다. 도스토옙스키의 소설 중에서 얼굴에 대한 시각적 자료가 이토록 많이 들어 있는 소설은 찾아보기 어렵다. 그중에서도 주인공 미시킨이 구상하는 사형수의 그림, 홀바인H. Holbein의 「무덤 속의 그리스도The Body of the Dead Christ in the Tomb」, 그리고 여주인공 나스타시야가 상상하는 그리스도와 소년의 그림은 얼굴에 대한 도스토옙스키의 집요한 탐구를 말해 주는 핵심적인 인물화이다. 도스토옙스키는 왜 그토록, 거의 화가나 마찬가지의 열정으로 사람의 얼굴에 관심을 가졌을까.

얼굴에 대한 그의 시각적 관심은 근본적으로 그리스도의 얼굴에 대한 관심을 반영한다. 그리스도의 얼굴에 대한 그의 집착에 가까운 열정은 처형대 위에서 총살형을 앞두고 그가 옆에 서 있던 동료에게 〈우리는 그리스도와 함께할 것이다*Nous serons avec le Christ*〉라고 말한 것에서 출발한다. 생사의 갈림길에서 죽음 후 그리스도의 얼굴을 보게 될 것이라는 그의 믿음이 살아생전에 그리스도의 얼굴에 대한 탐구로 전이되었다고 추정해도 무리가 없을 것이다.[29]

『백치』의 세 가지 그림은 모두 그리스도의 얼굴에 대한 소설가의 재현이다. 물론 미시킨이 상상하는 그림은 사형수의 그림이므로 그리스도와는 상관이 없어 보인다. 그러나 처형의 모티프와 그림에 등장하는 십자가는 그리스도의 책형을 암시함으로써 나중에 나올 홀바인의 그림을 예고한다. 나스타시야가 상상하는 그림은 그리스도를 주제로 하지만 종교화나 이콘과는 거리가 있다.[30] 홀바인이 그린 그림 역시 이콘이라기보다는 세속화에 가깝다. 그러나 이 모든 그림들은 독자에게 그리스도의 〈상〉을 보여 준다는 점에서, 궁극적으로 보이지 않는 모습을 보이는 상으로 재현하는 문제, 곧 이코노그라피의 문제로 귀착한다는 점에서 등가를 이룬다.

홀바인의 그림은 도스토옙스키가 작가로서, 그리고 초

29 M. Hunt, *The Divine Face in Four Writers: Shakespear, Dostoevsky, Hesse, and Lewis* (N.Y.: Bloomsbury Academic, 2015), pp.50~51.

30 황혼을 배경으로 하는 나스타시야의 그리스도 그림은 19세기 인물화에 가깝다. 지는 해는 이콘에 등장하지 않는다. W. Bercken, *Christian Fiction and Religious Realism in the Novels of Dostoevsky* (London: Anthem Press, 2011), p. 114.

상화 화가로서 〈선택〉한 그리스도의 오브라즈이다.[31] 이 그림은 본질적으로 시각적인 작가가 집요하게 바라보기의 문제를 탐구한 결과 선택된 것인 만큼 제키가 말한 시각 정보의 처리 과정과 긴밀하게 연계되며, 그 점에서 신경 과학적인 정보로 포화되어 있다고 말할 수 있다.

소설에서 홀바인의 그림을 설명하는 것은 불치병에 걸려 죽음을 기다리고 있는 청년 이폴리트다. 그는 이를테면 처형이 정해진 사형수나 마찬가지다. 그는 화가 홀바인이 대상을 바라본 것을 추정해서 설명하며 이어서 그것을 바라볼 때 자기가 느끼는 감정을 설명한다. 즉 그는 홀바인의 그림을 두고 창조의 메커니즘과 수용의 메커니즘 모두를 제시한다.

그림 속에는 방금 십자가에서 풀려난 그리스도가 그려져 있었다. 나는 화가들이 십자가에 달린 그리스도를 그릴 때나 십자가에서 내려진 그리스도를 그릴 때나 그 얼굴에 비범한 뉘앙스가 담긴 미를 반영한다고 알고 있다. 화가들은 그리스도가 가장 무서운 고통에 처해 있을 때의 모습에서도 그 미를 간직하려고 부심한다. 로고진의 집에 있는 그림 속에는 미에 대한 언어

---

31 도스토옙스키는 바젤 시립 미술관에 들러 이 그림을 보았다. 안나 부인은 그가 어느 정도 이 그림에 압도당했는가를 자세하게 설명해 준다. 석영중, 「도스토옙스키의 '백치'와 강생」, 『슬라브학보』, Vol. 21, No. 1, 2006, 91~113쪽.

가 전혀 없었다. 거기에는 인간의 시체가 적나라하게 묘사되어 있을 뿐이었다. 십자가에 매달리기 전에 받았던 끝없는 고통, 상처, 고뇌, 십자가를 지고 가거나 넘어졌을 때 행해졌던 보초의 채찍질과 사람들의 구타, 마침내는 (내 계산에 의하면) 여섯 시간 동안 계속되었던 십자가의 고통을 다 참아 낸 자의 시체였다. 사실 그것은 방금 십자가에서 내려진 인간의 얼굴이었다. 또한 신체의 어떤 부분은 아직 굳어 버리지 않아서 죽은 자의 얼굴에는 지금까지도 그가 느끼고 있는 듯한 고통이 엿보였다(화가는 이 순간을 매우 훌륭하게 포착하고 있다). 그 얼굴에는 조금도 부족한 데가 없었다. 그것은 가차 없는 진실이었고 실제 인간의 시신은 그래야 했다. 그와 같은 고통을 겪고 난 후 인간이면 누구나 그 같은 모습이어야 한다. 내가 알기로는 초기 기독교는 그리스도가 받은 고통이 상징적인 것이 아닌, 실제였음을 강조했다. 따라서 그의 육체는 십자가 위에서 완전히 자연의 법칙에 예속되어 있었던 것이다. 이 그림 속에서 그리스도의 얼굴은 구타를 당해 무섭게 일그러져 있었고, 지독한 피멍이 들어 퉁퉁 부어올라 있었으며, 두 눈이 감기지 않은 채 동공은 하늘을 바라보고 커다랗고 허연 흰자위는 뿌연 유리 같은 광채를 내고 있었다.(16: 828~829)

앞에서 살펴보았듯이 제키는 시각 뇌의 기능을 변화하는 정보의 흐름 속에서 근본적인 요소를 선택하고 나머지는 배제한 뒤 이미 가지고 있는 시각 정보(시각 기억)를 동원하여 주어진 장면을 판단하고 분류하고 해석하는 것이라 말했다. 홀바인의 그림, 아니 홀바인의 뇌는 시각 뇌의 기능을 그대로 보여 준다. 홀바인은 처형 직후의 그리스도의 모습을 재현함에 있어 모든 정보 중에서 가장 중요한 정보만을 선택하고 다른 정보는 배제한다. 대부분의 화가들은 그리스도의 책형을 묘사할 때 여전히 아름다움을 포함시키지만 홀바인은 다른 모든 요소들은 배제하고 오로지 고통에만 집중했다. 그 고통은 지극히 인간적인 것이었다. 홀바인이 그리스도의 죽음에서 핵심적인 요소로 고통을 선택한 것은 옳은 것이다. 그리고 그의 재현은 정확한 것이다. 홀바인은 한 번도 본 적이 없는 그리스도와 그의 고통을 화면 위에 재현하기 위해 상상력을 동원하는 대신 모델의 사용을 선택했다. 그가 모델로 삼은 것은 물에 빠져 죽은 어느 유대인의 시신이었다. 즉 그는 보이지 않는 얼굴을 재현하기 위해 눈에 보이는 어떤 존재를 보아야만 했던 것이다.

제키의 시각 뇌 이론을 기준으로 한다면 홀바인의 그림은 훌륭한 초상화다. 아니 완벽한 초상화다. 죽은 인간의 모습에서 고통을 보고, 그 고통을 인류 보편의 고통으로 일반화시켜 묘사한 홀바인은 시각 뇌의 기능을 한 치의 오차도 없이 보여 준다. 그의 그림은 신학적으로도 완벽한 초상화다. 그리스도는 죽음에 임해 인간적인 고통을 경험했기 때문이다.[32] 오로지 그 점 하나로만 본다면 그는 탁월한 예술가다. 〈화가는 이 순간을 매우 훌륭하게 포착하고 있다.〉〈그 얼굴에는 조금도 부족한 데가 없었다. 그것은 가차 없는 진실이었고 실제 인간의 시신은 그래야 했다. 그와 같은 고통을 겪고 난 후 인간이면 누구나 그 같은 모습이어야 한다.〉

그런데 제키가 말한 마지막 단계, 즉 시각 기억을 동원하여 주어진 장면을 판단하고 해석하는 과정에서 홀바인은 전통적인 그리스도 성화와 이콘의 대열에서 이탈한다. 그는 자신이 동원한 시각 기억(즉 그때까지 보아온 성화와 이콘의 그리스도 상)중에서 자신에게 필요한 부분, 예를 들어 못에 찔린 상처라든가 그리스도의 수염 같은 물리적인 디테일만을 선택하고 나머지 다른 부분은 의도적으로 폐기한 채 오로지 보이는 것에만 집중하여 보이는 것을 그렸을 따름이다. 그러므로 그의 그림의 제목은 인간 보편의 죽음, 혹은 죽은 인간 일반이라는 제목을 붙이는 것이 오히려 〈죽은 그리스도〉라는 제목을 붙이는 것보다 더 적절하다.

여기서 우리는 도스토옙스키가 그림에 관해 진술한 내

---

32 W. Bercken, *Christian Fiction and Religious Realism in the Novels of Dostoevsky*, p. 113.

용을 상기할 필요가 있다. 그에게 화가는 무엇보다도 〈잘 보는〉 사람이다. 〈화가란 리얼리티의 두드러진 특질을 발견하고 집어내는 특별한 재능을 가진 사람이다.〉(PSS XVIII: 89~90) 그러나 화가의 재능은 단순히 잘 보는 데서 끝나는 것이 아니다. 그는 대상에서 하나의 〈이상〉을 발견해야 한다. 〈초상화 화가는 경험으로 알고 있다. (……) 인물이 언제나 자기 자신처럼 보이지는 않는다는 것을. 그래서 그는《그의 골상의 원칙적인 관념》을, 즉 인물이 가장 자기 자신처럼 보이는 순간을 포착하려 노력한다. 만일 예술가가 눈앞의 리얼리티보다 자신의 이상을 더 신뢰하지 않는다면 그의 작업이 무슨 소용인가. 이상도 리얼리티다. 현존하는 리얼리티 못지않게 합법적인 리얼리티다.〉(PSS XXI: 75~76)

도스토옙스키의 주장은 모순적으로 들린다. 즉 그는 화가에게 〈리얼리티의 두드러진 특질을 잡아내는 능력〉을 요구하는 동시에 〈리얼리티보다 자신의 이상을 더 신뢰하는 능력〉을 요구하고 있는 것이다. 모순적으로 들리는 그의 주장은 그러나 제키의 시각 뇌 기능과 절대적으로 합치한다. 그는 〈시각 기억〉이란 측면에서 제키와 동일한 주장을 하고 있는 것이다. 즉 화가가 자신의 이상을 가시적 대상보다 더 믿어야 한다는 것은 그동안 뇌 속에 누적되어 온 시각 정보를 총동원해서 하나의 관념을 만들어 내야 함을 의미한다. 그러므로 설령 모델을 보고 죽음의 고통을 완벽하게 재현했다 하더라도 홀바인은 그리스도에 대한 하나의 확고한 이상을 갖지 못하기 때문에 그의 그리스도 초상화는 불완전할 수밖에 없는 것이다. 얼굴을 재인하는 문제와 관련한 색스O. Sacks의 지적은 홀바인에게 그대로 적용된다. 〈인간의 뇌는 독립된 단위들의 집합체 이상의 것이다. 특히 얼굴의 인식은 얼굴의 시각적 요소를 분석하고 다른 얼굴들과 비교하는 능력만으로 되는 것이 아니라 그 얼굴과 관련한 기억과 경험, 감정을 환기하는 능력까지도 필요한 활동이다.〉[33] 한마디로 화가가 얼굴을 그린다는 것은 보이는 것을 사진적으로 재현한다는 것과는 사뭇 다른 활동인 것이다.[34]

한편, 홀바인의 그림에 대한 이폴리트의 평가는 예술을 본다는 것의 문제가 단순한 미적 체험을 넘어섬을 보여 준다. 그림은 예술이지만 그것을 바라보기는 미학의 영역에만 국한되지 않는다.

그러나 이상하게도 고통에 찢긴 이 인간의 시체를 보고 있노라면 매우 특이하고 야릇한 의문이 생겨났다. 만약 그를 신봉하며 추앙했던 모든 제자들과 미래의 사도들, 그리고 그를 따라와 십자가 주변에 서 있었

---

33 올리버 색스, 『마음의 눈』, 이민아 옮김(서울: 알마, 2013), 122~123쪽.
34 사진적인 재현에 대한 도스토옙스키의 반론에 관해서는 J. Scanlan, *Dostoevsky the Thinker* (Ithaca: Cornell Univ. Press, 2002), p. 143을 참조할 것.

던 여인들이 이 그림 속에 있는 것과 똑같은 그의 시체를 보았다면 그들은 이 시체를 보면서 어떻게 저 순교자가 부활하리라고 믿을 수 있었을까? 만약 죽음이 이토록 처참하고 자연의 법칙이 이토록 막강하다면, 이를 어떻게 극복할 수 있겠는가 하는 생각이 저절로 들었다(16: 829).

이폴리트의 평가는 〈보는 것은 시각의 메커니즘이 아니라 변신Metamorphosis의 문제〉라는 엘킨스J. Elkins의 말을 상기시킨다.[35] 진실로 대상을 바라볼 때, 우리는 변한다. 변신에서 중요한 것은 시각이 아니라 〈시각의 제약에서 해방된 바라보기, 아니면 통찰의 행위를 통해 재발견된 시각〉이다.[36]

통찰로 인해 풍요로워진 시각은 신경학적으로도 입증될 수 있다. 시마무라는 정보 처리와 감각의 상호 관계를 두 가지로, 즉 상향식Bottom-Up과 하향식Top-Down으로 나누어 보는데, 상향식이란 감각 시그널이 지식을 향해 가는 정보 처리 루트를 가리키고 하향식이란 지식이 하위의 감각 과정을 주도하여 관자로 하여금 특정 대상을 보도록 유도하는 것을 의미한다. 시마무라는 전자의 〈보는 것이 아는 것이다Seeing is knowing〉에 대립시켜 후자를 〈아는

35 J. Elkins, *The Object Stares Back* (N.Y.: Harvest Book, 1996), pp. 11~12.

36 R. Burnett, *How Images Think* (Cambridge: MIT Press, 2005), p. 10.

것이 보는 것이다*Knowing is seeing*〉로 요약한다.[37]

이폴리트의 경우, 그의 바라보기는 선행 지식에 의해 장악되어 있으므로 변신의 여지가 없다. 그는 죽은 그리스도의 그림을 그것이 죽은 그리스도라는 지식의 가이드라인 하에서 바라본다. 그래서 그에게는 고통만이 보인다. 그에게는 맥락도 작용한다. 그는 이를테면 사형수나 마찬가지이다. 그래서 그는 공포와 살아 있는 자들에 대한 분노 속에서 그리스도의 시신을 바라본다. 그에게 다른 것은 보이지 않는다. 하향식 프로세스가 너무 강해 상향식 프로세스는 전혀 작동할 여지가 없다. 그가 조금이라도 유연한 시각을 가졌더라면 홀바인의 그림에서, 그 보편적인 고통 앞에서, 눈물을 흘릴 수도 있었다. 모든 고통당하는 인간에 대해 연민을 느낄 수도 있었다. 그러나 그는 그런 식으로 바라보지 못했다.

다시 말해서 이폴리트가 문제로 제기한 홀바인의 그림은 화폭에 그려진 자연주의적인 디테일 때문이 아니라 이폴리트 자신의 바라보기의 문제 때문에 문제가 되는 것이다. 도스토옙스키는 미술관에서 그림을 보고 〈저런 그림을 보고 있다가는 신앙을 잃을 수도 있겠군〉이라고 중얼거렸다.[38] 소설 속에서 미시킨 공작도 같은 말을 한다. 그러나 도스토옙스키는 신앙을 잃지 않았다. 소설 속

37 A. Shimamura, "Toward a Science of Aesthetics", p. 17.

38 A. Dostoevsky, *Dostoevsky Reminiscences*, trans. B. Stillman (N. Y.: Rivelight, 1977), p. 393.

에서도 홀바인의 그림을 보고 신앙을 잃은 사람은 아무도 없다. 이폴리트는 처음부터 신앙을 가지고 있지 않았기 때문에 신앙을 잃었다고 보기 어렵다. 그에게 긍정적인 의미에서건 부정적인 의미에서건 변신은 일어나지 않았다.

나스타시야 역시 제대로 바라보는 능력을 결여한다. 그래서 그녀가 상상하는 그리스도의 그림 역시 불완전하다. 그러나 그녀의 그림이 불완전한 것은 리얼리티에서 이상을 발견하는 능력의 부재 때문이 아니라 리얼리티의 두드러진 특징을 잡아내는 능력의 부재에서 비롯된다. 그녀의 그리스도 그림은 한마디로 말해서 지나치게 추상적이다. 홀바인의 그림이 지나치게 사진적이라면 그녀의 그림은 지나치게 비사진적이므로 그녀의 그림은 홀바인 그림의 거울 이미지라 할 수 있다. 그녀의 그리스도 그림은 홀바인의 경우처럼 실존의 인간을 모델로 한다. 이 경우 모델은 주인공 미시킨이다. 소설에는 다른 여러 가지 근거가 마련되어 있지만, 무엇보다도 그녀가 미시킨을 만나고 와서 즉각적으로 그림을 상상하는 것은 이 사실을 입증해 준다.[39]

「나는 당신을 만나고 집에 와서 어느 그림을 생각해

<hr />

39 나스타시야의 그림과 미시킨의 연관성은 석영중, 「도스토옙스키의 '백치'와 강생」, 104쪽을 참조할 것.

냈어요. 화가들이란 하나같이 복음서 이야기에 의거해 그리스도를 그리고 있어요. 하지만 나라면 달리 그리겠어요. 나는 그리스도 한 사람만을 그리겠어요. 그의 제자들도 이따금 그를 혼자 남겨 둘 때가 있었을 테니까요. 나는 오로지 어린아이 하나와 함께 있는 예수를 그리겠어요. 아이는 그의 곁에서 놀고 있는 거예요. 아마 아이는 그리스도에게 무언가 애들끼리 하는 말을 들려주고 있는지도 몰라요. 그리스도는 아이의 말을 듣고 있으나 지금은 생각에 잠겨 있지요. 그의 손은 무심결에 잊혀진 듯 아이의 귀여운 머리 위에 놓여 있는 상태지요. 그는 멀리 지평선을 바라보고 있어요. 그의 시선 속에는 이 세상만큼 거대한 사상이 깃들어 있는데, 얼굴은 수심에 차 있어요. 아이는 입을 다물고 그의 무릎에 팔꿈치를 괴고 고개를 들어 아이들이 흔히 그러하듯 그를 유심히 바라보고 있는 거예요. 태양은 뉘엿뉘엿 지고 있고요……. 이게 내가 구상하는 그림이에요.」(16: 922)

이 그림은 물론 전통적인 이콘에서 벗어나 있다. 그러나 그것만이 이 그림을 불완전하게 해주는 것은 아니다. 이 그림은 미시킨을 모델로 한 것이지만, 그리고 미시킨은 그리스도처럼 〈완벽하게 아름다운 인간〉으로 구상된 인물이지만, 여기에서는 보이는 대상의 그 어떤 두드러진 특징도 생략되어 있다. 얼굴과 관련하여 오로지 〈거대한 사상이 깃들어 있는 시선과 수심에 차 있는 얼굴〉만이 언급되어 있는데, 과연 이것이 미시킨의 〈두드러진 특질〉인가. 〈거대한 사상과 근심〉은 그리스도의 특질도 아니고 미시킨의 특질도 아니다. 나스타시야가 그리스도의 상을 머릿속에서 만들어 내기 위해 미시킨을 모델로 한 선택은 옳은 것이지만, 그리고 그녀는 미시킨의 얼굴과 관련한 〈기억과 경험, 감정을 환기하는 능력〉도 가지고 있는 것처럼 보이지만, 그녀는 얼굴을 〈제대로〉 보는 일에서 실패한다. 그녀의 비극적 종말은 이 〈보지 못함〉에서 유래한다. 만일 그녀가 미시킨의 특질은 근심도, 위대한 사상도 아니고 오로지 〈연민〉임을 발견했다면, 그리고 더 나아가 그리스도의 모든 것은 연민임을 알아차렸다면, 어쩌면 그녀는 그런 식으로 자신의 삶을 포기하지 않았을 것이다.[40] 마치 나스타시야의 실수를 지적이라도 하듯이 도스토옙스키는 『백치』의 예비 자료에서 〈연민 ── 이것이 그리스도교의 모든 것이다〉라고 못 박는다 (PSS IX: 270). 그리스도 그림에 묘사되어 있는 것은 그리스도도 아니고 미시킨도 아니다.

반면에 미시킨이 상상하는 그림은 그리스도의 그림이 아니지만 그리스도의 〈오브라즈〉에 가장 근접한다. 그는

---

40 연민은 소설의 핵심 사상이지만 이것은 너무 방대한 분량의 논의를 요구하는 문제라 본 논문에서는 간략하게 언급하는 정도에서 그치기로 하겠다.

사물을 제대로 보고 시각 기억을 동원하고 자신만의 〈이상〉을 가지고 있기 때문에 저자 도스토옙스키의 화가적인 측면을 대표하는 이상적인 화가이기도 하다.

미시킨에게 그림은 보는 것에서부터 출발한다. 아델라이다가 미시킨 공작에게 그림의 주제를 찾아 달라고 청하자 공작은 자기는 그림에 문외한이라 고사하면서도 즉각 〈보고 그리면 될 것 같은데요*vzglianut'i pisat'*〉라고 답한다 (15: 120). 여기서 〈보기〉란 볼 수 있는 능력을 의미한다. 볼 수 있는 능력은 시각 과정과 메타 경험적이고 메타 이론적 관계를 맺는 것을 의미한다.[41] 잠시 후 그는 그림의 주제를 제시한다.

「사실 조금 전에…… 나에게 그림의 주제를 물어보았을 때 정말로 한 가지 생각이 떠올랐어요. 사형수가 단두대 위에 올라서서 목에 작두날이 떨어질 때까지 기다리고 있는 얼굴 표정을 그리는 겁니다.」(15: 131)

이 대목은 레더H. Leder가 말한 〈미학적 에피소드(혹은 미학적 환경)〉를 상기시킨다.[42] 미시킨은 이 대화가 있기 전에 자기가 사형 집행을 목격한 것에 대해 상세하게 진

41 R. Burnett, *How Images Think*, p. 10.
42 H. Leder, "Next Steps in Neuroaesthetics: Which Processes and Processing Stages to Study?", *Psychology of Aesthetics, Creativity, and the Arts*, Vol. 7, No. 1, 2013, p. 29.

술한 바 있다. 그러므로 미시킨이 이 그림의 주제를 생각해 낸 것은 사실상 충분한 문맥이 제시된 후에 일어난 일이며, 그렇기 때문에 그의 그림은 단순한 상상에서 나온 것이 아니라 모델이 있는 그림이라는 것이 드러난다. 즉 그것은 실제로 그가 목격한 죽기 직전의 인간을 모델로 하는, 대단히 끔찍하고 기이한 초상화인 것이다. 그래서 그는 〈그러나 그 그림을 그리기 위해서는 이전에 있었던 모든 일을 낱낱이 다 알아야 할 필요가 있습니다〉(15: 132)라고 강조하는 것이다.

게다가 그는 사형 집행 전 사형수의 모습을 그린 그림을 바젤에서 본 적이 있다고 말한다. 〈얼굴을 그리라고요? 얼굴 하나만요?〉 아델라이다가 그런 그림은 괴상하다고 대꾸하자 미시킨은 말한다. 〈안 될 이유가 있습니까? 나는 얼마 전에 바젤에서 그런 그림 한 점을 보았습니다. 무척이나 그 그림에 대해 얘기하고 싶군요.〉(15: 131)

여기서 미시킨이 언급하는 그림은 도스토옙스키가 실제로 바젤의 시립 미술관에서 관람한 한스 프리스H. Fries의 「세례자 요한의 참수Beheading of St. John the Baptist」이다. 이 그림에서 화가는 목이 잘려 나가기 직전의 성 요한의 얼굴을 묘사하고 있다. 이 그림 역시 도스토옙스키의 비상한 관심을 끈 것으로 알려져 있다. 프리스의 그림은 미시킨의 그림에 더욱 두터운 맥락을 제공해 준다.

이 모든 정황을 종합해 볼 때 적어도 그림에 관한 한 미시킨은 도스토옙스키의 대변자로서 자신이 본 실제의 인간, 그리고 그림 속에 그려진 성자가 생명이 끊어지기 직전 얼굴에 보인 〈어떤 것〉을 그려 보려 시도한 것으로 파악할 수 있다. 홀바인처럼 그는 제키의 〈시각 뇌〉의 작동 방식을 그대로 보여 준다. 그 역시 모든 정보 중에서 사형수의 얼굴을 선택하고 나머지는 배제한다. 〈그림의 핵심은 십자가와 머리입니다. 신부의 얼굴, 형리, 두 명의 형리보, 아래쪽에 보이는 몇몇 머리와 눈, 이 모든 것은 배경의 액세서리로 안개에 싸인 듯 그려도 됩니다……. 이것이 상상해 본 모습입니다.〉(15:136)

그런데 미시킨은 홀바인과 달리 사형수의 모습에서 두드러진 어떤 특질을 발견하는 동시에 그것을 넘어 자신의 이상을 신뢰한다.

「그 사형수가 층계를 다 올라가 단두대에 발을 내디딘 바로 그 순간, 그는 내가 있는 쪽을 바라보았지요 *vzglianul*. 그때 나는 그의 얼굴을 보고 모든 것을 이해하게 되었습니다 *Ia pogliadel na ego litso i vse ponial*. (……) 하지만 이걸 어떻게 말로 다 표현할 수 있겠습니까?」(PSS VIII:55)

그림의 핵심은 이것이다. 〈보는 것이 곧 아는 것이다〉

라는 명제가 이 대목에서 확연하게 선언된다. 여기서 도스토옙스키는 시각과 인지의 등가를 문학적으로 선포하고 있다. 그림을 보든 아니면 단순히 현실을 관찰하든 간에 본다는 것은 단지 보기의 기계적인 행동 이상을 의미한다.[43] 미시킨의 바라보기 역시 단순한 바라보기가 아니다. 그는 바라보는 그 순간 단숨에 모든 것을 이해한다. 여기서 〈모든 것〉이라는 것은 많은 사유의 여지를 남겨 놓는 단어이다. 삶 전체가 공포와 절망의 순간으로 압축되는 그 순간을 목격하면서 그는 어쩌면 지상에서의 삶의 신비를, 죽음 이후의 삶을 이해하게 되었을지도 모른다.

보기와 알기의 중첩은 사형수 자신에게서도 발견된다. 미시킨의 그림 속에 그려진 사형수 역시 바라보는 것과 아는 것의 동시적 체험을 예시한다.

「층계의 맨 윗단만 가까이 명확히 보이게끔 단두대를 그려 보세요. 사형수는 백지장처럼 하얀 얼굴로 마지막 계단을 밟고 있고, 신부가 내민 십자가를 새파랗게 질린 입술을 탐욕스럽게 내민 채 바라봅니다. 그리고 다 알게 됩니다*gliadit i vse znaet.*」(PSS VIII: 56)

십자가를 바라보고 그 순간 〈모든 것을 알게 된〉 사형

43 R. Jackson, *Dialogues with Dostoevsky*, p. 47.

수는 바로 이 모든 것을 다 안다는 사실로 인해 그리스도의 모습을 반영한다. 미시킨이 〈모든 것을 다 보는 눈의 메타포〉이듯이[44] 사형수는 모든 것을 다 아는 존재의 메타포이다. 미시킨도 사형수도 모두 그리스도의 〈상〉에 수렴한다.

사형수의 모습에서 그리스도의 모습을 보는 것 — 이것이야말로 도스토옙스키가 이해한 〈모든 것〉의 핵심일 것이다. 여기서도 그의 뇌는 신경 미학자들이 말하는 것과 동일한 과정을 보여 준다. 엔스J. Enns는 시각 인지에 관한 저술에서 인간에게 일상적인 사고의 많은 부분이 시각 이미지를 활용한다고 전제하면서 〈그러나 이 이미지들은 우리의 눈에 덮쳐 오는 광선 패턴과 직접적인 관계는 전혀 없다. 그것들은 우리가 종종 《상상》이라 부르는 것의 기초를 형성한다〉고 말한다.[45] 코슬린S. Kosslyn 역시 우리가 무언가를 볼 때와 무언가를 상상할 때 동일한 뇌 영역을 사용한다는 것, 이미저리와 감각은 동일한 토대 기제를 공유한다는 것을 강조한다.[46] 도스토옙스키는 미시킨의 특별한 시각을 통해 그가 보는 것과 그가 상상하는 것이 동일한 것임을 확인해 주는 것이다.

44 I. Anastasiu, "Visual and Audible in Dostoevsky and Tolstoy's Work", *Cogito*, Vol. 3, No. 1, 2011, p. 72.

45 J. Enns, *The Thinking Eye, the Seeing Brain: Explorations in Visual Cognition* (N.Y.: W. W. Norton, 2004), p. 311.

46 S. Kosslyn, *Image and Brain : the Resolution of the Imagery Debate* (Cambridge: MIT Press, 1994), p. 54.

그러나 미시킨이 상상하는 그림은 어디까지나 상상이다. 그 그림은 완성되지 않은 그림이다. 어쩌면 불가능한 그림일지도 모른다. 사형수를 통해 그리스도의 상을 재현하는 것은 대단히 도전적인 일일지 모르지만 완결될 수 없는 시도이다. 소설 속에서 미시킨이 그리스도를 닮은 인간으로서 실패한 인물이듯이 그가 상상하는 그림 속의 사형수 역시 그리스도를 닮은 인물로서 현실화되지 못한다. 미시킨과 사형수는 그리스도를 향한 인물로서 평행을 이룬다.

5

시각적 재현의 문제는 도스토옙스키와 신경 미학자가 만나는 지점이다. 특히 『백치』에 등장하는 일련의 초상화들은 신경 미학과 도스토옙스키 미학의 접목을 가능하게 해준다. 본문에서 살펴본 것처럼 도스토옙스키가 추구한 미학과 신경 미학자 제키가 말한 시각 예술의 창조 과정은 『백치』에 나타난 〈오브라즈(이미지)〉의 문제에서 중첩된다. 그러나 양자는 또한 그 이미지를 축으로 갈려 나간다.

첫째, 도스토옙스키가 상상한 이미지는 그리스도의 이미지이며 그것은 그가 모든 초상화에서 기대한 것이기도 하다. 그에게 얼굴은 그 얼굴의 주인의 영적 의의의 진정한 표현이다. 창조주의 모습과 닮음에 대한 진정한 반영이다.[47] 그가 어떤 얼굴을 그리거나 상상하거나 아니면 화폭에서 보거나 그것들은 모두 그리스도의 얼굴로 귀착한다. 그러므로 제키가 말한 개성의 문제는 절반만 적용된다. 〈훌륭한 초상화란 그 대상이 되는 인물이 어떤 옷을 입고 있건 혹은 어떤 각도에서 그 모습을 비추고 있건 뇌가 그 대상이 되는 특정한 인물에 속하는 독특한 개성으로 재인할 수 있도록 그 인물의 진정한 모습을 보여 주어야 한다.〉[48] 〈초상화에 표현된 개성은 그 인물과 같은 개성을 지닌 많은 사람들에게 공통되는 것이어야 한다.〉[49] 도스토옙스키의 초상화에서는 인물에 속하는 독특한 개성도 보편적인 개성도 모두 〈신〉의 〈모습과 닮음〉으로 귀착한다. 아무도 본 적이 없는 신의 모습을 재현하는 문제를 과연 신경 미학의 영역에서 어느 정도까지 다룰 수 있는 것인지 생각해 볼 필요가 있을 것이다.

첫 번째 문제는 필연적으로 두 번째 문제, 즉 미에 대한 정의의 문제로 이어진다. 홀바인의 그림에서 알 수 있듯이 모든 그림이 아름다움의 기제로 설명되는 것은 아니다. 미술이 반드시 아름다움의 전달을 목적으로 하는 것이 아니라면 생물학적 미학에서 개진되는 쾌감 중추에

47 K. Barsht, "Defining the Face: Observation on Dostoevskii's Creative Processes", p. 46.
48 세미르 제키, 『이너 비전 뇌로 보는 그림, 뇌로 그리는 미술』, 201쪽.
49 위의 책, 201쪽.

대한 논의는 사실상 부분적으로만 사실이다. 오늘날 신경 미학에서 이미 이러한 부분에 대한 자체적인 반성이 이루어지고 있다. 〈신경 미학은 그 정의상 예술과 미의 신경 기전을 밝히고자 하는 학문 분야이다. 하지만 아름다움은 예술이 지니는 유일의 가치가 아닐 뿐만 아니라, 현대 예술에 있어서는 더 이상 가장 중요한 가치도 아니다. (……) 신경 미학 연구가 아름다움, 또는 긍정적 정서에 기반한 미적 경험의 주관적 측면에 주목하는 것은 예술과 관련된 다양한 반응을 포괄하지 못한다는 한계를 지닌다.〉[50]

본문에서 얘기했듯이 시각 예술 감상의 중요한 목적 중의 하나는 관자의 변신이다. 그러므로 김채연의 지적처럼 초상화에 대한 신경 미학적 연구에서 긍정적 정서에 기반한 미적 경험의 주관적 측면에 주목하는 것은 제한적일 수밖에 없다. 그냥 상식적으로 말해서, 홀바인의 그림이 미학적 체험을 제공한다고는 아무도 생각지 않을 것이다. 미시킨이 머릿속에서 구상한 사형수의 그림 또한 미학적 체험과는 관계가 없다. 조금 더 연장시켜 말하자면 역사에 등장하는 무수한 명화들이 아름다움과는 관계가 없다. 자기 집 거실에 걸어 두고 보고 싶어 할 그림이 아닌 것도 많다. 특히 종교화의 경우 아름다움과 신성함이 교차하므로 그것을 미적 경험이라 획일화시켜 치부

50 김채연, 「신경미학의 현황 — 발전과 전망」, 358쪽.

하기 어렵다.

도스토옙스키가 『백치』에서 추구한 얼굴들은 모두 중세적인 그리스도 상의 전통으로 거슬러 올라간다. 처형대 사건 이후 도스토옙스키의 지상에서의 삶의 최종적인 목적은 중세적인 지복 직관*Visio beatifica*, 즉 그리스도를 눈으로 직접 보는 것이었다. 중세적인 전통 속에서 그리스도와의 시선 교환은 내세에서 받을 은총을 미리 접하는 것이다. 그러므로 관자는 성화 앞에 서서 그리스도의 이미지를 정면으로 응시하면서 구원에의 희망을 품을 수 있었다. 중세 성화는 관자에게 은총과 정죄의 기회를 주는 기능, 구원에의 희망을 주는 기능을 했다.[51] 이것은 미적 체험과는 거리가 멀다. 그렇다고 해서 중세 회화를 예술이 아닌 것이라 하기도 어렵다. 그것은 분명 예술 작품이지만 그 기능은 미적 체험을 훌쩍 뛰어넘어 종교적, 교훈적, 철학적 영역으로 진입한다. 그런 그림을 바라본다는 것은 아름다움의 체험이 아니라 일종의 자기 성찰, 구원, 명상, 침잠, 묵상이다. 바라보기가 변신이 될 수 있는 것은 이 때문이다.

바움가르텐이 미학이란 개념을 도입한 이후 수많은 철학자들이 미의 개념을 탐사하고 이를 토대로 예술의 본질을 규명하려는 시도를 해왔다. 그러나 오늘날까지도

---

51 마리우스 리멜레와 베른트 슈티글러, 『보는 눈의 여덟가지 얼굴』, 문화학연구회 옮김(서울: 글항아리, 2015), 40쪽.

〈미란 무엇인가〉, 〈예술이란 무엇인가〉 같은 질문에 대한 완벽한 해답은 존재하지 않는다. 미에 대한 감각, 그리고 예술 창조와 수용은 복잡한 인간의 정신 활동 중에서도 가장 고차원적이고 복잡한 활동이므로 이를 규명하려는 그 어떤 시도도 포괄성이나 완벽성을 주장하기 어렵다. 신경 미학은 이제까지 사변적인 성격을 지녀온 미학을 경험적이고 실험적으로 다룬다는 점에서 획기적인 시도라 할 수 있다. 신경 생물학자, 인지 심리학자, 그리고 신경 심리학자들의 미학 연구는 미학의 지평을 넓히고 더나아가 인간의 본질에 더욱 가까이 다가가려는 시도라는 점에서 그 의의를 인정받을 만하다.

그러나 신경 미학에 대한 반발도 강력하게 감지된다. 상당수의 인문학자들에게 신경 미학은 예술이라고 하는 고도로 복잡하고 고차원적인 인간의 정신 활동을 생물학으로 환원시키는 행위에 불과한 듯 보인다. 그들은 뉴런의 차원으로 예술의 의의를 좁혀서 본다는 발상 자체에 반대한다. 그러나 뇌 연구와 미학 연구의 융합은 지속되어야 한다. 뇌라는 신체 기관이 인간의 존재 의의, 인간의 실존, 그리고 인간의 생존 원리를 이해하는 데 결정적이라는 사실, 그리고 뇌 스캔 영상이 특정 인지 과정과 연관된 신경 작용에 대한 정보를 전달한다는 사실은 부인할 수 없다. 또 미에 대한 선호, 예술의 창조와 수용, 예술의 확산이 뇌의 작용과 연관된다는 것, 그러므로 뇌에 대한 고려 없이 예술 일반을 설명하는 것은 불가능하다는 것 역시 부인할 수 없는 사실이다. 제키의 말처럼 〈비록 미적 경험을 일으키는 것이 무엇인지에 대해서는 아직 잘 모르지만 반대로 시각 뇌의 능동적이고 정상적인 도움 없이는 어떤 미적 경험도 할 수 없다는 점만은 명백하다.〉[52]

신경 미학은 경험적이고 실험적인 미학 연구이므로 대상을 분석하고 정량화하며 그러는 과정에서 아름다움의 질적언 부분을 간과하기 쉽고 환원주의로 흐르기 쉽다.[53] 그러나 아름다움이란, 그리고 아름다움을 요체로 하는 예술이란 대단히 복잡하고 주관적이며 환원 불가능한 개념이다. 특히 인류 문화유산이라 할 수 있는 위대한 예술 작품들이 대부분 아름다움 자체에 국한되지 않고 다양한 종교적·철학적·심리적 체험과 연관이 된다는 것은 아름다움의 다면성을, 그리고 많은 경우 미와 선의 경계가 불분명함을 입증해 준다. 본 논문에서 살펴본 『백치』의 그림들이 환기하는 것은 아름다움에 대한 정서적 체험이 아니라 종교적인 성찰이다. 제키는 미술이란 시각 뇌의 기능과 극히 유사한 종합적 기능을 가지고 있으며 실제로 시각 뇌의 기능이 확장된 것이므로 미술이 미술로서의 기능을 수행하는 것은 시각 뇌의 법칙을 따른다고 주

52 세미르 제키, 『이너 비전 뇌로 보는 그림, 뇌로 그리는 미술』, 256쪽.

53 A. Chatterjee, "Neuroaesthetics", *Aesthetic Science: Connecting Minds, Brains, and Experience*, edit. A. Shimamura and S. Palmer (Oxford: Oxford Univ. Press, 2012), p. 310을 참조할 것.

장한다. 그러나 본 논문의 연구는 미술이 예술의 경계를 넘어서고 시각 뇌의 법칙을 넘어 설 수 있다는 사실을 보여 준다. 신경 미학이 쾌감과 환치되는 〈아름다움〉의 개념에 머무르지 않고 진선미의 합일에 대해 신경 과학적이고 생물학적인 해석을 시도할 수 있다면, 이는 미학 일반, 그리고 신경 과학 일반에서 일종의 도약으로 간주될 수 있을 것이다.

6. 『악령』:
역설의 시학

1

　『악령』은 도스토옙스키의 다른 소설들과 마찬가지로 동방 정교회 영성에 대한 저자의 깊은 이해와 신학적 탐색을 반영한다. 제사로 사용된 「마태오의 복음서」에서부터 스테판 베르호벤스키가 임종 시에 언급하는 산상 수훈과 「요한의 묵시록」에 이르기까지 『악령』의 곳곳에서 발견되는 성서의 구절들이 가장 단순하고 직접적인 인용의 차원에서 소설의 내용을 예시한다면, 정교회 신학의 핵심 원리인 케노시스*kenosis*와 신화(神化)*theosis*는 그보다 좀더 복잡한 메커니즘을 통해 『악령』의 많은 부분을 조명해 준다.

　「필립비인들에게 보낸 편지」 2장 6절에서 11절까지, 즉 〈그리스도 예수는 하느님과 본질이 같은 분이셨지만 군이 하느님과 동등한 존재가 되려하지 않으시고 오히려 당신의 것을 다 내놓고 종의 신분을 취하셔서 우리와 똑같은 인간이 되셨습니다. 이렇게 인간의 모습으로 나타나 당신 자신을 낮추셔서 죽기까지, 아니 십자가에 달려서 죽기까지 순종하셨습니다〉를 근거로 하는 케노시스는 그리스도의 〈자기 비움〉, 그리고 그 비움 안에서 온전히 하느님을 드러내는 성스러운 신비를 의미한다.[1] 그것은 말씀의 육화와 그리스도의 책형, 성체성사 등 정교회 교리와 전례의 전 과정을 아우르는 동시에 겸손, 순종, 연민 같은 민족적 감정과 결합하여 러시아 정신사에 〈유로디비*iurodivyi*(성스러운 바보)〉라고 하는 역설적인 존재를 각인시켜 놓았다. 이러한 케노티시즘의 전통은 도스토옙스키의 종교적 메시지를 해석하는 데 프레임으로 작용할 뿐 아니라 인물, 내레이터, 텍스트 구조를 분석하는 데에도 관건이 된다.[2]

---

1 곽승룡, 『도스또예프스끼의 충만과 비움의 그리스도』(서울: 가톨릭 출판사, 1998), 13~22쪽. 케노시스의 어원도 「필립비인들에게 보낸 편지」의 인용문에 나오는 〈당신의 것을 다 내놓고*heauton ekenosen*〉의 고대 그리스어 〈에케노센*ekenosen*〉으로 거슬러 올라간다.

2 케노시스의 관점에서 도스토옙스키의 주요 작품을 천착한 저술로는 곽승룡, 『도스또예프스끼의 충만과 비움의 그리스도』를, 유로디비와 도스토옙스키의 기독교를 문화적 프레임 안에서 고찰한 저술로는 H. Murav, *Holy Foolishness: Dostoevsky's Novels and the Poetics of Cultural Critique* (Stanford: Stanford Univ. Press, 1992) 등을 참조하라. 또한 케노시스와 서사 구조와의 관련성은, 바흐친M. Bakhtin의 다음향성이 근본적으로 신학적인 비유라는 전제하에 그리스도의 케노시스야말로 도스토옙스키가 저자의 권한을 버리고 등장인물들의 차원으로 스스로를 낮추는 것에 대한 모델이라고 간주하는 K. Clark and M. Holquist, *Mikhail Bakhtin* (Cambridge:

케노시스가 그리스도의 낮춤을 의미한다면 정교회는 이와는 정반대의, 그러나 근본적으로는 동일한 교리인 신화(神化)의 개념을 개진한다. 인간이 〈테오시스를 획득하는 것, 즉 신처럼 되는 것〉을 의미하는 신화는[3] 「창세기」1장 26절 〈하느님께서는 《우리 모습을 닮은 사람을 만들자》고 하셨다〉에서 출발한다. 즉, 모든 인간은 태어날 때부터 자신 안에 하느님의 〈모습과 닮음obraz i podobie· 을 담지하고 있으며, 그의 궁극적인 목표는 믿음과 은총의 힘으로 하느님과 하나가 되는 것이다. 요컨대 케노시스가 그리스도론의 중심이라면 신화는 정교회 인간학의 중심이라고 할 수 있는데, 동전의 양면과도 같은 이 두 가지 개념의 관계를 알렉산드리아의 아타나시오Athanasius of Alexandria는 이렇게 요약한다. 〈인간이 신이 되도록 하기 위해서 신은 인간이 되었다.〉[4]

케노시스와 신화의 원리에 따르면 인간적인 모든 가치의 대립항들은 그 의미를 상실한다. 신의 진리를 전달하는 것은 〈성스러운 바보〉이므로 어리석음과 현명함 사이의 경계는 허물어지고, 모든 사람은 〈하느님의 모습과 닮음〉을 지닌 채 창조되었으므로 선인과 악인의 경계도 허

Harvard Univ. Press, 1984), pp. 249~251.; A. Gibson, *The Religion of Dostoevsky* (Philadelphia: SCM Press Ltd., 1973), pp. 68~69을 참조하라.

3 강태용, 『동방정교회』(서울: 도서출판정교, 1996), 202쪽.

4 J. Meyendorff, *The Orthodox Church* (N.Y.: St. Vladimir Seminary Press, 1981), p. 195.

물어진다. 성서는 이러한 가치 전도의 무수한 실례를 제공한다. 예를 들어, 포도원 일꾼과 품삯의 비유(「마태오의 복음서」 20: 1~16), 잃은 양 한 마리의 비유(「루가의 복음서」 15: 3~7), 돌아온 탕아의 비유(「루가의 복음서」 15: 11~32) 등은 모두 〈첫째가 꼴찌가 되고 꼴찌가 첫째가 되는〉(「마르코의 복음서」 10: 31) 신적인 가치 평가를 예시한다.

이러한 신학적 논리는 도스토옙스키의 텍스트에서 다양한 변형과 증폭을 거치면서 독특한 소설의 논리로 자리 잡는 동시에 더 나아가 저자의 종교적, 철학적 신념과 연결된다. 1873년의 『작가 일기』에서 발견되는 〈빛과 구원은 아래로부터 올 것이다〉[5]라는 진술에서부터 〈만인은 만인 앞에 죄인〉이라는 사상에 이르기까지 원숙기 도스토옙스키의 종교 철학은 근본적으로 낮춤과 비움을 그 요체로 하며, 이 점에서 그것은 케노시스와 신화에 대한 저자의 심오한 사색에서 유래한다고 보여진다. 본 논문은 『악령』의 몇 가지 주요 에피소드들을 분석하여 케노시스와 신화의 논리가 구체적으로 어떻게 소설의 의미 구조에 작용하는가를 살펴볼 것인바, 본 논문의 분석을 통해 『악령』의 메시지는 물론이거니와 도스토옙스키적인 신앙의 본질이 어느 정도 규명될 것으로 기대된다.

5 F. Dostoevsky, *The Diary of a Writer*, trans. B. Brasol (Santa Barbara: Peregrine Smith Inc., 1979), p. 43.

2

높음과 낮음, 상승과 하강, 〈첫째〉와 〈꼴찌〉 간의 경계
선을 허무는 케노시스와 신화의 논리는 『악령』에서 신성
과 불경의 경계선 허물기로 변형된다. 다시 말해서 『악
령』의 많은 에피소드들에서 신성한 것은 불경한 것으로
재현되고, 이렇게 불경하게 된 것은 다시 신성한 것으로
되돌려진다. 여기서 나타나는 쌍방향적 의미의 전위는
패러디와 역패러디, 혹은 파소S. Fusso의 표현을 빌어 〈복
구적 패러디restorative parody〉[6]로 설명될 수 있다. 『악령』에
서 「시스틴의 마돈나Sistine Madonna」가 어떻게 훼손되고 모
독당하는가를 추적한 파소는 성모 마리아에 대한 신성
모독이 사실상 미와 선에 대한 저자의 확신으로 이어지
며 따라서 그 과정에 개재하는 패러디는 신성을 〈되돌려
놓는〉 복구적 패러디라고 결론을 내린다. 〈『악령』에서 도
스토옙스키는 초월적인 것에 대한 감각을 회복하기 위
해, 즉 성스러운 목적을 위해 악마적인 수단을 사용한다.
도스토옙스키가 사용한 복구적 패러디의 목적과 효과는
신성 모독적인 조롱에 탐닉하거나 낡은 미학을 경멸하는
데 있는 것이 아니라 체르니솁스키N. Chernyshevskii 이후 시
대에 모든 예술의 영역에서 상실된 것처럼 보이는 영혼

6 S, Fusso, "Maidens in Childbirth: The Sistine Madonna in Dostoevskii's
'Devils'", *Slavic Review*, Vol. 54, No. 2, 1995, p. 272.

의 힘을 자신의 자연주의적 내러티브에 부여하는 데 있다.)[7] 이러한 복구적 패러디는 사실 성모 마리아의 모티프에만 국한된 것은 아니다. 패러디와 패러디 되돌리기, 신성에 대한 모독과 회복의 과정은 『악령』의 주요 모티프들에서 반복되는데, 이제부터 그것들을 세 가지 ― 두 명의 마리야와 두 번의 잘못된 출산, 스타브로긴의 고백, 키릴로프의 자살 ― 로 나누어 살펴보기로 하겠다.

2.1

잉태와 출산은 『악령』의 가장 근원적인 테마 중의 하나다. 니힐리스트들의 횡포를 악령에게 유린당하는 성모 마리아-러시아의 모습에 투사시키는 이 소설에서 그리스도의 탄생을 위시한 출산 일반은 끊임없이 패러디되고 모독당한다.[8] 우선 절름발이 백치 여인 마리야 레뱟키나와 관련된 잉태 모티프를 살펴보자. 레뱟키나는 샤토프와 만난 자리에서 자신이 아이를 낳아 살해했다고 주장한다. 〈「……그때 나는 아이를 낳자마자 목면 포대기와 레이스로 둘둘 말아 장밋빛 리본으로 동여맨 다음 작은 꽃을 뿌려 장식을 해주고 기도를 하고는 세례도 받지 않은 아이를 데리고 갔어. 숲을 지나 아기를 데려가는데, 난 숲이 무

7 Ibid., p.274.
8 V. Rudnev, "'Zlye deti'. Motiv infantil'nogo povedeniia v romane 'Besy'", *V chesti 70-letiia professora Iu. M. Lotman* (Tartu: Eidos, 1992), pp. 161~162.

서워, 섬뜩할 정도야. 그런데 무엇보다도 아이는 내가 낳았지만 도대체 남편이 누군지 알 수가 없으니 계속 울게 되는 거야.」(……) 「아이를 어디로 데려간 거야?」 「연못으로 데려갔어.」 그녀는 한숨을 내쉬었다.〉(PSS X: 117) 그러나 그녀의 합법적인 남편인 스타브로긴은 레뱟키나가 〈처녀devitsa〉이며 따라서 아기란 있을 수 없다고 못 박는다(PSS X: 194). 『악령』에서 니힐리스트의 반테제로 제시되는 것은 어머니-러시아-성모 마리아의 이미지이며 그것은 스테판 베르호벤스키의 표현을 빌어 〈황후 중의 황후, 인류의 이상tsaritsa tsarits, ideal chelovechestva〉(PSS X: 265)인 「시스틴의 마돈나」로 상징화된다.[9] 따라서 레뱟키나가 〈처녀〉로서 아이를 출산했다는 이야기는 즉각적으로 〈동정녀 성모Deva Bogoroditsa〉에 대한 신성 모독이자 그리스도가 〈성령으로 잉태되었다〉는 성서 텍스트(「마태오의 복음서」 1: 20; 「루가의 복음서」 1: 35)에 대한 패러디로 받아들여진다. 또한 갓난아기를 연못에 빠뜨려 죽였다는 것은 여주인공 그레첸이 사생아를 낳아 연못에 빠뜨려 죽

9 라파엘이 그린 「시스틴의 마돈나」는 러시아 낭만주의자들에게 이상적인 아름다움의 정수이자 고전 문학 최고의 상징으로 받아들여졌다. J. Billington, *The Icon and The Axe* (N.Y.: Vintage Books, 1970), pp. 348~349. 도스토옙스키 또한 「시스틴의 마돈나」에 매혹당했는데, 도스토옙스카야 여사A. Dostoevskaia의 회고록에 따르면 그는 그것을 〈인류 역사상 가장 위대한 예술품〉으로 간주했으며 드레스덴의 화랑에 걸린 그 그림 앞에서 황홀경에 잠긴 채 몇 시간이고 꼼짝 않고 서 있곤 했다고 한다. A. Dostoevsky, *Dostoevsky Reminiscences*, trans. B. Stillman (N.Y.: Liverlight, 1977), p. 117.

이는 『파우스트 *Faust*』의 내용을 패러디하며[10] 그렇기 때문에 레뱟키나의 이야기는 신성 모독과 문학 작품에 대한 어쭙잖은 모방이 뒤섞인 패스티시처럼 되어 버린다.

그러나 레뱟키나의 유로디비적 특성은 이러한 패러디를 성스러운 것으로 되돌리고 거룩한 천상 모후에 대한 작가의 진지한 생각을 드러내 준다. 도스토옙스키는 창작 노트에서 레뱟키나를 직접적으로 〈유로디비〉라 명시한 바 있지만[11] 굳이 작가의 지적이 아니더라도 그녀와 유로디비를 연결시키는 것은 어렵지 않다. 〈얼굴에 하얗게 분칠을 하고 빨갛게 연지를 발랐으며 입술에도 무언가를 칠해 놓고 눈썹은 시꺼멓게 그린〉(PSS X: 114) 광대 같은 외모, 주변 사람들한테서 받는 모욕과 학대, 신비에 쌓인 수도원 생활, 〈기이한 언설을 통해 지식인의 논리를 무너뜨리고 주인공 스타브로긴의 정체를 폭로하는 역할〉[12] 등은 그녀를 전형적인 유로디비로 만들어 주기에 충분하다. 따라서 레뱟키나는 『죄와 벌』의 소냐와 리자베타, 『백치』의 미시킨, 『카라마조프 씨네 형제들』의 조시마 장로에 이르기까지 케노시스를 체현하는 인물군

---

10 괴테의 『파우스트』 제1부를 참조하라. 괴테에 대한 인용이나 패러디는 이 외에도 텍스트 곳곳에서 발견된다. 그중에서도 특히 1부에 삽입된 스테판 베르호벤스키의 소위 〈서사시〉는 『파우스트』를 노골적으로 패러디한다.

11 H. Murav, *Holy Foolishness: Dostoevsky's Novels and the Poetics of Cultural Critique*, p. 113.

12 J. Hubbs, *Mother Russia The Feminine Myth in Russian Culture* (Bloomington: Indiana Univ. Press, 1988), p. 229.

에 속한다고 볼 수 있다.

　유로디비의 세계에서 발견되는 뒤집힘은 새롭고 최종적인 상태, 예컨대 전향, 혹은 구원으로 유도하기 위한 뒤집힘이라 할 수 있다. 유로디비가 세상을 뒤집는 것은 세상에 천국을 보여 주기 위해서이다.[13] 다시 말해서 유로디비의 광대 짓이나 바보 노릇, 혹은 신성 모독은 궁극적으로 신성의 확인을 위한 것이며 따라서 유로디비는 낮춤과 비하를 통해 그리스도를 모방하는 존재라고 볼 수 있다. 유로디비인 레뱟키나도 예외는 아니다. 그녀는 믿을 수 없는 잉태와 출산으로 인해 현실적인 차원에서 성모 마리아를 패러디하지만 바로 그 패러디를 통해 오히려 성모 마리아와 〈닮은〉 존재로 부상하는데, 그 과정에 개재하는 것은 자비와 연민의 눈물, 〈복음적 부드러움이라 부를 수 있는 심오한 감정인 우밀레니에*umilenie*〉[14]이다.

　레뱟키나는 상상과 현실 사이를 넘나들며 횡설수설하는 가운데 진실을 드러내고 끊임없이 흘러넘치는 눈물을 통해 〈우밀레니에〉를 체현한다. 그녀가 묘사하는 성모 마리아의 이미지는 사실상 작가 도스토옙스키의 관념 속에 새겨진 마리아 상과 중첩되며 이로써 그녀의 스토리가 갖는 불경한 패스티시는 신비한 암시로 뒤집힌다. 〈수

<hr>

13　H. Murav, *Holy Foolishness: Dostoevsky's Novels and the Poetics of Cultural Critique*, p. 10.
　14　곽승룡, 『도스또예프스끼의 충만과 비움의 그리스도』, 57쪽.

녀님 한 분이 성당에서 나와 나한테 속삭였지,《성모님이 누구라고 생각하느냐》고.《위대하신 어머니시며 인류의 희망이십니다》라고 내가 대답했어.《그렇다, 성모님은 위대하신 모후시며 촉촉한 대지이시다. 바로 여기에 인간에게 위대한 기쁨이 있는 것이니라. 지상의 모든 비애와 지상의 모든 눈물은 우리에게 기쁨이니라. 반 아르신밖에 안 되는 발밑의 땅을 눈물로 적시다 보면 당장에 모든 것에 기뻐하게 될 것이다. 그러면 너에게 더 이상 그 어떤 고뇌도 없을 것이다. 이것이 바로 나의 예언이니라》라고 말했어. 그때 그분의 말이 나한테 떨어졌어. 그때부터 나는 이마가 땅에 닿도록 엎드려 입 맞추며 기도하기 시작했어. 입을 맞추며 눈물을 흘렸어.〉(PSS X: 116)

이렇게 시작된 레뱟키나의 울음은 그 후 계속되고, 그녀의 끊임없는 눈물은 그녀로 하여금 자비와 구원의 신비에 동참하게 만들어 준다. 그녀는 〈동쪽으로 얼굴을 돌리고 땅에 엎드려 울고 또 울고 몇 시간을 우는지 기억조차 못하며〉, 〈계속 아이 생각을 하며 운다〉(PSS X: 117). 샤토프가 그녀에게 〈애당초 아이란 없었고 이 모든 것이 그저 환영에 불과하다면 어떻게 되는 거지?〉(PSS X: 117)하고 묻자 그녀는 〈어쩌면 정말 없었을지도 몰라. (……) 그러나 어쨌든 마찬가지야, 나는 아이 생각을 하며 계속 울 테니까〉라고 대답한다(PSS X: 117). 아이의 존재가 있건 없건 〈마찬가지vse ravno〉가 되는 지점에서 레뱟키나의 스토리는 결혼, 출산 같은 자연의 법칙을 넘어서 다른 국면으로 접어든다. 그녀의 눈물은 인간적인 원인을 초월하여 만인의 죄를 위한 눈물, 회개와 기쁨의 눈물이 되고, 그리하여 정교회 신비 신학에서 지대한 의의를 부여하는 〈눈물의 은사〉[15]를 보여 주게 된다. 이제 레뱟키나는 눈물을 통해 「피에타Pieta」상이나 「스타바트 마테르Stabat Mater」에 깊이 새겨져 있는 우밀레니에를 실천함으로써 살아 있는 성모의 이콘으로 변신한다. 광대처럼 분칠을 한 채 눈물을 흘리는 레뱟키나는 미와 선의 화신인 「시스틴의 마돈나」와 러시아의 가장 보편적인 성모 이콘인 「모든 슬퍼하는 자들의 기쁨Vsekh skorbiashchikh radost」 성모가 결합된 이미지, 상징의 상징으로 변모하는 것이다.

한편 외관상 레뱟키나의 잉태보다 더욱 노골적인 신성모독은 또 하나의 마리야, 즉 샤토프의 아내인 마리야 샤토바에 의해 실현된다. 한때 샤토프와 결혼한 사이었으나 〈자유 사상〉 때문에 남편과 헤어진 마리야는 스타브로긴의 아이를 임신한 채 3년 만에 남편에게 돌아와 산고 끝에 해산한다. 그러나 해산 후 얼마 안 되어 아기도, 산모도, 그리고 남편도 모두 비극적인 최후를 맞이한다. 마리야라는 이름의 아름다운 여성, 남편이 아닌 다른 〈힘〉에 의한 잉태, 초라한 해산 장소 등은 마리야 샤토바

---

15 강태용, 『동방정교회』, 206쪽.

의 스토리를 동정녀의 잉태와 그리스도 탄생에 대한 또
다른 패러디로 전변시킨다. 이 모독적인 스토리에서 거
룩한 동정녀는 입심 고약하고 자유 분방한 니힐리스트로
뒤집히고 동정녀를 잉태시킨 성령의 역할은 인간 스타브
로긴이 대신하며 그리스도는 감기로 죽는 사생아로 대체
된다. 더욱이 마리야가 해산 직전에 뱃속에 든 아이를 가
리키며 〈아, 나는 저주받을 계집이다, 모조리 다 처음부
터 저주받아라, (……) 이 세상 모든 것이 저주받아라,
(……) 이 어린 것도 애초부터 저주받아라*O, prokliataia, O bud'*
prokliato vse zarane! (…) O bud'prokliato vse na svete (…) Bud'on zarane
prokliat, etot rebenok〉(PSS X: 443)라고 외칠 때 그녀의 저주
는 엘리사벳이 마리야께 드린 인사를 문자 그대로 뒤집
는다. 〈모든 여인들 가운데서 가장 복되시며 태중의 아드
님 또한 복되십니다*blagoslovenna Ty mezhdu zhenam, i blagosloven plod*
chreva Tvoego.〉(「루가의 복음서」1: 42~43)

그러나 정작 아기가 태어났을 때 이 모든 불경한 상황
은 원래대로 되돌아간다. 보다 정확하게 말해서 샤토프
의 해석을 통해서 평범한 어린아이의 탄생은 그리스도
탄생의 신비와 버금가는 것이 되고 〈보고야블렌스키〉 거
리에 있는 샤토프의 누추한 하숙집은 문자 그대로 〈신의
현현*Bogoiablenie*〉을 위한 은총의 공간으로 변모하며 방종
한 니힐리스트 마리야 샤토바는 성자의 어머니로 다시
태어난다.[16] 샤토프에게 아기의 탄생은 마치 그리스도의

탄생처럼 〈위대한 기쁨_velikaka radost'〉, 〈새로운 존재의 출현이라는 신비_taina novogo sushchestva〉, 〈설명할 수 없는 위대한 신비_neob'iasnimaia velikaia taina〉로 해석된다(PSS X: 452). 태어난 아기는 〈인간의 손으로는 이루어질 수 없는, 완전 무결하고 순수한 새로운 정신_novyi dukh, tsel'nyi, zakonchennyi, kak ne byvaet ot ruk〉이며 〈두려울 정도로 새로운 사상, 새로운 사랑〉을 의미한다(PSS X: 452). 샤토프는 소리친다. 〈세상에 이보다 더 높은 것은 아무것도 없어요!〉(PSS X: 452) 여기서 샤토프는 〈신비〉, 〈새로운 정신〉, 〈위대한 기쁨〉, 〈새로운 사랑〉, 〈인간의 손으로는 이루어질 수 없는〉 등 그리스도 탄생 신비와 관련된 전통적인 교회식 표현을 사용함으로써 현실적으로 입력된 상황을 신앙의 언어로 재해석한다. 그 어떤 신학도 교리도 그리스도의 탄생을 이보다 더 감동적으로, 이보다 더 정확하게 표현할 수는 없을 것이다. 갓난아기는 그동안 그에게 결여되어 있었던 믿음을 되돌려 놓고, 이제 그는 믿는 사람의 새로운 눈으로 현상을 대하게 된 것이다. 샤토프의 열광을 〈헛소리〉로 치부하고 어린아이란 〈단순한 유기체의 발전에 지

16 파소는 마리야 샤토바가 가지고 온 〈드레스덴제 핸드백〉과 그녀의 외모(그녀는 스물다섯 살쯤 된 여자로서 상당히 건장한 몸매에 평균보다 키가 컸고 짙은 아마빛의 탐스러운 머리칼, 달걀형의 창백한 얼굴, 지금은 열병을 앓는 듯 광채를 뿜어내고 있는 커다랗고 검은 눈을 가지고 있었다)가 그녀와 「시스틴의 마돈나」를 연결해 주는 또 다른 디테일이라고 지적한다. S. Fusso, "Maidens in Childbirth: The Sistine Madonna in Dostoevskii's 'Devils'", pp. 264~265.

나지 않으며 거기에 신비한 것은 아무것도 없다〉고 보는
니힐리스트 산파 비르긴스카야의 태도는(PSS X: 452)
샤토프의 해석이 믿음이 없는 사람과는 다른 코드로 이
루어짐을 극명하게 보여 준다.

　마치 그리스도의 탄생으로 인해 인류의 역사가 새로운
구원의 시간 축에서 펼쳐지게 되듯이 샤토프 일가의 모
든 것은 이 〈새로운 정신〉의 존재로 인해 여지껏과는 전
혀 다른 차원, 인간적 오관의 한계를 넘는 새로운 차원으
로 전이된다. 〈모든 것이 다시 태어난 것만 같았고vse kak
budto pererodilos〉 이제 그들은 〈새롭게 그리고 영원히vnov'i
navsegda〉 사는 것에 관해 이야기 한다(PSS X: 453). 샤토
프도 그의 부인도 모두 이 위대한 신비 앞에서 〈바보처
럼〉 되어 버리고(PSS X: 453) 그들의 행복은 〈행복〉을
의미하는 세속적인 단어인 〈schastlivyi〉가 아니라 〈축복
받은〉이란 뜻의 〈blazhennyi〉로 표현된다(PSS X: 453).
파소의 지적처럼 이제 샤토프 일가는 오로지 사랑만으로
결합된 유일한 가정, 〈성 가정Holy Family〉의 모습을 구현하
는 것이다.[17]

　이렇게 두 명의 마리야와 그들의 〈잘못된〉 출산은 동정
녀 마리아의 잉태와 그리스도의 탄생을 한낱 조롱 거리
에 불과한 것으로 비하시키지만, 그것들은 신앙의 코드
로 재해석됨으로써 오히려 가장 비천한 상황에 거룩함을

17 Ibid., pp. 269~270.

부여하고 고통과 가난이 있는 공간을 사랑으로 충만케 한다. 두 명의 마리야가 회복시킨 성모 마리아의 신성은 사실상 『악령』 전체를 통해 저자의 믿음을 전달하면서 믿음이 없는 자들의 행동을 더욱더 추악한 것으로 만든다. 「시스틴의 마돈나」 앞에서 두 시간이나 서 있었지만 환멸 밖에 못 느끼는 율리야 폰 렘프케(PSS X: 235), 샤토프 일가가 재현하는 성 가정의 모습을 보고도 〈우스꽝스럽다〉고만 느끼는 비르긴스카야(PSS X: 453), 어린아이 울음을 흉내 내며 좌중을 웃기는 럄신(PSS X: 30~31), 〈성모 성탄〉 성당의 마리아 상을 약탈한 표트르 베르호벤스키 일당(PSS X: 252~253) — 이들은 모두 마리아의 이미지를 훼손시키지만 결국 훼손당하는 것은 신성이 아니라 그들의 야수성이며 그들이 패러디하는 것은 성모 마리아가 아니라 그들 자신이다.

2.2

소설 속에 등장하는 소위 〈악령 들린 군상〉을 대표하는 스타브로긴의 악마적 속성은 그가 그리스도의 〈자기 비움〉을 역으로 흉내 내는 데서 비롯된다. 스타브로긴은 〈악마적 케노시스demonic kenosis〉라 부를 수 있는 모종의 과정을 통해 자신의 이념과 사상을 〈비워서〉 추종자들의 가슴속에 심어 놓고, 추종자들은 스타브로긴의 가르침을 다시 그에게로 투사시켜 그를 자신들의 이념에 대한 살아 있는 상징으로 만들려고 시도한다.[18] 스타브로긴은 표트르 베르호벤스키에게는 혁명에 대한 파렴치한 열정을, 샤토프에게는 종교적인 민족주의를, 키릴로프에게는 인신 사상을 주입시킨다.[19] 한편 스타브로긴의 추종자들은 마치 그리스도의 사도들처럼, 그를 기다리고 그의 가르침을 〈학습〉하고 실천하려고 노력하고 그를 위해서라면 순교라도 할 듯이 그를 찬미한다. 스타브로긴의 철학을 곱씹으며 〈2년 반 동안〉 그를 기다려 온 샤토프는 오로지 스타브로긴만이, 〈오로지 그 한 사람만이 깃발을 들어 올릴 수 있으므로〉 그를 위해서라면 〈벌거벗고 춤이라도 출〉 자세가 되어 있다(PSS X: 201). 키릴로프에게 스타브로긴은 〈인생의 의미〉(PSS X: 189)이며 표트르 베르호벤스키에게는 〈빛이요 태양*svet i solntse*〉(PSS X: 404)이며 〈우상*idol*〉(PSS X: 323)이며 〈선구자*predvoditel'*〉(PSS X: 323)이다.

그러나 그리스도의 비움이 인간의 구원을 향하는 것과 반대로 스타브로긴의 비움은 인간의 파괴를 향한다는 점에서 후자는 전자를 패러디한다. 그에게는 그리스도의 자비와 연민도 없고 타인을 위한 희생도 없다. 그는 마리야 레뱟키나의 지적처럼 〈가짜〉 〈그분〉(PSS X: 219)이며

---

18 J. Bortnes, "Religion", *The Classic Russian Novel*, edit. M. Jones and R. Miller (Cambridge: Cambridge Univ. Press, 1998), p. 116.

19 A. Gibson, *The Religion of Dostoevsky*, p. 131.

결국 그가 상징하는 것은 〈무〉일 뿐이다.[20] 이렇게 그리스도를 패러디하는 스타브로긴은 더 나아가 저자 자신의 패러디로 등장한다. 샤토프에게 그가 주입시킨 사상은 사실상 도스토옙스키의 사상을 그대로 반복한다. 〈그러나 사람들이 당신에게 진리는 그리스도 밖에 있다고 수학적으로 증명해 보인다 해도, 자신은 진리보다 차라리 그리스도 곁에 머무는 쪽을 택했을 거라고 내게 말해 준 사람은 바로 당신이 아니었습니까? 당신이 그렇게 말했죠? 그랬죠? (……) 어떤 민족도 아직 과학과 이성을 기반으로 해서 건설된 적은 없었다. 그런 예는 오직 어리석음 때문에 한순간 그렇게 된 것을 제외하고는 단 한 번도 없었다. 사회주의는 본질상 벌써 무신론이 되어야 한다. 왜냐하면 사회주의는 시작부터 무신론적 기반을 갖고 있으며 오직 과학과 이성의 토대 위에서 건설될 것이라고 선언했기 때문이다. 이성과 과학은 민족들의 삶에서 언제나, 지금도 창세기에도 오로지 부차적이고 보조적인 의무만을 수행해 왔다. (……) 민족의 모든 움직임의 유일한 목표는 어떤 민족이건, 그 존재의 시기가 언제건, 오직 신의 추구, 틀림없는 자기 민족만의 신의 추구이며 그리고 그 신을 진실한, 유일한 것으로 믿는 것이다. 신은 민족의 시작부터 끝까지 취해진 민족 전체의 종합적인 인격이다. (……) 이 모든 것이 당신 자신의 말입니다,

20 J. Bortnes, "Religion", p. 116.

스타브로긴, (……) 당신의 사상, 당신의 말에서 난 아무
것도, 심지어 단어 하나도 바꾸지 않았습니다.〉(PSS X:
198~199)

　여기서 샤토프가 되풀이 말하고 있는 스타브로긴의 사
상은 도스토옙스키가 공공연하게 표명한 신앙을 그대로
옮겨 놓은 것으로 대부분 『작가 일기』에서 발견된다.[21] 특
히 〈진리가 그리스도 밖에 있다고〉 운운하는 부분은
1854년 폰비지나 부인에게 보낸 편지에서 발췌한 것으로
도스토옙스키의 신앙심을 뒷받침해 주는 근거 자료로서
무수히 인용된 바 있다.[22] 그러나 도스토옙스키가 확고한
신념을 바탕으로 진지하게 자신의 생각을 전개시켰다면,
스타브로긴은 〈실험〉을 위해서, 자신의 〈제자uchenik〉가
어느 정도까지 그 사상을 수용하고 발전시키는가를 보기
위해서 동일한 생각을 설파했다는 점에서 양자의 차이는
지대하다. 스타브로긴의 말은 무신론자가 신과 조국을 향
해 행한 장난질이며 그의 장난으로부터 도출된 것은 또
다른 무신론일 뿐이다. 그의 제자 샤토프는 〈러시아를 믿
고 러시아 정교를 믿고 그리스도의 육신을 믿고 그리스도
의 재림이 러시아에서 이루어질 것임을 믿지만〉 정작 신
은 믿지 않는, 〈언젠가 믿게 될〉 것을 바랄 뿐인(PSS X:
201) 변종 무신론자이며, 그렇기 때문에 샤토프는 스타브

21 A. Gibson, *The Religion of Dostoevsky*, p. 139.
22 Ibid., p. 139.

로긴의 사상이 결여하고 있는 믿음과 진실을 역설적으로 반영한다고 볼 수 있다.

스타브로긴의 신성 모독은 그가 스파소예피미엡스키 보고로드스키 수도원의 티혼 장로에게 자신의 죄를 고백하는 장면에서 절정에 이른다. 그는 자신이 저지른 악행을 낱낱이 문서에 기록하여 티혼에게 건네주는데, 그 문서의 중심은 〈마트료샤〉라고 하는 14세 소녀를 능욕하고 결국은 그녀를 자살에 이르게까지 한 사건이다. 〈겉보기에 완전히 어린애와 다름없는〉 마트료샤는 그 순수함뿐만 아니라 〈어머니〉를 어원으로 하는 〈마트료샤〉라는 이름으로[23] 인해 어머니-대지-마리아의 3중 상징을 상기시키며, 따라서 그녀를 능욕한 것은 성모 마리아에 대한 모독이라고 해석되어도 무방하다. 그러나 앞에서 언급한 두 명의 마리야가 모두 스타브로긴과 관련되어 있음을 상기할 때 이 고백의 내용은 사실상 스타브로긴의 추악함을 강조하는 것 이상의 흥미는 끌지 못한다. 여기서 더욱 중요한 것은 스타브로긴이 선택한 고백의 형식이 정교회의 고해 성사를 패러디한다는 점이다.

정교회 교리에 의하면 고백은 죄인과 하느님과의 대화로서 그것이 성사(聖事)가 되기 위해서는 몇 가지 조건이 충족되어야 한다. 첫째, 모든 죄는 하느님과 공동체를 거

---

23 R. Pope and J. Turner, "Toward Understanding Stavrogin", *Slavic Review*, Vol. 49, No. 2, 1990, p. 549.

스르는 행위이지만 고백의 유일하고 궁극적인 주관자는 하느님이며,[24] 둘째, 고백자는 자신의 죄에 대한 〈해명 apologia〉을 진술해야 하며, 셋째, 진심으로 참회해야 하며, 넷째, 용서와 구원을 목표로 해야 한다. 이 네 가지 조건 중 어느 하나라도 충족되지 않는다면 성스러운 행위로서의 고백은 성립되지 않는다. 스타브로긴의 고백은 이 네 가지 조건을 모두 묵살함으로써 교리의 패러디로 귀착한다. 우선, 그의 고백은 청자로서 하느님을 선택한 것이 아니라 불특정 다수의 대중을 선택한다. 그는 〈그 기록을 인쇄해서 3백 부를 러시아로 들여가기로 마음먹었다. 시간이 되면 경찰서와 지방 관청으로 보낼 것이고, 동시에 공표를 해달라는 청원을 담아 모든 신문의 편집국으로 보낼 것이며, 페테르부르크와 러시아에서 그를 알고 있는 많은 인사들에게도 보낼 것이다. 마찬가지로 번역의 형태로 외국에서도 선보일 것이다〉(PSS XI: 23). 따라서 그의 고백은 겸허한 죄인의 고백이라기보다는 유명 인사가 되고자 하는 인간의 자기 현시에 가깝게 보인다. 둘째, 그는 그 어떤 해명도 거부한다. 〈난 내가 원하기만 한다면 언제나 나 자신의 주인이다. 그러니 내가 환경이나 병 따위에서 내 범죄의 면죄부를 찾고 싶은 마음은 조금도 없다는 점을 알아 두는 게 좋을 것이다.〉(PSS XI: 23) 셋째, 그의 기록 전체를 통해 참회나 구원이나 용서는 전혀 언급되지 않는

24 강태용, 『동방정교회』, 255쪽.

다. 그는 티혼의 지적처럼 〈죄인이 재판관을 향해 오만한 도전장을 던지듯이〉(PSS XI: 24) 자신의 죄악을 들춰내 보이고 있으며 청자로부터 용서를 간구하는 것이 아니라 청자가 그를 〈더 증오하도록 강요할 것이며〉(PSS XI: 25) 그들의 증오 때문에 그들을 더욱더 증오하게 될 것이라 생각한다. 즉, 그는 용서받는 게 목적이 아니라 증오받고 증오하는 것이 목적이다. 따라서 그의 고백은 그 안에 담긴 죄악의 추함 이전에 이미 고백의 형식을 왜곡하는 추악한 패러디가 된다. 기록에서 발견되는 놀랄 만큼 많은 〈철자법상의 오류들〉, 〈부정확하고 불분명한 문장들〉 (PSS XI: 12)은 형식의 추악함을 말해 주는 지표이며, 그 점에서 기록을 읽은 뒤 티혼이 가한 최초의 논평인 〈문장이라도 좀 고치는 게 어떨까요?〉(PSS XI: 23)는 매우 의미심장한 지적이라 할 수 있다.

그러나 이러한 신성 모독은 가장 비열한 악당인 스타브로긴과 가장 숭고한 사제 티혼이 서로에 대해 분신적 위상을 획득하는 지점에서 뒤집힌다. 티혼은 죄인의 고백을 듣는 사제로서 그리스도를 대리해야 하는 입장이지만 그는 동시에 몇 가지 점에서 스타브로긴의 분신으로 간주될 수 있다. 티혼은 스타브로긴처럼 〈신비〉에 둘러싸인 인물로 특히 〈여성 숭배자들〉이 그를 둘러싸고 있다는 사실(PSS XI: 6)은 스타브로긴의 주변을 맴도는 무수한 여인들을 상기시킨다. 또 스타브로긴의 경우처럼,

그를 좋아하는 사람이건 싫어하는 사람이건 그에 대해 입을 다물며, 아주 열렬한 신봉자들까지도 무엇 때문인지 그에 대해 무언가를, 그의 어떤 약점을, 어쩌면 백치스러움 같은 것을 숨기고 싶어 한다(PSS XI: 6). 그 역시 스타브로긴처럼 항간에 〈병을 앓고 있다〉는 소문이 퍼져 있으며 실제로 〈신경 발작〉을 일으키곤 한다(PSS XI: 6). 스타브로긴이 〈미치광이〉 취급을 받듯이 그 역시 일부 신자들에게서 〈미치광이〉라는 소리를 들으며, 수도원장은 심지어 그의 〈이교도〉적 측면과 방만한 생활을 비난하기까지 한다(PSS XI: 6).

마지막으로 티혼의 승방에서 발견되는 작은 디테일은 그와 스타브로긴의 유사성을 결정적으로 지적해 준다. 〈어쩐지 이상하게 정리가 되어 있는〉(PSS XI: 6) 그의 방에는 〈기독교의 고행승과 위대한 고위 성직자의 저작 옆에, 극장에서나 올릴 법한 저작들이,《어쩌면 그보다 훨씬 더 고약한 것이》나란히 놓여 있다〉(PSS XI: 7). 여기서 언급되는 〈극장〉은 수도승의 방과는 전혀 어울리지 않지만 텍스트 곳곳에서 언급되는 극장의 모티프와 연결되어 티혼과 스타브로긴과의 닮음을 강조하게 된다. 『악령』에서 극장 및 극장과 관련된 것은 모든 부정적인 것, 우스꽝스러운 것, 진정한 것에 위배되는 모든 〈거짓〉을 지시하는 기호이다. 무엇보다도 스타브로긴은 〈가면〉을 쓴(PSS X: 37) 〈형편없는 배우〉(PSS X: 219)이며, 구시대의 자유주의자인 스테판 베르호벤스키 역시 〈쿠콜니크〉처럼 보이기 위해(PSS X: 19) 고안된 무대 의상을 입은 광대로, 그의 희극적인 측면은 그가 쓴 〈서정 드라마 형식으로 된 무슨 알레고리 같은 것〉(PSS X: 9)을 통해 명백하게 드러난다. 럄신의 장난질은 찬송가와 「오 귀여운 어거스틴」의 가락을 결합한 〈소가극〉에서 절정에 이르며(PSS X: 251~252), 어리석음의 표본인 폰 렘프케는 코 하나로 오베르의 오페라 서곡을 연주할 뿐 아니라 종이 극장, 즉 종이를 오리고 붙여 연주하는 무대, 오케스트라 관객을 다 만들고 또 종이로 기차와 철로와 교회도 만든다(PSS X: 243). 이 모든 극장의 의미는 표트르 베르호벤스키의 요설 속에서 〈곧 사라지게 될 가설무대〉로 요약된다. 〈그러면 대지는 《새롭고 정의로운 율법이 오고 있다》며 신음하기 시작할 것이고, 바다에서는 파도가 요동치고 가설무대가 무너질 것입니다.〉(PSS X: 326) 이러한 맥락에서 볼 때 티혼의 승방에 있는 극장 관련 저작들은 스타브로긴과 티혼 간의 대립을 중화시키고 양자를 상호 반영적 존재로 전이시키는 역할을 한다고 볼 수 있다. 티혼과 스타브로긴은 신앙심을 축으로 갈라진 한 존재의 다른 두 면인 것이다.

이렇게 스타브로긴의 분신으로 등장하는 티혼을 통해 그가 모독하는 대상은 역으로 신성함을 되찾고 모독하는 주체의 추악함은 더욱 두드러지게 된다. 티혼은 스타브로긴이 패러디하는 모든 것을 역으로 패러디하며 그럼으로써 도스토옙스키의 종교적·철학적 입장을 전달하게 된다. 우선 그는 스타브로긴의 고백을 〈위대한 사상〉, 〈가장 완벽하게 표현된 기독교 사상〉, 〈가장 멀리 나간 참회〉라고 해석하는데(PSS XI: 24), 그가 자신의 해석에 붙인 단서, 즉 〈그것이 정말로 참회이고 정말로 기독교 사상이라면〉(PSS XI: 24)은 바로 스타브로긴의 고백에서 결여된 핵심을 그대로 지적한 것이라 볼 수 있다. 티혼은 계속해서 말한다. 〈바로 이 형식조차도(그는 기록을 가리켰다) 당신은 이겨 낼 것입니다. 단, 당신이 따귀와 침을 진정으로 받아들인다면요. 이루 형언할 수 없이 치욕적인 십자가도, 결국엔 그 위업의 겸허함이 진실하기만 했다면 언제나 위대한 영광과 위대한 힘이 되었습니다.〉(PSS XI: 27) 여기서 티혼은 스타브로긴이 짊어진 치욕의 십자가가 구원의 도정에 참여할 수 있음을 시사하지만, 또다시 〈진정한 겸손〉을 조건으로 내걸음으로써 바로 그 진정한 겸손을 결여한 스타브로긴과 위대한 영광 간의 동시적인 인접과 거리를, 그리고 그 모순의 이면에 있는 신앙의 신비를 역설적으로 보여 준다.

티혼과 스타브로긴의 분신적 관계는 또한 죄와 구원에 대한 지상의 논리를 뒤집어 신의 논리를 드러내 보인다. 티혼은 스스로를 대단히 큰 죄인, 어쩌면 스타브로긴보다 더 큰 죄인이라고 인정하면서 그에게 용서를 구한다.

〈죄를 지음으로써 사람은 누구나 이미 모든 이들에게 반하는 죄를 지은 것이며, 사람은 누구나 무슨 일에서건 타인에 대해서 유죄이고, 또 어느 한 사람 단독의 죄란 있을 수 없기 때문이다.〉(PSS XI: 26) 스타브로긴이 진정한 참회가 수반되지 않은 고백을 통해 성사를 패러디한다면, 티혼은 죄를 수반하지 않는 참회와 고백을 통해 마치 거꾸로 된 거울처럼 스타브로긴을 패러디하고 죄와 구원에 대한 심오한 진리를 암암리에 드러낸다. 스타브로긴은 결국 티혼이 제시한 믿음도 겸손도 참회도 모두 거부한 채 자살로 일생을 마치고 그럼으로써 기독교 정신을 끝까지 훼손하지만, 그의 일부는 여전히 자신의 분신인 티혼을 통해 살아남아 그리스도의 신비를 증거하게 된다. 이는 티혼의 말 속에서 다시 한번 확인될 수 있다. 〈만약 당신이 화해도, 자신에 대한 용서도 성취하지 못한다 해도,《그분》이 당신의 계획과 위대한 고통을 용서해 주실 겁니다. 왜냐하면 인간의 언어 속엔《어린양》의《모든》길과 동기를 표현하기 위한 단어도 사상도 없으니까요, 지금까지 그의 길들은 우리에게 분명히 열리지 않을 것이니까요, 누가 그분을, 무궁무진한 그분을 포용하겠습니까? 누가 모든 것을, 이 무한한 것을 이해하겠습니까!〉(PSS XI: 28)

2.3

키릴로프는 스스로 목숨을 끊음으로써 기독교 정신을
모욕하지만 그보다 더 큰 모독은 그 자살의 동기인 소위
〈인신론〉이 신화를 패러디한다는 데 기인한다. 키릴로프
의 이론은 교묘하게 기독교 교리를 왜곡시키며 그리스도
의 자리에 인간을 올려놓는다. 그에 의하면 〈인간의 삶은
고통이자 공포이다. 그리고 그 공포와 고통에도 불구하
고 자살하지 않기 위해 인간은 신을 고안해 냈다. 따라서
고통과 공포를 정복하는 사람이 곧 신이 된다. 누구든 최
고의 자유를 원하는 사람은 반드시 자살할 만한 용기를
가져야 한다. 그 이상의 자유는 없다. 공포를 죽이기 위
해 자살한 사람만이 비로소 신이 된다〉(PSS X: 93~94).
이렇게 공포를 뛰어넘어 자살하는 사람은 하느님의 아들
인 〈신인*bogochelovek*〉을 압도하는 〈인신*chelovekobog*〉이다.

키릴로프의 인신은 인간이 하느님의 〈이미지와 닮음〉
에 의해 테오시스를 획득할 수 있다는 신화의 원리는 그
대로 받아들이되 신화 속에 담긴 의미는 정반대로 왜곡시
킨다. 로스키*V. Losskii*의 지적처럼 〈인간은 본성상 그 영혼
과 육신 모두 전적으로 인간인 채로 남아 있으면서 은총
에 의해 그 영혼과 육신 모두 전적으로 신이 될 수 있다〉.[25]
따라서 인간이 신처럼 되기 위해 필수적인 것은 신의 은

---

25 V. Lossky, *The Mystical theology of the Eastern Church* (N.Y.: St.
Vladimir Seminary Press, 1976), p. 224.

총이지만, 인간은 또한 은총 속에서 신화되기 위해 스스로 노력해야 한다. 신화를 위한 인간의 노력은 자신의 의지에 따라 〈정신적으로 그리고 진실하게〉 기도하고 복음을 읽고 사랑의 계명을 실천하는 일로 요약된다.[26] 정교회 교리는 이것을 성스러운 은총과 인간 의지 간의 〈공동 작업synergeia〉이라 부른다.[27] 이 관계 속에서 인간은 누구나 〈하느님의 일꾼〉 즉 〈테우 시네르고스theou synergos〉가 되어 자기 속에 나타나 있는 하느님의 활동력을 가능한 최대로 드러내게 된다.[28] 한마디로 말해서, 인간은 은총에 의해서 〈모두〉 성인이지만, 인간은 또한 행동에 의해서 그리고 전 존재 속에서 성인이 〈되어야〉 하는 것이다.[29]

키릴로프의 〈인신론〉은 신화에 담긴 〈공동 작업〉을 무시하고 신과 인간을 대립적인 힘으로 상정하여 오로지 인간의 자유 의지만을 확대시킨다는 점에서 신화를 패러디한다. 〈만일 신이 있다면 모든 것은 신의 의지다. 만약 신이 없다면 모든 것은 나의 의지다. 나의 의지의 가장 완벽한 지점은 스스로를 죽이는 일에 있다.〉(PSS X: 470) 〈나는 내 신성의 속성을 찾아왔다. 이제 그것을 찾았다. 그것은 자의지다.〉(PSS X: 472) 그러니까 키릴로프는 〈공동

---

26 강태용, 『동방정교회』, 206~207쪽.

27 위의 책, 192쪽.

28 앤드루 라우스, 『서양 신비사상의 기원』, 배성옥 옮김(왜관: 분도출판사, 2001), 246쪽.

29 J. Meyendorff, The Orthodox Church, p. 193.

작업)의 반쪽인 자의지의 확대와 다른 반쪽인 은총의 무시를 통해 신화의 처음과 끝 모두를 왜곡한다. 신화의 출발점이 겸손이라면 인신론의 출발점은 오만과 무신론이며, 신화가 〈그리스도와 하나됨〉을 목표로 한다면 인신론은 그리스도의 부정과 인간의 파멸을 목표로 한다.

이렇게 인신론이 신화의 교리를 패러디하지만, 키릴로프가 그것을 행동으로 옮기는 과정은 인신론 자체를 패러디하는 것으로 귀착하고 그럼으로써 인신론에 결여된 은총의 힘이 얼마나 위대한 것인가를 더욱 강력하게 증명해 보인다. 무엇보다도 키릴로프의 자의지는 그의 자살이 전적으로 음모자 표트르 베르호벤스키의 조종을 받는다는 점에서 완벽한 허상임이 드러난다. 그는 유서 한 장조차 자유의사대로 쓰지 못하고 표트르가 구술하는 것을 그대로 받아 적는다. 〈자, 불러, 모두 서명할 테니.〉(PSS X: 472) 더욱이 그 유서의 내용이 자신의 〈인신론〉과는 전혀 상관없는 샤토프의 살해를 은폐시키는 것임에도 불구하고 그는 자신의 뜻이 아닌 표트르의 뜻에 따라 그가 정해 준 시간에 그가 정해 준 유서를 쓰고 그가 정해 준 방식대로 자살한다. 둘째, 그가 자살 직전에 보여 주는 일련의 행동들은 장난과 헛소리로 일관되어 〈인신론〉의 모든 진지함을 일시에 무너뜨린다. 그는 유서에 〈혀를 쑥 빼고 낯짝을 높이 쳐든 그림〉(PSS X: 472)을 그려 넣으려 하는가 하면 서명 밑에다 장난삼아 프랑스어로 〈러시아 신사이자 신학생이자 문명화된 세계의 시민〉(PSS X: 473)이라고 적어 놓는다. 죽음 앞에서 발동한 그의 장난기는 자살을 희화시키고 그 자살의 동기인 인신론을 헛소리로 만들며 은총이 배제된 신화를 기괴한 논리의 게임으로 비하시킨다. 마지막으로 그는 죽는 순간까지 존엄함과는 정반대의 행동으로 스스로의 생명을 모독한다. 키릴로프가 총을 쏘기 위해 방으로 들어간 후 아무런 기척이 없자 표트르는 기다리다 못해 그 방에 들어간다. 그러자 어둠 속에 밀랍 인형처럼 서 있던 키릴로프는 그의 손가락을 깨물고 잠시 후 마침내 방아쇠를 당긴다(PSS X: 476). 그의 행동은 〈아무런 이유 없이〉 현지사의 귀를 물어뜯은 스타브로긴의 행동을(PSS X: 43) 그대로 모방한 것으로, 그 행동의 이면에 있는 이론의 공허함을 여실히 증명해 준다. 생을 마감하는 순간까지 표절 이외의 것은 할 수 없는 키릴로프는 결국 자유 의지의 표상이 아닌 자유 의지의 패러디에 불과하며, 그의 인신론은 신인을 더욱 빛나게 하는 어둠일 뿐이다. 요컨대 키릴로프는 자신의 목숨을 대가로 신의 존재를 강렬하게 부각시켰다고 할 수 있는데, 그의 장난스러운 행동을 보면서 〈저놈은 사제보다 더 열심히 신을 믿고 있구나〉(PSS X: 474)라고 지적한 표트르는 사실상 우회적인 방법으로 그 점을 정확하게 꿰뚫어 본 셈이다.

3

체코의 연구자 체르니V. Cerny는 도스토옙스키의 종교
철학 전체를 요약해 주는 성서 이야기로 〈돌아온 탕아〉
의 비유를 언급하면서, 그 비유가 가르쳐 주는 것은 〈죄
의 바다를 통하는 것보다 더 직접적으로 신에게 가는 길
은 없으며 그 점에서 신성 모독은 일종의 뒤집힌 기도〉라
는 사실이라고 지적한다.[30] 체르니의 지적은 『악령』에도
그대로 적용된다고 볼 수 있다. 본고에서 살펴본 패러디
와 역패러디, 그리고 그러한 의미의 이동 근저에 놓인 케
노시스와 신화의 교리는 사실상 모두 〈돌아온 탕아〉의
비유를 통해 설명될 수 있기 때문이다. 도스토옙스키에
게 있어서 죄는 구원으로 가는 과정에 필수적인 요소이
며, 따라서 죄인과 성인 간의 차이, 불경과 기도 간의 차
이는 종이 한 장 차이로 좁혀진다. 이 생각을 조금 더 확
장시키면 티혼이 말한 것처럼 〈완전한 무신론이 세속적
인 무관심보다 더 공경할 만한 것〉(PSS XI: 10)이므로
완전한 무신론과 완전한 신앙은 사실상 동일한 믿음의
두 가지 다른 양상일 뿐이며, 믿는 자도 믿지 않는 자도
〈세속적인 무관심〉만 아니라면 결국은 모두 용서받으리
라는 결론에 이르게 된다. 『악령』에서 발견되는 케노시

---

30 V. Cerny, *Dostoevsky and His Devils*, trans. F. Galau (Ann Arbor: Ardis, 1975), p. 35.

스와 신화의 모티프, 그리고 거기서 비롯되는 신성 모독과 신성 회복의 끊임없는 반복은 도스토옙스키의 이러한 생각을 전달해 주는데, 이는 스타브로긴과 티혼이 만나는 대목, 그리고 스테판 베르호벤스키가 임종하는 대목에서 언급되는 〈라오디게이아의 천사에게 보내는 서한〉을 통해 다시 한번 확인될 수 있을 것이다.

〈라오디게이아 교회의 천사에게 이 글을 써서 보내어라. 아멘이시며 진실하시고 참되신 증인이시며 하느님의 창조의 시작이신 분이 말씀하신다. 《나는 네가 한 일을 잘 알고 있다. 너는 차지도 않고 뜨겁지도 않다. 차라리 네가 차든지, 아니면 뜨겁든지 하다면 얼마나 좋겠느냐! 그러나 너는 이렇게 뜨겁지도 차지도 않고 미지근하기만 하니 나는 너를 입에서 뱉어 버리겠다. 너는 스스로 부자라고 하며 풍족하여 부족한 것이 조금도 없다고 말하지만 사실은 네 자신이 비참하고 불쌍하고 가난하고 눈멀고 벌거벗었다는 것을 깨닫지 못하고 있다. 그러므로 나는 너에게 권고한다. 너는 나에게서 불로 단련된 금을 사서 부자가 되고, 나에게서 흰 옷을 사서 입고 네 벌거벗은 수치를 가리우고, 또 안약을 사서 눈에 발라 눈을 떠라. 나는 내가 사랑하는 자일수록 책망도 하고 징계도 한다. 그러므로 너는 열심히 노력하고 네 잘못을 뉘우쳐라. 들어라. 내가 문 밖에 서서 문을 두드리고 있다. 누구든지 내 음성을 듣고 문을 열면 나는 그 집에 들어가서 그

와 함께 먹고, 그도 나와 함께 먹게 될 것이다.》)(「요한의
묵시록」3: 14~21)

7. 『악령』:
권태라는 이름의 악

1

　도스토옙스키 소설의 그리스도교적인 메시지는 대략
세 가지 경로의 복잡한 얽힘을 통해 전달된다. 첫째, 성
경 구절이 에피그라프, 혹은 소설 내의 경구로 직접 인용
되어 텍스트의 향방을 예고한다. 둘째, 그리스도교 수도
사, 혹은 〈그리스도와 닮은 인간〉, 혹은 반그리스도(적그
리스도)가 주인공 내지 핵심 인물로 등장한다. 셋째, 저
자의 신앙 혹은 그가 읽은 신학이 소설의 다른 주제와 뒤
섞인다. 이 세 가지는 독립적인 의미론적 요소이지만 개
별적으로 기능하지 않으며, 문자 그대로, 혹은 액면 가치
그대로 해석되지도 않는다. 이는 도스토옙스키가 신학자
나 영성가가 아니라 소설가였다는 점을 고려하면 자연스
러운 일이다. 해석의 차원에서 이 세 가지 요소가 연구자

의 흥미를 끄는 또 다른 점은 바흐친M. Bakhtin이 말한 〈능
동적이고-대화적인 이해〉가 여기에도 적용된다는 사실
이다. 바흐친에 의하면 주어진 기호, 이를테면, 단어, 이
미지, 공간 형태 등을 〈맥락에서〉(즉각적인 맥락, 혹은 소
원한 맥락에서) 이해하는 것은 능동적이고 대화적인 이
해로 이어진다.[1] 맥락이 소원할수록 해석의 결과는 심오
해진다. 이를 도스토옙스키 소설의 종교적 차원에 적용
해 본다면, 비종교적인 주제가 종교적인 맥락에서 해석
될 때, 혹은 그 반대일 때 〈소원한 맥락으로의 확장을 통
한 심화Deepening through expansion of the remote context〉 현상이 일
어난다고 말할 수 있을 것이다.[2]

『악령』은 전술한 그리스도교적 메시지의 세 가지 조건
을 모두 갖춘 소설이다. 「루가의 복음서」 한 대목이 에피
그라프로 인용되고 〈적그리스도〉로 해석될 만한 인물이
주인공이며 신앙과 무신론의 대립은 주제의 여러 갈래
중 하나를 차지한다. 그러나 다른 한편에서 『악령』은 도
스토옙스키 소설 중 가장 정치적인 소설로 평가받는다.
그것은 애초부터 〈정치 팸플릿〉으로 기획되었다. 저자는
경향성을 위해 예술을 희생했다고 공언했으며 1860년대
말 러시아 사회에 만연해 있던 사회주의와 급진주의 니
힐리즘을 공공연하게 비판했다. 이렇게 소설을 이끌어

1 M. Bakhtin, *Speech Genres and Other Late Essays*, trans. M. Vern
(Austin: Univ. of Texas, 1986), p. 159.
2 Ibid., p. 160.

나가는 두 개의 동등한 힘으로서의 정치와 종교는 바흐친의 〈맥락적 해석〉과 연계되어 소설의 의미론을 심화시킨다. 소설의 종교적 기호들이 비종교적 맥락으로 확장될 때, 역으로 소설의 비종교적 기호들이 종교적 맥락으로 확장될 때 가장 풍요로운 의미가 파생된다.

　본 논문은 『악령』에 나타난 구경 모티프를 그리스도교 신학, 그중에서도 특히 교부 철학의 맥락에서 해석함으로써 정치 소설의 주인공 스타브로긴의 정체성에 종교적 차원을 더해 주고자 한다. 소설의 제2부 제5장에 실린 구경 에피소드는 그 자체로서는 종교적인 사건이 아니지만 그리스도교적인 맥락에서 해석될 때 작가의 시학 전체와 관련되는 거대한 의미를 드러내 보인다. 본 논문은 우선 도스토옙스키 시학에서 시각이 갖는 중요성을 살펴보고 그것을 전제로 하여 『악령』의 구경 에피소드를 교부 철학의 코드로 해석할 것이다. 본 논문의 논의는 특정 텍스트의 특정 주인공에 대한 해석의 차원을 넘어 가장 작은 디테일을 통해 가장 심원한 의미를 드러내 보이는 도스토옙스키 특유의 서사 전략을 예시해 줄 것이다.

2

2.1

보는 것은 기본적으로 생물학적 행위이지만 동시에 고

도로 형이상학적인 행위가 될 수 있다. 그래서 보는 것의 해석은 생리학에서 철학과 신학에 이르는 무수한 학문적 코드를 요구한다. 특히 그리스도교 신학이 가장 추악한 악과 궁극의 선 모두를 시각의 테두리 안에서 설명하는 것은 주목할 만하다. 성경은 인간 육체의 욕망을 눈의 욕망과 동급으로 간주한다. 〈세상에 있는 모든 것, 곧 육의 욕망과 눈의 욕망과 살림살이에 대한 자만은 아버지에게서 온 것이 아니라 세상에서 온 것입니다.〉(「요한의 첫째 편지」 2: 6) 육의 욕망을 대표하는 눈의 욕망은 끝을 모른다는 점에서 지옥의 심연에 비견되기도 한다. 〈저승과 멸망의 나라가 만족할 줄 모르듯 사람의 눈도 만족할 줄 모른다.〉(「잠언」 27: 20). 다른 한편으로 성경은 그리스도인의 궁극적인 이상 역시 시각적으로 해석한다. 완덕을 향한 여정의 최종 종착점은 인간이 신의 얼굴을 마주 보는 상태, 즉 〈지복 직관Visio beatifica〉이라 불린다. 〈너희는 내 얼굴을 찾아라 하신 당신을 제가 생각합니다. 주님, 제가 당신 얼굴을 찾고 있습니다.〉(「시편」 27: 8)

일찍이 그리스도교 신학자이자 과학자인 테야르 드 샤르댕P. Teilhard de Chardin이 인간 의식의 본질이 시각에 있다고 단언한 것은 시각의 이러한 양가적이고 복잡한 의의를 함축한다. 〈왜 보려고 하는가? 그리고 왜 특별히 사람을 보려고 하는가?《본다는 것》. 생명 전체가 이미 여기 있다고 할 수 있다. 완벽하지는 않지만 기본은 이미 여기에 있다. 존재를 더한다는 것은 곧 하나됨을 더하는 것이다. 이 책의 결론은 바로 그것이다. 그러나 좀 더 자세히 말해 보자. 하나됨이 커지는 것은 의식, 곧 보는 것이 커지는 것과 맞물린다. 그래서 생명의 역사는 우주 한가운데에 더 완벽한 눈을 만들어 내고 그 눈으로 더 많은 것을 분별할 수 있게 된다. 동물의 완성도나 생각하는 존재의 뛰어남은 무엇을 꿰뚫어 보는 능력 또는 본 것을 종합하는 능력에 달려 있지 않았을까?)[3]

신학과 과학의 접점에서 인간 존재의 형상을 분석한 테야르 드 샤르댕의 주장은 도스토옙스키 연구에 유용한 전제가 될 수 있다. 도스토옙스키 역시 인간 존재의 핵심을 보는 것에 두었고 보는 행위의 진화에서 인간 존엄의 가능성을 찾았기 때문이다. 그동안 많은 연구자들이 지적했다시피, 도스토옙스키에게 보는 것과 생각하는 것과 믿는 것은 거의 언제나 하나로 연관되어 그의 시학 전체를 떠받들어 주는 토대가 된다.[4] 본다는 것은 인간의 다양한 생각, 감정, 감각 및 행위와 연관되는 복잡한 과정이며, 그런 만큼 그의 인물들의 보는 행위는 다양한 기준을 축으로 극도로 광범위한 스펙트럼 속에서 해석된다.

---

3 피에르 테야르 드 샤르댕, 『인간현상』, 양명수 옮김(서울: 한길사, 1997), 41쪽.
4 그동안 도스토옙스키와 시각에 관해 수행된 연구사에 관해서는 M. Ossorgin, *Visual Polyphony: The Role of Vision in Dostoevsky's Poetics* (Diss. Columbia Univ. Press, 2017)을 참조하라.

그들은 훔쳐보고, 구경하고, 감시하고, 감상하고, 꿰뚫어 보고, 직시하고, 결국에는 신의 얼굴을 〈흘끗 본다〉. 이러한 여러 가지 바라보는 행위는 윤리를 기준으로 할 때 선과 악의 광대한 지평에 포진한다. 그 어느 바라봄도 선과 악으로 분명하게 구분되지는 않지만 대략적으로는 두 가지 큰 의미론적 영역으로 나누어 고찰할 수 있다. 꿰뚫어 보고 직시하고 신과 마주 보는 행위가 대체로 선의 영역에 속한다면, 훔쳐보고 구경하고 감시하는 행위는 대체로 악의 영역에 속한다. 감상하는 행위는 여러 변수에 따라 선과 악 두 영역 모두에 속할 수 있다. 도스토옙스키에게 인간의 성장은 저급한 보기에서 지복 직관으로 나아가는 과정에 다름 아니다.

이 모든 바라봄 중에서 악의 의미론에 속하는 구경은 『악령』에서 주인공 스타브로긴의 정체성뿐 아니라 소설이 전달하고자 하는 바의 〈악령 들린〉 상태를 설명하는 데 핵심적인 개념이 된다. 구경은 『가난한 사람들』, 『죽음의 집의 기록』, 『유럽 여행기』, 『죄와 벌』, 『백치』, 『악령』, 『작가 일기』, 『카라마조프 씨네 형제들』 등 그의 거의 모든 소설과 산문에서 중요한 주제론적 위상을 차지한다. 그의 인물들은 끊임없이 사람과 상황을 구경하고, 구경에 대해 논평하는 가운데 심각한 윤리적 문제를 제기한다.[5] 이렇게 제기된 윤리의 문제는 결국 도스토옙스

5 잭슨R. Jackson이 죄수의 처형식을 구경하는 사람들에 관한 글에 〈비

키의 그리스도교 신앙과 결합하여 심오한 종교 철학의
형성에 기여한다.

2.2

주지하다시피 『악령』은 러시아 지방 소도시의 니힐리
스트들이 벌이는 살인과 자살을 소재로 하는 정치 소설
이다. 소설의 주인공 스타브로긴은 추종자들의 숭배를
한 몸에 받는 대장격 인물이자 동시에 처음부터 끝까지
베일에 가려진 모호한 인물이기도 하다. 그는 외모에서
부터 행동에 이르기까지 다른 인물들은 물론 독자 및 내
레이터와 〈신비한〉 거리감을 유지한다. 그는 잘생겼지만
그 잘생김은 〈가면〉의 아름다움이고, 그가 저지르는 일
련의 행위, 이를테면 현지사의 귀를 느닷없이 깨무는 행
위 같은 것은 논리적으로 해명도 설명도 불허하며, 그의
심리는 중간에 삽입된 별도의 텍스트 「스타브로긴의 고
백」을 제외하면 거의 언제나 외부 시점에서 그려진다. 그
래서 그는 도스토옙스키가 창조한 인물 중 가장 모호하
고 신비한 인물로 간주된다.

그러나 스타브로긴의 모호성은 낭만주의, 비극적 신비
주의, 혹은 아방가르드적인 심리주의와는 다른 차원의
특성이다. 그것은 역설적이게도 매우 분명하고 의도적이

전의 윤리*Ethics of Vision*〉라는 제목을 붙인 것은 대단히 시의적절한 일이다.
R. Jackson, *Dialogues with Dostoevsky* (Stanford: Stanford Univ. Press,
1993), pp. 29~54를 보라.

고 근거 있는 모호성이다. 첫째, 그의 본성을 나누어 받은 여러 명의 분신들은 그의 특성을 각기 다른 방향에서 되비쳐 줌으로써 결과적으로 그의 정체성을 드러낸다. 요컨대 도스토옙스키는 다수의 비정체성non-identity을 통해 주인공의 정체성, 이른바 공허라는 이름의 정체성을 드러내는 내러티브 전략을 구사한다.[6] 둘째, 텍스트 곳곳에 파편처럼 흩어져 있는 의미론적 힌트들을 다 조합하면 그의 본질은 더욱더 명확하게 드러난다. 마치 모든 색을 다 섞으면 검은색이 되듯이 모든 힌트들이 다 더해질 때 그의 내면에 자리 잡은 거대한 검은 심연이 모습을 드러낸다. 그 심연의 이름은 〈무nihil〉이다. 스타브로긴의 가장 큰 특질인 통일된 실존의 유지 불가능성에도 불구하고 도스토옙스키가 그를 주제론적이고 구성학적인 원칙의 제1선에 배치할 수 있는 것은 그의 이면에 작용하는 파편화된 힌트들 덕분이다.[7]

구경은 주인공의 검은 심연을 드러내 주는 여러 힌트 중의 하나다. 그것은 지극히 작은 디테일에 불과하지만 그리스도교 신학과 연결될 때 주인공뿐 아니라 니힐리스트들의 〈악령 들린〉 상태가 과연 어떤 것인지를 파헤치고 그 위험성을 경고하는 강력한 의미론적 격발 장치가 된

---

6 W. Leatherbarrow, "Misreading Myshkin and Stavrogin: The Presentation of the Hero in Dostoevkii's Idiot and Besy", *The Slavonic and East European Review*, Vol. 78, No. 1, 2000, p. 15.

7 Ibid., p. 15.

다. 니힐리스트들은 여러 만행을 저지르던 중 세묜 야코블레비치라는 유명한 유로디비를 〈구경〉하러 수도원에 가기로 한다. 무리에는 스타브로긴도 끼어 있다. 〈모든 사람이 커다란 즐거움을 기대하고 있었다.〉(PSS XVIII: 650) 그런데 수도원으로 가는 도중에 〈지금 막 여관방에 투숙한 사람이 자살한 채로 발견되어 경찰을 기다리고 있다는 사실을 누군가가 갑자기 알려 주었다.〉(PSS XVIII: 651) 무리는 자살자를 구경하기로 결정한다. 〈당장 자살자를 보러 가자는 의견이 나왔다. 이 의견은 곧 지지를 받았다. 우리 부인네들은 결코 자살자를 본 적이 없었던 것이다.〉(PSS XVIII: 651)

구경은 고적이나 유적, 경치, 서커스, 동물 등 비인격적 존재를 대상으로 할 때는 가치 중립적인 행위가 될 수 있지만 인간을 대상으로 할 때는 필연적으로 윤리의 문제를 수반한다. 러시아에서 성자로 추앙받는 유로디비는 그가 거처하는 암자를 방문하거나 그와 면담하거나 아니면 그의 축복을 받는 대상이지 〈구경〉의 대상은 아니다. 죽은 사람 역시 애도의 대상이지 〈구경〉의 대상은 아니다. 따라서 마을의 폭도들이 인간을 ─ 살았거나 죽었거나 ─ 구경하는 행각에 나선 것은 그 자체로 상식적인 도덕의 경계를 넘어서는 행위이다.

그러나 이들의 구경을 촉발시킨 심리적 동인을 고려하면 그것은 상식적인 무례함의 범위를 넘어서 신학적인 악의 영역으로 전이된다. 〈우리의 모든 부인들은 탐욕스러운 호기심을 가지고 요리조리 뜯어보고 있었다. 대체로 이웃의 불행에는 어느 것이나 할 것 없이 언제나 제삼자의 눈을 즐겁게 만드는 뭔가가 있는 법이다. 심지어 여러분이 누구건 간에.〉(PSS XVIII: 653) 여기서 도스토옙스키가 언급하는 〈탐욕스러운 호기심〉은 즉각적으로 그리스도교에서 말하는 〈눈의 욕망〉을 상기시킨다.

신학자 중에서도 인간의 시각을 축으로 도스토옙스키와 직결되는 저자는 성 아우구스티누스St. Augustine라 할 수 있다. 도스토옙스키는 유배기 이후 교부 문헌에 큰 관심을 가지고 있었다.[8] 교부 철학은 19세기 중반부터 러시아 지성사에 소개되기 시작하여 이후 아우구스티누스의 전집이 러시아어로 번역되는 등 러시아 신학계에 깊이 뿌리를 내렸다.[9] 아우구스티누스는 『고백록Confession』에

8 그는 유배지에서 형에게 보낸 편지에서 교회사와 교부 철학 서적이 향후 그의 글쓰기에 필수 불가결하다는 것을 강조했다. 석영중, 『자유: 도스토옙스키에게 배운다』(서울: 예담, 2015), 358~359쪽을 참조하라.

9 러시아에서 교부 철학이 하나의 독립적인 학문으로 공고히 된 것은 1841년 모스크바, 상트페테르부르크, 키예프, 카잔의 신학교에 교부학과가 신설되면서부터였다. 1843년 나치안츠의 성 그레고리오스St. Gregory of Nazianzus의 저술이 번역 출간된 것을 신호탄으로 이후 교부들의 저술을 러시아어로 번역하는 대대적인 사업이 진행되었다. 이 중 가장 괄목할 만한 것은 1879년부터 1895년 사이에 불가코프A. I. Bulgakov의 지휘 아래 완결된 전 8권짜리 성 아우구스티누스 전집의 번역이다. 19세기 후반에는 아우구스티누스에 대한 번역뿐 아니라 학술 연구서도 쏟아져 나왔다. 1870년에 스크보르초프K. Skvortsov가 집필한 『심리학자로서의 성 아우구스티누스Blazhennyi Avgustin kak psikholog』를 필두로 20세기 초까지 총 12편의 저술이 출간되었다. 아우구스티누스와 교부 철학의 러시아 유입사에 관해서는 M. Tataryn, *Augustine and Russian Orthodoxy* (Lanham: International

서 『삼위일체론On the Trinity』에 이르는 일련의 저작에서 인간의 완덕과 그것을 방해하는 악덕 모두를 시각의 코드로 설명한 것으로 널리 알려져 있다.[10] 그에게 호기심은 무엇보다도 인간의 보고자 하는 감각적 욕망이 인지적 욕망과 결합된 결과물로 인식되었다. 시각을 도스토옙스키와 아우구스티누스가 조우하는 여러 접점 중의 하나로 간주할 수 있는 것은 이 때문이다.[11]

2.3

아우구스티누스는 『고백록』에서 집요하게 눈의 욕망에 대한 경고를 반복한다. 그에게 인간을 죄로 유도하는 욕망은 세 가지로, 육의 욕망, 눈의 욕망, 세속의 욕망이 그것이다. 이 중 그가 가장 심각하게 생각하는 것이 눈의 욕망인데 그것은 두 가지 욕망으로 세분화된다. 첫 번째는 아름답고 화려하고 멋진 대상을 보고 즐기려는 쾌락이다. 그것은 그가 깨어 있는 한 하루 종일 그를 자극하기 때문에 모든 욕망 중에서 가장 두려운 것이다. 〈아리땁고 다양한 맵시들이며 화려하고 멋진 색깔들을 눈이

Scholars Publications, 2000), pp. 7~32를 참조할 것.

10 M. Miles, "Vision: The Eye of the Body and the Eye of the Mind in Saint Augustine's 'De trinitate' and 'Confessions'", *The Journal of Religion*, Vol. 63, No. 2, 1983, pp. 125~142.

11 신정론과 고백을 접점으로 도스토옙스키와 아우구스티누스를 고찰한 논문으로는 V. Kantor, "Confession and Theodicy in Dostoevsky's Oeuvre (The Reception of St. Augustine)", *Russian Studies in Philosophy*, Vol. 50, No. 3, 2011를 보라.

좋아합니다. (……) 이것들로부터는 저에게 안식이 주어지지 않습니다.〉(396)[12] 아우구스티누스는 현란한 현상에 휘둘리는 육체의 눈에 대한 안티테제로 〈마음의 눈〉을 제시한다. 〈제 발로 당신의 길에 들어서는 마당에 눈의 유혹에 걸려들어 제 발이 거기 묶일까 저항합니다. 그래서 눈으로 볼 수 없는 눈을 당신께 들어 올리면서 저의 발을 올무에서 빼내 주시기를 바라는 뜻에서 무형의 눈을 당신을 향해 들어 올립니다.〉(397)[13]

눈의 욕망을 설명하는 두 번째 인자는 호기심으로, 이것은 감각 자체에서 오는 쾌락이 아니라 심리적으로 자극되는 쾌락이다. 우리가 구경(감상, 관람, 관광 등)이라 명명하는 행위 일반은 사실상 이 카테고리에 속한다. 〈여기에 덧붙여 여러모로 위험한 형태의 다른 욕망이 있습니다. 모든 관능과 쾌락을 즐기는 가운데 내재하는 육신의 욕망 말고도 육체의 똑같은 관능들을 경유해서 영혼에 내재하고 있는 호기심이 있습니다. 스스로 육신 안에서 쾌감을 즐긴다기보다는 육신을 통해 허망하고 흥미로운 것을 경험하려는 호기심이 앎과 지식의 미명으로 분

---

12 이하 아우구스티누스 『고백록』 인용은 아우구스티누스, 『고백록』, 성염 옮김(파주: 경세원, 2019)에 준하며 아라비아 숫자로 쪽수를 표시한다. 역자의 주석을 인용할 경우에는 별도로 표기한다.

13 역자는 이 대목에 대한 주석에서 성인이 〈육신의 광체(육안)와 심안 혹은 내면의 눈invisibiles oculi을 대조하면서 물체 세계의 아름다움을 예찬하면서도 그것에 압도되지 않으려는 수도자다운 달관을 시도한다〉고 논평한다. 위의 책, 387쪽.

장합니다.〉(398)

아우구스티누스는 눈에 관한 사유를 계속하면서 호기심을 눈의 욕망이라 부르는 이유를 설명한다. 오늘날 우리는 눈이 아니라 뇌로 본다는 명제에 익숙해져 있다. 시각과 인지의 상관관계에 대해서도 이미 엄청난 양의 신경 과학 연구가 누적되어 있다. 교부는 이러한 신경 과학적인 지식 없이도 언어 습관을 예로 들어 눈과 인지가 연관되어 있음을 강조한다. 〈감관 중에 무엇을 인식하는 데 첫째 가는 것이 눈입니다. 거룩한 말씀에 따르면《눈의 욕망》이라 불립니다. 본래 눈에 해당하는 일은 보는 것입니다. 그런데 본다는 이 단어를 다른 감관들에도 사용하며 또한 무언가를 인식하는 데도 눈을 지칭할 경우도 있습니다. (……)《어떤 소리가 나는지 보라》고도 하고《무슨 냄새가 나는지 보라》고도 하고《무슨 맛이 나는지 보라》고도 하고《얼마나 단단한지 보라》고도 합니다. 그래서 감관들의 경험 전반이《눈의 욕망》이라고 불리며, 보는 기능이야 눈이 첫 자리를 차지하지만 다른 감관들 역시 뭔가를 인지하려는 탐색을 할 때는《본다》는 비유를 써서 그 기능을 공유하는 것입니다.〉(399)[14]

이어지는 글에서 아우구스티누스는 감각에서 오는 직접적인 쾌락과 인지를 토대로 하는 호기심을 다음과 같

14 역자의 주석을 참조하라. 〈호기심을 눈의 욕망이라고 일컫는 이유는 오관이 앎을 지향하는 모든 작용에 〈보다 videre〉라는 동사가 적용되기 때문이다.〉 위의 책, 399쪽.

이 구분한다. 〈여기서 감관을 통한 작용에서 어느 부분이
쾌감을 찾고 어느 부분이 호기심을 찾는지 훨씬 뚜렷하
게 구분됩니다. 쾌감은 자태가 예쁘고 음성이 곱고 냄새
가 감미롭고 음식이 맛깔스럽고 만지면 보드라운 것을
찾는 데 비해서, 호기심은 이것들과 정반대되는 것들마
저도 시도해 보고 경험해 보고 알아볼 욕심에서 우러나
는 것입니다.〉(399) 그는 이런 종류의 호기심의 예를 연
극 구경에서 찾는다. 〈이 호기심의 욕심에서 유래하겠지
만, 연극 공연에서는 그야말로 괴이한 일들이 연출됩니
다. 이런 호기심에서 비롯하여 알아서 아무 보탬이 안 되
는 것들을 알자고 저희 밖에 있는 대자연의 비밀을 탐구
하겠다고 나서는데, 여기서 사람들이 욕심 내는 것은 그
냥 알자는 것뿐입니다.〉(399~400)

아우구스티누스는 『악령』의 자살자 구경 에피소드를
예고라도 하듯 시신을 구경하고자 하는 욕망을 호기심의
욕망에 포함시킨다. 〈갈기갈기 찢긴 시체는 보기에도 소
름이 끼칠 텐데 그 시체를 보면서 무슨 쾌감을 느낀다는
말입니까? 그럼에도 어디에 쓰러져 있든 사람들이 달려
옵니다. 와서 보고는 애통해하고 창백해집니다. 사람들
은 꿈에라도 볼까 무서워합니다. 그런데 호기심으로 그
렇게 했으면서도 마치 누가 자기들더러 억지로 눈을 뜨
고 보라고 시킨 것처럼, 또 멋진 구경이 있다는 소문에
넘어가서 왔다는 식입니다.〉(399)

아우구스티누스의 논지를 따르면 〈멋진 구경이 있다는 소문〉에 이끌려 자살자가 쓰러져 있는 호텔방으로 몰려간 『악령』의 니힐리스트들은 눈의 욕망에 사로잡힌 사람들이다. 그러나 여기서 도스토옙스키가 의도하는 것은 단순히 그들의 탐욕스러운 호기심을 질타하는 데 그치는 것이 아니다. 그는 작은 마을의 인간 군상을 사로잡은 눈의 욕망을 그리스도교 도그마의 전 역사를 관통하는 거대한 악의 기원으로 환원시킨다. 이 장면이 스타브로긴의 본성, 니힐리스트들의 본성, 그리고 더 나아가 그들을 사로잡은 〈악령〉의 본성에 대한 강력한 힌트가 될 수 있는 것은 거기 함축된 의미가 가장 오래된 악 중의 하나인 〈어시디아*acedia*〉이기 때문이다.

2.4

〈어시디아〉는 동서방 그리스도교 모두에서 〈일곱 가지 대죄〉, 혹은 〈여덟 가지 악한 생각〉에 포함되는 개념으로 중세까지 주로 수도 생활을 방해하는 사악한 생각으로 간주되었다. 이 단어는 영어로는 〈*sloth*〉라 번역되고 우리말로는 〈나태〉라 번역된다. 그러나 〈나태〉는 정확한 번역이 아니다. 〈나태〉는 〈어시디아〉의 여러 결과들 중의 하나이지 〈어시디아〉 그 자체는 결코 아니다. 러시아어는 〈어시디아〉를 음차하여 〈아케디야*akediia*〉라고 하거나 〈낙담*unynie*〉이라고 번역한다. 그러나 〈어시디아〉는 사실상 그 어느 나라 언어로도 정확하게 번역할 길이 없는 복잡한 단어다. 그것은 라틴어, 프랑스어, 영어의 권태(*taedium, ennui, boredom*), 러시아어의 낙담이 갖는 의미의 일부 혹은 전부를 포함하며, 더 나아가 소심, 좌절, 무기력, 염세, 멜랑콜리, 우수, 절망, 슬픔까지도 모두 포함한다.[15] 이 모든 의미들은 〈어시디아〉 자체는 아니지만 〈어시디아〉에서 파생되어 나오거나 〈어시디아〉를 파생시키는 조건이 될 수 있다. 문제는 왜 우울이나 권태나 무기력이, 혹은 실망하고 낙담하고 조금 게으름을 피우는 것이 〈지옥에 떨어질 무서운 죄〉가 될 수 있는가 하는 점이다. 이 문제에 대한 답은 〈어시디아〉 설명의 고전이라 할 수 있는 4세기 사막 교부 에바그리우스 폰티쿠스 Evagrius Pontus의 저술에서 찾을 수 있다.

〈어시디아〉의 악마는 (한낮의 악마라고도 불리는데) 모든 것 가운데서 가장 심각한 문제를 일으킨다. 그 악마는 네 번째 시간(오전 10시경)에 수도자를 공격하여 여덟 번째 시간(오후 2시경)까지 영혼을 포위 공격한다. 우선 악마는 태양이 거의 움직이지 않는 것처럼 보이게 하여 하루가 50시간쯤 되어 보이도록 한다. 그다음 수도자로 하여금 끊임없이 창밖을 바라보게 하고,

---

15 토마스 슈피들릭, 『그리스도교 동방 영성』, 곽승룡 옮김(서울: 가톨릭출판사, 2014), 437쪽을 참조할 것.

독방 밖으로 나가게 하며 아홉 번째(오후 3시경) 시간
이 되려면 얼마나 남았는지 알기 위해 주의 깊게 태양
을 바라보게 하고, 이것저것 한 눈을 팔게 한다. (……)
악마는 또한 수도자가 마음속으로 그 장소와 자신의
삶 자체와 육체노동에 대해 염증을 느끼도록 한다.
(……) 그 어떤 악마도 이 악마의 발꿈치에도 미치지
못한다(수도자가 패배했을 경우). 오직 깊은 평화의 상
태와 형용할 수 없는 기쁨만이 이 투쟁에서 벗어나게
해준다.[16]

원래 수도자들의 삶에서 가장 견디기 어려운 시간이
오전 10시부터 2시까지의 시간이라고 한다. 해가 중천에
떠서 움직이지 않는 듯 여겨지는 시간, 한없이 늘어지는
시간, 4시간을 50시간처럼 느껴지게 하는 시간에 수도사
는 온갖 잡념과 분심에 시달린다. 그가 집중해야 하는 성
경 독서와 묵상과 기도 대신 망상과 세속적인 사유가 그
를 유혹한다. 〈한낮의 악마Noontide Demon〉라는 별칭은 여
기서 유래한다.

이 설명에 미루어 보면 〈어시디아〉는 단순히 지루해하
거나 게으름을 피우거나 책임을 다하지 못하는 상태를
이르는 것이 아니다. 무력하고 무관심하고 나른한 상태,
그 어떤 일에도 열의가 없는 상태, 즉 수도자에게 영성

16 위의 책, 438~439쪽에서 재인용.

훈련에 대한 열정이 사라진 상태를 이르는 말이다. 요컨
대 〈어시디아〉는 수도사들을 열정의 궤도에서 이탈시키
는 악인데, 흥미로운 것은 에바그리우스가 이 악을 다른
모든 악보다 더 사악한 악이라 지칭한다는 점이다. 〈다른
유혹들은 태양처럼 떴다가 지고 영혼의 일부만을 건드리
지만, 한낮의 악마는 영혼 자체를 장악하고 정신을 교살
한다.〉[17]

　신학자들은 〈어시디아〉가 이토록 막강한 악이 될 수
있는 이유를 그 최종성과 정신의 무차별적인 교살에서
찾는다. 《어시디아》는 거대한 위험이다. 다른 생각들은
사슬처럼 다음 단계로 이어지는데, 《어시디아》는 이 사
슬의 최종 고리이다. 그것은 일시적인 악이 아니다. 《어
시디아》는 끈질기다. 그것은 단명한 위기가 아니다. 그것
은 과격하고 고질적인 악이다. 에바그리우스의 시각에서
볼 때 그것은 신을 관상할 수 있는 정신을 옥죄인다. 가
장 저급한 열정에서 신의 관상에 이르기까지 그것은 모
든 것을 교살한다.〉[18]

　훗날 중세 최고의 신학자 토마스 아퀴나스St. Thomas
Aquinas는 〈어시디아〉를 기쁨이 없는 상태와 그로 인한 무
기력, 즉 영적인 선을 향한 슬픔tristitia de bono divino과 행동

17 R. DeYoung, *Glittering Vices* (Grand Rapids: Brazos Press, 2020), p.
91에서 재인용.

18 J. Nault, *The Noonday Devil: Acedia, the Unnamed Evil of Our Times*
(San Francisco: Ignatius Press, 2015), p. 27.

에 대한 혐오*taedium operandi*로 해석했다. 아퀴나스에게 인간이 획득할 수 있는 가장 큰 덕과 인간이 행할 수 있는 가장 선한 행위는 모두 자비인데, 〈어시디아〉는 자비 행위와 그 기쁨을 말살한다. 한 마디로 〈어시디아〉는 자비에서 오는 기쁨과 실천의 거부라 요약된다.[19]

이렇게 사막 교부들로부터 스콜라철학으로 이어진 〈어시디아〉 논의는 중세 이후 지성계의 주된 관심 영역 밖으로 밀려났으나 근대부터 〈어시디아〉의 세속화된 버전인 〈권태〉와 〈우울〉이 다시 사유의 대상으로 주목을 받기 시작했다. 파스칼B. Pascal은『팡세*Pensées*』에서 권태야말로 가장 끔찍한 인간의 비극이라 단언한다. 〈열정도, 할 일도, 오락도, 집착하는 일도 없이 전적인 휴식 상태에 있는 것처럼 인간에게 참기 어려운 일은 없다. 이때 인간은 자신의 허무, 버림받음, 부족함, 예속, 무력, 공허를 느낀다. 이윽고 그의 마음 밑바닥에서 권태, 우울, 비애, 고뇌, 원망, 절망이 떠오른다. (……) 우리의 본성은 움직임에 있다. 전적인 휴식은 죽음이다.〉[20] 쇼펜하우어A. Schopenhauer는 인간의 삶을 〈고통과 권태 사이를〉 진자처럼 왕복하는 비극으로 보았고, 키르케고르S. Kierkegaard는 여기에서 더 나아가 〈권태는 모든 악의 근원이다〉라고 단언했다.[21]

---

19 Ibid., pp. 57~95를 보라.

20 블레즈 파스칼,『팡세』, 이환 옮김 (서울: 민음사, 2017), 91쪽.

21 근대 이후 권태에 대한 사유의 역사는 M. Gardiner and J. Haladyn (edits.), *Boredom Studies Reader* (London: Routledge, 2017), pp. 3~17을 참조하라.

러시아에서도 성인들과 수도사들은 전통적으로 〈어시디아〉를 대죄로 지목했다. 정교 신앙의 주축인 요한 금구 Ioann Zlatoust, 사로프의 세라핌 Serafim Sarovskii, 시리아의 예프렘 Efrem Sirin은 모두 낙담에 대한 엄중한 경고를 저작에 남겼다. 〈영혼의 낙담은 혹독한 고통이다. 치유 불가능한 고통이자 그 어떤 벌과 고통보다도 끔찍한 벌이다.〉[22] 〈낙담을 떨쳐 버리고 기쁜 영혼을 유지하기 위해 전력을 기울여야 한다.〉〈낙담을 제거하려면 기도와 끊임없는 묵상밖에 없다.〉[23] 이들이 수도 생활에서의 낙담이 갖는 위험을 강조했다면 소설가 고골 N. Gogol'은 보통 사람이 정신적이고 도덕적인 삶을 사는 것을 방해하는 최고의 악으로 낙담의 의미를 확장시켰다. 〈무슨 일을 하건, 무슨 행동을 하건 우리는 최대의 적으로부터 자신을 지키려고 노력해야 한다. 그 적은 낙담이다. 낙담은 어둠의 정령이 행하는 진정한 유혹으로, 그는 인간이 그것과 싸우는 것이 얼마나 어려운가를 잘 알고 있으므로 우리를 그 유혹으로 공격한다. 낙담은 신을 내친다. 그것은 신에 대한 불충분한 사랑의 결과이다. 낙담은 절망을 낳는다. 절망

---

22 B. G. Khashba, "Depressiia i Religiia", *II Mezhdunarodnaia Nauchno-prakticheskaia Konferenzhiia: Obrazovanie, Nauka, i Tekhnologii: Sovremennoe Sostoianie i Perspektivy Razvitiia*, 2019, p. 48.

23 B. G. Khashba, "Religioznyi Podzhod k Lecheniiu Depressii", *II Mezhdunarodnaia Nauchno-prakticheskaia Konferenzhiia: Obrazovanie, Nauka, i Tekhnologii: Sovremennoe Sostoianie i Perspektivy Razvitiia*, 2019, p. 50.

은 영혼의 살인이다. 인간이 저지를 수 있는 모든 악행보다 더 무서운 것이다. 그것은 구원으로 가는 모든 길을 차단하며 그렇기 때문에 신이 가장 미워하는 인간의 죄악이기 때문이다.)[24]

신학적인 개념인 〈어시디아〉를 존재론적으로 재해석해 보자면, 그것은 무엇보다도 시간의 문제라 할 수 있다. 아무것도 하지 않는 시간의 항구한 지속을 의식하는 것이 곧 권태다. 아무것도 하지 않고, 할 수 없는 무한한 시간은 무로 치환된다. 그것은 텅 빈 시간, 완벽한 공허다. 여기서 왜 권태가, 혹은 〈어시디아〉가 모든 악의 근원이자 가장 가공할 만한 악이 될 수 있는지에 대한 답을 발견할 수 있다. 첫째, 권태는 허무와 일맥상통한다. 그것은 결빙과 공허와 냉소를 수반하는 〈정신적인 무직 상태〉이다.[25] 인간이 권태라는 상태에 놓일 때 세계는 그 의의를 상실한다. 존재에 의미를 주는 모든 요소가 사라진다. 따라서 권태는 죽음에 대한 집착, 관심의 결여, 단조로움, 비활동성, 시간 감각의 붕괴, 공간 감각의 붕괴 등을 수반한다. 이 모든 것을 요약하면, 권태란 영혼의 해이, 삶과 세계(이 세상이건 저 세상이건)에 대한 흥미의 상실, 공허, 절대 무와의 조우에서 파생되는 상태 등을 의미하며 결과는 절망과 자살과 극도의 교만으로 이어진

24 N. Gogol', Duzhovnaia Proza(Moskva: Russkaia Kniga, 1992), p.392.
25 J. Danckert and J. Eastwood, *Out of My Skull, the Psychology of Boredom* (Cambridge: Harvard Univ. Press, 2020), p. 9.

다.[26] 다시 말해서, 권태의 존재론적 본질은 허무와 맞닿아 있으며 바로 이 사실 때문에 그것은 가장 가공할 만한 악이 될 수 있다. 허무 속의 인간은 자신과 세계와 신을 부정하며 결국 그 가장 깊은 심연에서 자신을 죽이거나 타인을 죽이고 그럼으로써 그리스도교적인 의미에서 신을 죽인다. 권태가 극도의 교만과 치환되는 것은 바로 이 때문이다. 〈어시디아〉는 부조리가 인생의 최종적인 단어가 되도록 하기 때문에 절대적으로 부도덕하다.[27]

둘째, 권태에서 비롯된 의미의 부정은 자살과 살인 외에 또 다른 살해, 즉 〈시간 죽이기〉를 초래한다. 무한히 길게 연장된 무의미한 시간을 견딜 수 없을 때 인간은 탈출을 위한 위험한 전략을 구사한다. 권태는 인간으로 하여금 기분 전환을 위해 무엇인가를 미친 듯이 찾게 내몰고 그릇된 행동을 향한 흥분으로 몰아넣는다.[28] 이 점은 이미 파스칼도 지적한 바 있다. 〈우리를 비참에서 위로해 주는 유일한 것은 위락이다. 그러나 위락이야말로 우리의 비참 중 가장 큰 것이다. 왜냐하면 우리 자신을 생각하지 못하게 주로 가로막고 우리를 부지불식간에 파멸시키는 것은 바로 이것이기 때문이다. 위락이 없으면 우리

26 R. Kuhn, *The Demon of Noontide Ennui in Western Literature* (Princeton: Princeton Univ. Press, 1976), pp. 12~13.

27 J. Nault, *The Noonday Devil: Acedia, the Unnamed Evil of Our Times*, p. 108.

28 M. Raposa, *Boredom and Religious Imagination* (Charlottesville: Univ. of Virginia Press, 1999), pp. 43~47.

는 권태를 느낄 것이고 이 권태는 우리에게 거기서 빠져
나올 더 확실한 방도를 찾게 할 것이다. 그러나 위락은
우리를 즐겁게 하는 동시에 우리로 하여금 자기도 모르
는 사이에 죽음에 이르게 한다.〉[29] 파스칼이 여기서 말하
는 위락은 곧 소일거리, 이른바 〈시간 죽이기〉용의 오락,
기분 전환을 포함한다. 앞에서 언급했던 아우구스티누스
의 호기심도 여기 포함된다. 권태에서 벗어나기 위해 오
락거리를 찾는 과정은 끝없이 강해지는 변태적인 쾌락과
흥분의 추구로 귀착하며, 바로 그 때문에 그것은 윤리적
판단의 대상이 될 수밖에 없다.[30]

2.5

다시 『악령』으로 돌아가자. 소설 전체를 통틀어서 〈어
시디아〉라는 단어는 한 번도 사용되지 않는다. 〈어시디
아〉의 러시아어 번역어인 〈낙담〉 역시 딱 두 번, 다른 인물
과 관련하여 언급될 뿐 원래의 의미를 함축하는 맥락에서
는 사용되지 않는다. 그러나 앞에서 살펴본 〈어시디아〉의

---

29 블레즈 파스칼, 『팡세』, 83~84쪽.
30 포르노그래피에 대한 수요 그 근원에는 〈어시디아〉가 있다는 주장이
나오는 이유도 여기에 있다. 〈눈의 욕망과 육체의 욕망의 독특하게 유독한
결합은 오늘날 우리 일상의 당연한 요소가 되어 버렸다. 일상 속에 만연해 있
는 포르노그래피 일반, 특히 인터넷 포르노그래피의 사용이 바로 그것이다.
(……) 이러한 위기 상황의 영적인 근원을 이해하려면 우리는 이제는 거의
잊혀진 악, 《어시디아》, 흔히 《나태》라 불리는, 그러나 그보다는《영적인 무
감각》이라 불러야 하는 개념을 상기할 필요가 있다.〉 R. Hütter, "Pornograph
and Acedia", *First Things*, Vol. 222, 2012, p.45를 보라.

맥락에서 구경 장면을 해석하면 스타브로긴을 사로잡은 악령의 의미론이 드러난다. 〈정말 지겨워 죽을 판인데 *priskuchilo* 기분 전환 거리라면 *s razvlecheniiami* 뭐든 가릴 게 없지. 그저 재미있기만 하면 되니까.〉(PSS XVIII: 651, X: 254)[31]

〈지겨움〉과 〈기분 전환〉은 사실상 스타브로긴의 신비주의를 해석하는 현실적인 코드이자 그가 불러일으키는 모든 비논리적인 수수께끼에 대한 논리적인 해답이다. 그는 사는 것이 〈너무나 지겨워서〉 〈기분 전환〉 겸 현지사의 귀를 깨물고, 절름발이 백치 여자에게 구혼하고, 자살자를 구경하고, 유로디비를 구경하고, 무고한 사람을 결투에서 살해하고, 어린 소녀를 성폭행하고, 소녀가 자살하는 것을 방조한다. 앞에서 인용한 파스칼이 지적했듯이 위락을 향한 추구에는 끝이 없다. 마찬가지로 스타브로긴의 〈기분 전환〉 추구에는 끝이 없다. 무한히 늘어지는 시간 속에서 그는 무한히 강도가 높아지는 위락을 계속해서 추구한다. 기분 전환은 권태를 해소시켜 주지 못할 뿐 아니라 오히려 권태와 뫼비우스의 띠처럼 연결되어 영원히 제자리걸음을 계속함으로써 또 다른 권태의 원을 형성한다. 영원히 자가 복제를 반복하는 권태의 원에서 빠져나갈 길이 없음을 깨닫는 순간 스타브로긴은

---

31 «*vse tak uzh priskuchilo, chto nechego zheremonit'sia s razvlecheniiami, bylo by zanimatel'no.*»

자살한다.

한편, 구경 장면은 소설 속에 삽입된 가장 논란의 여지가 많은 텍스트「스타브로긴의 고백」에 대한 맥락으로 기능한다. 구경 장면이 한 문장으로 〈어시디아〉를 압축한다면 스타브로긴의 1인칭 시점으로 작성된「고백」은 그것의 〈압축 풀기〉에 해당한다.「고백」은 집필 동기, 집필 방식, 그리고 내용 모두 〈어시디아〉를 축으로 한다. 그는 권태에 못 이겨 이 글을 썼으며, 권태로 인해 아무렇게나 썼다. 아무렇게나 썼다는 것은 그가 〈교육받은 사람이고 독서량이 상당히 많은 사람〉임에도 불구하고 그 글에 문법적 오류와 비문이 가득하다는 데서 입증된다(PSS XIX: 1376). 글을 읽은 티혼 장로가 가장 직관적으로 지적하는 것도 바로 이 점이다. 그 글이 되는 대로 막 쓴 글이라는 것을 알아차린 장로는 〈문장이라도 조금〉 수정하라고 조언한다(PSS XIX: 1405). 장로는 또한 그 글의 동기가 독자에게 장난질을 치고 싶은 욕구임을 지적하며 〈자신을 내보이고 싶어서〉 쓴 글이라고 단언한다(PSS XIX: 1405~1406). 동기와 방식뿐 아니라 글의 내용도 권태의 의미론으로 포화되어 있다. 〈그 무렵 나는 무엇에 대한 무관심인지는 알 수 없었지만, 어쨌거나 무관심이라는 병 때문에 자살이라도 하고 싶은 심정이었다.〉(PSS XIX: 1382~1383) 〈그 당시 나는 대체로, 산다는 게 머리가 멍멍해질 정도로 몹시나 지겨웠다.〉(PSS XIX: 1396) 〈나는 더 이상 참을 수가 없었기 때문에 기분 전환을 하기 위해 떠났다.〉(PSS XIX: 1397) 〈나는 언제나 과거를 회상하는 일이 지겨웠다.〉(PSS XIX: 1398)

스타브로긴의 고백을 가득 메운 권태가 중세적 어시디아로 회귀할 수밖에 없는 것은 그것이 결국 〈무감각 *apathy*〉과 무위로 이어지기 때문이다. 권태와 위락의 무한 반복이 진행되는 동안 인격은 점차 삶과 세계에 무감각해지고 삶과 세계는 가치를 상실한다. 〈어시디아〉의 종교적 의미가 축소된 근대 이후에도, 심지어 그 중세적 윤리로 환원함 없이도, 대부분의 철학자들이 권태를 악의 근원으로 보는 이유가 바로 여기에 있다. 스타브로긴은 〈아무래도 상관없음〉의 살아 있는 현현이자 무위의 관념을 실질적인 살인과 자살로 폭발시킨 인간 기폭제이다. 〈이렇게 하찮은 일을 언급하는 것은 다른 게 아니라, 내가 어느 정도까지 내 추억을 지배할 수 있는가, 그리고 어느 정도로까지 그것에 무감각할 수 있는가를 증명하기 위해서다.〉(PSS XIX: 1398) 장로 역시 바로 이 점을 즉각적으로 꿰뚫어 본다. 그가 스타브로긴의 「고백」에서 발견한 것은 범죄의 추함과 악함보다 더 근원에 있는 것, 즉 그 범죄를 촉발한 무위의 힘이다. 〈나를 두렵게 하는 건 고의로 추잡함 속으로 들어가 버린 그 위대한 무위의 힘입니다.〉(PSS XIX: 1408)

무감각은 소설에서 두 번이나 언급되는 「요한의 묵시

록」의 한 대목과 연결됨으로써 〈어시디아〉의 맥락적 기
능을 확장시킨다. 늙은 자유주의자 스테판 베르호벤스키
의 임종 장면과 스타브로긴과 티혼의 대면 장면에서 언
급되는 「요한의 묵시록」은 〈미지근함〉을 최악의 죄로 치
부한다. 〈나는 네가 한 일을 잘 알고 있다. 너는 차지도
않고 뜨겁지도 않다. 차라리 네가 차든지, 아니면 뜨겁든
지 하다면 얼마나 좋겠느냐! 그러나 너는 이렇게 뜨겁지
도 차지도 않고 미지근하기만 하니 나는 너를 입에서 뱉
어 버리겠다.〉(「요한의 묵시록」 3: 15~16). 〈아무래도 좋
고〉, 〈어찌 되었건 상관없고〉, 이도 저도 아닌 것, 무감각
과 무위, 이것이 촉각의 언어로 표현된 것이 바로 〈미지
근함〉이다. 실제로 그리스도교 신학은 전통적으로 미지
근함을 악과 연관 지어 왔다. 〈악마는 미지근함의 왕자요
타협의 제왕이다.〉[32] 스타브로긴의 악 역시 무신론이나
잔인함이나 인신 사상이나 교만함이나 니힐리즘 자체보
다 더 깊은 심연에 있는 것, 이 모든 것의 원인인 〈미지근
함〉으로 회귀한다. 〈그는 무신론자도 아니고 유신론자도
아니다. 그는 미지근하다.〉[33]

마지막으로, 〈어시디아〉의 맥락적 기능은 스타브로긴
과 관련된 이른바 〈신학적〉 수수께끼를 풀어 주는 최종

---

32 J. Nault, *The Noonday Devil: Acedia, the Unnamed Evil of Our Times*,
p. 131에서 재인용.

33 R. Avramenko, "Bedeviled by Boredom: A Voegelinian Reading of
Dostoevsky's Possessed", *Humanitas*, Vol. 17, No. 1~2, 2004, p. 131.

적인 열쇠로 작용할 때 완결된다. 티혼 장로는 스타브로 긴의 추잡한 고백을 읽고 〈이 사상은 위대한 사상이지요, 그리스도교 사상이 이보다 더 완전하게 표현될 수는 없습니다〉(PSS XIX:1406)라고 말한 뒤 〈당신은 위대한 길로, 여태껏 들어 보지도 못한 길 중의 하나로 접어들었습니다〉(PSS XIX: 1407)라고 평가한다. 티혼의 평가는 상식과 논리와 인과율을 넘어서지만 다른 한편으로 〈어시디아〉의 패러독스 속에서는 완벽하게 〈논리적〉이다. 차지도 덥지도 않은 상태는 영원히 계속될 수도 있지만 뜨겁거나 차가운 상태로 전이될 가능성은 언제나 존재한다. 사막 교부들은 그래서 〈어시디아〉를 가장 무서운 악으로 치부하는 동시에 그것의 극복이 가장 큰 덕임을 강조했다. 〈어시디아를 극복했을 때 주어지는 보상이 가장 극적이다. 수도사가 어시디아를 퇴치하면 그 대신 들어서는 것은 모든 덕 중의 덕인 기쁨이다. 이는 궁극의 승리인데, 왜냐하면 기쁨 속에 있는 인간은 그 어떤 유혹에도 넘어가지 않기 때문에 이것이야말로 궁극의 승리라 할 수 있다. 그러므로 어시디아는 모든 죄악들의 원조이지만 동시에 모든 덕들의 원조이기도 하다. 에바그리우스는 인간이 어시디아를 극복하면 기쁨의 상태에 올라 지복 직관이 가능하다고 보았다. (……) 일부 영성가에게 그것은 심지어 구원의 선결 조건이기까지 했다.〉[34] 러시아 성인들도 비슷한 지적을 했다. 자돈스크의 티혼Tik-hon Zadonskii은 낙담과 절망의 유혹은 그리스도인을 영적 생활에서 더욱 조심스럽고 노련하게 만들며 그러한 유혹이 길어질수록 영혼에는 더 큰 보상이 주어진다고 말했다. 시리아의 예프렘 또한 〈다른 어떤 것보다 슬픔의 유혹이 가장 끔찍하기에 그만큼 슬픔을 견뎌 냄은 가장 큰 보상을 가져온다. 인간에게는 낙담과의 전투에서 가장 큰 왕관이 주어진다〉고 강조했다.[35] 스타브로긴의 가장 끔찍한 죄악과 가장 위대한 그리스도교 사상이 결국 같은 것이라는 티혼의 말은 오로지 〈어시디아〉가 수반하는 이 깊은 패러독스 속에서만 이해될 수 있다.

3

   본 논문의 의의는 두 가지로 요약된다. 첫째, 본 논문은 구경의 모티프를 신학적으로 해석함으로써 스타브로긴의 이른바 〈신비주의〉를 〈논리적으로〉 천착했다. 그동안의 『악령』 연구는 간헐적으로 〈어시디아〉를 언급했다. 예를 들어, 하우I. Howe는 소설과 정치를 논한 책에서 〈스타브로긴은 어시디아를 앓고 있다. 그것은 신에 대한 가

──────────

   34 R. Kuhn, *The Demon of Noontide Ennui in Western Literature*, pp. 44~45.
   35 B. G. Khashba, "Religioznyi Podzhod k Lecheniiu Depressii", p. 51.

장 큰 반항인 정신의 무기력을 의미한다〉고 지적했다.[36] 20세기 몇몇 종교 철학자들도 스타브로긴의 존재론적 문제는 어시디아로 돌아간다고 주장했다.[37] 그러나 이들 연구 속의 〈어시디아〉는 자세한 설명이나 논의를 결여하는 단순한 진술 차원에 머물렀다. 본 논문은 일단 〈어시디아〉를 교부 철학의 시각성으로 풀어 본 뒤 그것을 다시 구경 모티프에 적용시킴으로써 그동안의 연구에 수반된 해석적 공백을 메워 주려 시도했다.

둘째, 본 논문에서 다룬 〈어시디아〉는 최근 서구 학계에서 활성화되고 있는 〈권태 연구Boredom Studies〉의 발전에 기여할 수 있다. 중세적 개념인 〈어시디아〉에 담긴 권태와 우울의 관념, 거기 수반되는 사회 병리학적 증후들은 19세기 말부터 다시 주목을 받기 시작하여 새로운 학문 영역을 조성하기에 이르렀다. 오늘날 〈권태 연구〉는 신학적 개념인 〈어시디아〉에서 출발하여 철학, 사회학, 문학, 심리학, 의학, 신경 과학에 이르는 인간 탐구의 전 영역을 포괄하는 융합적이고 초학제적 연구 분야로 자리잡았다.[38] 본 논문에서 살펴보았듯이 도스토옙스키는 정치

36 I. Howe, *Politics and the Novel* (Chicago: Ivan R. Dee, 2002), p. 63.

37 S. Mazurek, "The Individual and Nothingness (Stavrogin: a Russian Interpretation)", *Studies in East European Thought*, Vol. 62, No.1, 2010, p. 46.

38 20세기 문학과 사상에 나타난 권태에 관해서는 R. Kuhn, *The Demon of Noontide Ennui in Western Literature*, pp.12~13.; J. Velasco, *The Culture of Boredom* (Linden: Brill Rodopi, 2020), pp. 23~54, 76~90을 보라.

적 니힐리즘을 드러내 보이는 한 가지 방식으로 신학적 코드를 사용했다. 이를 뒤집어 말하면 신학적 관념을 해석하는 방식으로 정치적 코드가 사용될 수 있다는 뜻이다. 요컨대, 도스토옙스키의 문학 속에서 신학과 정치학은 서로에게 코드의 기능을 함으로써 의미의 지평을 확장시켰다. 이 점은 신학적 관념을 핵으로 인접 학문의 경계를 지속적으로 넓혀 가는 현대의 권태 연구에 방법론적 유연성을 더해 줄 것으로 기대된다.

8. 『카라마조프 씨네 형제들』: 예술이 된 진리

1

프랑스의 역사가 르낭E. Renan이 1863년에 발표한 『예수의 생애*La Vie de Jésus*』는 전 유럽에 폭발적인 반향을 불러일으켰다. 급진적인 신학과 실증주의 역사학의 시각에서 그리스도의 생애를 추적한 이 책은[1] 철저하게 인간적인 그리스도의 형상을 통해 〈휴머니즘의 종교〉를 제시함으로써[2] 신앙의 문제를 비로소 근대적 담론의 장으로 편입

---

1 역사적 그리스도를 묘사한 작가는 사실상 르낭이 처음도 아니고 마지막도 아니다. 르낭의 『예수의 생애』와 거의 같은 맥락에서 그리스도의 일생을 추적한 슈트라우스D. Strauss의 『예수의 일생*Das Leben Jesu*』을 비롯하여 18세기 독일 신학자 레이마루스H. S. Reimarus, 19세기의 슐레이마허F. Schleiermacher, 슈바이처A. Schweitzer, 20세기의 모리악F. Moriac 등의 저술은 모두 예수의 역사성과 인성에 초점을 맞추고 있다. 자세한 것은 N. Natov, "The Ethical and Structural Significance of the Three Temptations in The Brothers Karamazov", *Dostoevsky Studies*, Vol. 8, 1987, pp. 6~13을 참조하라.

2 K. Stepaniian, "Eto Budet, no Budet posle Dostizheniia Tseli..., ili Chetyre

시켰다는 긍정적인 평가와 종교를 사이비 과학으로 변질시켰다는 부정적인 평가를 동시에 받았다. 19세기 후반 유럽의 지식인들은 르낭의 책에 극단적인 찬성과 반대로써 열렬히 응답했으며 그들의 논쟁은 곧이어 러시아로까지 파급되었다.

도스토옙스키는 『예수의 생애』가 유럽에서 발간된 직후에 그 책을 읽었으며 르낭의 그리스도론에 관해 진지하게 사색했던 것으로 알려져 있다(PSS IX: 396~399). 르낭은 그리스도를 모든 고귀하고 선한 가치들의 정점으로서 찬양했지만 부활과 영생은 후대인이 지어낸 전설로 치부했는데, 도스토옙스키는 르낭의 이러한 시각에 단호하게 반대하는 입장을 견지했다. 그는 1864~1865년의 작가 노트에 수록된 「사회주의와 그리스도Sotsializm i Khristianstvo」라는 제목의 단상에서 르낭을 〈그리스도의 신적 기원을 논박하는 무신론자〉라고 규정했으며(PSS XX: 192) 『작가 일기』에서는 르낭의 책을 〈불신으로 가득 찬 책〉이라 못 박았다(PSS XXI: 10). 강생에 내재하는 신인성(神人性)bogochelovechestvo을 핵심으로 하는 도스토옙스키의 그리스도론과[3] 그리스도의 신성 대신 선하고

Vsadnika v Povestovanii o Polozhitel'no Prekrasnom Cheloveke(Zhizn' Iisusa D. F. Shtrausa i E. Zh. Renana i Roman F. M. Dostoevskogo Idiot)", *Soznat'i Skazat'Realizm v Vysshem Smysle Kak Tvorcheskii Metod F. M. Dostoevskogo* (Moskva: RARITET, 2005), p. 177.

3 도스토옙스키와 그리스도의 강생에 관해서는 석영중, 「도스토옙스키의 '백치'와 강생」, 『슬라브학보』, Vol. 21, No. 1, 2006, 91~113쪽을 보라.

훌륭한 인간성을 강조하는 르낭의 그리스도론은 평론가 도스토옙스키의 펜 아래에서 신앙과 무신론이라고 하는 극단적인 대립으로 요약되었다.

도스토옙스키의 르낭 비판은『예수의 생애』를 둘러싼 논쟁이 수그러들 무렵 구상된 소설『백치』에서 예술적으로 재현된다. 사실 스테파냔K. Stepanian의 지적처럼『예수의 생애』는『백치』의 출발점이라 해도 과언이 아닐 정도로 소설 창작 과정에 깊숙이 개재한다.[4] 이는 소설의 준비 자료 곳곳에서 언급되는 르낭의 이름,[5] 그리고 성격과 자질에 있어 르낭의 그리스도와 상당 부분을 공유하는 주인공 미시킨 공작을 통해 확인될 수 있다.[6] 그러나 르낭에 대한 도스토옙스키의 반응은 무엇보다도 등장인물 이폴리트가 홀바인H. Holbein의 그림「무덤 속의 그리스도 Der Leichnam Christi im Grabe」를 해설하는 장면에 응축된다. 이

4 K. Stepaniian, "Eto Budet, no Budet posle Dostizheniia Tseli..., ili Chetyre Vsadnika v Povestovanii o Polozhitel'no Prekrasnom Cheloveke(Zhizn' Iisusa D. F. Shtrausa i E. Zh. Renana i Roman F. M. Dostoevskogo Idiot)", p. 176.

5 준비 자료에 따르면 원래 주인공은 스위스에서 르낭의 책을 읽는 것으로, 또 장군 부인은 주인공에게 르낭에 관해 얘기해 달라고 청하는 것으로 되어 있었다(PSS IX: 183, 281).

6 연구자들은 짧은 학력, 나이브한 성격, 온유함, 상류층 삶에 대한 무지 등등을 양자의 공통점으로 손꼽는다. K. Stepaniian, "Eto Budet, no Budet posle Dostizheniia Tseli..., ili Chetyre Vsadnika v Povestovanii o Polozhitel'no Prekrasnom Cheloveke(Zhizn' Iisusa D. F. Shtrausa i E. Zh. Renana i Roman F. M. Dostoevskogo Idiot)", p. 176.; Mat' Kseniia, "O Roli Knigi Renana Zhizn' Iisusa v Tvorcheskoi Istorii Idiota", *Roman F. M. Dostoevskogo Idiot: Sovremennoe Sostoianie Izucheniia* (Moskva: Nasledie, 2001), p. 106.

그림에서 그리스도의 신성 및 부활 가능성의 부정을 읽어 내는 이폴리트는 르낭과 같은 편에 서서 그리스도의 신인성을 강조하는 저자와 대립한다. 그러니까 홀바인의 그림에 대한 이폴리트의 해석과 르낭의 그리스도론은 중첩되며 이러한 중첩을 통해 르낭이 무신론자라고 규정한 저자의 사회 평론적 진술은 예술적으로 변형되는 것이다. 한마디로 말해서 『백치』는 르낭의 역사적 저술에 대한 도스토옙스키의 문학적 응답이라 할 수 있다.[7]

그러나 도스토옙스키와 르낭의 논쟁은 『백치』에서 끝나는 것이 아니다. 도스토옙스키는 『백치』를 집필한 이후에도 남은 생애 전반에 걸쳐 그리스도의 신성을 부정하는 무신론자 르낭과 간단 없는 논쟁을 벌였으며[8] 『악령』, 『미성년』 등의 준비 자료에서도 계속해서 르낭을 언급했다. 〈신의 아들 예수 그리스도의 신성을 무조건적으로 믿을 수 있을 것인가?〉 (신앙이라는 것 전체는 바로 여기에 기인한다.) 이 질문에 대해 문명은 사실을 들먹거리며 아니라고 대답한다(르낭).〉(PSS XI: 178). 〈그들은 모두 그리스도를 공격한다(르낭, 게Ge). 그분을 보통 사람으로 간주하고 그분의 가르침을 우리 시대에는 근거가 불충분한 가르침이라고 비판한다.〉(PSS XI: 192). 『악

7 G. Fedorov, *Moskovskii Mir Dostoevskogo* (Moskva: Iazyki Slavianskoi Kul'tury, 2004), p. 328.

8 E. Kiiko, "Dostoevskii i Renan", *Dostoevskii Materialy i issledovaniia 4* (Leningrad: Nauka, 1980), p. 108.

령』의 준비 자료에서 발견되는 이러한 진술들이 뒷받침
해 주듯이 『백치』 이후의 도스토옙스키에게 르낭은 여전
히 신학적 논쟁의 대상으로 등장하는데, 양자의 논쟁적
관계는 마지막 소설 『카라마조프 씨네 형제들』에서 절정
에 이른다. 『카라마조프 씨네 형제들』의 준비 자료나 텍
스트 자체는 르낭을 한 번도 언급하지 않지만, 소설의 메
시지는 이전의 어떤 소설보다도 강력하게 르낭에 대한
도스토옙스키의 시각을 종합해 준다. 이제까지 르낭과
도스토옙스키의 관계를 고찰한 연구자는 대부분이 『백
치』를 분석 대상으로 삼아 왔다.[9] 그러나 르낭과의 논쟁
은 원숙기 도스토옙스키의 종교 철학을 형성하는 중요한
요소 중의 하나로 『카라마조프 씨네 형제들』을 통해 비
로소 완결 지어진다. 본 논문은 『카라마조프 씨네 형제
들』에서 르낭의 그리스도교가 어떻게 도스토옙스키의
그리스도교와 충돌하고 대화하고 논쟁하는지를 인물과
모티프를 중심으로 살펴볼 것인 바, 본 논문의 고찰을 통
해 신학과 예술의 유기적 결합, 혹은 신학적 관념의 예술
적 변형이라고 하는 도스토옙스키 시학의 핵심적인 양상
이 드러나게 될 것이다.

9 르낭의 저술과 『백치』를 본격적으로 비교한 최초의 논문은 소로키나D.
Sorokina가 1964년에 쓴 것으로 미시킨의 인물 형성에 개재하는 르낭의 그
리스도를 분석하고 있다. 그 이후 크세니야 수녀Mat' Kseniia(2002)와 스테
파냔K. Stepanian(2005)이 『백치』와 『예수의 생애』를 비교한 논문을 썼으며
키이코E. Kiiko(1980)는 『예수의 생애』뿐 아니라 르낭의 다른 책들과 도스
토옙스키의 저술 일반 간의 관계를 폭넓게 고찰하는 논문을 썼다.

2

『예수의 생애』가 기초하는 가장 중요한 전제는 〈기적이란 존재하지 않는다〉는 사실이다. 르낭에 의하면 〈다만 과학만이 순수한 진리를 찾는다. 오직 과학만이 진리의 정당한 근거들을 제공하며 확신시키는 수단들을 사용함에 있어 엄격한 비판을 가한다〉(41).[10] 이러한 과학 우선주의에 입각하여 그는 〈지금까지 확인된 기적은 없었다〉라고 단정한다(84). 〈대개의 경우 민중 자체가 큰 사건이나 위대한 인물로부터 어떤 신적인 것을 보고 싶어하는 간절한 욕구에서 나중에 기적 운운하는 전설을 지어낸다는 것을 누가 모르랴? 그러므로 초자연적인 이야기는 도대체 받아들여질 수 없으며 거기에는 언제나 경신과 기만이 들어 있다. 역사가의 의무는 그것을 해석하고 그 어느 부분에 진실이 있고 어느 부분에 숨길 수 없는 허위가 들어 있는가를 찾아내는 것이리라는 이 역사비평의 원칙을 우리는 새 세상이 오는 그날까지 지켜 나갈 것이다.〉(85)

과학적으로 입증된 기적은 역사에 존재하지 않는다고 주장하는 르낭에게 인간 그리스도의 신비한 탄생과 죽음과 부활은 모두가 민중이 지어낸 전설, 믿고자 하는 열망

---

10 이하 르낭의 『예수의 생애』 인용은 별도의 언급이 없는 한 E. 르낭, 『예수의 생애』, 최명관 옮김(서울: 훈복문화사, 2003)에 준하며 괄호 안에 면수만을 표기하기로 한다.

에서 초래된 망상으로 여겨진다. 따라서 진정한 행복, 그리스도인들의 참다운 행복은 〈모든 환상에서 벗어나, 지복 천년설 따위의 꿈이나 가공의 낙원이나 하늘에 나타나는 표적도 없이 자신의 올바른 뜻으로 참된 신의 왕국을 창조하는 것〉이다(224). 이러한 맥락에서 볼 때 그리스도 탄생과 관련된 신비는 〈완전히 자발적인 커다란 계략의 열매였고 또 생존 시부터 주위에서 꾸며지고 있던〉 전설이었으며(256) 그리스도가 행한 것으로 복음사가들이 전하는 기적은 모두 사람들이 그에게 〈덮어씌운 것〉이었다(272). 라자로의 부활만 해도 그것은 〈동방에서 남의 말 하기 좋아하는 사람들이 만들어 낸〉 부정확한 이야기에 불과했다(339~340). 그리스도 자신의 과학적 무지 또한 이러한 전설 창조에 일조했다. 〈기적의 부정, 즉 이 세상의 모든 것은 초월적 존재들의 사적 간섭이 전혀 관여하지 않는 법칙들에 의하여 생긴다는 사상은 그리스 과학을 받아들인 모든 나라의 큰 학파가 으레 가졌던 것이었다. (……) 예수는 이 진보에 관해서 아무것도 몰랐다. 실증적 과학의 원리가 이미 선포되어 있던 시기에 태어나긴 했으나, 그는 전적으로 초자연적인 세계 속에서 살았다.〉(117~118) 〈예수가 기적을 믿고 있었을 뿐 아니라 자연의 질서가 법칙들에 의하여 규제된다는 관념을 조금도 가지고 있지 않았다는 것을 잊어서는 안 된다. 이 점에 관한 예수의 지식은 동시대인들의 것보다 조금도 나을 게 없었다.〉(266) 그러나 민중들의 미신적 성향과는 달리 그리스도는 병자와 가난한 자를 돕고자 하는 순수한 열망에서 기적의 수행을 받아들였으며 때로는 기적의 수행에 거부감을 보이기도 했다. 〈그러므로 일반적 의미에서, 예수는 본의 아니게 기적을 행하는 사람이요 귀신을 쫓는 사람이 되었을 따름이라고 말하는 것이 옳다. 위대한 신적 생애에 있어서는 언제나 그렇듯 그는 기적을 행했다기보다는 여론이 요구한 기적들을 행한 것으로 여겨진다. 기적은 보통 군중이 만들어 낸 것이지 그것을 행했다고 사람들이 말하는 사람의 소행은 아니다. 예수는 군중이 자신을 위하여 지어낸 기이한 일을 행하기를 완강히 거부했다. 가장 큰 기적은 그가 기적을 행하지 않았다는 것이리라.〉(274)

기적에 관한 르낭의 관념은 바흐친M. Bakhtin의 표현을 빌려 말하자면 〈의식들 사이의 대화적 교류〉의 장인 도스토옙스키의 소설 텍스트로 들어와 여러 다른 입장에서 〈들려지고 이해되고 대답된다〉.[11] 『카라마조프 씨네 형제들』에서 도스토옙스키가 르낭에게 〈대답〉하는 한 가지 방식은 르낭이 기적과 과학적 사실 간에 확고하게 설정해 놓은 대립 관계를 다른 형태의 대립 관계로 변형시키는 일이다. 〈기적으로부터 신앙이 나오는 것이 아니라 신

11 M. Bakhtin, "Slovo v Romane", *Voprosy Literatury i Estetiki* (Moskva: Khudozhestvennaia Literatura, 1975), p. 100.

앙으로부터 기적이 나온다〉(PSS XIV: 24~25)는 내레이터의 말은 르낭의 기적론에 대한 가장 직설적인 응답이라 할 수 있는데, 그것은 조시마 장로의 시취, 가나의 기적, 대심문관의 전설, 그리고 일류샤의 죽음 등 텍스트의 여러 에피소드에서 반향하면서 기적 대 과학적 사실이라고 하는 르낭식의 이분법을 도스토옙스키의 거의 모든 소설의 주축인 신앙과 무신론의 기본 대립으로 흡수시킨다.[12] 르낭이 그토록 단호하게 존재하지 않는다고 설파했던 기적은 이 일련의 사건을 통하면서 믿음과 불신의 차원에서 재조명되며, 르낭이 최고의 가치로 찬양했던 과학적 〈사실〉은 신앙의 〈진실〉 앞에서 반쪽의 진실, 혹은 거짓으로 드러나게 된다.

우선 조시마 장로의 시취를 살펴보자. 확실히 조시마 장로의 임종을 목전에 두고 어떤 기적을 기대하며 소요하는 군중들은 르낭의 그리스도를 둘러싼 민중들과 유사하다. 그러나 도스토옙스키는 기적을 요구하는 민중에게 〈기적은 없다〉고 외치는 대신 기적의 논리를 전변시킴으로써 기적과 사실 간에 그어져 있던 르낭식의 경계선을 허물어 버린다. 조시마 장로의 시신에서 유난히 심한 시취가, 그것도 일반적인 시신의 경우보다 훨씬 빨리 풍겨

---

12 도스토옙스키의 후기 작품, 특히 『카라마조프 씨네 형제들』에서 〈과학〉 혹은 〈과학적 사실〉과 신앙의 양극적 대립에 관해서는 D. Thompson, "Poetic Transformations of Scientific Facts in Brat'ja Karamazovy", *Dostoevsky Studies*, Vol. 8, 1987을 보라.

나온 것은 〈자연의 법칙을 뛰어넘는〉, 즉 르낭의 표현을 빌려 말하자면 소위 〈초자연적인 현상〉이다. 〈왜냐하면 여느 죽은 사람들의 경우처럼 그 냄새가 자연 발생적인 것이라면 그렇게 빠른 시간 안에 풍기는 것이 아니라 더 늦게, 적어도 하루쯤 경과한 후에 풍겨야 했지만《그것은 자연의 법칙을 뛰어넘고》있었으므로 거기에는 틀림없이 다름 아닌 하느님 그분이 의도한 지시가 내려져 있다는 것이었다.〉(PSS XIV: 300) 이 이상한 현상은 민중이 만들어 낸 전설도 아니고, 민중의 요구대로 일어난 〈기적〉도 아니다. 그것은 단지 신앙이 있는 사람들까지도 당혹스럽게 만드는 불쾌한 〈사실〉일 뿐이다. 사람들이 기대했던 진짜 기적은 사실상 일류샤의 시신에서 일어난다. 〈이상하게도 시신에서는 아무 냄새도 나지 않았다.〉(PSS XV: 190) 그러나 이 진정한 기적은 내레이터를 포함한 그 누구의 주의도 끌지 못한다. 내레이터는 매우 무미건조한 어조로 냄새가 나지 않았다는 〈사실〉만을 언급하고는 곧바로 다른 서술로 넘어간다. 이렇게 해서 도스토옙스키의 기적은 과학적인 사실과 전설 사이에 르낭이 자의적으로 설정해 놓은 뚜렷한 선을 뛰어넘어 다른 차원으로 전이된다. 그 다른 차원에서 기적은 신앙의 신비와 동의어가 되고 기적의 문제를 이성으로써 논증하는 것은 무의미한 일이 된다.

신앙의 신비로서의 기적은 조시마의 시취에 이어 제

7권에 수록된 「갈릴래아 가나」에서 구체화된다. 뒤에 가서 좀더 자세히 논하겠지만 「갈릴래아 가나」는 도스토옙스키의 〈부활에 대한 믿음〉을 확고히 해주는 장으로[13] 거기 포함된 상징들은 소설의 모티프와 신학적으로 연결된다. 그러나 그 신학적 상징들이 아니더라도 그리스도가 행한 첫 번째 기적이 소설에 도입되었다는 사실 자체만으로도 그것은 르낭의 기적론에 대한 또 다른 응전이라 할 수 있다. 더욱이 도스토옙스키는 1879년 9월 16일 출판업자 류비모프N. Liubimov에게 보낸 편지에서 〈「갈릴래아 가나」는 제7권 전체에서 가장 본질적인 장입니다. 아니, 어쩌면 그것은 소설 전체에서 가장 본질적인 장인지도 모릅니다〉 (PSS XXX-I: 126)라고 말함으로써 그것이 신앙과 무신론의 대립 축에서 차지하는 중요성을 암시한다. 「갈릴래아 가나」는 이반을 비롯한 소설 속 무신론자들의 반역에 대한 답이며 더 나아가 반역과 의심을 거쳐 장엄한 호산나에 도달한 저자 자신에 대한 답이기도 하다.[14]

그리스도가 가나에서 행한 기적은 르낭의 논리에 따르면 전적으로 주변 사람들의 망상이 지어낸 허구이다. 그러나 도스토옙스키는 물을 술로 변화시킨 그리스도의 기적을 과학적으로 〈논증〉하는 대신, 그것을 알료샤의 꿈 속으로 전이시킴으로써 인간의 이성을 초월하는 신앙의

13 D. Grigor'ev, *Dostoevskii i Tserkov'* (Moskva, 2002), p. 75.

14 I. Vinogradov, *Dukhovnye Iskaniia Russkoi Literatury* (Moskva: Russkii Put', 2005), p. 182.

신비를 독자에게 〈보여 준다〉. 언제나 그러했듯이 여기서도 도스토옙스키는 〈논하기 보다는 보여 주는 쪽을 택한다〉.[15] 조시마 장로의 시취로 인해 신앙의 위기에 내몰린 알료샤는 꿈속에서 가나의 혼인 잔치를 목도하면서 〈지상의 신비와 별들의 신비가 서로 맞닿는 듯한〉(PSS XIV: 328) 기적을 체험한다. 그러한 알료샤를 보면서 파이시 신부는 도저히 언어로는 설명할 수 없는 〈이상한 일이 벌어졌음을〉(PSS XIV: 327) 직감한다. 요컨대, 가나의 기적이 인간의 제한적인 이성으로써 판단할 수 있는 사실이건 혹은 전설이건 상관없이 그것은 알료샤에게 잃을 뻔한 신앙을 되돌려 줄 뿐 아니라 진정한 그리스도인의 기쁨을 알려 주며 그럼으로써 기적의 진위에 관한 인간적인 논의 자체를 무의미하게 만든다. 기적은 〈지상과 천상이 맞닿는〉 어떤 영역이 존재함을, 신과 인간의 조우가 가능함을 체험할 수 있는 사람에게만 진실로 일어나는 사건인 것이다.

결국 르낭의 기적과 도스토옙스키의 기적은 동일한 가치 평가의 차원에서 비교될 수 없는 두 개의 개념이라 할 수 있는데, 이는 기적의 관념이 대심문관과 조시마 장로의 입을 통해 소위 〈재강조 pereaktsentuatsiia〉된다는 사실로써 확인된다.[16] 르낭의 관념은 하느님이 창조한 세상을

15 G. Florovskii, *Puti Russkogo Bogosloviia* (Paris, 1937), p. 300.
16 M. Bakhtin, "Slovo v Romane", p. 230.

부정하는 대심문관, 그리고 그것을 전 존재로써 찬미하는 조시마의 콘텍스트를 거치면서 재강조되고 또 그럼으로써 새로운 평가의 대상이 된다. 대심문관은 그리스도가 〈기적, 신비, 권위〉를 부정함으로써 대중을 저버렸다고 비난하면서 자신의 왕국이야말로 기적, 신비, 권위 위에 세워진 지상의 낙원이라고 설파한다. 〈무기력한 반란자들의 행복을 위해서 세 가지 힘이, 그들의 양심을 영원히 지배하고 사로잡을 강력하고 유일한 세 가지 힘이 지상에 존재하오. 기적*chudo*과 신비*taina*와 권위*avtoritet*가 바로 그것이오. 당신은 첫 번째 것도, 두 번째 것도, 그리고 세 번째 것도 거부했으며 스스로 전범을 남겼소. (……) 오, 당신은 자신의 행적이 성서에 기록되어 땅끝까지 영원히 전해지리란 사실을 알고 있었으므로 인간이 당신의 뒤를 따라 기적을 물리치고 하느님과 함께하기를 기대했던 것이오. 그러나 당신은 인간이 기적을 거부하자마자 곧 하느님도 거부할 거란 사실을 몰랐소. 왜냐하면 인간은 하느님을 찾는다기보다는 기적을 찾고 있기 때문이오. 그래서 인간은 기적이 없는 한 무력한 존재이므로 수없이 반역자, 이교도 무신론자가 되어 가면서까지도 자신들만의 새로운 기적을 창조해 내고, 또 심지어는 마법적인 기적, 황당무계한 기적에 매료되는 것이오. (……) 우리들은 당신의 위업을 손질해서 《기적》과 《신비》와 《권위》를 반석으로 삼았소.〉(PSS XIV: 232, 233, 234)

르낭이 과학적 사실을 토대로 그리스도의 기적을 부정한다면 대심문관은 기적이 필요함을 역설한다. 대심문관이 기적을 인정하는 것은 신의 세상을 찬미하기 위해서가 아니라 인간적인 낙원, 인간의 〈수학적인 행복〉을 달성하기 위해서이다. 따라서 르낭과 대심문관은 기적의 부정과 인정이라는 상반되는 의견을 개진하고 있는 것처럼 보이지만 사실상 양자의 주장은 전적으로 인간적인 종교, 즉 도스토옙스키가 의미하는 바의 무신론으로 귀착한다. 대심문관이 기적을 인정한다고 해도 그것은 역시 과학(수학)의 테두리를 넘어서지 못한다. 르낭이 기적의 부정을 통해 그리스도가 철두철미하게 인간이었다는 사실을 주장하고자 했다면 대심문관은 그리스도가 행하지 않은 기적을 토대로 그의 인간에 대한 몰이해를 공격한다. 그러나 여기서 대심문관이 말하는 기적은 우매한 대중을 사로잡는 미신적인 힘이란 점에서 르낭의 기적과 맥을 같이 하며, 양자의 주장은 모두 결과적으로 진정한 그리스도교를 휴머니즘으로 대체하는 지점에서 수렴한다. 르낭이 그리스도를 인류의 이상으로 찬미했음에도 불구하고 도스토옙스키가 그를 무신론자라 규정한 이유도 바로 여기에서 기인한다.

대심문관과 르낭은 기적을 오로지 혹세무민하는 힘으로만 여기기 때문에 신이 창조한 이 세상 자체가 기적이란 사실을 간과한다. 대심문관의 서사시가 포함된 제5권에 바로 이어지는 제6권 「러시아의 수도사」에서 조시마 장로는 대심문관이 지상 낙원의 초석으로 삼은 〈기적, 신비, 권위〉를 자신의 콘텍스트 안에서 반사시킴으로써 대심문관의 세계를 뒤집는다. 기적과 신비와 권위를 중심으로 두 개의 대립하는 콘텍스트가 충돌하며 그 충돌을 통해 생겨나는 것은 진정한 낙원의 비전이다. 〈그러나 거기에 위대함이 있고 스쳐 지나가는 지상의 얼굴과 영원한 진리가 서로 마주치는 신비*taina*가 있는 것입니다. 지상의 진리 앞에 영원한 진리의 구현이 이루어지는 것입니다. (……) 아아, 얼마나 위대한 책이며 얼마나 위대한 가르침입니까! 얼마나 위대한 성서이며 그와 함께 인간에게 주어진 얼마나 대단한 기적*chudo*과 권능*sila*입니까!〉(PSS XIV: 265) 이렇게 〈기적과 신비와 권능〉은 조시마의 말 속에서 대심문관의 기적과 신비와 권위에 맞서 신이 창조한 이 세상을 긍정하는 진리의 힘으로 등장한다. 결국 기적은 과학적 사실이냐 미신이냐의 문제가 아니라 믿음과 불신의 문제로 귀착하는 것이다. 조시마의 기적과 신비와 권능이 새겨진 책이 사실에 근거한 〈생애전*zhitie*〉(PSS XIV: 260)인 반면에 대심문관의 말이 쓰인 책은 〈환상〉(PSS XIV: 237)이며 〈헛소리〉(PSS XIV: 239)이며 〈평생 시라고는 단 두 줄도 써본 적이 없는 철부지 학생의 조리 없는 서사시〉(PSS XIV: 239)에 불과하다. 이를 대심문관의 〈관념-원형〉인 르낭에게로 연장시킨다

면, 그리스도의 기적을 전설이자 환상으로 부정하는 르
낭의 책 자체가 환상이자 헛소리로 축소된다고 말할 수
있다. 그것은 사실에 근거한다고 이야기하면서도 바로
지상의 진리와 천상의 진리가 〈마주치는〉 신비를 간과하
기 때문에 반쪽의 진실, 즉 전설이 되는 것이다.

　그러면 이제 모든 기적 중의 기적, 복음서의 가장 중요
한 기적인 그리스도의 부활에 관해 살펴보자. 한마디로
말해서, 르낭에게 죽은 사람이 되살아난다는 것은 자연
의 법칙에 어긋나는 전설에 불과하며 그리스도의 부활은
그를 사랑하던 제자들과 막달라 마리아의 상상력의 소산
이다. 〈그러나 심장부에 있는 혈관의 갑작스러운 파열이
세 시간 후에 그를 돌연히 죽게 했다고 보는 것이 사실에
더 가깝지 않을까 한다. (……) 역사가에게는 마지막 숨
을 거둔 것과 함께 예수의 생애는 끝난다. 그러나 그가
제자들과 몇몇 헌신적인 여인들에게 남긴 인상은 그 후
에도 여러 주간 동안 이들에게 살아 있어서 위안이 될 정
도로 깊었다. 누가 그의 유해를 치웠을까? 항상 쉽게 믿
는 열정을 가진 사람이 어떠한 상태에서 부활에 대한 믿
음을 갖게 하는 모든 이야기를 생겨나게 했을까? 여기에
대해서는 반대 사료가 없기 때문에 영원히 알 수 없을 것
이다. 하지만 막달라 마리아의 강한 상상력이 이때 제일
중요한 역할을 했다고 말하기로 하자. 사랑의 신적 능력
이여! 환상에 사로잡힌 한 여인의 애정이 부활한 하느님

을 세상에 준 성스러운 순간이여!〉(382~383, 389)[17]

르낭의 이러한 부활관에 대해 도스토옙스키는 1878년 페테르손N. Peterson에게 보낸 편지에서 자신의 입장을 이렇게 요약한다. 〈당신은 선조들의 부활을 어떻게 이해하십니까? 당신은 어떤 형태로 그것을 상상하며 또 믿고 있습니까? 요컨대, 당신은 부활을 르낭처럼 이를테면, 머릿속에서 알레고리적으로 이해하는 겁니까, (……) 아니면 사실적이고 개인적인 부활, 그들이 단지 우리의 의식 속에서, 알레고리적으로 부활할 것이 아니라 진실로, 개인적으로, 사실적으로 육신이 부활하리라는 것을 직접적으로, 문자 그대로, 믿습니까? (……) 저와 솔로비요프는 진정한 부활, 개인적인 부활, 문자 그대로의 부활을 믿으며, 부활이 지상에서 실현될 것을 믿습니다.〉(PSS XXX-I: 14)[18] 도스토옙스키의 이 〈부활에 대한 문자 그대로의 믿음〉은 곧 불멸에 대한 믿음과 함께 소설 속에서 다양한 방식으로 변형된다. 『카라마조프 씨네 형제들』은 부활로 포화되어 있다고 해도 과언이 아닐 정도로 인물, 사건,

17 러시아어판 『예수의 생애Zhizn' Iisusa』는 마지막 구절의 〈한 여인의 애정〉을 〈strast'zhenshchny〉로 번역한다. E. Renan, Zhizn' Iisusa (Rostov-na-Donu: Eniks, 2004), p. 193. 러시아어의 〈strast'〉는 열정, 고뇌, 수난을 의미하므로 단순한 〈애정〉보다는 훨씬 다양한 뉘앙스를 지닌다고 볼 수 있다.

18 부활을 문자 그대로bukval'no 믿는 것은 이 편지가 쓰여지기 훨씬 전부터 도스토옙스키 신앙의 한 부분이었던 것으로 사료된다. 『죄와 벌』에서 포르피리와 라스콜리니코프가 주고받는 대화를 상기해 보자. 〈「그러면 라자로의 부활도 믿습니까?」「미, 믿습니다. 그런데 왜 그런 것을 물어보시는 겁니까?」「문자 그대로 믿습니까?」「문자 그대로 믿습니다.」〉(PSS VI: 201)

모티프 등 모든 층위에서 부활의 관념이 재현된다. 부활의 개념은 사실상 소설의 다양한 인물과 모티프를 하나로 엮어 주는 고리라 할 수 있는데, 이 고리는 더 나아가 도스토옙스키의 신학과 예술을 유기적으로 통합시켜 준다. 그것은 무라프H. Murav의 용어를 빌려 말하자면 『카라마조프 씨네 형제들』의 가장 중요한 〈신학소theologemes〉 중의 하나라 할 수 있을 것이다. 〈모습과 닮음에 의한 창조, 강생과 부활, 그리고 그리스도를 본받음에 관한 신학적 개념들은 형식을 위한 메타포로 이해되어서는 안 된다. 오히려 도스토옙스키의 수사와 내러티브 전략은 그의 신학을 위해 기능한다고 보아야 한다. 이들 비유들을 우리는《신학소》라 부를 수 있다.〉[19]

정교회 교의와 전례에서 부활의 전제가 되는 것은 죽음이다. 부활은 문자 그대로 죽었다가 다시 살아나는 것으로, 정교회 부활 찬양송은 이러한 되살아남의 시원인 그리스도의 부활을 〈죽음으로써 죽음을 멸하시고 죽은 자 중에서 제일 먼저 일어나셨으니 우리를 저승 가운데서 건지시고 온 세상에 큰 은혜를 베푸시나이다〉라고 노래한다.[20] 그리스도는 이 〈죽음으로써 죽음을 멸한다〉는 지극한 패러독스를 밀알의 비유로써 가르친다. 〈정말 잘

---

19 H. Murav, *Holyfoolishness: Dostoevsky's Novels and the Poetics of Cultural Critique* (Stanford: Stanford Univ. Press, 1992), p. 13.

20 한국정교회, 『성찬예배서 ─ 성 요한 크리소스톰 및 성 대 바실리오스 리뚜르기아』(서울: 한국정교회출판부, 2003), 82쪽.

들어 두어라. 밀알 하나가 땅에 떨어져 죽지 않으면 한 알 그대로 남아 있고 죽으면 많은 열매를 맺는다.〉(「요한의 복음서」12: 24). 『카라마조프 씨네 형제들』의 제사로 사용되는 이 구절은 소설의 전반에 걸쳐 반향하는데, 소설 속에서 언급되는 모든 죽음은 긍정적인 의미에서건 부정적인 의미에서건 되살아남을 수반함으로써 〈죽음으로써 죽음을 멸하는〉 패러독스의 다층적인 패러다임을 형성한다. 소설 속에서 죽는 인물들이 〈문자 그대로〉 되살아나는 것은 아니지만 그들의 죽음은 주위 사람들을 실질적인 〈다시 태어남〉으로 인도하므로 사실상 〈마지막 숨을 거둔 것과 함께 예수의 생애는 끝난다〉라는 르낭의 말과 논쟁적으로 대치한다. 신앙이 있는 인물이건 없는 인물이건 모든 죽는 인물들은 환생,[21] 반복, 재현, 갱생 등 다양한 형태의 존재의 〈연속〉을 통해 이 세상의 그 어떤 것도 마지막 숨과 함께 〈끝나는 것이 아님〉을 증명해 주는 것이다. 신학자 로스키V. Losskii는 부활의 궁극적인 의미를 〈존재의 내적 상태를 드러내 주는 것〉에 있다고 보았는데,[22] 『카라마조프 씨네 형제들』에 나타난 죽음은 관련된 인물들의 〈내적 상태〉를 드러내 주며 그 상태

21 이 논문에서 〈환생〉은 어떤 존재가 죽음으로써 완전히 소멸되지 않고 어떤 식으로든 그 생명의 영속성을 보여 주는 행위를 의미하는 일종의 비유로 사용된다.

22 V. Lossky, *The Mystical Theology of the Eastern Church* (Crestwood: St. Vladimir's Seminary Press, 2002), p. 234.

를 어떤 식으로든 변화시킨다는 점에서 로스키가 의미하는 부활의 관념을 실현시켜 준다고 말할 수 있다.

그러면 우선 조시마 장로의 죽음을 살펴보자. 조시마는 형 마르켈의 죽음을 통해 되살아남을 체험하며 또 자신의 죽음으로써 알료샤에게 되살아남의 체험을 선사한다. 열일곱 살의 나이에 세상을 하직한 조시마의 형은 조시마에게 수도사의 길로 들어서는, 즉 〈새로운 삶〉을 찾는 계기를 마련해 준다. 마르켈의 죽음은 어린 조시마에게 〈삶〉으로써 전수되는 것이다. 〈그 후 나는 자기 대신za sebia 살아 달라는 형의 부탁을 평생 동안 눈물 속에서 수도 없이 기억했습니다. (……) 나는 당시 어린애에 불과했지만 가슴속에 그 모든 것이 고스란히 남아 있었고, 알 수 없는 어떤 감정을 품게 되었습니다.〉(PSS XIV: 263) 마르켈의 존재는 죽음 후에 조시마를 새 삶으로 인도하는 역할을 할 뿐 아니라 실제로 알료샤의 모습을 통해 〈재현povtorenie〉된다. 〈내 인생에서 형님이 없었더라면 나는 수도사의 서품도 받지 못했을 것이고 이 소중한 길로 들어서지도 못했을 것이라고 생각합니다. 형님이 처음 등장한 것은 내가 어렸을 때이지만, 인생의 황혼기인 지금 형님의 재현이 내 눈앞에 일어났습니다. 신부님들, 그리고 선생님들, 놀랍게도, 알렉세이의 얼굴이 형님과 많이 닮은 것은 아니지만 정신적으로 너무 흡사해서 나는 이 청년을 인생의 말년에 신비스럽게도tainstvenno 어떤 회상과 영감을 주기 위해 나를 찾아온 젊은 시절의 내 형님처럼 생각했던 적이 한두 번이 아닙니다.〉(PSS XIV: 259) 이어서 조시마는 알료샤를 마르켈과 동일시함으로써 죽음이 존재의 끝이 아님을 다시 한번 확인해 준다. 〈이 젊은이, 내 형님에 대해 이야기하고 싶습니다.〉(PSS XIV: 259)

알료샤가 조시마에게 마르켈의 환생을 의미한다면, 조시마 또한 죽음으로써 알료샤에게 갱생의 신비를 체험토록 해준다. 조시마의 죽음 직후 알료샤의 꿈속에서는 가나의 혼인 잔치가 재현된다. 알료샤의 꿈을 유도하는 복음서의 구절 〈사흘째 되던 날 갈릴래아 지방 가나에 혼인 잔치가 있었다〉에서 〈사흘〉은 즉각적으로 부활의 시간을 연상시킨다.[23] 그리고 혼인 잔치의 포도주 또한 그리스도가 십자가 위에서 흘릴 피와 연결되면서 부활의 영광을 예고한다. 요한이 첫 번째 표징이라 부르는 가나의 기적은 〈십자가의 죽음과 부활을 통해 모든 이에게 밝게 드러나게 될 예수의 영광을 지금부터 미리 밝혀 주고〉 있는 것이다.[24] 그리스도 부활의 첫 번째 표징인 가나의 혼인 잔치는 알료샤의 꿈속에서 타계한 조시마 장로의 모습과 겹쳐지면서 알료샤는 영혼의 부활을 체험하는 동시에 조시마의 환생을 체험한다. 〈그분의 음성, 조시마 장로님의 음성이다…… 이렇게 나를 부르는데 어떻게 그

---

23 안셀름 그륀, 『요한복음 묵상 예수, 생명의 문』, 김선태 옮김(왜관: 분도출판사, 2004), 57쪽.
24 위의 책, 61쪽.

분이 아닐 수가 있을까? (……) 무언가가 알료샤의 가슴 속에서 불타 오르고 별안간 고통스러울 정도로 충만되더니 그의 영혼에서 환희의 눈물이 쏟아져 내렸다……. 그 순간 그는 두 손을 뻗쳐 비명을 지르며 잠에서 깨어났다…….〉(PSS XIV: 327) 나중에 그는 〈그때 누군가 내 영혼 속에 찾아왔던 거야〉라고 회상한다(PSS XIV: 328). 그리고 부활의 시간인 〈사흘 뒤〉(PSS XIV: 328) 다시 태어난 알료샤는 수도원을 떠난다.

한편, 표도르는 조시마와는 정반대로 부활도 내세도 인정하지 않지만 역설적이게도 그의 죽음은 아들 드미트리를 갱생의 길로 인도한다. 한마디로 말해서 드미트리는 아버지의 죽음을 통해서 다시 태어난다. 드미트리는 아버지가 살아 있을 때부터 〈새로운 삶〉에 대한 열망에 사로잡혀 있었다. 〈오오, 그때는 전혀 새로운 삶novaia zhizn' 이 시작되리라. 그는 잔뜩 흥분한 채로 〈건전한〉 새로워진obnovlennaia 삶에 대하여(반드시 반드시 건전한 삶이어야 했다) 끊임없이 공상했다. 그는 부활voskresenie과 갱생obnovlenie을 너무나도 열망하고 있었던 것이다. (……) 만사가 새로워지고vozroditsia 만사가 새롭게po-novomu 풀리리라! (……) 그는 그루셴카를 자기 힘으로 데려가서 그녀의 돈이 아닌 자신의 돈으로 그녀와의 새로운 삶을 시작하고 싶었던 것이다. (……) 절대로 새로운 삶을 악당으로 시작할 수는 없다라고 미탸는 결심했다. (……) 만일 그

루셴카가 자신을 사랑하며 결혼하고 싶다는 말 한마디만
하면 당장에라도 새로운novaia 그루셴카와의 삶이 시작되
는 것이니, 완전히 새로운novyi 드미트리 표도로비치 자신
은 그녀와 더불어 모든 악으로부터 손을 떼고 착한 일만
하면서 살아가야겠다고 불타는 정념 속에서 굳게 마음먹
고 있었다. 즉 두 사람은 서로를 용서하고 완전히 새롭게
po-novomu 삶을 시작하는 것이다.〉(PSS XIV: 330~332)

이 정신적이고 동시에 물질적인 〈새로운 삶〉은 그러나
드미트리가 그토록 원했던 돈이나 그루셴카와의 결혼을
통해서가 아니라 아버지의 죽음을 통해 시작된다. 자신
이 그리고리를 죽였다고 생각하고 있던 차에 죽은 것은
그리고리가 아니라 아버지 표도르라는 사실을 처음 알게
되었을 때 드미트리는 하느님의 〈위대한 기적velichaishee
chudo〉(PSS XIV: 413)에 감사드리며 자신이 〈부활했음〉
을 토로한다. 〈오오, 감사합니다, 여러분! 오오, 여러분은
단 한순간만에 저를 다시 태어나게 해주셨고vozrodili 부활
시키셨습니다voskresili.〉(PSS XIV: 413~414) 이후 아버지
의 죽음을 둘러싸고 전개되는 일련의 사건들은 드미트리
가 새로운 삶, 새로운 인간을 의식하는 데 박차를 가한다.
판결을 기다리는 동안에도 그에게 중요한 것은 유죄냐
무죄냐가 아니라 영혼의 갱생이며 부활에의 희망이다.
〈나는 지난 두 달 동안 내 안에서 새로운 인간을 느꼈어,
내 안에서 새로운 인간이 부활했어voskres! 나는 내적으로

갇혀 있었는데, 이런 날벼락만 없었더라면 결코 드러나지 않았을 거야. (……) 하지만 그때 그 엄청난 슬픔 속에서도 우리들은 인간이 살아가는 동안 반드시 필요한 기쁨 속에 부활할 거야*voskresnem.*〉(PSS XV: 31~32)

　무신론자 아버지가 죽음으로써 아들을 믿음 속에서 되살리는 아이러니는 스메르댜코프의 경우에도 해당된다.[25] 로젠N. Rosen의 매우 예리한 관찰에 따르면 스메르댜코프가 사망하는 순간과 악마가 이반의 꿈에 출현하는 시간은 정확하게 일치한다. 〈오후 11시에 악마는 그의 앞에 나타나며 둘 사이의 대화는 한 시간 후, 즉 자정에 알료샤가 이반의 문을 두드리는 시점에서 끝난다. 도스토옙스키는 양자의 대화가 한 시간 동안 지속되었다는 사실을 네 번씩이나 언급한다. 이는 매우 중요한 사실인데, 왜냐하면 알료샤는 스메르댜코프가 한 시간 전에 즉 밤 11시에 목매달아 자살했다고 전하기 때문이다. 요컨대 악마는 스메르댜코프가 목을 매단 직후에 이반에게 왔다는 것이다. 도스토옙스키는 독자가 스메르댜코프의 자살과 악마의 이반 방문이 직결되어 있음을 알아주기를 원

25 스메르댜코프의 경우 더욱 흥미로운 점은 그 자신도 다른 존재의 환생과 관련된다는 사실이다. 그는 하인 그리고리의 갓난 아들이 땅에 묻히던 바로 그날 리자베타 스메르댜샤야의 몸에서 태어난다. 그리고리의 아내는 그의 울음소리가 〈자기 자식이 엄마를 찾고 있는 것이라고 믿었으며〉(PSS XIV: 89) 하인 부부는 스메르댜코프를 자신들의 죽은 아기 대신 키우기 시작한다. 죽은 아이의 육체적인 장애(육손이)는 스메르댜코프에게서 육체적인 장애(간질)와 뒤틀린 정신으로 재생된다.

하고 있다.〉[26] 이는 현실 속에서 죽은 스메르쟈코프가 이반의 꿈속에서 악마로 다시 태어나는 것으로 바꿔 말해질 수 있는데, 그의 소위 〈환생〉은 이반의 〈내적 상태〉를 급변시킨다. 악마는 그에게 〈인간은 시시각각 자신의 의지와 과학으로 무한히 자연을 정복하면서 그때마다 그로 인해 커다란 기쁨을 느끼게 될 것이다〉(PSS XV: 83)라고 말하지만, 이반은 악마와의 대담 이후 오히려 자신의 〈의지〉에 거슬러 섬망 상태에 빠지게 되고 법정에서 〈과학〉으로는 설명할 수 없는 존재에 관해 증언까지 하게 된다. 〈나는 증인을 알지 못합니다……. 한 사람 외에는 말입니다. (……) 존경하는 재판장님, 그 증인은 꼬리가 달렸는데 그러면 형식에 어긋나는 것이겠지요!〉(PSS XV: 117) 스메르쟈코프의 죽음과 환생을 통해 이반은 비로소 유클리드적 세계에서 빠져나와 〈환영에 대고 발길질을 할 수 있는〉(PSS XV: 73) 세상으로, 지상과 천상이 맞닿는 영역으로 가까이 다가가는 것이다. 악마와의 대담 후 의식을 잃은 채 헛소리를 중얼거리는 형을 바라보며 알료샤는 〈형은 진리의 세상에서 부활하든지*vosstanet* 아니면 증오 속에서 사멸하겠지〉라고 생각하는데(PSS XV: 89), 이 부활의 가능성이야말로 무신론자 이반에게 던져진 가장 강력한 논박이라 할 수 있을 것이다.

26 E. Rosen, "Ivan Karamazov Confronts the Devil", *Dostoevsky Studies*, Vol. 5, 2001, p. 126.

마지막으로, 일류샤의 죽음을 살펴보자. 에필로그에서 언급되는 일류샤의 장례식은 부활의 구체적인 의식인 성체 성혈 성사를 상기시킴으로써 이 모든 부활들, 유사 *pseudo-* 부활들에 대한 원형의 역할을 한다. 성체 성혈 성사의 두 가지 핵심적인 인자는 기억과 빵인데, 일류샤의 죽음은 이 두 가지 모두를 수반하며 그 점에서 그의 장례식은 모든 이의 부활을 약속해 주는 성사의 축소판이라 할 수 있다. 도스토옙스키는 1863~1864년의 작가 노트에서 기억과 부활의 관계를 이렇게 설명한다. 〈그렇다면 모든《나》에게 미래의 삶이 있을 것인가? 사람들은 인간은《완전히》죽고 소멸한다고 말한다. 그러나 우리가 이미 알고 있듯이《완전히》는 아니다. 왜냐하면 육체적으로 자식을 생산하는 인간은 자식에게 자신의 개성의 일부를 전수하며, 그렇게 해서 사람들에게 도덕적으로 자신의 기억을 남기기 때문이다. (NB. 추도식에서 표현되는 〈항구한 기억*vechnaia pamiat'*〉에의 염원은 괄목할 만하다.) 즉, 인간은 지상에 존재했던 과거의 자신의 개성의 일부와 함께 인류 미래의 발전 속으로 들어가는 것이다.〉(PSS XX: 174) 벨크냅R. Belknap은 이 구절과 관련하여 『카라마조프 씨네 형제들』에 나타난 기억과 망각의 대립을 천착하면서 기억에 대한 집착은 곧 불멸에 대한 작가의 관심과 직결된다고 지적한다. 기억은 지상에서의 삶에 불멸을 제공하는 실질적인 도덕적 힘이라는 것이다.[27] 그러나

『카라마조프 씨네 형제들』에서 기억은 단지 망각과 대립됨으로써 불멸을 실현시켜 줄 뿐 아니라 수난과 부활을 재연하는 의식인 거룩한 전례와 직결된다.

정교회 전례의 하이라이트인 성체 성혈 성사는 과거에 있었던 그리스도의 죽음과 그것을 통해 미래에 있게 될 인류의 부활을 영원한 현재 속에서 재연하며, 그렇기 때문에 그 자체로서 〈항구한 기억〉의 의식이 된다. 정교회 전례에서 모든 것이 〈오늘〉 일어난 사건으로 묘사되는 것도 이 때문이다.[28] 전례는 과거와 미래의 초시간적인 공존 속에서 그리스도를 기억하고 또 이미 지상의 삶에서 떠나간 사람들을 기억한다. 성찬의 전례가 있기 직전에 사제가 교인들을 기억하기 위한 기도를 바치고 또 회중은 〈모든 사람들을 기억하소서〉라고 응송하는 것도 이 점을 뒷받침해 준다.[29]

일류샤의 경우 항구한 기억은 그가 죽기 전에 이미 예견된다. 〈아빠, 제가 죽으면 착한 아들을 두세요, 다른 아이로요……. 제 친구들 중에서 착한 애를 골라 일류샤란 이름을 지어 주시고 저 대신 사랑해 주세요…….〉(PSS

27 R. Belknap, "Memory in The Brothers Karamazov", in R. Jackson (edit.), *Dostoevsky New Perspectives* (Englewood Cliffs: Prentice-Hall, Inc, 1984), p. 233, 242.

28 J. de Vyver, *The Artistic Unity of The Russian Orthodox Church. Religion, Liturgy, Icons and Architecture* (Michigan: Firebird Publishers, 1992), p. 29.

29 한국정교회, 『성찬예배서 ― 성 요한 크리소스톰 및 성 대 바실리오스 리뚜르기아』 (서울: 한국정교회출판부, 2003), 28쪽.

XIV: 507) 일류샤를 대신할 미래의 〈착한 아들〉은 에필로그의 장례식 장면에서 열두 명의 소년들로 복제되며 장례식 자체는 성사의 계열체적인 대체물이 된다. 여러 연구자들이 지적한 바와 같이 에필로그는 성서적 이미지들로 가득 차 있다. 죽은 일류샤는 부활을 앞둔 그리스도에, 열두 명의 소년들은 열두 사도에, 그리고 알료샤가 조사를 읽는 배경이 되는 바위는 미래 교회의 상징인 반석에 각각 상응한다고 볼 수 있다.[30] 이 모든 이미지들이 한데 어울리는 가운데 마지막 장면은 기억의 의식인 성사와 메타포적으로 관련되고, 조사를 읽는 알료샤는 성사를 집전하는 사제와 등가를 이루게 된다. 여기서 알료샤의 말은 기억과 부활의 관계를 최종적으로 요약해 준다. 〈그 아이를 기억하면서 우리가 이 마을에서 아름답고 착한 감정으로 혼연일체가 되어 그 가엾은 아이를 사랑했으며 아주 행복한 시절을 보냈었다는 사실을 절대 잊지 말기로 합시다. (……) 어린 시절에 간직했던 그 아름답고 신성한 추억이 단 하나만이라도 여러분의 마음속에 남게 된다면 그 추억은 언젠가 여러분의 영혼을 구원하게 될 것입니다. (……) 우리 영원히 그 아이를 잊지 맙시다! 앞으로 우리들의 마음속에 그 아이에 대한 아름다운

---

30 H. Murav, *Holyfoolishness: Dostoevsky's Novels and the Poetics of Cultural Critique*, p.169.; J. Børtnes, "Religion", in M. Jones and R. Miller (edits.), *The Classic Russian Novel* (Cambridge: Cambridge Univ. Press, 1970), p. 113.

항구한 기억을 *vechnaia pamiat'* 간직하기로 합시다!〉(PSS XV: 195~196) 「그리고 우리 곁을 떠난 일류샤가 영원히 우리의 기억 속에 살아 있기를!」 알료샤는 평온을 되찾은 목소리로 덧붙여 말했다. 「우리의 기억 속에 영원히 살아 있기를 *vechnaia pamiat'*!」 소년들은 다시 이렇게 맹세했다. 콜랴가 소리쳤다. 「카라마조프 씨! 우리 모두 죽어서 다시 부활하여 만날 수 있다고, 일류샤도 만날 수 있다고 정교에서 말하는 것이 사실인가요?」 「그래, 우린 틀림없이 부활할 거야. 그리고 다시 만나 기쁘고 즐겁게 지난날의 모든 것을 이야기하게 될 거야!」〉(PSS XV: 196)

한편, 일류샤의 장례식은 빵의 이미지를 매개로 하여 또다시 부활의 의식인 전례와 연결된다. 빵은 성찬의 전례를 구성하는 가장 중요한 물질이자 상징으로 그 기원은 최후의 만찬으로 거슬러 올라간다. 최후의 만찬 때에 그리스도는 빵을 들어 축복하시고 제자들에게 나누어 주시며 〈받아 먹어라, 이것은 내 몸이다〉라고 하셨다. 정교회 교리는 언제나 성체 성혈 성사를 전례의 핵심으로 간주해 왔는데, 이는 〈그리스도 안에서의 새로운 삶은 전례의 성사적 본질에 의해 표현되고 전달된다는 것〉을 회중이 이해한 결과라 할 수 있다.[31] 좀 더 구체적으로 말해서 성체를 영하는 회중은 〈그리스도의 몸〉과 하나가 되고

---

31 J. Meyendorff, *The Orthodox Church* (Crestwood: St. Vladimir's Seminary Press, 1981), p. 67.

그럼으로써 부활의 대열에 참여하게 되며, 다른 한편으로 쪼개진 빵은 회중을 〈하나이신 그리스도의 몸〉으로 일치시켜 준다.[32] 초대 교회에서 미사를 〈빵 나눔*fractio panis*〉이라 부른 것은 이 점을 공고히 해준다.[33] 요컨대, 〈몸과 피의 성사는 우리의 본성과 그리스도 본성 간의 일치, 그리고 동시에 우리의 본성과 모든 교회 일원들 간의 일치의 실현이다.〉[34] 그러니까 성체 성혈 성사는 빵 나눔을 통해 모든 그리스도와 인간 간의 수직적인 일치, 그리고 인간들 간의 수평적 일치를 보장하고 그 일치된 관계 속에서 모든 사람이 부활하신 그리스도를 따라 부활하게 되리라는 것을 약속해 주는 상징적인 의식인 것이다.[35]

32 J. Bebbington, "Facing Both Ways: The Faith of Dostoevsky", *Through Each Others Eyes: Religion and Literature* (Moscow: Rudomino, 1999), p. 174.

33 M. 크리스티안스, 『성서의 상징』, 장익 옮김(왜관: 분도출판사, 2002), 161쪽.

34 V. Lossky, *The Mystical Theology of the Eastern Church*, p. 180.

35 그러나 그리스도의 부활을 인정하지 않는 르낭에게 이러한 빵 나눔의 성사는 무의미한 의식에 지나지 않는다. 빵을 함께 먹는다는 것은 단순히 사람들 간의 친목 행위에 불과하며 성찬의 전례의 시발점이 되는 그리스도의 〈이는 내 몸이다〉 역시 비유에 지나지 않는다. 성찬의 전례는 신비가 아니라 그리스도의 어법의 독특함에서 유래하는, 그리고 해석자들의 오해에서 비롯된 일종의 겉꾸림이다. 〈예수는 이 점에 관해서 아주 힘찬 용어를 사용하였는데, 이 용어는 나중에 멋대로 문자 그대로 해석되었다. 예수는 사상에 있어서는 아주 이상주의적이면서 동시에 표현에 있어서는 아주 물질주의적이다. 신자는 그로 말미암아 살며, 그의 전체, 즉 예수의 전체(살과 피와 혼)가 신자의 생명이라는 사상을 표현하기 위해 제자들에게《나는 너희 양식이다》라고 말했다. 이 말이 비유적 형식을 취하여《내 살은 너의 빵이요, 내 피는 너희 음료다》가 되었다. 이렇게 되고 나자 언제나 아주 구체적인 예수의 언어 습관은 그로 하여금 더욱 앞으로 나아가게 했다. 식탁에서 음식물을 가리키면서 그는《여기 내가 있다》고 말했다. 빵을 들고는《이는 내 피다》라고 했다.

이 빵 나눔의 의미는 일류샤가 묻힐 때 빵이 뿌려지는 장면에서 가시적으로 드러난다. 일류샤는 죽기 전에 〈아빠, 제가 죽거든 제 무덤에 흙을 덮을 때 빵을 부수어 뿌려 주세요. 참새들이 날아오게 말이에요. 참새들이 날아오는 소리를 들으면 나는 혼자가 아니라는 사실을 깨닫게 될 테니 즐거울 거예요〉라고 말하고 그의 아버지는 아들의 유언에 따라 실제로 빵을 잘게 쪼개어 무덤에 뿌려 준다(PSS XV: 192~193). 또 일류샤의 장례식을 끝내고 알료샤는 열두 소년들에게 빵(여기서는 팬케이크)을 실컷 먹자고 제안한다. 〈이제 사양하지 말고 블린을 실컷 먹읍시다. 그건 아주 오래되고 영원히 지속될 좋은 전통입니다.〉(PSS XV: 197) 에필로그의 성사적 프레임 안에서 빵은 삶과 죽음을 연결시켜 주고 살아 있는 사람들을 한데 묶어 주는 성찬의 빵으로 드러나며, 그것은 또한 제사로 사용된 〈밀알 하나〉의 의미와 맞물리게 된다. 땅에 떨어진 밀알 하나가 죽어서 많은 열매를 맺듯이 무덤에 뿌려진 빵은 다른 생명에게 양식이 되어 주기 때문이다.[36] 이렇게 밀알과 맞물리는 빵을 통해 죽은 일류샤는 살아 있

이 모든 표현은 결국 《나는 너희 양식이다》라는 말과 같은 것이었다. (……) 비유, 혹은 좀 더 적절히 말하여, 관념에 충분한 실제성을 부여하는 것을 본질적 특성으로 삼는 어법의 습관을, 고유한 의미와 비유가 언제나 엄밀하게 구별되어야 한다는 아주 명확한 규정을 가진 우리의 관용어로 번역한다는 것은 불가능한 일이다.〉(300~302)

36 카니발 문학의 시각에서 볼 때도 〈무덤에 빵을 뿌리는 행위는 파종과 수태를 의미한다〉. M. Bakhtin, *Problemy poetiki Dostoevskogo* (Moskva: Sovetskaia Rossiia, 1979).

는 이들에게 부활의 희망을 전해 주고 또 그럼으로써 부활하신 그리스도의 원형적 이미지에 근접한다. 여기서 부활은 개별적인 인물의 문제가 아니라 그리스도 안에서 일치를 이루는 인류 보편의 문제로 확장되며, 『카라마조프 씨네 형제들』에서 다루어졌던 모든 부활 에피소드들도 결국은 이 전 우주적인 부활의 거대한 패러다임으로 귀착하게 된다.

3

도스토옙스키는 스스로를 〈가장 고차원적 의미에서의서의 리얼리스트〉, 〈인간 영혼의 모든 심연을 묘사하는〉 작가라 칭한 바 있다(PSS XXVII: 65). 존재의 심연을 꿰뚫어 볼 줄 아는 작가에게 사실과 환상 간의 경계는 무의미하다. 양자는 때로 자리를 바꾸기도 하고 하나로 합쳐져 〈가장 고차원적인 의미〉에서의 리얼리티를 형성하기도 한다. 〈나에게는 (예술 속에서) 리얼리티를 바라보는 나만의 독특한 시각이 있다. 대부분의 사람들이 환상적이고 특별한 것이라 부르는 것이 나에게는 리얼리티의 핵심을 이루는 때가 종종 있다. 평범한 현상, 그리고 그것들을 바라보는 진부한 시각은 내 생각에 리얼리즘이 아니라 오히려 리얼리즘에 반대되는 것처럼 여겨진다.〉 (PSS XXIX-1: 19) 도스토옙스키의 예술관을 설명해 주는 이 특별한 리얼리즘이 종교에 적용될 경우 그것은 사실 대 환상의 대립을 〈찬과 반Pro i Contra〉, 곧 믿음 대 불신의 대립으로 전변시킨다. 요컨대 그리스도와 관련된 사실과 환상은 이미 더 이상 현상 자체의 내재적 속성도 아니고 그것을 바라보는 시각의 리얼리즘 여부에서 비롯되는 상대적 속성도 아니다. 오로지 믿음과 불신만이 사실과 환상을 구별하는 척도가 되기 때문이다. 이 점에서 도스토옙스키와 르낭의 논쟁은 시작되며, 또 바로 이 점 때문에 『예수의 생애』가 아무리 〈그리스도의 도덕적인 아름다움에 바쳐진 찬미가〉[37]라 할지라도[38] 도스토옙스키에게 르낭은 〈무신론자〉로 여겨진다. 이 무신론자 르낭과의 논쟁이야말로 본고에서 살펴본 인물들의 말과 체험을 이끌어 나가는 내적 동인이다.

그리스도의 생애에서 오로지 과학적으로 입증된 사실만을 받아들인 역사가 르낭이 사실이 아닌 것은 모두 환상으로 간주했다면, 예술가 도스토옙스키는 『카라마조프 씨네 형제들』에서 사실과 기적 간의 경계를 말소하고

37 E. Kiiko, "Dostoevskii i Renan", p. 108.
38 이러한 지적은 르낭의 다음과 같은 진술을 토대로 한다. 〈인간이 어디서 오며 어디로 가야 하는가를 인간에게 가리켜 주는 이 원주들 가운데 가장 높은 것이 예수다. 예수 속에는 우리들의 본성의 좋은 것과 숭고한 것이 모두 응집해 있다. (……) 그러나 장차 어떤 뜻밖의 현상이 일어난다 하더라도 예수를 능가할 것은 없을 것이다. 그의 종교는 끊임없이 젊어지리라. 그의 전설은 그칠 줄 모르는 눈물을 자아내리라. 그가 당한 고난은 가장 착한 마음을 가진 사람들을 감동시키리라. 모든 세기는 사람의 아들들 가운데 예수만큼 위대한 자가 태어난 적이 없었다고 선포해 가리라.〉(406~407)

부활의 다층적인 패러다임을 제시함으로써 진리에 다가가는 과정을 보여 준다. 『카라마조프 씨네 형제들』은 도스토옙스키의 〈가장 고차원적 의미에서의〉 리얼리즘과 르낭의 과학적이고 역사학적인 〈리얼리즘〉이 내적으로 충돌한 결과 생성된 텍스트이며, 이 텍스트에서 저자가 르낭에게 던지는 반론은 그리스도가 사도 토마에게 던진 질문과 맥을 같이 한다. 그리스도의 부활을 눈으로 확인하기 전에는 믿지 못하겠다는 토마 앞에 나타난 예수는 《너는 나를 보고야 믿느냐? 나를 보지 않고도 믿는 사람은 행복하다》하고 말씀하셨다.〉(「요한의 복음서」20:29). 그리스도의 이 말은 열렬한 신앙인이자 위대한 예술가인 도스토옙스키의 소설 속에서 모든 〈보고야 믿는〉 르낭들을 향해 예술적으로 반향한다. 결국 『카라마조프 씨네 형제들』의 심층에 새겨진 도스토옙스키와 르낭의 대화는 궁극적으로 그리스도와 토마의 대화를 복제한 셈이다.

9. 『카라마조프 씨네 형제들』: 소설가의 물리학과 물리학자의 형이상학

1

알베르트 아인슈타인A.Einstein의 어록에 도스토옙스키의 이름이 올라 있다는 것은 널리 알려진 사실이다. 전혀 어울릴 것 같지 않은 이 두 이름은 위대한 물리학자가 위대한 소설가의 『카라마조프 씨네 형제들』을 읽는 시점에서 교차한다. 추정컨대 아인슈타인은 1919년부터 1920년 3월과 4월까지 이 장편소설을 읽은 것으로 사료된다. 그는 1920년, 취리히 대학교 법의학과 교수 하인리히 창거H.Zangger에게 보낸 편지에서 다음과 같이 말한다. 〈도스토옙스키를 읽고 있소. 『카라마조프 씨네 형제들』이라는 소설이오. 이 소설은 일찍이 내 손에 들어온 것 중 가장 위대한 것이오.〉[1] 그는 얼마 후 가까이 지내던

1 A. Einstein, *The Ultimate Quotable Einstein*, edit. A. Calaprice (Princeton:

빈의 물리학자 파울 에렌페스트P. Ehrenfest에게 보낸 편지에서 다시 이 소설을 언급한다. 이번에도 역시 극찬을 아끼지 않는다. 〈나는 『카라마조프 씨네 형제들』에 완전히 홀려 있소. 이 책은 내가 읽은 것 중 가장 훌륭한 것이오.〉[2]

이 두 진술보다 더 유명한 도스토옙스키 관련 논평은 아인슈타인의 상대성 이론을 최초로 대중화시킨 폴란드 태생의 철학자이자 문필가인 모슈코프스키A. Moszkowski의 회고록에서 발견된다. 모슈코프스키에 따르면 아인슈타인은 〈나는 그 어떤 과학자보다도, 심지어 가우스보다도, 도스토옙스키한테서 배운 게 훨씬 많다〉고 말했다.[3] 일각에서는 모슈코프스키가 신뢰할 만한 회고록 저자가 아니며, 아인슈타인이 생전에 한 말들은 거의 백과사전적인 상세함으로 기록되어 있음에도 불구하고 해당 발언은 오로지 이 회고록에서만 발견된다는 사실이 이 진술의 진위를 의심하게 만든다고 지적한다.[4] 그러나 그렇다 하더라도 이 회고록의 서문을 쓴 사람이 다름 아닌 스노C. Snow라는 사실은 이 진술의 신뢰도를 상당 정도 높여 준

Princeton Univ. Press, 2011), p. 418.

2 Ibid., p. 418.

3 A. Moszkowski, *Conversations with Einstein*, trans. H. Brose (N.Y.: Horizon Press, 1970), p. 185.

4 이와 관련하여 L. Knapp, "The Fourth Dimension of the Non-Euclidean Mind: Time in Brothers Karamazov or Why Ivan Karamazov's Devil Does not Carry a Watch", *Dostoevsky Studies*, Vol. 8, 1987, p. 115를 참조할 것.

다. 『두 문화Two Cultures』를 통해 문학과 과학의 대화를 촉구한 스노는 이 서문에서 『카라마조프 씨네 형제들』이 아인슈타인에게는 인류 문학 전체의 정점이었다고 말한다. 아인슈타인이 이 소설을 읽기 시작한 1919년부터 스노와 대화를 나누었던 1937년까지는 물론이거니와, 거의 확신컨대 사망할 때까지도 그랬을 거라는 것이 스노의 생각이다.[5]

20세기 인류 역사에서 아인슈타인이 차지하는 위상은 언급할 필요조차 없을 정도로 자명하다. 아인슈타인으로 인해 인류의 문명은 그 성격이 완전히 달라졌다. 오늘날 우리가 누리고 있는 거의 모든 기술과 과학의 혜택들은 그가 시작한 물리학적 대격변에서 비롯되었다. 그러므로 1999년 12월 31일 자 『타임Time』지가 20세기 전체에서 가장 중요한 1인으로 아인슈타인을 선택한 것은 그리 놀랄 만한 일이 아니다. 그리고 그의 생애와 관련된 사실들이 가장 사소한 디테일에 이르기까지 거의 완벽하게 기록된 것 또한 놀라운 일이 아니다.

아인슈타인은 물리학뿐 아니라 종교·문화·예술과 관련하여 많은 말을 했는데, 문학 관련 발언은 극히 소수이다. 그의 어록에서 언급되는 문인들은 괴테J. Goethe, 버나드 쇼G. B. Shaw, 톨스토이L. Tolstoi, 타고르R. Tagore, 그리고 도스토옙스키 정도가 다다. 더욱이 특정 작가의 특정 소설

5 A. Moszkowski, *Conversations with Einstein*, p.7.

이 언급된 것은 『카라마조프 씨네 형제들』이 거의 유일하다. 요컨대 당대 및 전대의 그 수많은 유럽의 대문호들 및 그들의 주옥같은 시와 소설들을 모두 제치고 『카라마조프 씨네 형제들』이 20세기 인류 역사의 향방을 결정지은 천재 과학자를 완전히 사로잡았다는 얘기다. 그러므로 여기서 당연히 제기되는 문제는 도대체 『카라마조프 씨네 형제들』의 어떤 점이 이 위대한 물리학자를 사로잡은 것인가 하는 문제이다. 복잡하고 길고 심오한 19세기 러시아 소설의 어떤 점이 심지어 〈수학의 왕자〉라 불리는 가우스C. Gauss보다도 아인슈타인에게 더 많은 가르침을 준 것일까?

본 논문은 이러한 문제를 중심으로 도스토옙스키와 아인슈타인의 관련성을 추정해 보는 데 목적이 있다. 본 논문의 논의는 그동안 간헐적으로 연구되어 온 도스토옙스키와 아인슈타인의 관계를 새로운 시각에서 바라보고 또 그럼으로써 도스토옙스키 연구에 한 차원을 더해 주고 더 나아가 문학과 과학 간의 상호 텍스트성이라고 하는 거대한 초학문적 영역에 일정 정도 기여하게 되리라 기대한다. 본 논문의 본론은 두 부분으로 나뉜다. 전반부에서는 아인슈타인이 살아 있을 때부터 시작된 아인슈타인과 도스토옙스키의 관련성 연구를 요약 정리하고, 후반부에서는 전반부의 설명을 토대로 양자 간에 있었을 법한 연결 고리를 추적하기로 하겠다.

2

   도스토옙스키와 아인슈타인 사이에 연결 고리가 존재
한다는 생각은 모슈코프스키의 진술 이후 지속적으로 연
구자들의 호기심과 상상력을 자극했다. 우선 문학 외부
에서 이루어진 가장 괄목할 만한 연구 업적은 국제 아인
슈타인 위원회 위원장인 보리스 쿠즈네초프B. Kuznetsov 박
사의 저술이라 할 수 있다. 『아인슈타인과 도스토옙스키
Einstein and Dostoevsky』라는 제목의 저술에서 쿠즈네초프는
아인슈타인과 도스토옙스키를 윤리 의식의 코드로 묶기
위해 〈조화〉의 개념을 도입한다. 즉, 그는 아인슈타인이
〈통일장〉 이론을 탐색한 것과 도스토옙스키가 후기 소설
에서 발전시킨 전 우주적 조화의 개념은 궁극적으로 같
은 것이라는 주장을 한다. 그의 주장은 〈현대 물리학의
발전 및 그 적용의 과학적이고 사회적인 효과에서 우리
는 대우주적 조화와 개인의 운명의 문제와 당면하게 된
다. (……) 아인슈타인이 보유했던 개개인의 운명에 대
한 책임 의식과 양심은 도스토옙스키의 고통당하는 인물
들에서 흘러나온 것이다〉[6]라는 결론으로 귀착한다. 소설
가와 물리학자 간의 연관성을 파헤치려는 과학자의 시도
는 시도로서의 가치가 있기는 하나 그의 주장은 학술적

---

6 B. Kuznetsov, *Einstein and Dostoevsky*, trans. V. Talmy (London: Hutchinson Education, 1972), p. 108.

인 근거가 희박하다는 결정적인 오류를 내포한다.

그럼에도 불구하고 그와 유사한 접근법은 이후에도 종종 발견된다. 가장 두드러진 것은 의학 박사이자 열정적인 정교 그리스도교 신앙인인 클레마쇼프I. Klemashev의 주장이다. 그는 도스토옙스키가 아인슈타인에게 미친 영향은 과학적인 것이라기보다는 윤리적인 것이었다고 전제한 뒤, 양자의 접점을 그리스도교에서 찾는다. 〈도스토옙스키와 아인슈타인은 지상에 그리스도교적이고 인본주의적인 정신적 세계의 조직과 건설에 있어 영원한 동반자이자 동시대인이었다〉라는 것이 그의 주장의 핵심이다.[7] 아인슈타인과 종교, 상대성 이론과 신학에 대한 비교 연구는 아인슈타인 사후에 그의 어록을 토대로 지속되어 왔다. 많은 지식인들이 아인슈타인이 내세운 새로운 시간 개념이 내세의 존재를 입증한다고 생각했으며 심지어 상대성을 성령의 현현으로 보는 사람까지 있었다.[8] 이런 가운데 아인슈타인과 가까운 사이였던 막스 야머M. Jammer는 기념비적인 저술 『아인슈타인과 종교Einstein and Religion』를 통해 아인슈타인의 시공 개념과 그리스도교와의 상관관계는 물론이거니와 아인슈타인의 이론에서 분리되어 나온 양자 역학과 종교 간의 상관관계를 다각도에서 천착함으로써 같은 계열의 논의에 결정적인 참고

7 I. Klemashev, *Dostoevskii i Einshtein* (Moskva: FGUP, 2004), p. 163.
8 카렌 암스트롱, 『신을 위한 변론』, 정준현 옮김(서울: 웅진지식하우스, 2010), 408쪽.

자료를 제공해 주었다. 그러므로 러시아 문학 사상 가장 종교적인 작가 중의 한 사람인 도스토옙스키와 아인슈타인을 종교성의 관점에서 연계시켜 보는 시각은 그 자체로서 야머의 저술과 같은 선상에서 논의될 수 있다. 그러나 이 경우에도 역시 문제가 되는 것은 근거 없는 전제(즉 도스토옙스키가 아인슈타인에게 〈윤리적으로〉 영향을 미쳤을 거라는 전제)와 그것을 토대로 전개되는 논의가 갖는 특정 종교적 편파성이다.

게다가 후대인들이 아인슈타인의 세계관과 종교의 관련성을 다각도에서 고찰한 것은 사실이지만 이것이 곧 아인슈타인의 〈신앙심〉을 증명해 주는 것은 아니다. 야머의 저술만 해도 아인슈타인의 신앙을 보여 주는 데 목적이 있는 것이 아니라 아인슈타인의 사상과 관점이 어떻게 종교적 코드로 해석될 수 있는가를 보여 주는 데 목적이 있다.

그럼 여기서 아인슈타인의 종교에 관해 조금 더 구체적으로 살펴보자. 아인슈타인과 종교의 연관성을 긍정적으로 바라보는 사람들은 논의의 출발점을 〈종교가 없는 과학은 절름발이이고 과학이 없는 종교는 장님이다〉[9]라는 아인슈타인의 진술에서 찾는다. 실제로 아인슈타인은 종교가 과학에서 얼마나 필요한가를 여러 차례 역설한

9 앨리스 칼라프라이스 『아인슈타인 혹은 그 광기에 대한 묵상』, 강애나, 이여명 옮김(서울: 정신문화사, 1998), 197쪽.

바 있다. 다음의 예만 보아도 그가 얼마나 종교의 의미를 깊이 성찰했는가를 알 수 있다.

〈우주에 대한 종교적 감정은 과학 탐구의 가장 강렬하고 고귀한 동기라고 나는 생각한다.〉[10]

〈나는 뛰어난 과학적 견해는 모두 깊은 종교적인 감정에서 나온다고 생각한다…… 또한 나는 이것이야말로 우리 시대에서 유일하게 창조적인 종교 활동이라고 믿는다.〉[11]

그러나 그는 동시에 자신이 어느 특정 종교의 신도는 결코 아니라는 것, 자신은 인격화된 유일신을 믿는 것은 아니라는 것을 여러 맥락에서 강조했다.

〈개개인의 행동을 직접 지배하는 어떤 인격적인 신을 나는 상상할 수 없소.〉[12]

〈다소 심오한 과학적 사고를 하는 사람 가운데 종교적 감정을 느끼지 않는 사람은 찾아보기 힘들다. 그러나 그것은 순박한 사람들의 종교심과는 다르다. 후자

10 위의 책, 192쪽.
11 위의 책, 193쪽.
12 위의 책, 190쪽.

의 경우 신은 복을 바라거나 벌에 대한 두려움에서 생긴 존재로서, 이때 느끼는 감정의 고양은 아버지에 대한 아이들의 마음과 흡사하다.〉[13]

〈나는 인간의 불멸을 믿지 않으며 또한 나는 도덕이 전적으로 인간적인 이해관계일 뿐 그 이면에 초인적인 권위가 있다고는 생각하지 않는다.〉[14]

유일신에 대한 아인슈타인의 입장은 분명한 것이었다. 캔터베리 대주교 렌델 토머스 데이비슨R. T. Davidson이 상대성이 종교에 어떤 영향을 미칠 것인가에 대해 질문했을 때, 아인슈타인은 〈상대성은 순수하게 과학적인 제재입니다. 종교와는 아무런 상관도 없습니다〉라고 딱 잘라 말했다.[15]

결국 아인슈타인이 종교에 관해 말한 것을 종합해 보자면, 그는 특정 종교의 유일신을 믿는 것은 아니지만 우주에 대한 경외심 같은 것을 가지고 있었고 이것을 자신의 언어로 〈종교〉라 불렀던 것 같다. 그러므로 그리스도를 〈신인〉으로서, 이 세상에서 가장 아름다운 존재로서, 진리보다 더 진리인 어떤 존재로서 숭배했던 도스토옙스키의 그리스도교 신앙과는 거리가 멀다고 할 수 있다. 따

13 위의 책, 195쪽.
14 위의 책, 200쪽.
15 A. Einstein, *The Ultimate Quotable Einstein*, p. 360.

라서 도스토옙스키와 아인슈타인을 유일신으로서의 그리스도교 신앙의 영역에서 함께 묶어 보려는 시도는 거의 근거가 없다고 해도 무방할 것이다.

한편, 이러한 시도와는 별도로 도스토옙스키와 아인슈타인을 〈과학적〉으로 연결시켜 보려는 시도가 있어 왔다. 일각에서는 『카라마조프 씨네 형제들』에서 도스토옙스키가 언급하는 비유클리드 기하학, 및 기타 당대 자연 과학에 대한 언급은 아인슈타인의 상대성 이론을 예견한다고 간주했다. 실제로 도스토옙스키는 물리학에 관심이 많았었다. 특히 유클리드 기하학과 비유클리드 기하학에 대한 그의 지식은 단순한 비유 이상의 것이었다고 믿을 만한 충분한 근거가 있다. 도스토옙스키는 공병 학교 시절 당시로서는 최첨단 물리학인 로바쳅스키N. Lovachevskii의 비유클리드 기하학을 접하게 되었을 것으로 사료된다(PSS XV: 551).[16] 게다가 1880년 여름, 『카라마조프 씨네 형제들』의 악마에 관해 쓸 무렵 그가 비유클리드 기하학에 관해 사색하고 있었다는 것은 『노트북Zapisnye Knizhki』에 자세하게 기록되어 있다(PSS XXVII: 43).[17] 도스토옙

16 이 대목과 관련하여서 L. Knapp, "The Fourth Dimension of the Non-Euclidean Mind; Time in Brothers Karamazov or Why Ivan Karamazov's Devil Does not Carry a Watch", p. 108.을 참조할 것.

17 다음을 참조하라. 〈무한 속에서는 두 개의 평행선이 만나야 한다. 이 모든 삼각형의 꼭지점들은 유한한 공간 속에 존재하므로 무한하면 무한할수록 평행선에 가까이 있어야 한다. 무한 속에서는 평행선이 반드시 만나야 한다. 그러나 이 무한이란 것은 도래하지 않을 것이다. 만일 무한이 도래한다면 무한의 끝일 것인 바, 이는 모순이다. 만일 평행선이 만난다면 세상과 기하학

스키의 비유클리드 기하학에 관한 논문에서 키이코E. Kiiko
는 아주 구체적으로 리만 기하학을 언급하기까지 한다.
요컨대『카라마조프 씨네 형제들』에서 언급되는 비유클
리드 기하학은 1876년 잡지『즈나니에Znanie』에 실린 헬
름홀츠H. Helmholtz의 논문에서 소개된 리만B. Reimann의 기
하학에 대한 반응이라는 것이다.[18] 키이코의 지적은 사실
상 도스토옙스키와 아인슈타인 간의 과학적 연계에 대한
꽤 그럴듯한 한 가지 가설을 가능케 한다. 1910년대 초에
아인슈타인은 중력이 공간의 휘어짐으로 표현될 수도 있
다는 생각에 사로잡혀 있었다. 물질과 중력을 시공간의
휘어짐으로 표현할 수 있는 그런 기하학이 있을까 생각
하던 중 수학 교수인 마르셀 그로스만M. Grossmann이 문헌
을 조사하여 아인슈타인에게 해답을 제공했다. 그것은
곧 독일 수학자 리만이 창시한 휘어진 공간의 기하학, 현
재 미분 기하학이라 부르는 분야였다. 아인슈타인은 그
로스만의 도움을 받아 휘어진 공간의 기하학을 공부했다.
1915년에 아인슈타인은 괴팅겐 대학을 방문했는데, 이
곳은 가우스 이래 수학의 메카로 알려진 곳이었다. 이곳
에서 리만은 가우스의 교수직을 승계했다.[19]

의 법칙과 신 존재의 끝일 것인 바, 이는 모순일 것이다. 그러나 오로지 인간
적인 지성에만 모순일 것이다.〉(PSS XXVII: 43)

18 E. Kiiko, "Vospriiatie Dostoevskim Neevklidovoi Geometrii",
Materialy i Issledovaniia 6 (Leningrad: Nauka, 1985), pp. 120~128.

19 이강영,『보이지 않는 세계』(서울: 휴먼사이언스, 2012), 236, 237쪽.

괴팅겐을 방문한 뒤 아인슈타인은 일반 상대성 이론을 공표했다. 도스토옙스키가 공부한 리만의 기하학이 『카라마조프 씨네 형제들』에 반영되었다면 아인슈타인이 공부한 리만의 기하학은 일반 상대성 이론으로 연장되었다는 얘기다. 따라서 리만 기하학은 도스토옙스키와 아인슈타인을 연결하는 〈과학적〉 고리 중의 하나라는 가설이 성립되어도 무방할 것이다. 여기서 한 가지 염두에 둘 것은 아인슈타인이 『카라마조프 씨네 형제들』을 읽으며 도스토옙스키에 매료된 것은 1919년부터 1920년 사이, 즉 일반 상대성 이론이 발표된 후이므로 그가 일반 상대성 이론을 구상하는 동안에 도스토옙스키의 비유클리드 기하학으로부터 무언가를 배웠다고 보기는 어렵다는 사실이다. 그러니까 만약에 리만 기하학이 도스토옙스키와 아인슈타인을 이어 주는 고리라면 그것은 일반 상대성 이론 이후에 적용되는 가설이다. 아쉽게도 리만 기하학을 중심으로 도스토옙스키와 아인슈타인의 관련성을 학술적으로 추적한 연구 업적은 아직 발견되지 않고 있다.

양자의 관련성을 학술적으로, 그리고 상대성 이론이라고 하는 과학적 코드로 추적한 가장 유의미한 연구는 리자 냅L.Knapp의 논문 「비유클리드적 정신의 4차원: 카라마조프 씨네 형제들에 나타난 시간, 혹은 이반 카라마조프의 악마가 시계를 차고 다니지 않는 이유The Fourth Dimension of the Non-Euclidean Mind; Time in Brothers Karamazov or Why Ivan

Karamazov's Devil Does Not Carry a Watch」라 할 수 있다. 이 논문에서 냅은 그 시점까지 진행되어 온 아인슈타인과 도스토옙스키의 관련성 연구를 일목요연하게 정리해서 보여 준 뒤, 시간성의 측면에서 양자를 논의한다.[20] 냅의 주장을 요약하자면, 이반의 악마가 시계를 차고 있지 않다는 것은 절대 시간의 부재를 알리는 신호이며 이것은 20세기 아인슈타인의 상대성 이론 이후 과학적 도그마가 되다시피 한 시간의 상대성, 그리고 공간 좌표에 의존하는 시간의 특성을 예고한다는 것이다.

이렇게 대문호와 천재 과학자의 관련성을 추적하는 경향의 다른 한편에는 양자의 관련성을 전적으로 부정하는 학자도 있다. 그 대표적인 예는 톰슨D. Thompson인데, 그녀는 다른 것은 몰라도 도스토옙스키가 기하학 그 자체에 관해 심도 있게 알았을 거라는 사실, 그리고 그의 과학적 지식이 20세기 물리학에 어떤 식으로든 영향을 미쳤을 거라는 사실을 완강하게 부정한다. 톰슨은 양자의 관련성에 단초가 되는 모슈코프스키의 진술 자체를 의심한다. 모슈코프스키의 말은 전혀 근거가 없는 것임에도 불구하고 그것이 출판까지 될 수 있었던 것은 아인슈타인이 그의 처지를 딱하게 여겨 수수방관했을 거라는 것이 톰슨의 추측이다. 그러므로 모슈코프스키의 진술을 토대

---

20 이 논문에는 전술한 연구 업적 외에도 멜리아흐B. Meilakh, 포메란츠 G. Pomeranzh의 시각이 정리되어 있다.

로 한 이후 학자들의 논지는 사상누각이나 마찬가지인
데, 톰슨은 그와 같은 경향은 도스토옙스키의 시적인 상
상력을 20세기 과학에 봉사하도록 한다는 황당한 생각
및 문학을 과학과 연결함으로써 문학에 존경심을 더하려
는 유행 풍조에서 나온 것이라고 일침을 놓는다.[21]

톰슨에 따르면 비유클리드 기하학에 대한 도스토옙스
키의 지식은 소설 속에서 이반이 요약하는 것 이상은 아
니다. 도스토옙스키가 로바첩스키나 리만의 기하학을 비
판적으로 이해할 수 있었다고 보기도 어렵다. 이반이 언
급하는 비유클리드 기하학 역시 상징에 불과하며 소설
속의 모든 과학적 진술들은 수사적 도구일 뿐이다.[22] 여
기서 톰슨의 결론은 명백하다. 아인슈타인을 도스토옙스
키의 코드로 이해하려는 시도나 도스토옙스키를 아인슈
타인의 코드로 이해하려는 시도는 모두 대문호와 천재
과학자를 왜곡할 따름이므로 무가치하다는 것이다.

이상에서 살펴본 바와 같이 도스토옙스키와 아인슈타
인의 관련성 연구는 윤리와 종교, 그리고 상대성 이론의
측면에서 양자를 연결하려는 시도와 그러한 시도 자체를
부정하는 시각의 두 가지 상반되는 방향에서 진행되어
왔다. 물론 아인슈타인과 도스토옙스키를 특정 종교성의
테두리 안에서 연결시키려는 생각은 불합리한 것이지만

21 D. Thompson, "Poetic Transformations of Scientific Facts in Brat'ja
Karamazovy," *Dostoevsky Studies*, Vol. 8, 1987, pp. 87~88.
22 Ibid., pp. 89~90.

그렇다고 해서 톰슨처럼 문학과 과학의 관련성을 아예 부정하는 것 역시 문제가 있다.[23] 우선 모슈코프스키의 진술은 신뢰도가 떨어진다 하더라도, 아인슈타인이 창거에게 보낸 서한에서 거론하는 도스토옙스키와 『카라마조프 씨네 형제들』은 여전히 견고한 역사적 사실로 남아 있다. 그리고 러시아의 가장 종교적인 소설가가 20세기 인류 문명의 향방을 결정한 위대한 물리학자에게 무언가 영향을 주었다면 그것은 연구해 볼 만한 충분한 가치가 있다고 사료된다.

이러한 점들을 염두에 둔다면 『카라마조프 씨네 형제들』이 상대성 이론을 발표한 이후의 아인슈타인에게 구체적으로 어떤 점에서 영향을 주었는가는 대단히 중요한 학제 간 연구의 단초가 될 수 있다. 도스토옙스키의 물리학적 지식이나 기하학적 지식이 아무리 제한적인 것이었다 하더라도 아인슈타인이 거기에서 모종의 영감을 얻어 자신의 세계관 정립에 적용했을 가능성은 배제할 수 없다. 요컨대 도스토옙스키가 문학적 상상력을 발휘하여 읽어 낸 비유클리드 기하학이 아인슈타인이 물리학적으

---

23 수학과 문학, 과학과 문학의 관련성을 심도 있게 연구한 학자들도 역사에서 종종 발견된다. 예를 들어, 저명한 신학자이자 수학자인 파벨 플로렌스키P. Florenskii는 단테의Dante Alighieri 『신곡』을 연구하면서 공간의 환영적인 특성을 분석한다. 그는 리만 기하학의 원리를 도입하여 단테의 『신곡』에서 묘사되는 천국과 지옥의 공간 구조를 설명한다. P. Florenskii, *Mnimosti v Geometrii Rasshirenie Oblast' Dvukhmernykh Obrazov* (Moskva, 1922)를 보라.

로 우주를 읽어 내는 데 어떤 식으로든 영감을 주었을 가
능성은 언제나 존재한다는 얘기다. 그러면 본 논문의 나
머지 부분에서는 이러한 가능성 중의 한 가지인 실재
*reality*의 문제를 천착해 보기로 하겠다.

3

그동안 냅을 비롯한 연구자들이 도스토옙스키와 아인
슈타인의 접점 연구에서 가장 핵심적인 요소로 주목한
것은 시간의 상대성이다. 사실 아인슈타인과 관련하여
대중적으로 가장 널리 알려진 것이 상대성 이론이란 점
을 고려한다면 이는 당연한 일이다. 그러나 앞에서도 언
급했듯이 아인슈타인이 도스토옙스키를 언급한 것은 상
대성 이론을 발표한 이후이므로 상대성 이론 이후의 아
인슈타인에게 도스토옙스키가 미친 영향을 추정해 보는
것이 더 적절하다고 여겨진다. 더욱이 아인슈타인의 거
의 모든 형이상학적 저술들은 일반 상대성 이론을 발표
한 이후에 씌어졌으므로 이러한 가정은 더욱더 탄력을
받는다.[24]

아인슈타인이 평생 동안 가장 관심을 기울였던 대상
중의 하나는 〈실재〉였다. 사실 상대성 이론이란 것도 따

24 아인슈타인의 형이상학적, 철학적 저술 및 세계관에 관해서는 P.
Schilpp(edit.), *Albert Einstein Philosopher-Scientist*를 보라.

지고 보면 실재에 대한 우리의 관념을 완전히 새롭게 정립한 것이라 해도 과언이 아니다. 절대 시간과 절대 공간의 부재야말로 아인슈타인 이전까지 지속되어 온 인류의 실재 관념을 완전히 부정하는 것이기 때문이다.

상대성 이론의 정립을 기점으로 하여 아인슈타인은 이후 지속적으로 실재를 탐구하였으며 이 과정에서 〈장field〉에 대한 이론으로 관심을 넓혀 나갔다.[25] 아인슈타인의 후기 저술을 수록한 『만년의 기록Out of My later Years』의 핵심적인 위치를 점하는 논문이 「물리학과 실재Physics and Reality」라는 것은 우연이 아니다. 이 논문에서 아인슈타인의 물리학은 거의 철학 저술과 유사한 언어로 기술되는데, 물리학자 아인슈타인을 소설가이자 사상가이자 종교철학자였던 도스토옙스키와 이어 주는 고리가 있다면 바로 이런 점이 아닐까 한다. 요컨대 우리는 여기서 실재의 개념이 아인슈타인이 도스토옙스키로부터 받은 영감일 수도 있다는 가설을 세워도 무방할 것이라는 얘기다.

인간은 3차원적 존재이므로 인간의 감각 기관은 3차원보다 높은 차원을 지각할 수는 없다. 그러나 인간은 더

25 아인슈타인은 〈새로운 물리학〉에서는 장이 유일한 실재라 주장한다. 물리적 현실이란 것이 오로지 무게 있는 물체에서만 보이는 것이라고 믿는 한 장 개념은 아주 이상하게 여겨질 것이지만, 실재를 표현하는 것은 일반 상대성 이론과 함께 장 개념이어야만 한다는 것이다. A. Einstein and L. Infeld, *The Evolution of Physics* (N.Y.: Simon and Schuster, 1938), p. 258.; 알베르트 아인슈타인, 『상대성 원리: 특수상대성이론과 일반상대성이론』, 강주영 옮김(서울: 눈과마음, 2006), 204쪽을 참조할 것.

높은 차원을 〈인식〉할 수는 있다. 3차원 공간에 속한 우리의 뇌로 4차원 공간을 보는 것은 사실상 불가능하다. 더 높은 차원의 세계는 본질적으로 본다는 것을 초월한 세계다. 우리가 사는 3차원 공간은 휘어진 공간이지만 그냥 보기만 해서는 그것을 알 수 없다. 우리가 그 속에서 살고 있기 때문이다. 3차원 공간의 휘어짐을 직접 느낄 수 없기 때문에 기원전 3세기에 유클리드가 평평한 세계의 기하학을 정리하여 『원론*Element*』을 발간하고 나서 무려 2000년이나 지난 19세기에 들어서야 가우스, 로바쳅스키, 보야이J.Bolyai, 그리고 리만 등에 의해서 공간이 휘어져 있을 때의 기하학이 성립되었다.[26]

뉴턴의 고전 물리학으로 이어지는 유클리드 기하학과 20세기 상대성 원리를 예고하는 리만 및 로바쳅스키 기하학의 차이는 바로 여기, 즉 3차원적인 인간의 뇌로써는 볼 수 없는 다른 실재의 존재를 인정하는가의 여부라 할 수 있다. 뉴턴 물리학에서 시간과 공간은 별개의 단위이며 거리, 길이, 시간은 언제나 불변이다. 뉴턴 물리학에서 시간의 추이에 따른 위치의 변화를 기술하기 위해 기준을 바꿀 때 도입하는 수학적 방법을 〈갈릴레이 변환〉이라고 한다. 갈릴레이 변환에서는 시간과 공간을 절대적인 기준으로 해서 세상을 바라본다. 그래서 시간과 공간의 길이가 일정하고, 그 틀에서 사물의 움직임을 기

---

26 이강영, 『보이지 않는 세계』, 236~237쪽.

술한다. 반면 아인슈타인이 도입한 로렌츠 변환에서는 빛의 속도가 기준이다. 여기서는 빛의 속도가 변치 않는 항수이며 그것을 기준으로 하여 다른 모든 것이 변화한다. 시간과 공간은 더 이상 별개로 존재하는 절대적인 기준틀이 아니라, 특정한 방식으로 얽혀서 항상 어떤 기준틀에서 보아도 빛의 속도가 일정하도록 변화하는 존재다. 그래서 아인슈타인 이후 우리는 공간 3차원과 시간 1차원을 합쳐서 4차원적 시공간_spacetime_이라고 부른다.[27] 요컨대, 아인슈타인에게 실재는 시간 따로, 공간 따로 존재하는 불변의 어떤 것이 아니라 불변의 광속을 기준으로 무한히 변화하는, 우리 눈에는 보이지 않을 수도 있지만 반드시 존재하는 4차원의, 그리고 더 나아가 더 높은 차원의 이를테면, 5차원, 10차원, 1백 차원까지도 가능한 〈시공간〉이다.[28]

주지하다시피 『카라마조프 씨네 형제들』을 관통하는 궁극의 질문은 〈신은 존재하는가〉이다. 인간은 이 질문

27 위의 책, 334~335쪽.
28 아인슈타인 자신이 내린 정의에 따르면 〈상대성 이론은 다음과 같다. 요컨대 가능한 경험이라는 관점에서 바라보는 운동은 한 대상의 다른 대상과의 관계, 예를 들어 지면에 대한 자동차의 운동, 혹은 태양 및 고정된 별들에 대한 지구의 운동처럼 상대적 운동으로 나타난다. 운동은 결코《공간에 대한 운동》또는 지금까지 표현되었던 것처럼《절대 운동》으로서 관찰될 수가 없다. 광의의《상대성 원리》를 요약하면 다음과 같다. 즉, 물리적 현상 전체가 갖는 특성은 그것들이 절대 운동의 개념을 도입할 근거를 제공하지 않는다는 데 있다. 간단하게 표현한다면《절대 운동은 존재하지 않는다》는 뜻이다〉. A. Einstein, _Out of My Later Years_ (N.Y.: Philosophical Library, 1959), p. 41.

에 대한 답을 내릴 수 없다. 최고의 존재, 최고의 진리, 최고의 선에 대해 인간은 부정하거나 믿거나 추구할 수 있을 뿐, 그것을 설명할 수는 없다. 인간은 오로지 그 문제에 다양한 방식으로 가까이 〈접근〉해 나갈 수 있을 뿐이다. 도스토옙스키는 시간과 공간의 코드로써 이 문제에 접근한다. 등장인물들은 신도, 내세도, 천국도 모두 시간과 공간과 물질의 언어로써, 즉 〈물리학적으로〉 이해한다. 신의 편에 선 인물들, 조시마 장로, 알료샤, 그리고 신의 반대편에 선 인물들인 표도르 카라마조프, 이반, 이반의 악마는 모두 신과 불멸과 내세를 자기들만의 시공 언어로써 기술하며 이러한 기술은 자연스럽게 실재에 대한 관념으로 이어진다. 만약에 도스토옙스키와 아인슈타인을 이어 주는 다리를 텍스트 속에서 찾을 수 있다면 바로 이 점, 즉 시공의 언어로써 기술되는 실재의 관념이 그중의 하나라 할 수 있다. 신의 존재를 부정하는 인물군은 오감으로 확인할 수 있는 리얼리티만을 실재로 인정하는 반면 신의 존재를 인정하는 인물군은 다른 차원의 실재에 놀랄 만큼 열린 태도를 취한다. 그들에게 또 다른 실재라는 것은 신에 대한 시간적이고 공간적인 표현이다.

신을 부정하는 인물들에게 유형의 물체는 세계를 규정하는 가장 확실한 기준이므로 그들은 물체 없이는 다른 차원의 실재를 절대로 받아들일 수 없다. 거꾸로 말해서 물체야말로 그들에게 다른 세계를 부정할 수 있는 유일한 근거이다. 우선 표도르의 갈고리를 살펴보자. 신의 존재를 믿지 않는 표도르가 가장 궁금하게 생각하는 것은 사후 세계에서 자신을 지옥으로 끌고 갈 갈고리가 과연 존재할 것인가의 여부이다. 표도르의 사후 세계는 근본적으로 시간과 공간을 함축한다. 즉 그가 죽은 〈후〉에 악마들이 자신을 끌고 가는 어떤 〈공간〉이다. 표도르의 딜레마는 철저하게 물리학적*physical*인 눈을 통해 형이상학적인*metaphysical* 세계를 보아야 하는 데서 기인한다. 그는 물질적인 대상은 오로지 상대적인 의미에서만 존재한다는 사실을 수용할 수 없으므로, 다른 차원의 실재에서 물리적인 세계에서와 똑같은 물체를 볼 수 없을 때 그 세계는 존재하지 않는 것이 되어 버린다. 그의 논리를 따르면 만약 죽음 뒤의 세계에서 자신을 지옥으로 끌고 갈 갈고리가 보이지 않는다면 죽음 뒤의 세계라는 것 자체가 있을 수 없다.

「내가 죽었을 때 악마들이 나를 갈고리로 끌고 가는 광경을 잊고 지낸다는 것은 불가능하다고 생각한다. 그런 순간이면 나는 이런 생각이 머리에 떠오른단다. 갈고리라고? 그렇다면 놈들이 그걸 어디서 구할 수 있을까? 그건 뭘로 만들어졌을까? 무쇠로? 어디서 그걸 만들지? 대장간? 아니, 놈들한테 그런 곳이 있을까? 수도원에서 수도사들은 틀림없이 지옥에는 천장 같은 것이 있다고 생각하고 있겠지. 나는 지옥이 있다고 믿을 용의가 있지만 천장 따위는 없었으면 한다. (……) 만일 천장이 없다면 갈고리도 존재하지 않을 테고, 갈고리가 존재하지 않는다면 모든 것이 사라져 버리는, 다시 말해서 잘못된 상황이 벌어지겠지. 그러면 누가 나 같은 놈을 갈고리로 끌고 갈거며 나 같은 놈을 끌고 가지 않는다면 도대체 그게 뭐냐, 이 세상 어디에 진리가 있다는 거냐? (……) 어느 프랑스인이 지옥을 이렇게 묘사한 적이 있지.《나는 빗자루 그림자로 마차의 그림자를 청소하는 마부의 그림자를 보았다》고.」(23 : 56~57).

표도르의 갈고리는 절대 시간과 절대 공간 안에서만, 그리고 표도르 자신의 변하지 않는 기준에서만 존재할 수 있는 물체이다. 표도르 자신이 이를테면 〈갈릴레이 변환〉이므로 각기 다른 기준들 사이의 관계, 즉 상대성이란 불가능하다. 아인슈타인이 만년에 도달한 실재론은 표도르의 물체 관념에 대한 반박으로 읽힐 수 있다. 「물리학과 실재」에서 아인슈타인이 생각하는 유형의 물체란 근본적으로, 그리고 실질적으로 감각 인상과 정신 작용의 혼합물이다. 〈실재하는 외부 세계의 관념은 오로지 감각 인상에 달려 있다. (……) 무수한 감각 인상들 중 우리는 어떤 특정한 감각 인상을 선별한 뒤 거기에다가 유형의 물체라는 개념을 부여한다. 논리적으로 말해서 이 개념

은 감각 인상의 총체와 동일한 것이 아니다. 그것은 인간 정신의 임의적인 창조물에 불과하다.)[29]

이반은 표도르보다 더 세련된 언어를 구사하지만 그의 학술적인 논증도 역시 근본적으로는 표도르의 갈고리를 넘어서지 않는다. 이반의 논리는 이렇다. 만약에 신이 존재한다면 신은 유클리드 기하학에 입각해서 지구를 창조했을 것이며 그 속에 사는 인간 역시 3차원적 유클리드적 지성만을 부여받았을 것이다. 그러므로 설령 유클리드 기하학에 의하면 절대로 일어날 수 없는 일, 즉 〈무한 속에서〉 〈두 개의 평행선이 만나는 사건〉이 일어난다고 해도 인간은 그것을 이해할 수 없다(23:525). 설령 그것을 본다고 해도 그는 그것을 받아들일 수 없다. 〈다른 세계〉의 실재를 시간(무한)과 공간(두 개의 평행선)으로 파악하는 이반의 논리는 그것을 〈보고도 안 믿는다〉는 것으로 요약되는데, 그의 주장은 〈안 보이므로 안 믿는다〉는 표도르의 주장을 살짝 비틀어 반복하고 있는 셈이다. 아인슈타인은 마치 이들의 주장을 논박하기라도 하듯 1931년에 쓴 『사상과 의견Ideas and Opinions』에서 이렇게 말한다.

---

29 Ibid., pp.60~61. 아인슈타인은 1945년에 있었던 한 인터뷰에서는 아예 관찰에 입각한 물체만을 인정하는 실증주의는 과학적 오류라고 지적한다. 〈나는 실증주의자가 아니다. 실증주의는 관찰 될 수 없는 것은 존재하지 않는다고 주장한다. 이런 개념은 과학적으로 방어할 수 없다. 왜냐하면 사람들이 무엇을 관찰할 수 있고 무엇을 관찰할 수 없는지에 관해서는 확언할 수 있는 유효한 길이 없기 때문이다. 《오로지 우리가 관찰하는 것만 존재한다》라고 말한다면 그것은 명백한 오류이다.〉 A. Einstein, *The Ultimate Quotable Einstein*, p. 395를 보라.

〈외적 세계는 인식하는 주체와 무관하다는 신념이 모든 자연 과학의 토대다. 그러나 감각에 의한 인식은 외부 세계나 〈물리적 실재physical reality〉에 대한 정보를 오로지 간접적으로 전달하기 때문에 우리는 사변적인 방법에 의해서만 그것을 파악할 수 있을 뿐이다. 이는 즉 물리적 실재에 대한 우리의 생각이 최종적일 수 없다는 뜻이다.〉[30]

이반의 제한적 지성은 그의 분신인 악마와의 대화에서 절정에 이른다. 악마는 이반에게 〈자네들의 모든 삶은 실체를 드러내고 있으며 공식화, 기하학화되어 있지만 우리들의 삶은 모호한 방정식에 불과하지〉(25: 1407)라고 말함으로써 자신과 이반이 동일인임을 시사한다. 여기서 〈공식화〉와 〈기하학화〉는 〈방정식〉과 대립한다기보다는 〈추상화〉라는 점에서 중첩하기 때문이다. 악마와 이반의 대화는 이반이 스스로의 내면에 얼마나 큰 모순을 지니고 있는지 여실히 보여 준다. 악마의 실재는 이번에도 역시 시간(그때)과 공간(그곳)으로 표현되며, 이번에도 역시 오감은 실재에 대한 유일한 척도가 된다. 그는 자신이 〈그곳〉에서 날아오는 동안 너무 추워서 감기에 걸렸다고 말한다. 〈그래, 난 그때 감기에 걸렸었어. 자네들의 세상이 아닌 그곳에서 말이야.〉(25: 1410) 그는 물과 에테르 그리고 허공으로 이어지는 우주 공간을 날아오는 동안

30 A. Einstein, *Ideas and Opinions*, trans. S. Bargman (N.Y.: Three River Press, 1995), p. 266.

추워서 얼어 죽을 뻔했다고 한다. 〈영하 150도에서는 도끼에 손가락을 갖다 대기만 해도 금방 떨어져 없어지고 말거야. 만일 그곳에 도끼가 있다고 가정한다면 말이야.〉(25:1411) 그러자 이반은 즉각 되묻는다. 이반에게 관심사는 〈도끼〉라는 물체다. 〈그곳에 어떻게 도끼가 있겠어?〉(25:1412)

이어지는 에피소드는 이반의 관심사가 표도르의 갈고리와 같은 것임을 다시 한번 보여 준다. 악마는 어느 죄인이 내세를 부정하다가 내세에 가게 된 이야기를 한다. 그에게는 1천조 킬로미터의 암흑 속을 걸어서 통과하라는 판결이 내려졌고 그 형벌이 끝나야만 천국의 문이 열리고 용서를 받을 수 있다는 것이었다(25:1419). 〈그런데 1천조 킬로미터의 형벌을 받은 사람은 잠시 그 자리에 서서 주위를 둘러보다가 도중에 가로로 벌렁 누워서는, 《나는 가고 싶지 않아, 내 원칙 때문에 가지 않겠어》라고 말했다는 거야.〉(25:1419) 그러자 이반은 즉각 반문한다. 〈그 사람은 거기에 무엇을 깔고 누웠는데?〉 그러자 악마가 대답한다. 〈글쎄, 무언가 깔고 누울 것이 있었겠지.〉(25:1420)

이반과 악마의 대화는 끊임없이 개별적인 공간과 시간, 오감에 의한 유형의 물체를 축으로 제자리에서 빙빙 돈다. 〈그는 거기 도착했어. 천국의 문이 열리자마자 안으로 걸어 들어갔어. 2초도 지나기 전에. 그 2초를 위해서라면 1천조 킬로미터의 1천 배, 거기다가 다시 1천조 배를 곱한 만큼 걸어서 통과할 수 있다고 소리쳤어.〉(25: 1421) 이반의 제한적 지성으로는 천국이란 것이 〈그때 그곳〉이 아니며 〈2초〉라는 시간과 1천조의 1천조 배를 곱한 시간이 별개의 것이 아님을 이해할 수 없다. 그에게 무한이란 영원히 지속되는 아주 긴 시간에 불과하며 천국이란 일종의 문을 통해 들어가야 하는 어떤 공간일 따름이다. 그러므로 그에게는 깔개와 같은 유형의 물체가 아주 중요한 것이다. 그는 천국이란 지금 이곳에 있는 것이며 영원은 지금 이 순간 내 삶 속에서 완전히 충만하여 나타나는 충일의 순간임을 도저히 납득할 수가 없다. 그래서 그는 악마가 환영이라고 말하면서도 악마를 향해 〈물잔〉을 던진다. 이반은 끝까지 물체의 관념에서 벗어날 수가 없는 것이다.

반면 조시마와 알료샤에게 〈다른 세계〉는 물질을 초월하는 실재이다. 도스토옙스키가 자신을 가리켜 〈가장 고차원적인 의미에서의 리얼리스트〉(PSS XXVII: 65)라고 했듯이 그들도 가장 고차원적인 의미에서, 오감을 초월하는 실재를 받아들이는 인물들이다.

조시마는 다른 세계를 전 존재로써 체험한다. 그의 이러한 체험은 오래전에 있었던 형의 죽음으로 거슬러 올라간다. 조시마의 형은 이미 어린 나이에 다른 세상의 신비를 알아차린다. 중병에 걸려 죽음을 기다리던 그는 어느 순간 갑자기 신의 섭리를 깨닫고 환희에 들떠 죄의 용서와 기쁨에 대해 말하기 시작한다. 그에게 또 다른 실재는 시간이나 공간의 언어로 기술될 수 있는 것이 아니다. 〈그런데 왜 그렇게 날짜를 계산하는 건가요? 온갖 행복을 맛보는 데에 인간에겐 하루면 충분할 텐데.〉(24: 643) 그에겐 지상에서의 1년이나 하루가 영원의 행복과 동의어가 될 수 있기 때문이다. 그에게 내려진 의사의 진단은 간단하다. 〈아드님은《이 세상》사람이 아닙니다. 병 때문에 정신 착란증에 걸렸습니다.〉(24: 643)

조시마 장로 역시 형처럼 다른 세상을 체험하고, 그 체험을 여러 차례 설교에서 강조한다. 앞에서 언급한 이반이나 표도르와 달리 그의 언어는 시간과 공간과 물질의 언어가 아니라 신비의 언어이다.

지상의 많은 것들이 우리들 눈에 숨겨져 있지만, 다른 세상, 지고한 천상의 세계와 우리들을 생생하게 연결시키고 있다는 은밀하고 비밀스러운 감각이 부여되어 있으며, 우리들의 사상과 감정의 뿌리는 이 땅이 아니라 다른 세상에 있습니다. 그것이야말로 철학자들이 사물의 본질은 지상에서 결코 이해할 수 없다고 말한 까닭입니다. 하느님께서는 다른 세상에서 씨앗을 얻어 이 세상에 뿌리시고 자신의 정원을 가꾸셨고, 그리하여 싹을 낼 수 있는 것들은 모두 싹을 냈으나, 자라난 것은 오직 신비스러운 다른 세상과 접촉하고 있다는 느낌에 의해서만 생생하게 살아갈 수 있는 것입니다.(24:715)

나는 매일매일 지상에서의 삶이 영원하며 이루 말로 다 표현할 수 없는 가까운 미래의 새로운 삶과 이미 연결되어 있는 것 같은 느낌이 듭니다.(24:650)

조시마에게 중요한 것은 다른 세계에 대한 물리적인 기술이 아니다. 그에게 중요한 것은 영원과 시간이, 신과 인간이, 이 세상과 다른 세상이 조우하는 신비, 그것을 인간으로 하여금 체험토록 하는 신의 섭리이다. 신의 왕국은 지금 이곳에 있으며 신과 인간은 현존 속에서 일체가 된다. 그렇기 때문에 조시마에게 지옥은 표도르가 생각하듯이 악마들이 죄인을 갈고리로 끌고 가는 실재가 아니라〈더 이상 사랑할 수 없는 고통〉(24:719)이다.

알료샤 역시 조시마와 똑같은 신비를 체험한다. 조시마 장로의 선종 후 부취 때문에 방황하던 그는 밤샘 기도 도중에 순간적으로 다른 세계를 체험한다.〈무언가 알료샤의 가슴속에서 불타오르고 별안간 고통스러울 정도로 충만되더니 그의 영혼에서 환희의 눈물이 쏟아져 내렸다……. 그 순간 그는 두 손을 뻗쳐 비명을 지르며 깨어났다.〉(24:806) 그는 밖으로 나가 창공을 바라본다.〈지상의 고요가 하늘의 고요와 융합하는 듯했고 지상의 신비가 별들의 신비와 맞닿은 듯했다.〉(24: 807) 알료샤에게 다른 실재는 물질의 척도로 재는 공간이 아니다. 그것은 한순간 인간에게 섭리로서 일어나는 일대 사건이며 인간은 영혼으로써 그것을 받아들이고 그것과 교감할 수 있다. 〈그처럼 수많은 신의 세계들에서 던져진 실타래들이 단번에 그의 영혼 속에서 마치 하나로 합쳐지기라도 한 것처럼 그의 영혼은 다른 세계와 교감하며 떨고 있었다.〉(24: 807)

이상에서 살펴본 바와 같이 인물들이 체험하는 실재는 두 가지로 나뉜다. 표도르와 이반과 악마는 실재를 물리학적으로 기술하고 딜레마에 봉착하고 결국은 거부한다. 반면에 조시마와 알료샤에게 실재를 재단하는 것은 시간도 공간도 물질도 아닌 신비한 체험이다. 오로지 이 체험 속에서만 실재는 존재한다. 도스토옙스키와 아인슈타인이 만나는 지점도 바로 이 신비이다. 앞에서 우리는 아인슈타인이 유일신을 믿는 신앙은 거부했다고 지적한 바 있다. 그러나 결국 아인슈타인은 〈신비〉와 동의어인 종교를 인정할 수 밖에 없었다. 물리학자 아인슈타인의 형이상학을 하나의 개념으로 요약하자면 아마도 신비가 될 것이다. 그는 말한다, 〈모든 것은 결정되어 있다〉고. 그러나 이때 모든 것을 결정하는 것은 자연의 법칙이 아니라 〈신비〉한 어떤 힘이다. 〈모든 것은 결정되어 있다……. 우리가 조절할 수 없는 어떤 힘에 의해서. 벌레들도 별들도 모두 결정되어 있다. 인간, 식물, 우주의 먼지 — 우리는 모두 보이지 않는 피리가 멀리서 보내오는 신비한 곡조에 맞추어 춤을 추고 있다.)[31] 얼마 후 그는 인간이 경험할 수 있는 최고의 체험은 신비라고 단언한다. 이때 신비는 광의의 종교와 일맥상통하는 어떤 것이다.

우리가 경험할 수 있는 가장 아름다운 것은 신비다. 그것은 모든 진정한 예술과 과학의 원천이다. 이 감정을 겪어 보지 못한 사람, 경외심에 걸음을 멈추고 놀라워할 수 없는 사람은 죽은 것이나 다름없다. 그의 눈은 감겨 있다. 인생의 신비에 대한 이러한 통찰력은 그것이 설령 두려움을 수반한다 하더라도 종교를 만들어냈다. 최고의 지혜와 가장 빛나는 아름다움으로 현현하지만 우리의 둔한 능력으로는 그것의 가장 원시적인 형태밖에 파악할 수 없는 불가해한 것, 우리가 파악할 수 없는 그 어떤 것이 정말 존재한다는 사실을 아는 것 — 이런 앎과 감정이야말로 모든 진정한 종교성의 핵심이다. 이런 의미에서, 오로지 이런 의미에서만 나는 독실하게 종교적인 사람에 속한다.[32]

31 A. Einstein, *The Ultimate Quotable Einstein*, p. 326.
32 Ibid., p. 331.

4

아인슈타인이 상대성 이론을 발표한 이후 그의 영향을 받지 않은 지식인과 예술가는 거의 없다고 해도 과언이 아니다. 20세기 초의 유럽 전체가 사실상 아인슈타인의 영향권 아래 있었다고 볼 수 있다. 러시아만 해도 아방가르드 예술가들은 물론이거니와 바흐친M. Bakhtin 같은 문학 연구자들, 그리고 마야콥스키, 파스테르나크 같은 작가들도 아인슈타인의 상대성 원리에 지대한 관심을 가지고 있었다.[33] 그러다 보니 사람들은 무언가 비논리적이고 비인과적인 현상은 무엇이든 다 상대성 원리로 환원시키려는 경향까지 있었다. 아인슈타인은 거의 모든 신비주의의 원조로, 심지어 선불교의 원조로까지 숭앙되었다.[34] 이러한 경향은 아인슈타인 이후의 물리학으로까지 이어졌다. 양자 물리학의 불확정성은 상대성 이론 못지않게 신비가들을 열광시켰다. 거의 모든 종교와 신비 사상, 명상, 치료 등에 양자 이론이 이용되어 진지한 물리학자들의 빈축을 샀다.

33 M. Bakhtin, *Problems of Dostoevsky's Poetics*, edit. and trans. C. Emerson (Minneapolis: Univ. of Minnesota Press, 1984), p. 298.; K. Clark and M. Holquist, *Mikhail Bakhtin* (Cambridge: Harvard Univ. Press, 1984) pp. 68~70.; D. Reddaway, "Pasternak, Spengler, and Quantum Mechanics", *Russian Literature*, Vol. 31, No.1, 1992, pp. 37~69.; R. Jakobson, "O Pokolenii Rastrativshem Svoikh Poetov", SW, Vol. 5, p. 367을 참조할 것.

34 토마스 맥팔레인, 『아인슈타인과 부처』, 강주헌 옮김(서울: 황소걸음, 2002)를 참조할 것.

그러나 물리학과 영성, 물리학과 형이상학 간에는 모종의 관련성이 있음을 부인하기 어렵다. 물리학이란 세계와 우주에 대한 학문이며 모든 자연 과학 중에서 가장 철학과 가까운 학문이기 때문이다. 실제로 앞에서 언급했던 야머는 물론이거니와 이론 물리학자이자 신학자이자 그리스도교 성직자인 폴킹혼J. Polkinghorne이 쓴 『양자 물리학과 기독교 신학Quantum Physics and Theology』은 이 관련성에 대한 진지한 연구로 인정받고 있다.

이렇게 아인슈타인의 영향을 받은 경향이나 인물에 대한 연구는 넘쳐나지만 아인슈타인에게 영향을 준 인물이나 사상에 관한 연구는 매우 부족하다. 앞에서 살펴보았듯이 도스토옙스키가 아인슈타인에게 미친 영향에 대한 연구도 사실상 상대성 이론에 국한되어 있다. 본 논문에서는 상대성 이론 발표 이후 아인슈타인의 철학적 저술에 도스토옙스키가 영향을 미쳤을 거라는 가설 아래 두 천재의 실재에 대한 관념을 비교해 보았다.

본 논문의 논의는 물론 가설에 입각한 논의이다. 도스토옙스키에 관한 아인슈타인의 몇 가지 진술을 토대로 하여 도스토옙스키의 텍스트를 역추적하는 것은 한계가 있는 작업이다. 그러나 이 과정에서 제기되는 몇 가지 의문들은 여전히 대단히 흥미롭고 의미심장하다. 예컨대, 도스토옙스키처럼 영적인 작가, 종교적인 작가가 왜 유클리드 기하학과 물리학에 관심을 가진 것인가? 그의 관심이 고작 당대의 어떤 트렌드를 반영할 뿐이라고 못 박을 근거는 없다. 그의 많은 소설들에 포함된 과학적 지식, 혹은 과학에 대한 언급을 그저 일종의 트렌드를 반영하는 상징이나 메타포로 보아야만 할 이유는 없다. 물리학에 대한 도스토옙스키의 관심은 물리학과 형이상학 간에 내적인 어떤 연관성이 있음을 시사하는 것은 아닐까? 또 아인슈타인은 왜 도스토옙스키에게 감명을 받은 것인가? 그토록 천재적인 물리학자가 왜 하필이면 가장 종교적인 『카라마조프 씨네 형제들』을 읽고 극찬한 것일까? 이런 문제들에 대한 해답을 추구하는 과정에서 요구되는 것은 오늘날 주목받고 있는 융합적 시각이 될 것이다. 본 논문은 실재에 대한 물리학적 관념과 형이상학적 관념을 접목시켜 살펴보았지만 해답은 이 밖에도 여러 다른 각도에서 추구될 수 있다. 21세기는 물리학에 대한 인문학적 해석과 인문학에 대한 물리학적 해석 모두를 요하기 때문에 이러한 시도는 앞으로 지속될 것이라 기대한다.

10. 『카라마조프 씨네 형제들』: 신경 신학, 혹은 〈뇌 속에서 만들어진 신〉의 한계

1

주지하다시피, 도스토옙스키는 당대의 다양한 사회사상에 관심이 지대했을 뿐만 아니라 19세기 중반부터 유럽과 러시아 과학계에서 일어나고 있던 새로운 발견과 학설에도 비상한 관심을 기울였다.[1] 특히 그의 마지막 소설 『카라마조프 씨네 형제들』은 자연 과학에 대한 언급으로 넘쳐남으로 해서 그동안 문학과 과학의 융합을

---

1 다음을 참조할 것. 〈더욱 놀라운 것은 과학 분야에서도 도스토옙스키의 혜안이 두드러진다는 사실이다. 『지하로부터의 수기』에서부터 『카라마조프 씨네 형제들』에 이르는 소설들에 나타나는 도스토옙스키의 과학 사상은 많은 지점에서 현대 과학의 흐름과 교차한다. 과학에 대한 도스토옙스키의 언급은 추상적인 우려의 차원을 넘어 구체적이고 예언적이다. 그리고 바로 그러한 구체성과 예언적 함의야말로 도스토옙스키의 소설과 현대 과학을 연계하여 바라볼 수 있도록 해주는 근거가 된다.〉석영중, 「도스토옙스키의 지하 생활자와 신경과학자: 자유 의지의 딜레마를 중심으로」, 『러시아어문학연구논집』, Vol. 41, 2012, 29~30쪽.

연구하는 학자들에게 훌륭한 분석 대상이 되어 왔다. 예를 들어, 마이클 카츠M. Katz는 「도스엡스키와 자연 과학 Dostoevskii and Natural Science」이라는 논문에서 찰스 라이엘c. Lyell, 찰스 다윈c. Darwin, 클로드 베르나르c. Bernard가 각각 지질학과 생물학과 생리학에서 이룩한 업적들이 『카라마조프 씨네 형제들』에 어떻게 반영되어 있는가를 파헤쳤다.[2] 또 톰슨D. Thomson은 「도스토옙스키와 과학Dostoevsky and Science」에서 자연 과학 전공자인 이반을 최초의 〈주인공-과학자〉라 소개하면서 그리스도교와 과학적 무신론의 결합 속에서 전개되는 영생과 무한의 문제를 천착했다.[3] 그런가 하면 리자 냅은 「비유클리드적 정신의 4차원: 카라마조프가의 형제에 나타난 시간, 혹은 이반 카라마조프의 악마가 시계를 차고 다니지 않는 이유The Fourth Dimension of the Non-Euclidean Mind; Time in Brothers Karamazov or Why Ivan Karamazov's Devil Does Not Carry a Watch」에서 그 시점까지 진행되어 온 아인슈타인과 도스토옙스키의 관련성 연구를 일목요연하게 정리해서 보여 준 뒤, 소설 속에 녹아 있는 상대성 이론의 다양한 측면들을 보여 주었다.[4] 필자 또한

2 M. Katz, "Dostoevsky and Natural Science", *Dostoevsky Studies*, Vol. 9, 1988, pp. 63~76.

3 D. Thompson, "Dostoevskii and Science", *The Cambridge Companion to Dostoevskii*, edit. W. Leatherbarrow (Cambridge: Cambridge Univ. Press, 2002), pp. 205~210.

4 L. Knapp, "The Fourth Dimension of the Non-Euclidean Mind: Time in Brothers Karamazov or Why Ivan Karamazov's Devil Does not Carry a Watch", *Dostoevsky Studies*, Vol. 8, 1987, pp. 105~120.

최근의 한 논문에서 『카라마조프 씨네 형제들』을 상대성 이론의 관점에서 분석함으로써 도스토옙스키와 아인슈타인 간의 연계점을 설정하려는 시도를 한 바 있다.

본 논문은 이러한 연구들에 이어 도스토옙스키와 신경신학Neurotheology 간의 관계를 작가의 전기와 소설 『카라마조프 씨네 형제들』을 중심으로 천착하는 데 목적이 있다. 신경 신학이란 인간의 종교적 성향을 신경 과학적으로 해석하려고 시도하는, 상대적으로 새로운 학문의 영역이다. 신경 신학자들은 신이란 인간의 뇌가 만들어 낸 것이며 인간의 종교적 체험은 모두 뉴런의 작용으로 환원될수 있다고 주장한다. 도스토옙스키의 삶에 이러한 주장을 적용시켜 보자면 그의 심오한 영성은 모두 뉴런의 작용으로 설명된다. 실제로 많은 신경 과학자들은 도스토옙스키의 영성을 측두엽의 오작동(간질)으로 설명한다.

한편, 도스토옙스키는 『카라마조프 씨네 형제들』에서 현대의 신경 신학적 주장을 거의 문자 그대로 예고함으로써 과학의 미래를 꿰뚫어 보는 놀라운 혜안을 보여 주었다. 마치 미래의 신경 신학자들과 논쟁이라도 벌이듯 작가는 텍스트 곳곳에 과학과 종교의 충돌을 심어놓았으며 그럼으로써 선과 악의 문제, 신은 존재하는가의 문제를 탐구하는 종교적 소설에 과학이라고 하는 또 하나의 해석 코드를 부여한다.

본 논문에서는 우선 신경 신학의 원칙을 요약해서 살

펴보고, 그런 다음에 신경 과학자들이 바라보는 도스토 옙스키의 영성을 정리한 뒤, 『카라마조프 씨네 형제들』에서 보여지는 신경 신학자들과의 예고된 논쟁을 살펴볼 것이다. 본 논문의 논의는 신경 신학이 갖는 뇌 환원주의의 함정과 성마름을 전기적으로, 그리고 문학적으로 짚어 봄으로써 뇌 과학의 발전에 인문학의 참여가 왜 필요한지를 밝혀 주고 그럼으로써 과학과 문학 융합 연구의 한 가지 패러다임을 보여 주게 될 것으로 기대된다.

2

가장 일반적인 정의에 따르면, 신경 신학은 과학과 신학이라고 하는 두 가지 대단히 다른 시각을 하나의 방대한 지식의 장으로 통합하려는 시도이며, 이 시도의 근저에 있는 핵심 아이디어는 과학과 그 도구들이 신학, 정신, 영성의 이해에 기여할 수 있고 또 반대로 영성과 정신과 신학이 과학의 이해에 기여할 수 있는 방식을 발견하는 것이다.[5] 흔히 헉슬리A. Huxley가 대중적인 의미에서 신경 신학이란 용어를 가장 먼저 사용했다고 전해지지만, 과학적인 맥락에서 신경 신학의 효시로 알려진 것은 제임스 애슈브룩J. Ashbrook의 1984년도 논문「신경 신학: 뇌의

---

5 B. Alston, *What is Neurotheology?* (Lexington: Booksurge.dom, 2007), Intro.

작동과 신학의 작업Neurotheology: The Working Brain and the Work of Theology」라 간주된다.[6]

신경 신학(신경 과학 + 신학)이라고 하는 명칭과 방금 전에 살펴본 정의는 이 학문 영역이 신경 과학과 신학을 융합시킨 것으로 들리게 한다. 요컨대 신의 존재, 믿음, 영생, 내세 등의 문제가 어떤 식으로든 신경 과학(혹은 광의의 과학)과 동등하게 연결되어 있는 것처럼 들리게 한다. 그러나 엄밀하게 따지고 본다면 이 학문은 영혼, 의식, 영성 같은 정신적인 것들을 신경 작용으로 환원시키는 학문이다. 그것은 생물학을 기반으로 하는 새로운 유물론이라 할 수 있다. 일부 신경 과학자들은 〈종교적 체험은 두뇌에 기반하는brain-based 어떤 것이다. 이는 예외 없는 정언으로 받아들여져야 한다〉라고 단언하기까지 한다.[7]

뇌 과학자 가자니가M. Gazzaniga는 아예 인간이란 〈믿음을 형성하는 기계〉라 부르면서 종교적인 모든 것이 허구임을 주장한다. 〈인간은 믿음을 형성하는 기계이다. 우리는 빠르고 견고하게 믿음을 형성하고 심화한다. 우리는 믿음에 의존하고 그와 모순된 정보가 있어도 그 믿음을 고수한다. 이것이 바로 인간의 뇌가 하는 일인 것 같다. (……) 이 풍부하고 은유적이고 매력적인 생각들 ― 철

6 Ibid., Intro.

7 J. Saver and Ravin, "The Neural Substrates of Religious Experience", *Journal of Neuropsychiatry and Clinical Neurosciences*, Vol. 9, 1997, p. 498.

학적이든 과학적이든 종교적이든 — 이 모두 나름의 강력한 증거를 가진다고 해도 그것이 결국 꾸며 낸 이야기라는 것은 가혹하고 냉담한 사실이다.〉[8]

신경 신학의 개척자인 앤드루 뉴버그A. Newberg 역시 믿음이 실제로 형성되는 〈장소〉가 뇌라고 단정하면서 〈신비로운 환영을 두고 신학자는 하늘에서 주는 선물이라고 믿는 반면 뇌 과학자는 단지 측두엽에서 일어나는 전기 화학적 파동이라고 단언한다〉라고 주장한다.[9] 바로 이런 점 때문에 뇌 과학과 영성의 관련성을 생물학으로 환원시키기를 거부하는 일련의 학자들은 〈오늘날 신경 과학 분야는 유물론자들로 가득하다. 즉 정신이 뇌의 물리적 작용에 불과한 것이라고 가정한다. 그러나 뇌가 곧 정신인 것은 아니다〉라고 경고한다.[10]

종교를 뇌의 작용으로 환원시키는 신경 신학이 가능해진 것은 고도로 발달한 뇌 스캔 기술 덕분이다. 연구자들은 티벳 승려, 불교도, 혹은 가톨릭 수녀 같은 성직자들에게 허가를 구해 그들이 명상이나 관상, 혹은 기도에 몰입해 있는 동안 뇌 혈류를 측정했다. 연구자들은 단일 광자 단층 촬영SPECT이라는 영상 조영술을 사용해서 기도

8 마이클 가자니가, 『윤리적 뇌』, 김효은 옮김(서울: 바다출판사, 2009), 211, 214쪽.

9 앤드류 뉴버그, 마크 월드먼, 『믿는다는 것의 과학』, 진우기 옮김(서울: 휴먼사이언스, 2012), 45, 46쪽.

10 마리오 뷰리가드, 데니스 오리어리, 『신은 뇌 속에 갇히지 않는다』, 김영희 옮김(서울: 21세기북스, 2010), 8, 9쪽.

혹은 명상 중인 성직자들의 혈류를 측정했다. 기도를 시작하기 전에 피시험자의 팔에 관을 꽂고 그 관에 긴 플라스틱 튜브를 부착하여 그가 기도할 때 방사성 동위 원소 추적자를 대동맥에 주사하는 것이다. 이 약물은 빠르게 뇌세포에 도달하고 몸의 신진대사 활동을 통해 몇분 내로 분해된다. 그리고 기도가 끝날 즈음 SPECT 카메라가 촬영할 수 있는 잔류물을 남긴다. 그다음에 피시험자를 뇌 스캔 장비가 준비된 다른 방으로 옮긴다. 컴퓨터 영상은 기도가 최고점에 달한 순간 뇌에서 발생했던 상황을 보여 준다.[11]

이 실험에서 불교 승려와 가톨릭 수녀는 모두 눈 바로 윗부분에 위치한 전두엽, 특히 전전두피질에서 왕성한 활성화 성향을 보여 주었다. 그리하여 연구자들은 뇌가 특정 믿음을 사실이라고 믿게 만드는 모종의 작용을 한다는 결론에, 그리고 초월적이고 신비로운 경험의 근원이 뇌의 특정한 신경 처리 과정일 수 있으며 그런 경험은 원하는 누구에게나 일어날 수 있다는 결론에 도달하게 되었다.[12]

또 다른 일군의 신경 신학자들은 이와는 약간 다른 실

---

11 앤드류 뉴버그, 마크 로버트 월드먼, 『믿는다는 것의 과학』, 260, 261쪽.; Newberg et. al, "Cerebral Blood Flow During Meditative Prayer: Preliminary Findings and Methodological Issues," *Perceptual and Motor Skills*, Vol. 97, No. 2, 2003, pp. 625~630.
12 앤드류 뉴버그, 마크 월드먼, 『믿는다는 것의 과학』, 262, 263, 298쪽.

험을 통해 전두엽보다도 측두엽과 우측모이랑*right angular gyrus*이 종교 체험에 더욱 강한 영향을 미친다는 것을 발견했다고 주장한다.

측두엽은 강한 종교적 경험을 하는 동안 그리고 청각적 환상을 경험하는 동안 활성화된다. 어떤 이들은 측두엽이 신의 목소리를 들을 때 활성화된다고 믿는다. 측두엽(특히 중간 측두 영역)은 종교적 경험의 감정적 측면을 담당한다. 캐나다 로렌시아 대학교의 마이클 퍼싱어는 약한 자기장을 만들어 내는 헬멧을 피실험자의 머리에 씌워서 측두엽 활동을 불러일으킬 수 있다고 주장했다. 이 뇌 부위가 자극되었을 때 피실험자는 앞서 기술된 측두엽 간질 환자들처럼 뚜렷한 종교적 경험을 했다. (……)『네이처』지에 실린 한 논문은 〈우측모이랑〉이라 불리는 뇌의 한 부분에 전기 자극을 주면 간질의 위치를 파악하기 위해 뇌에 전극을 꽂고 있는 피실험자가 체외 유리 현상을 경험하게 된다고 보고했다. 뇌의 이 영역은 체성 감각과 전정 정보를 통합하는 데 중요할 수 있다. 이 영역이 전기 자극이나 간질, 정상적인 과도 흥분 상태로 자극되면 체외 유리 현상이 일어날 수 있다.[13]

13 마이클 가자니가,『윤리적 뇌』, 210~211쪽.

요컨대 신경 신학자들은 우리가 전통적으로 생각해 온 종교적 체험이 모두 뇌의 작용이라 확신하며 미래의 과업은 이 점을 더욱 발달한 기술로 더욱 정확하게 밝혀내는 것이라 믿는다. 그러므로 신경 신학은 〈신학〉이라는 단어만 포함할 뿐, 오히려 더 정교하고 더 확실하고 더욱더 결정론적인 무신론이라 할 수 있다. 그것은 과학적 무신론, 혹은 생물학적 무신론으로 불리는 것이 마땅하다.

3

신경 신학이라는 학문 영역이 설정된 이후 이 분야 연구자들이 공통으로 지향해 온 목표는 구체적으로 어떤 지점이 소위 말하는 〈신-부위God-Spot〉이냐를 발견하는 것이었다. 즉 그들은 정확하게 우리 뇌의 어떤 지점이 우리로 하여금 신을 〈체험〉하도록 만들어 주는가를 콕 집어내는 것이 신경 신학의 가장 중요한 과업이라 여겼다. 현재 그들이 발견한 신-부위, 혹은 〈신-회로God-Module〉는 이제 측두엽으로 범위가 좁혀져 있다. 그들은 앞에서 살펴본 실험 외에 측두엽에 손상을 입은 간질 환자들이 대부분 보여 주는 과도한 종교적 성향을 근거로 이러한 결론에 도달했다. 그들은 역사적으로 간질을 앓았던 유명인들을 조사함으로써 측두엽 간질과 과도한 종교성 간의 상관성을 밝혀냈는데, 바로 이 점에서 간질병 환자였던 도스토옙스키와 신경 신학 간에 최초의 연결 고리가 완성된다. 측두엽 간질과 종교성의 상관성을 탐구하는 연구자들에게 도스토옙스키는 나무랄 데 없이 훌륭한 사례가 되어 주었다. 도스토옙스키 본인이 알았더라면 전혀 기뻐할 일이 아니었겠지만 그는 현재까지도 신경 신학의 살아 있는 예로서 끊임없이 연구자들의 입에 오르내리고 있다.[14]

측두엽 간질과 〈신-부위〉 간의 구체적인 연결성은 1997년도로 거슬러 올라간다. 신경 과학자 빌라야누르 라마찬드란V. Ramachandran은 1997년에 자신이 마침내 〈신-회로〉를 발견했다고 선포했다. 측두엽 간질 환자는 발작이 일어날 때 뇌 신경 세포의 과도한 전기 방출로 말미암아 모든 것에 신비적 의미를 부여하게 된다는 사실에서 그는 신-회로가 측두엽에 있다고 확신하기에 다다른 것이다.[15]

라마찬드란의 발견은 물론 신경학계에서 커다란 관심을 불러일으켰지만 그의 발견 이전부터도 간질과 종교성 간의 상관성은 이미 거의 기정사실에 가까운 가설로 받

14 J. Saver and J. Rabin, "The Neural Substrates of Religious Experience", pp. 501~503. 저자들은 간질병을 앓았던 역사적인 인물들을 상세한 증상과 함께 도표로 정리해 놓았는데, 도스토옙스키는 그중에서도 가장 심각한 환자로 분류된다.

15 V. Ramarchandran, et. al. "Neural Basis of Religious Experience", Conference Abstracts, *Society for Neuroscience*, 1997, p. 1316.; 마리오 뷰리가드, 데니스 오리어리, 『신은 뇌 속에 갇히지 않는다』, 134쪽.

아들여지고 있었다. 그러니까 라마찬드란은 신경학계의 가설을 과학적인 사실로 입증해 보여 준 것이다. 측두엽 간질을 연구한 신경학자들은 게슈빈트 증후군Geschwind syndrome으로 불리는 추정상의 증후군을 대략 다섯 가지 특징으로 요약한다. 첫째, 하이퍼그라피아hypergraphia(즉 과서증), 둘째, 과종교증hyper-religiosity, 셋째, 공격적 과민 증, 넷째, 타인에 대한 집착증, 다섯째, 왜곡된 성적 성향 등이다.[16]

게슈빈트 증후군을 연구하는 과학자들은 특히 간질 발 작 동안 발생하는 종교적 체험에 주목하여 한 발작과 그 다음 발작 사이에 환자는 신앙심이 깊어진다고 주장한 다. 만일 발작이 종교적 경험을 야기하고 뇌 조직을 과도 하게 흥분케 한다면 종교성은 정상적으로 기능하는 뇌 안에 유기체적 기반을 가지는 셈이라는 것이 그들의 생 각이다.[17] 이런 식의 사고를 연장시키면 거의 대부분의 종교 지도자는 측두엽 간질을 앓았을 확률이 높으며 또 거의 모든 종교적 신비적 체험들은 간질 때문일 확률이 높게 된다. 가자니가는 사도 바오로, 마호메트 등등 측두 엽 간질 덕분에 환청이나 환영을 보았을 역사적 인물을

16 마리오 뷰리가드, 데니스 오리어리, 『신은 뇌 속에 갇히지 않는다』, 121쪽.; 마이클 가자니가, 『윤리적 뇌』, 206쪽.; J. Hughes, "The Idiosyncratic Aspects of the Epilepsy of Fyodor Dostoevsky", *Epilepsy and Behavior*, Vol. 7, No. 3, 2005, p. 531.

17 마이클 가자니가, 『윤리적 뇌』, 208쪽.

거론하면서 〈재기 넘치는(!) 많은 저작을 남긴 도스토옙스키〉도 거기 포함시킨다.[18] 신경 신학자들의 입장에서 보면 도스토옙스키의 심오한 영성이라든가, 확고한 고전의 반열에 든 『죄와 벌』과 『카라마조프 씨네 형제들』 같은 소설들은 모두 뇌의 한 부분에서 일어난 오작동을 입증해 주는 가시적 증거일 뿐 더 이상은 아닌 것이다.

이런 식의 사고 중 가장 눈길을 끄는 것은 하버드 의과 대학 교수이자 신경과 의사인 앨리스 플래허티A. Flaherty의 시각일 것이다. 플래허티는 게슈빈트 증후군 중에서 특히 과서증에 주목하여 『하이퍼그라피아Hypergraphia』라는 저술을 집필했는데, 그녀의 주장은 인류 역사상 존재했던 위대한 작가들 중 많은 수가 사실은 영감이니 천재성이니 하는 추상적인 원인이 아닌, 두뇌에서 발생한 모종의 질병이 원인이 되어 많이 쓰고 잘 썼다는 것으로 요약된다. 플래허티는 이러한 작가군에 속하는 대표적인 예로 도스토옙스키를 거론한다. 그러니까 즉 도스토옙스키는 측두엽에 문제가 있었기 때문에 비정상적으로 많이 썼으며 그의 삶과 작품에서 발견되는 여러 가지 요소들 역시 모두 게슈빈트 증후군으로 설명된다는 것이 플래허

18 혹시 이 표현이 번역자의 문제가 아닌가 싶어 원본을 찾아보았더니 원본에서 가자니가는 〈brilliant extensive writings〉라고 썼다. M. Gazzaniga, *The Ethical Brain*(N.Y.: Dana Press, 2005), p. 158. 번역본보다는 덜 모욕적이지만 그래도 가자니가에게 도스토옙스키는 간질을 앓고 있으면서 꽤 우수하게 소설을 쓴 작가일 뿐, 〈심오한 영성〉 같은 것은 전혀 고려의 대상이 되지 않는다.

티의 주장이다. 대문호의 모든 것을 측두엽 간질과 그것의 논리적 결과인 게슈빈트 증후군으로 환원시키려다 보니, 이 신경 과학자는 대부분의 러시아 독자들과 러시아 문학 전공자들은 이미 다 알고 있는 전기적 사실까지도 자신의 목적에 맞게 왜곡시킨다. 그리하여 러시아 문학 전공자들이 알고 있는 것과는 매우 다른, 그러면서 일부분은 조금 비슷한 괴상망측한 도스토옙스키 전기가 만들어진다. 그녀가 바라보는 도스토옙스키는 다음과 같다.

그는 얼굴이 비대칭적으로 현저히 일그러지기도 했는데 이것은 뇌가 비정상적일 때 자주 볼 수 있는 현상이다. 또한 심한 감정의 변화, 강박적인 도박, 순간적인 격분 등을 일으켰다고 전해지며 10년을 감옥에서 보냈다. 그러면서도 그는 독실한 종교인으로서 죄의식과 초자연적인 주제에 대해 골똘히 생각하곤 했다. 성욕도 특이해서 30대 중반까지는 성에 대해 관심이 없었으나 나중에는 결혼을 두 번이나 했고 혼외정사를 하기도 했다. 어릴 때부터 글에 관심이 많았던 그는 재정적으로 불안한 상태였음에도 불구하고 전업 작가로 나서기 위해 다니던 직장까지 그만두었다. 글쓰기로 인해 자신의 건강이 더 악화된다는 사실을 알긴 했지만 아플 때가 그렇지 않을 때보다 글이 더 잘 써진다고 믿었다. 평생 동안 19편의 장편소설과 중편소설을 썼고 그 외에도 아주 무서운 속도로 수많은 노트와 일기, 편지를 써 내려갔다. (……) 신경학자들은 이 남자의 복잡한 성향들, 다시 말해서 의식의 변화를 일으키는 발작, 비관과 환희를 자유롭게 떠다니는 감정의 변화, 종교적이며 철학적인 기질, 변화된 성 취향, 글을 쓰고자 하는 주체 못할 욕구 등이 대부분 측두엽 간질 증상과 일치한다고 말한다.[19]

플래허티의 설명은 물론 사실과 다르다. 그리고 사실 여부와 관계없이 논리적인 인과 관계를 결여하기 때문에 과연 이런 식의 글을 자연 과학도가 썼단 말인가 하는 의구심까지 생긴다. 그녀가 조금이라도 도스토옙스키에 관해 알았더라면 이런 글을 쓸 수는 없었을 것이다. 인용문은 저자가 오로지 측두엽 간질과 그 결과인 게슈빈트 증후군에 관한 자신의 논지를 증명하기 위해 전혀 모르는 인물에 관해 썼다는 사실을 확인시켜 준다. 인용문의 내용은 반박할 필요조차 없지만 그래도 굳이 논평을 하자면 무엇보다도 인과 관계에 대한 생각의 결여와 상식의 부족이 눈에 띈다.

〈성욕도 특이해서 30대 중반까지는 성에 대해 관심이 없었으나 나중에는 결혼을 두 번이나 했고 혼외정사를

19 앨리스 플래허티, 『하이퍼그라피아』, 박영원 옮김(서울: 휘슬러, 2005), 28~29쪽.

334

하기도 했다.〉: 도스토옙스키가 성에 관심이 없었다는 것은 그의 전기 어디에도 언급이 되지 않는다. 그는 유배 중이었기 때문에 중년이 되도록 결혼은커녕 연애도 할 수 없었다. 결혼을 두 번이나 한 것 역시 그가 뒤틀린 성적 정체성을 가졌기 때문이 아니라 첫 부인이 죽었기 때문이다. 혼외정사는 아마도 수슬로바와의 일을 가리키는 것 같은데, 그가 수슬로바와 연애를 한 것은 첫 부인이 병석에 있을 때였다. 아니 이 모든 것을 접어 둔다 해도, 굳이 게슈빈트 증후군을 앓는 환자가 아니더라도 혼외정사를 하고 두 번 결혼을 할 수 있다.

〈어릴 때부터 글에 관심이 많았던 그는 재정적으로 불안한 상태였음에도 불구하고 전업 작가로 나서기 위해 다니던 직장까지 그만두었다.〉: 그가 공병 소위로 임관한 뒤 전업 작가의 길로 들어선 것은 부에 대한 발자크식의 허황된 꿈 때문이었지 측두엽 간질 때문은 아니었다. 이는 러시아 문학 전공자라면 누구나 다 아는 사실이다.

플래허티는 몇 쪽 뒤에 다시 다음과 같은 논평을 덧붙인다.

도스토옙스키는 게슈빈트 증후군의 다섯 가지 특질을 일목요연하게 보여 준다. 그는 다산 작가로 섬세한 글을 썼으며 도덕적인 면에서도 집착이 강했다. 또 갑자기 화를 내기도 했으며 그의 유별난 성 취향은 사람

들로부터 그를 멀어지게 했다. 그리고 간질 발작을 일
으켰던 다른 많은 사람들과 마찬가지로 매일 벌어지는
일에 민감하게 반응했다.[20]

　어떤 작가가 이른바 〈섬세한 글〉(그리고 섬세한 글이
라는 게 무엇인지?)을 쓴다면 그 작가는 게슈빈트 증후군
환자란 말인가? 게다가 도스토옙스키의 소설은 〈섬세
한〉 것과는 거리가 멀다. 갑자기 화를 내는 것은 꼭 도스
토옙스키가 아니더라도 누구나 일생 동안 무척 자주 저
지르는 일이다. 또 〈매일 벌어지는 일에 민감하게 반응했
다〉는 것은 무슨 뜻인가? 매일 벌어지는 일에 민감하게
반응하면 측두엽 간질 환자인가? 게슈빈트 증후군 환자
인가? 이 짧은 인용문은 무수한 의혹과 반박을 불러일으
킨다. 아무튼 플래허티의 논조에 따르면 도스토옙스키는
전형적인 간질 환자였으며 그의 삶과 작품은 모두 이 환
자로서의 위상을 설명해 주는 것으로 귀결된다.

　　4

　현대의 신경 과학자들이 도스토옙스키를 흥미로운 환
자로 바라보고 있다면, 도스토옙스키는 작품을 통해 현
대의 신경 과학자들의 태도를 상당 정도 정확하게 예견

20 위의 책, 36쪽.

한다. 신경 과학자들의 과거 〈환자〉가 그들이 역사에 등장하기도 전에 그들의 태도를 예상해서 그들을 소설적으로 논박하는 것이다.

주지하다시피 도스토옙스키는 그리스도교 신앙에 충실한 작가였다. 종교적 코드 없이 그의 작품을 완벽하게 이해한다는 것은 상당히 어렵다. 그의 소설들, 특히 유배 이후에 씌어진 5대 장편은 모두 그리스도교 신앙에 대한 문학적 증언에 가까우며, 그런 만큼 어떤 식으로든 당대 무신론적 사유와의 논쟁을 담고 있다. 실증주의, 자유주의, 합리주의, 사회주의는 도스토옙스키의 논쟁 대상으로 자주 언급되는데, 그것들은 모두 궁극적으로 무신론으로 귀결한다는 공통점을 갖는다.

도스토옙스키가 『카라마조프 씨네 형제들』에서 과학에 대해 관심을 기울이는 여러 이유 중의 하나도 역시 과학과 무신론의 상관성(이 상관성을 이후 본 논문에서는 〈과학-무신론〉이라 부르기로 한다) 때문이다. 무신론은 과학에 대한 도스토옙스키의 입장을 설명해 주는 가장 두드러진 인자이다. 물론 무신론은 언제나 있었다. 니체F. Nietzche의 〈신은 죽었다〉는 19세기적 무신론을 통괄하는 명제다. 도스토옙스키가 격렬하게 비판한 실증주의와 합리주의는 모두 니체식 무신론의 변주라 할 수 있다. 그러면 도스토옙스키는 왜 이토록 과학-무신론의 연계성에 주목한 것인가? 과학-무신론과 니체식 무신론은 무엇이

다른 것인가?

니체식 무신론과 과학-무신론은 종착점은 동일하지만 신의 존재 여부에 대한 접근법에 있어서 차이를 보인다. 니체식 무신론은 〈신이 존재하지 않는다〉는 정언으로 요약된다. 반면에 과학-무신론은 신이 존재하지 않는 것이 아니라 신은 우리 〈뇌 속에서 만들어진다〉고 주장한다. 전자의 경우 신의 존재 여부는 인간이 선택한 결과로 나타난다(나는 신이 존재한다고 믿는다, 혹은 나는 신이 존재한다고 믿지 않는다, 혹은 나는 신의 존재 여부에 대해 관심이 없다 등). 부정 신학의 관점에서 보면 니체식의 무신론은 신앙과 짝을 이룬다. 부정 신학에서는 신이 존재한다고도 말하지 않고 존재하지 않는다고도 말하지 않기 때문이다.

반면 과학-무신론의 경우는 신의 관념이 〈생물학적 토대〉를 갖는 것이기 때문에, 인간이라면 누구나 자기 안에 신의 체험을 하나의 잠재적 특성으로 갖게 되므로 신이 외부에 존재하지 않는다는 사실에 대해 선택의 여지가 그만큼 좁아지게 된다. 요컨대, 〈신이 존재하지 않는다〉라는 것보다 〈신은 우리 뇌 속에서 만들어진다〉는 것이 더 결정론적이다. 그리고 그만큼 더 위협적이다. 바로 이 점에서 과학-무신론에 대한 도스토옙스키의 입장은 정확하게 현대의 신경 신학을 예고한다. 당시에 신경 신학이란 학문이 없었음에도 불구하고 도스토옙스키는 과학-무신론이 궁극에 이르면 결국 신의 존재는 우리 인간의 머릿속에서 만들어진다는 주장, 곧 신경 신학적 주장으로 귀착한다는 것을 예측했다.

『카라마조프 씨네 형제들』은 유난히도 뇌를 많이 언급한다. 특히 친부 살해죄로 감옥에 갇힌 드미트리가 알료샤와 나누는 대화는 신경 과학의 취지를 그대로 설명해 준다. 드미트리는 라키틴이 들려준 얘기를 알료샤에게 전달한다. 라키틴은 이반-대심문관-이반의 악마로 이어지는 인물군과 함께 소설 속에서 무신론을 전파하는 역할을 한다.

「그런데 어째서 끝장이라 하신 거죠? 조금 전에 그렇게 말씀하셨잖아요?」

「어째서 끝장이 났느냐고? 흐음! 사실은…… 한마디로 요약하면, 하느님이 불쌍해서지. 그게 그 이유란다!」

「하느님께서 불쌍하시다뇨?」

(……)

「어디 상상해 보렴. 그런 느낌은 여기 이 뇌 신경 속에, 머릿속에 들어 있으니. 다시 말해서 그런 뇌 신경들이 뇌수 속에 들어 있으니……. 뇌 신경에는 이런 꼬리들이 달려 있는데, 그것들이 요동치기 시작하면…… 다시 말해서 내가 무언가를 바라보기만 하면 그 꼬리들이 요동을 치기 시작하는데…… 요동을 칠 때면 형

상이 나타나지. 그것은 당장이 아니라 1초 정도가 지
난 다음에 나타나고, 이어서 일종의 어떤 순간 같은 것
이 나타나거든. 아니, 순간이 아니지, 순간은 무슨 빌
어먹을 순간. 그게 아니라 하나의 형상, 즉 어떤 물체
나 사건이 나타나거든. 빌어먹을 그래서 나는 인식을
하고, 이어서 어떤 생각을 품게 되는 거야……. 왜냐하
면 그건 그 꼬리들 때문이지. 내가 영혼을 가지고 있기
때문도 아니고 하느님의 형상을 가지고 있기 때문도
아니야. 그건 모두 어리석은 생각일 뿐이지. 얘야, 미
하일이 어제 내게 이런 이야기를 들려주었는데, 나는
마치 불에 덴 것 같은 기분이었단다. 알료샤, 그건 정
말 대단한 학문이더구나! 새로운 인간이 등장하리란
사실은 나도 잘 알고 있거든……. 그러니 하느님이 불
쌍하달 수밖에.」(25: 1297~1298)

여기서 드미트리가 언급하는 뇌 신경의 〈꼬리〉는 오늘
날 신경 과학 입문서에 실리는 뉴런의 모습과 놀랍도록
유사하다. 꼬리가 요동을 치면 형상이 나타난다는 것은
신경 과학적으로 말해서 뉴런 간의 전기 작용으로 인해
환상을 보게 된다는 뜻으로 해석된다.
　이어지는 드미트리의 말은 신학과 신경 신학의 대칭적
관계를 적나라하게 보여 준다. 〈내가 영혼을 가지고 있기
때문도 아니고 하느님의 형상을 가지고 있기 때문도 아

니야.〉 이 대목의 원문은 다음과 같다. 〈*a vovse ne potomu chto u menia dusha i chto ia tam kakoi-to obraz i podobie.*〉 (PSS IV: 28) 우리말 번역은 다소 의역을 했기 때문에 저자의 의도가 분명하게 드러나지 않지만 원문에서는 〈이미지(모습, *obraz*, image)〉와 〈닮음(*podobie*, likeness)〉이 문자 그대로 언급된다는 점에 주목할 필요가 있다. 드미트리의 이 말은 「창세기」 1장 26절에서 언급되는 〈모습과 닮음〉을 즉각적으로 환기시킨다. 「창세기」의 하느님은 〈우리 모습을 닮은 사람을 만들자!〉라고 말한다. (이 대목의 러시아어는 다음과 같다. 〈*Sotvorim cheloveka po obrazu Nashemu i po podobiiu Nashemu.*〉)

모든 것이 뇌의 작용으로 설명된다면 하느님이 〈모습과 닮음〉으로써 인간을 창조했다는 그리스도교의 가장 근본적인 토대 자체가 와해된다. 신이 인간을 창조한 것이 아니라 인간이 신을 창조한 셈이다. 실제로 신경 과학자 애슈브룩과 올브라이트C. Albright는 도스토옙스키가 예측한 것과 거의 완벽하게 일치하는 주장을 한다. 그들은 신이라는 관념, 혹은 〈신의 모습*Imago Dei*〉은 인간의 두뇌가 갖는 생물학적 성향에서 비롯된 것이라고 주장하면서 뇌의 이러한 성향을 〈인간화하는 뇌*humanizing brain*〉라 지칭한다. 두뇌는 자신이 접하는 리얼리티가 실재하는 것이건 아니면 초월적인 것이건 간에 어떤 식으로든 거기에 질서와 의미와 인격을 부여하는 성향이 있다는 것이다.

그들은 여기에서 더 나아가 초월적인 것과 뇌 기능 간의 연계는 〈인간화하는 뇌〉에 기반하므로 절대로 오류가 아니라고 못 박는다.[21]

그렇다면 뇌를 기반으로 하는 〈신의 모습〉이 갖는 의미는 무엇인가? 도스토옙스키는 과학-무신론(그리고 그 논리적 귀결점인 신경 신학)의 종착점을 인신의 등장으로 연결시킨다. 〈그렇게 되면 인간은 어찌 되는 건가? 하느님도 없고 내세도 없다면 말이야? 정말 모든 것이 허용되고 무엇이든 할 수 있다는 말인가?〉(25: 1298) 〈모든 것이 허용된다〉는 것은 곧 새로운 인종의 출현을 의미한다. 기존의 도덕률을 뛰어넘는 인간, 모든 것이 허용된 인간, 곧 인신의 출현이 바로 과학-무신론의 종착점이며 이 점에서 과학 무신론은 니체식 무신론의 종착점과 중첩된다.

뇌에 기반한 신의 모습에서 자연스럽게 도출되는 인신의 등장은 이반이 악마와 대면하는 대목에서 표면화된다. 의사로부터 〈뇌에 이상이 있는 것 같다〉는 진단을 받은 이반은 자아의 환영, 곧 악마와 마주치게 된다. 악마의 말은 이반의 생각이며 이반의 생각은 곧 도스토옙스

---

21 J. Ashbrook and C. Albright, *The Humanizing Brain: Where Religion and Neuroscience Meet* (Cleveland: The Pilgrim Press, 1997), pp. 35~36. 이 주장에 대한 반론은 W. Rottschaefer, "The Image of God of Neurotheology: Reflections of Culturally Based Religious Commitments or Evolutionarily Based Neuroscientific Theories?", *Zygon*, Vol. 34, No. 1, 1999, pp.57~65를 참조할 것.

키가 우려하는 과학적 무신론의 결정판이라 할 수 있다. 악마는 우선 신의 존재, 악마의 존재가 〈우리 뇌의 산물은 아닐까?〉라고 하는 지극히 신경 신학적인 의문을 제기한다. 〈난 자네와 동일한 철학을 갖겠어. 그렇다면 공평한 일이겠지. *Je pense, donc je suis*(나는 생각한다, 고로 나는 존재한다). 난 그 말을 잘 이해하고 있어. 내 주변을 둘러싸고 있는 나머지 모든 것들, 이 모든 세계, 하느님과 사탄에 이르기까지 그 모든 것들이 본질적으로 존재하는지, 혹은 나의 발산물, 즉 태고부터 유일하게 존재하는 내 자아의 지속적인 발전에 지나지 않는지는 내게 입증되지 않았어⋯⋯.〉(25: 1417)

이어지는 대화에서 악마는 과학적 무신론의 본질을 명료하게 요약하면서 그것을 인신의 등장으로 연장시킨다.

「무엇보다도 하느님에 대한 인간의 관념만을 파괴하면 되는걸. 일은 바로 거기서부터 착수해야 하는 거야! 거기서부터, 거기서부터 시작하는 거야. (⋯⋯) 만일 인류가 한 사람씩 하느님을 거부한다면 과거의 모든 세계관, 특히 과거의 모든 도덕률은 무너지고 완전히 새로운 세계관이 나타나게 되는 거야. (⋯⋯) 인간은 거대한 신적 자존심으로 위대해질 것이며 인신이 등장하는 거야. 인간은 시시각각 자신의 의지와 과학으로 무한히 자연을 정복하면서 그때마다 그로 인해 커다란 희열을 얻을 것이기 때문에, 그것은 천국의 희열에 대한 과거의 희망을 보상해 줄 수도 있겠지. 모든 사람들은 인간이 죽으면 다시 부활하지 못하는 존재라는 것을 알고 있으므로 하느님처럼 당당하고 조용하게 죽음을 받아들이게 될 거야.」(25: 1431)

요컨대 도스토옙스키에게 있어 과학적 무신론은 궁극적으로 윤리의 문제를 파생시킨다. 〈완전히 새로운 세계〉와 〈거대한 신적 자존심〉은 기존의 도덕률의 폐허를 전제로 하기 때문이다. 앞에서 살펴보았던 「창세기」의 인간 창조는 도덕의 목표를 〈신처럼 되는 것〉으로 만들어 준다. 즉 모든 인간은 하느님의 〈모습과 닮음〉 속에서 탄생하므로 그가 도달해야 하는 궁극의 상태는 하느님과 하나가 되는 것이다. 정교 그리스도교에서는 이를 〈테오시스theosis(신화)〉라 부르는데, 테오시스의 획득에 요구되는 것은 은총과 믿음이다. 그러나 과학적 무신론에서 예상되는 것은 〈모습과 닮음〉에서 비롯된 테오시스가 아니라 뇌와 뉴런에서 비롯된 인간의 신화이다. 그리고 여기에서 요구되는 것은 믿음과 은총이 아니라 과학적 지식과 인간의 의지이다. 이렇게 새롭게 등장하는 〈신처럼 된 인간〉이 어떤 도덕률을 가지게 될지에 대해서 과학은 침묵한다. 도스토옙스키가 현대의 신경 신학에 대해 미리 우려했던 것의 본질은 바로 이러한 도덕적 침묵이었다.

5

본 논문에서 필자는 신경 신학이라고 하는 새로운 학문 영역의 시각에서 바라보는 도스토옙스키를 정리해 보고, 역으로 도스토옙스키의 시각에서 예고된 신경 신학을 정리해 봄으로써, 문학, 종교, 신경 과학 간의 다학제적 관계를 탐구해 보고자 했다. 도스토옙스키의 전기 및 작품과 관련하여 신경 과학적 시각이 갖는 부적절함, 그리고 도스토옙스키가 소설 속에서 천착한 종교와 과학 간의 충돌로부터 필자는 다음의 두 가지 결론을 도출해 냈다.

첫째, 종교와 과학의 대화는 바람직한 현상이다. 그러나 신경 신학은 명칭에서부터 수정의 여지가 많아 보인다. 신학이란 신을 연구하는 학문이다. 그러나 신경 신학은 신의 부재를 전제로 하는 학문이다. 그러므로 존재를 인정하지 않는 어떤 것에 관해 연구하는 학문이란 일종의 모순 어법이다. 게다가 신학은 신을 연구하는 학문이라고 정의되긴 하지만 〈지식〉과는 별개의 차원에서 진행되는 학문이다. 신학은 지식을 추구하지 않는다. 신학은 궁극적으로 신적인 삶의 실천을 목표로 한다. 이 점에서 신경 신학은 또다시 논란을 불러일으킨다. 앞에서도 언급했듯이 신경 신학은 과학과 신학이라고 하는 두 가지 대단히 다른 시각을 하나의 〈방대한 지식의 장〉으로 통합하려는 시도라 정의된다. 그러나 이 하나의 방대한 〈지식〉으로의 통합은 사실상 불가능한 일이다. 근본적으로 지식의 영역에 속하지 않는 어떤 것을 지식의 영역에 포함시킬 수는 없기 때문이다. 사실상 많은 종교들이 그 궁극에 이르면 말이 아닌 침묵을, 앎이 아닌 모름을 선호한다. 그리스도교의 부정 신학(아포파시스)이 대표적인 예이다. 〈우리에겐 지식의 한계를 인정하고 침묵하고 말을 아끼고 외경심을 갖는 것이 중요하다고 강조했던 오랜 종교적 전통이 있다.〉[22] 그러므로 미래의 신경 신학은 종교의 본질을 추적함에 있어 지식을 초월하는 지식, 말을 넘어서는 침묵의 의미를 고려의 범주에 넣어야 할 것이다. 모든 지식은 객관적·의식적으로 획득되는 것이 아니라 암묵적이며, 과학적 방법은 단순히 무지에서 객관성으로 나아가는 것이 아니라 명시적인 지식에서 암묵적 지식으로 나아가는 좀 더 복잡한 진전에 가깝다는 마이클 폴라니M. Polanyi의 주장은 이 점에서 상당한 시사점을 제공한다.[23]

둘째, 신경 신학이 신경 과학과 신학의 〈대화〉를 지향한다면 뇌 환원주의적 시각 외에 다른 가능성이 있는지를 숙고해야 한다. 과학은 회의와 의심을 토대로 한다.

<hr />

22 캐런 암스트롱, 『신을 위한 변론』, 정준현 옮김(서울: 웅진지식하우스, 2010), 31쪽.
23 위의 책, 435~436쪽.; M. Polanyi, *Knowing and Being* (Chicago: Univ. of Chicago Press, 1969), p. 141.

그러나 일부 신경 신학자들은 회의와 의심에서 벗어난 듯이 보인다. 그들은 모든 것이 뇌의 작용으로 환원된다는 것을 한 치의 의심도 없이 단언한다.[24] 반면 도스토옙스키는 신의 존재를 단언하지 않는다. 그는 신의 존재를 부정하는 강력하고 설득력 있는 인물들로 하여금 신에 대한 자신의 믿음을 되비쳐 주게 한다. 도스토옙스키의 소설들은 침묵하는 신, 알 수 없는 신과 마주한 인류가 발견하는 신성의 존재와 절대 무의 정신을 동등하게 제시한다.[25] 도스토옙스키식의 이 〈다른 가능성〉은 극단적인 뇌 환원주의가 참조해야 할 덕목이라 사료된다.

이상의 두 가지 결론은 사실상 결론이라기보다는 문학, 신경 과학, 종교의 다학제적 연구를 위한 하나의 출발점에 가깝다. 이러한 출발점이 필요한 이유는 신경 과학의 발전이 끊임없이 윤리의 문제를 환기시키기 때문이다. 과학 기술의 발전은 새로운 도덕률을 요구한다. 인류

---

24 이런 식의 단언은 사실상 과학과 종교 혹은 문학과의 대화를 원천적으로 차단한다. 그리고 이 단절된 대화성이야말로 과학과 도스토옙스키 사이에 가로놓인 심연이기도 하다. 톰슨의 다음과 같은 지적을 참조할 것. 〈과학은 이성적으로 논의된 진술들의 수집이다. 문학은 예술적으로 조직된 발화들의 집합이다. 당신은 과학적 진술에 말을 걸 수 없다. 그들의 반응을 기대할 수도 없다. 그들은 당신에게 대답할 수 없다. 그러므로 도스토옙스키의 시학에서 그토록 두드러진 대화적 구조, 즉 발화, 예상, 반응 위에 세워진 그 구조는 과학 속에 자리가 없다. 과학은 자신이 탐구하는 모든 것을 객체로, 단위로, 총계로 다룬다. 반면 도스토옙스키의 인물들은 주체이자 인격체이다.〉 D. Thompson, "Dostoevskii and Science", p. 198.

25 M. Jones, *Dostoevsky and the Dynamics of Religious Experience* (London: Anthem Press, 2005), p. 138.

가 새로운 도덕률을 향해 나아가는 과정에서 과학과 문학과 종교의 다학제적 대화는 필수 불가결한 조건이다. 문학에 누적된 윤리의 함의들, 그리고 종교가 수천 년 동안 인류에게 제공해 온 도덕률과의 학문적, 정서적, 법적 조율이 없다면 과학의 발달은 재앙이 될 수도 있을 것이다.

11. 『카라마조프 씨네 형제들』: 경청에서 관상(觀想)으로

1

도스토옙스키의 심오한 그리스도교 영성은 그의 삶과 작품에 깊게 등록된 성서를 통해 드러난다. 그동안 수많은 연구자들이 지적해 왔듯이 도스토옙스키는 성서를 많이 읽었고, 성서를 사랑했고, 성서를 이해했다. 성서의 말과 저자의 말은 인용과 패러프레이즈와 모방과 패러디와 양식화를 거치는 가운데 하나의 문학 텍스트로 얽혀들었으며, 인물들의 자기 이해와 성서에 대한 이해는 중첩되었다.[1] 요컨대 성서는 도스토옙스키의 소설 속으로

---

1 D. Thompson, "Problems of the Biblical Word in Dostoevsky's Poetics", *Dostoevsky and the Christian Tradition*, edit. G. Pattison and D. Thompson (Cambridge:Cambridge Univ. Press, 2001), p. 95. 도스토옙스키와 성서의 관계를 집중적으로 다룬 저술로는 G. Kogan, "Vechnoe i Tekushchee(Evangelie Dostoevskogo i Ego Znachenie v Zhizni i Tvorchestve Pisatelia)", *Dostoevskii v Kontse XX v*, 1996, pp. 147~168.; G. Kjetsaa, *Dostoevsky and His New*

들어와 종교적·윤리적·미학적 토대로, 더 나아가 〈장르론적으로 가장 중요한 문학적 모델〉로 정착했다.[2]

이렇게 성서는 의미론적으로 도스토옙스키의 소설과 연관되지만, 양자의 관계에서 그 못지않게 중요한 것은 소설 속의 인물들이(그리고 도스토옙스키 자신이) 성서를 읽는 방식이다. 인물들은 성서를 인용하거나 성서 독서의 기억을 반추하거나 복음서의 특정 대목을 묵독하거나 낭송한다. 이 모든 읽기 중에서 가장 중요한 방식은 낭송이다. 성서를 큰 소리로 읽는 행위는 그 인물의 정체성을 결정할 뿐 아니라 그 인물의 운명까지 결정한다. 졸콥스키의 지적처럼 〈성서의 낭송은 인물들에게 결정적인 영향을 미치며 심지어 인물의 형태를 구체화시킨다.〉[3] 인물들은 성서를 큰 소리로 읽거나 타인이 낭송하는 성서를 듣고 거대한 변화를 체험한다. 그들에게 읽기와 듣기는 단순히 눈으로 읽는 행위와는 다른 차원의, 문자 그대로 〈영혼을 뒤흔드는〉 체험이다. 예를 들어 보자. 『죽음의 집의 기록』에서 이슬람교도인 알레이는 산상 수훈

Testament (Oslo: Solum Forlag A.S., 1984).; E. Ziolkowski, "Reading and Incarnation in Dostoevsky", *Dostoevsky and the Christian Tradition*, edit. G. Pattison and D. Thompson (Cambridge: Cambridge Univ. Press, 2001), pp.56~170.; W. Bercken, *Christian Fiction and Religious Realism in the Novels of Dostoevsky* (London: Anthem Press, 2011)을 참조할 것.

2 G. Pattison and D. Thompson, "Introduction: Reading Dostoevsky Religiously", *Dostoevsky and the Christian Tradition*, edit. G. Pattison and D. Thompson (Cambridge: Cambridge Univ. Press, 2001), p. 25.

3 E. Ziolkowski, "Reading and Incarnation in Dostoevsky", p. 157.

을 소리 내어 읽으면서 그리스도교인으로 거듭난다. 『죄와 벌』에서 소냐가 라스콜니코프에게 〈라자로의 부활〉을 큰 소리로 읽어 주는 것은 훗날 그가 갱생의 길로 들어서는 데 가장 중요한 모멘텀으로 작용한다. 『카라마조프 씨네 형제들』에서 알료샤는 신앙과 불신 사이에서 갈팡질팡하던 중 파이시 신부가 봉송하는 〈가나의 혼인 잔치〉를 들은 뒤 굳건한 신앙인으로 다시 태어난다.

도스토옙스키의 소설에서 성서 낭송이 갖는 중요성은 중세 그리스도교의 전통적인 독서 방식인 〈렉시오 디비나Lectio Divina〉를 환기시킨다. 렉시오 디비나는 문자 그대로 〈성스러운 텍스트〉의 〈독서〉를 의미하며 우리말로 〈거룩한 독서〉 혹은 〈성독〉이라 번역되기도 한다. 렉시오 디비나는 중세 수도사들이 성경 텍스트를 소리 내어 읽고 그 뜻을 되새기는 관례에서 비롯된 개념인데, 도스토옙스키의 성서 낭송과 렉시오 디비나 간의 공통점은 세 가지 측면에서 살펴볼 수 있다. 첫째, 렉시오 디비나는 근본적으로 〈잘 듣기〉를 의미했다. 눈으로 혹은 머리로 텍스트를 읽는 행위(인지)는 듣는 행위(감각)에 종속되었다. 도스토옙스키 역시 성서의 낭송과 경청에 지대한 의미를 부여했다. 중세 수도사들과 도스토옙스키의 인물들은 모두 듣는 행위야말로 거룩한 말씀에 접하는 가장 시원적인 행위임을 인정했다. 두 번째로, 렉시오 디비나는 관상contemplation, 즉 신을 바라보는 것과 직결된다. 뒤에서 좀 더 자세하게 설명하겠지만, 렉시오 디비나는 성서를 읽는 것이지만 그 궁극적인 목적은 신을 〈보는 것〉이다. 요컨대 렉시오 디비나의 시작은 입으로 말하고 귀로 듣는 것이지만 마무리는 눈의 작용으로 완결된다. 도스토옙스키 역시 소설 속에서 성서의 낭송 및 듣기를 보기로 연결시킨다. 그의 인물들은 예외 없이 읽고 듣는 행위를 통해서 새로운 시각의 획득을 체험한다. 셋째, 렉시오 디비나의 궁극적인 목적은 낭송자, 혹은 경청자의 변형이다. 렉시오 디비나는 거룩한 텍스트를 읽는 행위이지만 그 읽는 행위는 읽는 자를 거룩하게 변모시킨다. 도스토옙스키가 이 점을 분명하게 인식하고 있었음은 그의 독서자들이 독서 후에 완전히 변모한다는 사실로 입증된다.

본 논문에서는 도스토옙스키의 성서 읽기와 렉시오 디비나의 관련성을 살펴볼 것인바, 첫째, 렉시오 디비나의 개념을 알아보고, 둘째, 『카라마조프 씨네 형제들』에서 도스토옙스키가 강조하는 읽기의 문제를 조망하고, 셋째, 알료샤가 듣는 〈가나의 혼인 잔치〉 대목을 렉시오 디비나의 코드로 분석해 봄으로써 듣기와 보기가 도스토옙스키에게서 어떻게 하나로 융합되는지를 살펴볼 것이다. 본 논문의 고찰은 중세적인 읽기 방식이 도스토옙스키의 시학과 관련되는 양상을 보여 줄 뿐 아니라, 더 나아가 인지와 감각의 관련성을 토대로 하는 도스토옙스키 특유의 시각성visuality에 대한 새로운 접근법의 가능성을 보여 주게 될 것이다.

2

렉시오 디비나는 원래 〈하가다Haggadah〉라는, 일정 대목을 달달 외울 정도로 많이 중얼거리며 읽는 히브리 독서법에서 유래한다.[4] 초대 교회의 평신도들과 수도사들은 성서를 읽으며 그 뜻을 되새기고 기도를 함으로써 관상에 이르는 일련의 과정을 실천했다. 이후 그리스도교 공동체는 교부 시대를 거치며 성서를 소리 내어 읽는 방식을 통해 신과의 친교를 도모하는 일종의 영신 수련을 발전시켰는데, 특히 성 베네딕토 수도회는 설립 초기부터 렉시오 디비나를 수도 생활의 중심적인 활동으로 삼았다. 그러다가 12세기에 성 카르투시아회St. Carthusian Order의 수도원장인 귀고 2세Guigo II가 『수도사의 사다리The Ladder of Monks』를 저술함으로써 렉시오 디비나의 개념과 실천을 성문화시키는 데 일대 전환기를 제공했다.

귀고에 의하면 렉시오 디비나는 독서lectio, 묵상meditatio, 기도oratio, 관상contemplatio의 4가지 단계로 이루어진다. 요컨대, 성서를 주의 깊게 읽고 듣는 단계, 읽고 들은 것 안

4 C. Pintner, *Lectio Divina the Sacred Art* (Woodstock: Skylight Paths Publishing, 2011), p. 4.

에 숨은 진리를 깨닫기 위해 적극적으로 인간의 이성과 지성을 사용하는 능동적인 단계, 마음을 온전히 신을 향해 들어 올리는 단계, 신 안에 머무르는 단계가 그것이다. 〈이런 의미에서 수도자들의 성서 독서는 단순히 읽는 것 자체가 아니라 언제나 묵상과 기도 그리고 관상을 지향하며 그러한 일련의 과정을 함축한다.〉[5]

그런데 귀고의 정의 및 이후 수도 전통에서 이해되는 바의 렉시오 디비나는 세 가지 매우 분명한 특성을 갖는다. 첫째는 〈렉시오〉라는 단어가 일차적으로 의미하는 〈읽기〉라는 의미에도 불구하고 그것은 원래 〈듣기〉를 강조했다는 사실이고, 두 번째는 사다리가 함축하는 단계, 혹은 시퀀스에도 불구하고 이 4가지 단계는 거의 동시성의 관점에서 이해되었다는 사실이다. 세 번째 특징은 렉시오(독서)의 궁극적인 목적은 해당 텍스트의 이해가 아닌 독서자의 변화라는 사실이다.

우선 듣기의 문제를 살펴보자. 고대 수도자들은 성서를 읽을 때 오늘날과 같이 단순히 눈과 머리만 이용해서 대충 그리고 빨리 읽지 않았다. 그들은 천천히 눈으로 본 내용을 입술로 작게 소리 내어 직접 듣고 또 그것을 마음에 간직했다. 이것은 우리의 전 존재를 활용하는 능동적인 독서이다.[6] 초기 수도자들의 작품들에서 독서*lectio*와

5 허성준, 『수도전통에 따른 렉시오 디비나』(왜관: 분도출판사, 2003), 59~70, 67~68쪽.
6 위의 책, 79쪽.

들음*auditio*이라는 두 용어는 자주 동의어로 사용되곤 했는데, 그것은 그들이 성서의 말씀을 읽으면서 동시에 귀 기울여 그 말씀을 들었기 때문이다. 그러므로 수도자들의 독서는 정확히 말하면 단순히 읽는 수행이라기보다는 오히려 말씀을 읽고 귀 기울여 듣는 수행이었다.[7]

사실 듣기의 중요성은 이미 성서에서 여러 차례 언급된 바 있다. 단순화시켜 말하자면 성서 전체는 〈신은 말씀하시고 우리는 듣는다는 사실에 기초해서 서술된다〉.[8] 듣기가 없으면 신과의 〈계약〉도 없다.[9] 〈나의 말을 듣고 내가 너희에게 명령한 모든 일을 하여라, 그러면 너희는 나의 백성이 되고 나는 너희의 하느님이 될 것이다.〉(「예레미야」 11 : 4) 〈이 예언의 말씀을 낭독하는 이와 그 말씀을 듣고 그 안에 기록된 것을 지키는 사람들은 행복합니다.〉(「요한의 묵시록」 1 : 3) 「로마인들에게 보낸 편지」는 아예 〈신앙은 듣기에서 오는 것*fides ex auditu*〉임을[10] 강조한다. 〈믿음은 들음에서 오고 들음은 그리스도의 말씀으로 이루어집니다.〉(「로마인들에게 보내는 편지」 10 : 17)

성서에서 강조하는 듣기는 사실상 그냥 듣는 것의 문제가 아니다. 그것은 무엇보다도 경청이며 경청에서 비롯되는 절대적인 순명의 문제다. 렉시오 디비나에서 강

---

7 위의 책, 82쪽.
8 E. Bianchi, *Lectio Divina* (Brewster: Paraclete Press, 2015), p. 63.
9 Ibid., p. 63.
10 Ibid., p. 66.

조하는 것 역시 말씀의 경청이다. 눈으로, 머리로 읽는 것이 아니라 귀로 듣는 독서는 렉시오가 〈읽기〉임에도 불구하고 오늘날 우리가 생각하는 독서와는 거리가 있음을 보여 준다. 그것은 이성으로 분석하는 읽기, 즉 두뇌의 문제가 아니라 직관과 감각의 문제, 곧 마음의 문제가 되는 것이다. 우리가 흔히 〈마음의 눈〉이라는 표현을 사용하듯이 〈마음의 귀〉라는 표현을 여기에서 사용할 수 있다. 히브리인들이 강조했던 〈듣는 마음_lebh shomea_〉 혹은 〈딥 리스닝〉[11]이 여기 해당된다. 그런 의미에서 렉시오 디비나는 하이데거의 다음과 같은 주장을 상기시킨다. 〈경청과 유념이라는 의미에서의 듣기는 청취 그 자체가 영성적인 영역으로 이동함을 의미한다.〉[12]

독서를 인지의 영역이 아닌 감각의 영역으로 수용하는 렉시오 디비나는 그 궁극적인 목적 또한 일반 독서의 목적과 다르다. 귀고 2세의 『수도사의 사다리』는 원래 독서법에 대한 매뉴얼이 아니었다. 그것은 관상 생활에 관한 서한이었다.[13] 같은 맥락에서 렉시오 디비나는 관상적인 기도의 한 가지 방식이었다.[14] 그러니까 귀고의 4단계 방

11 S. Binz, *Conversing with God in Scripture* (Frederick: The Word Among Us Press, 2008), p. 49.

12 M. Heidegger, *Early Greek Thinking*, trans. D. Krell and F. Capuzzi (N.Y.: Harper & Row, 1975), p. 65.

13 마이클 케이시, 『거룩한 책읽기』, 강창헌 옮김(서울: 성서와함께, 2007), 104쪽.

14 C. Pintner, *Lectio Divina the Sacred Art*, p. 3.

법론의 마지막 단계인 〈관상〉은 사실상 최종적인 단계라 기보다는 렉시오 디비나의 의미를 지칭하는 개념이다. 또한 세 번째 단계인 〈기도〉 역시 단계가 아닌 렉시오 디 비나의 존재 의의를 지칭하는 개념이다.

그렇기 때문에 렉시오 디비나를 설명하는 많은 신학자 들은 귀고의 4단계설에서 핵심이 되는 것은 각 단계의 순차성이 아니라 연결성이라 지적한다.[15] 사실 귀고가 사 다리를 언급한 것은 사다리의 은유만이 당대의 정적인 세계 인식 속에서 렉시오 디비나의 역동성을 설명할 수 있었기 때문이다. 〈사다리들이 중요했던 것은 역동적이 고 변화하는 영성 생활의 국면을 다루는 한 방법이었기 때문이다. 당시는 발전이나 진화라는 단어가 없던 시대, 실재가 근본적으로 정적이며 지구가 평평하다고 믿던 시 대였다. 사다리들은 철학에 대한 경험적 반응이었다. 이 성적 사고는 우주의 불변하는 법칙을 가정할 수 있었지 만, 경험은 삶이 진행될 때 인간사 안에서 실체적 변화가 발생함을 알고 있다.〉[16]

귀고의 각 단계는 인과율의 관점에서나 시간성의 관점 에서나 다른 단계를 선행하면서 다음 단계와 연결된다. 묵상 없이는 기도도 불가능하고 기도가 없으면 관상도

15 N. Muskhelishvili, "Traditsiia Lectio Divina: Kognitivno-psikhologicheskoe Prochtenie", *Vestnik PSTGU I: Bogoslovie. Filosofiia*, Vol. 51, No.1, 2014, p. 101.

16 마이클 케이시, 『거룩한 책읽기』, 104쪽.

없다는 식이다.[17] 그러나 어떤 결정적인 순간에 연속적인 시퀀스는 동시성으로 녹아 들어가고, 독서와 사색, 기도와 성찰은 상호 침투하여 관상, 즉 신과의 일치로 독서자를 인도한다. 이반 일리치I.Illich의 지적처럼 〈수도원 전통에서 읽기의 두 가지 방식, 즉 렉시오와 메디타시오는 똑같은 렉시오 디비나의 두 순간에 불과하다〉.[18] 그리고 이 순간들은 궁극적으로 독서자 개개인에게서 관상, 즉 〈신과의 조우〉로 귀착한다.[19]

라틴어의 관상contemplatio은 고대 그리스어의 〈theoria〉에 상응하는 개념으로 〈바라보기〉 및 응시하기, 인지하기 등을 의미했다. 슈피들릭T.Špidlík의 지적처럼 그리스어 〈theoria〉는 〈시각thea〉이란 단어에서 유래했으며, 그렇기 때문에 본다는 개념을 강조하는 표현들인 바라보다, 구경하다, 나아가 반추하다, 묵상하다, 철학적 사색을 하다 등이 여기 포함된다.[20] 이렇게 바라보는 일에서 시작되는 관상은 궁극적으로 신을 마주 보는 것, 신과 하나가 되는

17 D. Robertson, *Lectio Divina The Medieval Experience of Reading* (Collegeville: Liturgical Press, 2011), p. 227. 십자가의 성 요한의 다음과 같은 말을 참조할 것. 〈읽으면서lectio 찾아라. 그러면 묵상으로써meditatio 찾아낼 것이다. 기도하면서oratio 불러보라. 그러면 관상으로써contemplatio 열릴 것이다.〉 십자가의 성 요한, 『십자가의 성 요한 소품집』, 대전 가르멜 여자수도원 옮김(왜관: 분도출판사, 1977), 43쪽.

18 이반 일리치, 『텍스트의 포도밭』, 정영목 옮김(서울: 현암사, 2016), 95쪽.

19 S. Binz, *Conversing with God in Scripture*, p. 1.

20 토마스 슈피들릭, 『그리스도교 동방 영성』, 곽승룡 옮김(서울: 가톨릭출판사, 2014), 544쪽.

것으로 마무리된다. 그리스도교 신비 신학의 근저에는 가장 시원적인 감각의 행위가 가장 영성적인 〈신과의 일치〉와 맞물린다는 사실, 육체의 눈과 정신의 눈이 하나가 된다는 사실이 자리한다.[21] 신과 대면하는 것, 즉 지복 직관*visio beatifica*은 엄밀하게 말하면 내세의 일이다. 그러나 은총의 힘은 그것을 이승에서 가능하게 해준다. 그것이 바로 관상의 순간이다.[22] 렉시오 디비나의 이러한 특성은 사실상 읽기 및 읽기에서 비롯되는 듣기와 보기가 상이한 감각 영역 간의 경계를 초월한다는 것을, 어떤 단계에 이르면 읽기라고 하는 인지 활동과 청각과 시각이 모두 하나로 융해될 수 있음을 시사한다.

한편, 관상 기도로 통합되는 렉시오 디비나는 낭송자, 그리고 낭송의 청자가 겪는 변모로 마무리된다. 이는 관상의 궁극적인 목적이기도 하다. 렉시오 디비나를 현대 수용 미학의 관점에서 조망한 로버트슨D. Robertson의 지적처럼 〈렉시오 디비나는 수용, 체험, 해석의 과정, 그리고 읽기를 넘어서는 어떤 행위의 과정을 함축한다. 독자는 씌어진 책으로부터 눈을 들어 개인적이고 능동적인 자기

---

21 서양 신비 사상의 핵심을 물질과 정신, 감각과 영혼의 관계 속에서 조망한 앤드루 라우스의 책은 상당 부분이 관상의 문제에 할애되고 있다. 앤드루 라우스, 『서양 신비사상의 기원』, 배성옥 옮김(왜관: 분도 출판사, 2001)을 참조할 것.
22 D. Robertson, *Lectio Divina the Medieval Experience of Reading*, p. 226.

화의 관계로 들어선다〉.[23] 읽기를 넘어서는 어떤 행위를
신학자들은 변형transformation, 혹은 〈영적 변모의 신비〉라
칭한다.[24] 일례로, 빈츠는 성서 전체가 우리에게 선언하
는 것은 신의 〈변형시켜 주는 은총transforming grace〉이라는
전제하에 변형이야말로 거룩한 독서의 목적이므로 귀고
의 4단계 사다리는 그다음에 활동operatio의 제5단계를 상
정한다고 지적한다.[25] 이때 활동이란 어떤 식으로든 변화
된 삶의 방식을 의미한다.

3

이상에서 살펴본 렉시오 디비나의 세 가지 특성, 즉 읽
기와 듣기의 연결성, 그리고 듣기와 보기의 관상적인 일
치, 그리고 독서자의 변형은 도스토옙스키의 성서 읽기
에서 그대로 재현된다. 도스토옙스키에게 〈의미 있는〉
성서 독서는 반드시 소리 내어 읽는 것이었다. 소리 내어
성서를 읽고 그것을 경청할 때, 읽고 듣는 사람은 변모한
다. 성서 낭송의 중요성은 『죄와 벌』의 저 유명한 소냐의
「요한의 복음서」 낭송에서 드러난다. 도스토옙스키는 주

  23 D. Robertson, "Lectio Divina and Literary Criticism: from John
Cassian to Stanley Fish", *Cistercian Studies Conference*, Vol. 46, 2011, p. 90.
  24 허성준, 『수도전통에 따른 렉시오 디비나』, 106쪽.
  25 S. Binz, *Transformed by God's Word: Discovering the Power of Lectio
and Visio Divina* (Notre Dame: Ave Maria Press, 2016), p. 5, 25.

인공의 갱생을 위한 플롯에서 주인공으로 하여금 스스로 성서를 읽게 하는 대신 타자로 하여금 성서를 낭송하게 한다. 소냐는 앞으로 다시 태어나게 될 죄인을 위해 거룩한 텍스트를 낭송하며 그녀의 낭송은 그 자체가 거룩한 사건이 된다. 소냐의 복음서 낭송은 읽는 자와 듣는 자 모두를 낭송되는 텍스트 속으로 깊이 끌어들인다. 소냐는 〈라자로의 부활〉 대목을 읽기 시작하고 라스콜니코프는 미동도 없이 소냐의 낭송을 경청한다. 소냐의 낭송은 어느덧 암송으로 전이된다. 〈그녀는 전대미문의 가장 위대한 기적에 대한 말에 다가가고 있었고, 엄청난 승리감에 사로잡혔다. 그녀의 목소리는 금속처럼 낭랑해졌고, 승리감과 기쁨이 그 속에서 울리며 목소리를 힘 있게 만들어 주고 있었다. 눈앞이 아득해지면서 읽고 있던 글자 모양이 그녀 앞에서 흔들렸지만, 그녀는 자기가 읽고 있는 부분을 완전히 외우고 있었다.〉(PSS XIV: 630) 이 대목은 〈눈이 먼 사람(소경)〉이 〈듣고〉, 〈눈을 뜨게 되고〉, 〈보게 되는 것〉으로 요약된다. 믿음은 〈보는 것〉이며 〈보는 것〉을 가능하게 해주는 것은 듣는 것이다.

〈소경의 눈을 뜨게 한 사람이 라자로를 죽지 않게 할 수가 없었단 말인가?〉라는 마지막 절에서 그녀는 목소리를 내리깔고, 강력하고 고집스럽게 믿지 않는 자들, 눈먼 유대인들, 이제 곧 1분 후면 벼락을 맞은 사람처럼 넘어져서 통곡하며 믿게 될 사람들의 의심과 비난과 비방을 전했다. 〈그리고《이 사람》, 마찬가지로 눈이 멀어서 믿지 않는《이 사람》역시도 이제 듣게 될 것이고 그 역시 이제 믿게 될 것이다. 그렇다, 그렇다, 이제 곧!〉그녀는 이렇게 꿈꾸었고 이런 기대로 기뻐서 몸을 떨었다.(PSS XIV: 631)

그러나 이 대목에서 가장 눈에 띄는 것은 낭송자 자신의 변형이다. 잠시 후 그녀는 완전히 외운 텍스트의 리얼리티 속으로 이동하여 그 리얼리티, 즉 부활의 장면을 목도한다. 소녀의 읽기는 그 자체가 〈보기〉로 전변되는 것이다. 〈그녀는 감격에 겨워 큰 소리로, 마치 그 장면을 눈으로 보기라도 하듯이 온몸에 오한이 끼치는 것을 느끼며 후들후들 떨면서 읽어 내려갔다.〉(PSS XIV: 632)

『카라마조프 씨네 형제들』에서도 낭송은 가장 바람직한 성서 독서의 방식으로 제시된다. 이 점은 무엇보다도 조시마 장로의 설교 속에서 강조된다. 조시마는 회고와 설교 속에서 성서 읽기의 의미와 영향을 자세하게 설명한다. 실제로 조시마가 수도사의 길을 걷게 되는 데 가장 의미 있는 출발점을 제공해 준 사건은 성서 낭송의 〈듣기〉였다.

내가 기억하는 바로는 책 읽기를 배우기도 전인 겨

우 여덟 살 무렵 처음으로 어떤 정신적인 감동이 찾아왔습니다. 수난 주간 월요일에 어머니는 하느님 아버지 대성당의 미사에 나만 데리고 가셨습니다. (……) 나는 감동한 눈으로 그 광경을 바라보았고 난생처음으로 영혼 속에 하느님 말씀의 첫 씨앗을 가슴 깊이 받아들였습니다. 어린 복사 하나가 당시 내가 보기에도 들 수 있을까 싶을 정도로 어마어마하게 큰 책을 간신히 성당 한복판으로 들고 나와 독서대 위에 올려놓고는 펴서 읽기 시작했습니다. 그때 나는 처음으로 무언가 깨달았으며 성당 안에서 사람들이 읽고 있는 것이 무엇인지 문득 알아차렸습니다.(PSS XXIV: 646~647)

이 어린 시절의 한순간에 그가 들은 성서는 구약의 「욥기」였고, 「욥기」는 이후 그의 삶 속으로 들어와 견고하게 뿌리를 내렸다. 그가 성서를 가리켜 〈얼마나 위대한 기적과 권능입니까〉라고 말할 수 있게 된 것은 여덟 살 때 들은 「욥기」 덕분이다. 이어지는 설교에서 조시마는 성서 낭송의 중요성을 지속적으로 강조한다. 임종을 앞둔 노수도사가 후학들에게 당부하는 것은 오로지 사람들에게 성서를 소리 내어 읽어 주라는 것이다.

성서를 펼쳐 놓고 읽어 주되 어려운 말을 쓰거나 거드름을 피우거나 그들 위에 군림하려 들지 말며 감동적이고도 친절하게 읽어 주십시오. 스스로 그들에게 성서를 읽어 주고 그들이 당신의 낭독을 들으며 그 말씀들을 사랑하면서 당신을 이해하게 되는 것을 기뻐하십시오. (……) 일주일에 단 한 시간만이라도, 급료는 고려하지 말고, 한 시간만이라도 읽어 주십시오.(PSS XXIV: 651, 654)

이어서 조시마는 〈아브라함과 사라의 이야기, 이사악과 리브가의 이야기, 요셉의 이야기를 읽어 주십시오〉라고 말하는데, 원문을 보면 한 페이지에 〈읽어 주십시오〉라는 단어가 세 번 반복되어 마치 후렴처럼 들린다. 그리고 이어서 〈읽히도록 하십시오〉와 〈읽어줘 보십시오〉가 언급된다(PSS XIV: 266). 조시마에 의하면 성서 독서에서 해석학은 전혀 문제시되지 않는다.[26] 그냥 소리 내어 읽기만 하면 된다. 그가 이토록 낭송을 강조하는 이유는 우선 낭송은 성서를 이해하는 첫걸음이자 가장 직접적인 방식이며 낭송을 통해 낭송자와 청자가 하나의 공동체를 형성할 수 있기 때문이다. 그러나 이어지는 알료샤의 사례에서 알 수 있듯이 개인의 차원에서 낭송과 낭송의 듣기가 갖는 의미는 그것이 청자의 절대적인 변모를 가능하게 해준다는 데에 기인한다.

26 E. Ziolkowski, "Reading and Incarnation in Dostoevsky", p. 158.

4

조시마가 렉시오 디비나의 출발점인 낭송의 중요성을 설교의 형태로 강조했다면, 알료샤가 겪는 일련의 사건들은 렉시오 디비나의 핵심적인 특성인 듣기와 보기의 일치를 재현한다. 『카라마조프 씨네 형제들』의 가장 중요한 대목 중의 하나인 「갈릴래아 가나」는 렉시오 디비나의 문학적 실현이라 불러도 크게 틀리지 않을 것이다.

알료샤는 조시마의 부취로 인해 깊이 좌절하여 수도원을 떠난다. 거의 신앙을 잃어버릴 뻔한 그는 그루센카가 들려준 〈양파 한 뿌리〉 덕분에 마음을 추스리고 수도원으로 되돌아온다. 〈갈릴래아 가나〉는 바로 이 시점, 주인공이 거의 생사의 갈림길이라 할 정도로 거대한 선택의 기로에 서 있는 바로 이 시점에 그의 〈귀〉로 들어온다. 조시마 장로의 관 앞에서 파이시 신부가 죽은 자를 위한 성서를 봉송하고 있다. 알료샤의 마음속에서는 여러 개의 상념들이 소용돌이친다. 〈여러 개의 감각들이 너무 많은 말을 하면서 오히려 하나가 다른 하나를 밀어내는 어떤 고요하고도 규칙적인 순환을 되풀이하고 있었다.〉(PSS XXIV: 800) 그러면서도 그의 마음은 거대한 깨달음을 받아들일 준비가 되어 있다. 〈상념의 조각들이 마치 잔별들처럼 가물거리며 반짝거렸고 이어서 다른 상념들로 대체되면서 사라져 갔으나, 그 대신 완전하고 확고하며 갈

증을 풀어 주는 그 무엇이 그의 마음을 지배하고 있었고 그 자신도 그것을 의식하고 있었다.〉(PSS XXIV: 800). 〈때때로 그는 열렬히 기도를 드리기 시작했으며, 그렇게 감사하고 사랑하면서 살고 싶다는 생각이 들었다……. 그러나 기도를 시작하면 이내 다른 생각이 떠올라 그것에 몰두했기에 기도는 물론 잡념을 끊어 버리려는 생각까지도 잊게 되었다. 종종 파이시 신부의 독경에 귀를 기울이기도 했으나 너무 지쳐 있었기 때문에 점점 졸음이 쏟아졌다.〉(PSS XXIV: 801)

이때 알료샤가 쏟아지는 졸음 속에서 듣는 것은 「요한의 복음서」 제2장의 〈가나의 혼인 잔치〉 대목이다. 알료샤가 의식적으로 〈경청〉을 하려 하지 않아도 복음서의 낭송은 그의 귀를 통해 그의 의식 속으로 파고든다. 오히려 비몽사몽의 상태이므로 그는 복음서의 한마디 한마디를 〈묵상〉 차원으로 승화시킬 수가 있다. 그는 가나의 혼인 잔치의 핵심인 기쁨과 나눔과 기적을 의식적인 노력 없이 그냥 수용한다. 그는 자신의 귀에 들려오는 복음서를 시각화시키고 개인화시키면서 점차 복음서 속으로 빠져든다. 어느 순간부터 알료샤의 의식과 성서는 마치 말을 주고받듯이 교호한다. 알료샤는 무의식과 의식을 오가면서 성서의 구절들을 듣고 자기 식으로 〈해석〉한다.

〈난 이 구절을 좋아하는데. 갈릴래아 가나는 첫 번째

기적이거든……. 아아, 기적, 아아, 그건 정말 놀라운 기적이야! 그리스도께서는 최초로 기적을 행하실 때 슬픔이 있는 곳이 아니라 기쁨이 있는 곳을 찾아 주셨고 인간의 기쁜 일을 도와주신거야……《사람들을 사랑하는 자는 그들의 기쁨도 사랑하는 법이니라……》 이건 돌아가신 장로님께서 늘 하시던 말씀으로 그분의 가장 중요한 사상 중 하나였지……. 기쁨이 없으면 결코 살아갈 수 없다고 드미트리 형님도 말했고……. 그래, 드미트리 형님이 말했었지…….〉(PSS XXIV: 802).

이렇게 의식과 무의식을 오가며 복음서를 해석하던 알료샤는 어느 순간 현실로 돌아와 자신이 해석하는 것이 현실 속에서 파이시 신부가 봉송하는 구절임을 인지한다.

「예수의 어머니는 하인들에게 〈무엇이든 그가 시키는 대로 하여라〉하고 일렀다…….」
〈시키는 대로 하여라……. 가난한 사람들, 몹시 가난한 사람들에게는 기쁨, 기쁨일 테니……. (……) 사실 예수께서는 가난한 사람들의 혼인 때 포도주를 만들어 주기 위해서 지상에 강림하신 것은 아니잖아? 하지만 어머니의 부탁대로 그렇게 행하셨어……. 아, 신부님께서 다시 독경을 하시는군.(PSS XXIV: 803)

이렇게 진행되던 듣기와 해석은 갑자기 〈보기〉로 전변된다. 알료샤는 어느 순간 눈으로 성서를 보기 시작한다. 이제까지와는 다른 차원의 독서가 시작된다. 〈하지만 대체 어찌 된 일이지? 어째서 눈앞에 방이 나타나는 걸까……. 아, 그래…… 이건 바로 혼인이고 혼인 잔치지. 그래, 틀림없어.〉(PSS XXIV: 803~804)

알료샤의 바라보기는 조시마 장로의 이미지로 좁혀진다. 알료샤와 고인이 된 장로는 함께 가나의 혼인 잔치로 이동한다. 〈장로님은 어제 손님들이 찾아와 동석했을 때 입었던 바로 그 옷차림을 하고 계시다. 얼굴 표정은 밝고 두 눈은 빛난다. 대체 이게 어찌 된 일이지. 틀림없이 장로님께서는 잔치에 참석하고 계신 거야. 가나의 혼인 잔치에 초대를 받으신 거야.〉(PSS XXIV: 804)

꿈속의 장로는 마치 현실에서 그러는 듯이 〈함께 즐기자〉라고 알료샤를 초대한다. 알료샤와 장로는 문자 그대로 복음서 〈속으로〉 들어가 복음서의 사건에 참여자로 관여한다. 〈우리는 새 포도주를 마시는 거야, 새롭고 위대한 기쁨의 포도주를. 자, 보려무나, 손님들이 얼마나 많은지를. 저기 신랑도 있고 신부도 있고, 지혜로운 연회장도 있고, 다들 새로운 포도주를 맛보는구나. (……) 나는 양파 한 뿌리를 적선해서 이 자리에 있는 거란다. 이 자리에 있는 많은 사람들도 단지 양파 한 뿌리를 적선했던 사람들이란다.〉(PSS XXIV: 805)

조시마는 물론 신이 아니다. 그러므로 알료샤가 조시마를 시각적으로 인지한다고 해서 그가 곧 지복 직관을 체험한다고 말할 수는 없다. 그러나 알료샤의 비전은 조시마의 도움으로 관상의 상태에 다가간다. 앞에서 말했듯이 관상은 신을 바라보는 것이고 관상의 목적은 신과의 일치이다. 사실 신과의 일치는 관상의 목적일 뿐 아니라 신학 전체의 목적이기도 하다.[27] 이미 신과 일치해 있음에 틀림없는 장로의 위상은 이중적이다. 그는 내면적으로는 신과 일치하지만 외적으로는, 즉 알료샤에게는 이를테면 신의 대리인이다. 그런 의미에서 조시마를 직시하는 알료샤는 관상의 경계선에 서 있다고 여겨진다. 조시마는 알료샤에게 〈그분〉을 직시하라고 권한다. 〈그런데 넌 우리의 태양이 보이니? 그분이 보이니?〉 알료샤는 〈저는 두렵습니다. 감히 쳐다볼 수가 없어요〉(PSS XXIV: 805)라고 답한다. 장로가 〈그분을 두려워하지 말아라. 그분은 한없이 자비로우시며 우리들에 대한 사랑 때문에 형상을 닮게 만드셨고 우리들과 함께 즐거움을 나누시며……〉(PSS XXIV: 805)라고 말하며 재차 신을 직시할 것을 권하는 바로 그 순간 알료샤는 잠에서 깨어난다. 〈무언가가 알료샤의 가슴속에서 불타오르고 별안간 고통스러울 정도로 충만하더니 그의 영혼에서 환희의

27 〈신학은 지식의 문제가 아니라 신과의 일치의 문제다.〉 R. Poole, "The Apophatic Bakhtin", *Bakhtin and Religion*, edit. S. Felch and P. Contino (Evanston: Northwestern Univ. Press, 2001), p. 158.

눈물이 쏟아져 내렸다……. 그 순간 그는 두 손을 뻗쳐 비명을 지르며 잠에서 깨어났다…….〉(PSS XXIV: 806)

　이 대목이 절묘하게 여겨지는 이유는 알료샤가 신과의 일치 직전에 잠에서 깨어난다는 설정 때문이다. 톰슨D. Thompson은 알료샤가 지복 직관을 흘끗 경험했다고 설명하지만[28] 엄밀히 말하자면 그는 지복 직관 바로 직전에 현실로 돌아온다. 이 텍스트는 신학 서적이 아니라 소설이다. 도스토옙스키는 관상이란 그리스도인의 지향이자 최종적인 목적임을 인지했지만 그것을 소설 속에서 형상화하는 것이 얼마나 어려운지도 잘 알고 있었다. 알료샤는 성직자가 아니라 혈기 왕성한 청년이다. 상식적으로, 그가 조시마의 경지에 오르기 위해서는 더 많이 삶을 살아야 한다. 그래서 알료샤는 신의 직시 직전에 깨어난다.

　그럼에도 불구하고 알료샤의 꿈은 관상으로 간주되는 데 무리가 없다. 슈피들릭의 지적처럼 관상이란 정신의 진정한 투명성을 재발견하는 것이며 그런 의미에서 그것은 통찰diorasis이다.[29] 이 통찰의 순간에 보는 주체와 보여지는 대상의 경계는 사라진다. 〈모든 영성 훈련의 목표인 관상은 주체와 객체 간의 분리를 무너뜨린다. 신의 현존에 대한 생생한 감각은 보편적인 어떤 존재와의 일치로 체험된다. 이 경우 보편적인 존재를 우리는 신이라 부른

　28 D. Thompson, "Problems of the Biblical Word in Dostoevsky's Poetics", p. 93.
　29 토마스 슈피들릭, 『그리스도교 동방 영성』, 577쪽.

다.)[30] 영적인 바라보기에서는 자아가 신을 바라보는 눈과 신이 자아를 바라보는 눈은 같은 것이다. 동일한 눈, 동일한 시각, 동일한 지식, 동일한 사랑이다.[31] 같은 맥락에서 가나의 혼인 잔치에서 축복의 주체로 등장하는 그리스도와 모든 사람을 천상의 잔치로 불러 모으는 그리스도는 동일한 존재다.[32] 그리고 그리스도를 직시하는 조시마와 천상의 잔치에 초대받은 손님들도 모두 동일한 하나의 존재로 융해된다. 바로 그런 의미에서 알료샤의 체험은 관상이라 불릴 수 있다.

알료샤가 체험하는 것이 관상임은 그가 꿈에서 깨어난 이후 완전히 변모한다는 사실로 뒷받침된다. 도스토옙스키는 관상의 순간을 〈소설적으로〉 회피한 뒤 바로 이어서 관상의 결과인 〈operatio〉, 즉 변형(변형된 삶)을 분명하게 제시한다. 알료샤는 이 순간 이후 〈완전히 달라진다〉. 그의 변화는 드라마틱하다. 이 변화를 단순히 잃을 뻔했던 신앙을 되찾은 것으로 설명하는 것은 턱없이 부족하다. 그는 독서와 관상의 전 단계를 거치면서 가장 중요한 자기 의식을 획득한다. 그것은 렉시오 디비나의 각 단계에서 일어나는 변화, 문자 그대로 〈의식의 변형

---

30 N. Muskhelishvili, "Traditsiia Lectio Divina: Kognitivno-psikhologicheskoe Prochtenie", p. 117.

31 C. Pintner, *Lectio Divina the Sacred Art*, p. 148.

32 D. Thompson, "Problems of the Biblical Word in Dostoevsky's Poetics", p. 93.

preobrazovanie soznaniia〉이다.[33] 누구보다도 먼저 이 변화를 눈치챈 사람은 파이시 신부다. 〈파이시 신부는 순간적으로 성서에서 눈을 돌려 알료샤를 바라보았으나 그에게 이상한 일이 벌어졌음을 눈치채고는 얼른 눈길을 돌려 버렸다.〉(PSS XXIV: 806)

성서의 진리가 등장인물의 의식을 관통할 때 그들의 삶은 변형되기 시작한다. 앞에서도 여러 번 강조했다시피 거룩한 독서의 최종 목적은 독서자의 변형이다. 렉시오 디비나에 관한 대부분의 저술에서 저자가 강조하는 것도 영적인 독서를 통한 독서자의 시선 변형이다.[34] 알료샤의 거룩한 독서는 그의 시선을 변화시키고 그의 전 존재를 변모시킨다. 그는 이제 더 이상 속세에도, 수도원에도 속하지 않는 존재가 된다. 그는 〈다른 세상〉으로 나간다. 그가 갑자기 암자 밖으로 나가 별이 가득한 하늘을 바라보는 것은 순수하게 정신적인 운동을 표상한다. 그의 물리적인 움직임과 시선의 변화는 수평적인 동시에 수직적으로 변화된 삶을 보여 준다. 그가 목도하는 것은 지상과 천상의 만남, 인간과 신의 일치이다. 〈지상의 고요가 하늘의 고요와 융합하는 듯했고 지상의 신비가 별들의 신비와 서로 맞닿는 듯했다.〉(PSS XXIV: 806).

케이시M. Caesey는 렉시오 디비나의 마지막 단계인 관상

---

33 N. Muskhelishvili, "Traditsiia Lectio Divina: Kognitivno-psikhologicheskoe Prochtenie", p. 102.

34 E. Bianchi, *Lectio Divina*, p. 76.

을 〈신앙적 순명의 궁극적 열매〉라 지적한다.[35] 알료샤가 대지 위에 몸을 던져 오열하는 행위는 바로 이 순명의 행위이다. 〈고목이 쓰러지듯 알료샤는 제자리에 서서 그것을 바라보다가 별안간 대지 위에 몸을 던졌다. (……) 그는 오열하면서 눈물로 대지를 적시고 입을 맞추었다. 대지를 사랑하겠노라고, 영원히 사랑하겠노라고 굳게 맹세했다. (……) 그는 환희에 젖어 거대한 심연 속에서 자신을 향해 반짝이는 그 별들 때문에 눈물을 흘렸다. (……) 그처럼 수많은 신의 세계들에서 던져진 실타래들이 단번에 그의 영혼 속에서 마치 하나로 합쳐지기라도 한 것처럼 그의 영혼은 《다른 세계와 교감하며》 떨고 있었다.〉 (PSS XXIV: 807)

이 순간을 알료샤는 영혼 속에서 일어난 누군가와의 만남으로 설명한다. 〈알료샤는 한평생 이 순간을 결코 잊을 수 없었다. 「그때 누군가 내 영혼 속에 찾아왔던 거야.」 그는 나중에 확신에 가득 찬 목소리로 이렇게 말하곤 했다.〉(PSS XXIV: 808) 요컨대 그는 신과 만났던 것이다. 이어지는 문장 〈사흘 후 그는 장로와 약속한 대로 수도원을 나갔다〉(PSS XXIV: 808)는 알료샤의 변모에 대한 일종의 마침표와도 같은 기능을 한다. 제3부의 제7권「알료샤」챕터는 이것으로 완결된다. 비록 이후 소설에서도 알료샤는 계속 등장하지만 그가 〈수도원을 나갔

35 마이클 케이시, 『거룩한 책읽기』, 210쪽.

다)는 것은 한 세계로부터 영원히 떠남을 의미한다. 그것이 곧 관상의 결과이다.

5

이상에서의 논의로 도스토옙스키의 성서 독서와 렉시오 디비나 간의 관련성은 어느 정도 입증되었을 것으로 사료된다. 그는 유배지에서 형에게 종종 필독서를 보내 달라는 편지를 써보냈는데, 그가 매번 강조한 것은 교회사와 교부 철학 책들이었다.[36] 그러므로 그가 렉시오 디비나 및 중세적 독서의 전통에 대해 알고 있었으리라는 것은 미루어 짐작할 만하다.

그러나 본 논문의 의의는 양자 사이의 영향 관계를 탐구하는 데 그치는 것이 아니다. 본 논문에서 살펴본 도스토옙스키와 렉시오 디비나의 관련성은 듣기와 보기의 문제에 대한 새로운 시각을 토대로 도스토옙스키 시학의 특징인 시각성의 문제를 이제까지와는 다른 차원에서 접근해 볼 수 있는 가능성을 제시한다. 주지하다시피 도스토옙스키는 시각성의 작가이다.[37] 이 점은 특히 톨스토이 L. Tolstoi와 도스토옙스키의 비교 연구에서 하나의 척도로

36 석영중, 『자유, 도스토옙스키에게 배운다(서울: 예담, 2015), 358쪽.
37 도스토옙스키의 시각성에 대한 그동안의 연구는 석영중, 「도스토옙스키와 신경미학: '백치'에 나타난 시각의 문제를 중심으로」, 『러시아어문학연구논집』, Vol. 53, 2016, 71쪽을 참조할 것.

사용되어 왔다. 전통적으로 도스토옙스키는 시각의 작가, 회화를 지향하는 작가로, 톨스토이는 청각의 작가, 음악을 지향하는 작가로 알려져 있다.[38] 물론 이미 바흐친M.Baktin을 비롯한 여러 연구자들이 지적했다시피 도스토옙스키가 일관되게 구체성을 지향한 것은 사실이다. 그러나 본 논문에서 살펴본 바에 의하면 도스토옙스키에게 시각이란 청각에 반대되는 감각이 아니다. 최근의 한 연구자는 시각은 세계에 대한 미학적 관계를, 그리고 청각은 윤리적 관계를 요구한다고 지적했지만[39] 도스토옙스키의 경우 미학과 윤리, 시각과 청각 사이에 확고한 경계선이 존재하지는 않는다.

깊은 영성의 작가였던 도스토옙스키에게 바라본다는 것의 최종적인 목적은 관상이었고 궁극의 시각 대상은 그리스도였다. 그러므로 도스토옙스키의 시각 지향은 근본적으로 관상에 대한 지향이라는 관점에서 고찰할 필요가 있다. 도스토옙스키의 시각성을 관상의 차원에서 고찰할 때 청각과 시각의 대립은 무의미해지고 바흐친이 말한 〈예술적 시각화〉[40]의 개념은 새로운 의미를 획득한

---

38 I. Anastasiu, "Visual and Audible in Dostoevsky and Tolstoy's Work", *Cogito*, Vol. 3, 2011, pp. 67~72.

39 A. Schur, "The Limits of Listening: Particularity, Compassion, and Dostoevsky's 'Bookish Humaneness'", *The Russian Review*, Vol. 72, 2013, p. 574.

40 M. Bakhtin, *Problems of Dostoevsky's Poetics*, edit. and trans. C. Emerson (Minneapolis: Univ. of Minnesota Press, 1984), pp. 28~30.

다. 본 논문에서 살펴보았듯이 도스토옙스키의 낭송 원리인 렉시오 디비나는 듣기(경청)에서 시작하여 보기(관상)로 마무리된다. 청각과 시각은 관상의 단계에서 지복직관의 상태로 녹아든다. 그러므로 도스토옙스키의 시각성은 청각성을 아우르는 모종의 초월적인 감각으로, 감각과 인지, 미학과 윤리를 통합하는 어떤 영성적인 성향으로서 이해될 수 있는 가능성이 제기된다. 본다는 것은 근본적으로 생물학적 행위이지만 미학적이고 윤리적이고 신학적인 문제를 아우른다. 또 그런 만큼 시각성은 방대한 연구를 요하는 주제이다. 본 논문이 생물학과 미학과 신학과 윤리학의 융합적 관점에서 도스토옙스키의 시각성을 고찰하는 데 작은 출발점이 되었기를 기대한다.

논문 출전

1. 『지하로부터의 수기』: 신경 과학자냐 〈지하 생활자〉냐

「도스토옙스키의 '지하생활자'와 신경과학자」, 『러시아어문학연구논집』,
　　Vol. 41(2012), 29~50쪽.

2. 『죽음의 집의 기록』: 해방과 일치의 신학

「도스토예프스키의 『죽음의 집의 기록』에 나타난 원형운동과 선형운동」,
　　『슬라브학보』, Vol. 29. No. 3(2014), 89~114쪽.

3. 『죄와 벌』: 신문의 〈뉴스〉와 복음서의 〈영원한 뉴스〉

「도스토예프스키의 〈죄와 벌〉: 성서와 신문에 관한 고찰」, 『노어노문학』,
　　Vol. 16, No. 2(2004), 155~177쪽.

4. 『백치』: 그리스도 강생의 신비와 소설 미학

「도스토옙스키의 '백치'와 강생」, 『슬라브학보』, Vol. 21, No. 1(2006),
　　91~113쪽.

5. 『백치』: 아름다움, 신경 미학을 넘어서다

「도스토옙스키와 신경미학: '백치'에 나타난 시각의 문제를 중심으로」, 『러
　　시아어문학연구논집』, Vol. 53(2016), 65~92쪽.

6. 『악령』: 역설의 시학

「도스또예프스끼의 〈악령〉에 나타난 케노시스와 신화」,『슬라브학보』,
　　Vol. 17, No. 2(2002), 195~214쪽.

7. 『악령』: 권태라는 이름의 악

「도스토옙스키와 바라봄의 문제: 구경, '어시디아', 그리고 스타브로긴」,
　　『러시아어문학연구논집』, Vol. 72(2021), 59~80쪽.

8. 『카라마조프 씨네 형제들』: 예술이 된 진리

「도스또예프스끼와 르낭:『까라마조프가의 형제』를 중심으로」,『노어노문
　　학』, Vol. 18, No. 2(2006), 287~308쪽.

9. 『카라마조프 씨네 형제들』: 소설가의 물리학과 물리학자의 형이상학

「도스토옙스키의 물리학과 아인슈타인의 형이상학」,『슬라브학보』, Vol.
　　27, No. 4(2012), 313~334쪽.

10. 『카라마조프 씨네 형제들』: 신경 신학, 혹은 〈뇌 속에서 만들어진 신〉의 한계

「도스토옙스키와 신경신학」,『슬라브학보』, Vol. 28, No. 4(2013),
　　267~286쪽.

11. 『카라마조프 씨네 형제들』: 경청에서 관상(觀想)으로

「도스토예프스키와 렉시오 디비나: 듣기와 보기에 관한 고찰」,『러시아어
　　문학연구논집』, Vol. 57(2017), 97~116쪽.

참고 문헌

1차 자료

도스또예프스끼, 표도르, 『전집』, 석영중 외 옮김(서울: 열린책들, 2000).

Dostoevskii, F., *Polnoe sobranie sochinenii v 30 tomakh* (Leningrad: Nauka, 1972~1990).

2차 자료

가자니가, 마이클, 『윤리적 뇌』, 김효은 옮김(서울: 바다출판사, 2009).

_____, 『왜 인간인가』, 박인균 옮김(서울: 추수밭, 2009).

강태용, 『동방정교회』(서울: 도서출판정교, 1996).

곽승룡, 『비움의 영성』(서울: 가톨릭출판사, 2004).

_____, 『도스또예프스끼의 충만과 비움의 그리스도』(서울: 가톨릭출판사, 1998).

그륀, 안셀름, 『예수, 생명의 문. 요한복음 묵상』, 김선태 옮김(왜관: 분도출판사, 2004).

그린필드, 수전, 『브레인 스토리』, 정병선 옮김(서울: 지호, 2004).

김채연, 「신경미학의 현황 ─ 발전과 전망」, 『한국심리학회지: 인지 및 생물』, Vol. 27, No. 3(2015), 341~365쪽.

노에, 알바, 『뇌과학의 함정』, 김미선 옮김(서울: 갤리온, 2009).

뉴버그, 앤드류, 마크 로버트 월드먼, 『믿는다는 것의 과학』. 진우기 옮김
　(서울: 휴먼사이언스, 2012).

대한성서공회, 『공동번역성서』(서울: 1986).

라우스, 앤드루, 『서양 신비사상의 기원』, 배성옥 옮김(왜관: 분도출판사,
　2001).

르낭, E., 『예수의 생애』, 최명관 옮김(서울: 훈복문화사, 2003).

리멜레, 마리우스와 베른트 슈티글러, 『보는 눈의 여덟가지 얼굴』, 문화학
　연구회 옮김(서울: 글항아리, 2015).

마르티니, C., 『요한복음』, 성염 옮김(서울: 바오로의 딸, 1986).

마리오, 뷰리가드, 데니스 오리어리, 『신은 뇌 속에 갇히지 않는다』, 김영희
　옮김(서울: 21세기북스, 2010).

맥팔레인, 토마스, 『아인슈타인과 부처』, 강주헌 옮김(서울: 황소걸음,
　2002).

메디나, 존, 『브레인 룰스』, 서영조 옮김(서울: 프런티어, 2009).

바흐쩐, 미하일, 『도스또예프스끼 시학』, 김근식 옮김(서울: 정음사, 1988).

색스, 올리버, 『마음의 눈』, 이민아 옮김(서울: 알마, 2013).

석영중, 「도스토옙스키와 신경미학: '백치'에 나타난 시각의 문제를 중심으
　로」, 『러시아어문학연구논집』, Vol. 53(2016), 65~92쪽.

_____, 『자유 도스토옙스키에게 배운다』(서울: 예담, 2015).

_____, 「도스토옙스키와 신경신학」, 『슬라브학보』, Vol. 28, No.
　4(2013), 267~286쪽.

_____, 「도스토옙스키의 '지하생활자'와 신경과학자」, 『러시아어문학연
　구논집』, Vol. 41(2012), 29~50쪽.

_____, 「도스토옙스키의 물리학과 아인슈타인의 형이상학」, 『슬라브학
　보』, Vol. 27, No. 4(2012), 313~334쪽.

_____, 「도스토옙스키의 '백치'와 강생」, 『슬라브학보』, Vol. 21, No.
　1(2006), 91~113쪽.

_____, 『러시아 정교』(서울: 고려대학교출판부, 2005).

설, 존, 「신경생물학적 문제로서의 자유의지」, 『신경생물학과 인간의 자
　유』, 강신욱 옮김(서울: 궁리, 2010), 57~112쪽.

슈피들릭, 토마스, 『그리스도교 동방 영성』, 곽승룡 옮김(서울: 가톨릭 출판
　사, 2014).

십자가의 성 요한, 『십자가의 성 요한 소품집』, 대전 까르멜 여자수도원 옮
　김(왜관: 분도출판사, 1977).

아우구스티누스, 『고백록』, 성염 역주(파주: 경세원, 2019).

아인슈타인, 알베르트, 『상대성 원리: 특수상대성이론과 일반상대성이론』, 강주영 옮김(서울: 눈과마음, 2006).

암스트롱, 카렌, 『신을 위한 변론』, 정준현 옮김(서울: 웅진지식하우스, 2010).

예딘, 후베르트, 『세계 공의회사』, 최석우 옮김(왜관: 분도출판사, 2005).

이강영, 『보이지 않는 세계』(서울: 휴먼사이언스, 2012).

일리치, 이반, 『텍스트의 포도밭』, 정영목 옮김(서울: 현암사, 2016).

제임스, 윌리엄, 『종교적 경험의 다양성』, 김재영 옮김(서울: 한길사, 2000).

제키, 세미르, 『이너 비전 뇌로 보는 그림, 뇌로 그리는 미술』, 박창범 옮김(서울: 시공사, 2003).

조베르, 안니, 『요한복음』, 안병철 옮김(서울: 가톨릭출판사, 1981).

지상현, 『뇌 아름다움을 말하다』(서울: 해나무, 2005).

칼라프라이스, 앨리스, 『아인슈타인 혹은 그 광기에 대한 묵상』, 강애나, 이여명 옮김(서울: 정신문화사, 1998).

케이시, 마이클, 『거룩한 책읽기』, 강창헌 옮김(서울: 성서와함께, 2007).

크리스티안스, M., 『성서의 상징』, 장익 옮김(왜관: 분도출판사, 2002).

테야르 드 샤르댕, 피에르, 『인간현상』, 양명수 옮김(서울: 한길사, 1997).

파스칼, 블레즈, 『팡세』, 이환 옮김(서울: 민음사, 2017).

폴킹혼, 존, 『양자물리학과 기독교 신학』, 현우식 옮김(서울: 연세대학교출판부, 2007).

플래허티, 앨리스, 『하이퍼그라피아』, 박영원 옮김(서울: 휘슬러, 2005).

핑커, 스티븐, 『마음은 어떻게 작동하는가』, 김한영 옮김(서울: 동녘사이언스, 2007).

한국정교회, 『성찬예배서 성 요한 크리소스톰 및 성 대바실리오스 리뚜르기아』(서울: 한국정교회출판부, 2003).

허성준, 『수도전통에 따른 렉시오 디비나』(왜관: 분도출판사, 2003).

홍성욱, 장대익 엮음, 『뇌 속의 인간 인간 속의 뇌』, 신경인문학연구회 옮김(서울: 바다출판사, 2010).

후베르트, 마르틴, 『의식의 재발견』, 원석영 옮김(서울: 프로네시스, 2007).

Alston, B., *What is Neurotheology?* (Lexington: Booksurge.com, 2007).

Anastasiu, I., "Visual and Audible in Dostoevsky and Tolstoy's Work", *Cogito*, Vol. 3, No. 1 (2011), pp. 67~72.

Ashbrook, J. and C. Albright, *The Humanizing Brain: Where Religion and Neuroscience Meet* (Cleveland: The Pilgrim Press, 1997).

Avramenko, R., "Bedeviled by Boredom: A Voegelinian Reading of Dostoevsky's Possessed," *Humanitas*, Vol. 17, No. 1~2 (2004), pp. 108~138.

Baehr, S., "Paradise Now: Heaven-on Earth and the Russian Orthodox Church", *Christianity and Eastern Slavs*, *II*, edit. R. Hughes and I. Paperno (Berkeley: Univ. of California Press, 1994), pp. 95~103.

Bakhtin, M., *Toward a Philosophy of the Act*, trans. V. Liapunov (Austin: Univ. of Texas, 1993).

_____, "Author and Hero in Aesthetic Activity", *Art and Answerability. Early Philosophical Essays by M. M. Bakhtin*, edit. M. Holquist and V. Liapunov (Austin: Univ. of Texas Press, 1990), pp. 4~256.

_____, *Speech Genres and Other Late Essays*, trans. M. Vern (Austin: Univ. of Texas, 1986).

_____, *Problems of Dostoevsky's Poetics*. edit. and trans. C. Emerson (Minneapolis: Univ. of Minnesota Press, 1984).

_____, "Toward a Reworking of the Dostoevsky Book", *Problems of Dostoevsky's Poetics*, edit. and trans. C. Emerson (Minneapolis: Univ. of Minnesota Press, 1984), pp. 283~302.

_____, *Problemy poetiki Dostoevskogo* (Moskva: Sovetskaia Rossiia, 1979).

_____, "Slovo v Romane", *Voprosy Literatury i Estetiki* (Moskva: Khudozhestvennaia Literatura, 1975), pp. 72~233.

Barsht, K., "Defining the Face: Observation on Dostoevskii's Creative Processes", *Russian Literature, Modernism, and Visual Arts*, edit. C. Kelly and S. Lovell (Cambridge: Cambridge Univ. Press, 2000), pp. 23~58.

Bebbington, J., "Facing Both Ways: The Faith of Dostoevsky", *Through Each Others Eyes: Religion and Literature* (Moscow: Rudomino, 1999), pp. 171~190.

Belknap, R., "Memory in The Brothers Karamazov", *Dostoevsky New Perspectives*, edit. R. Jackson (Englewood Cliffs: Prentice-Hall, Inc, 1984), pp. 227~242.

Bercken, W., *Christian Fiction and Religious Realism in the Novels of Dostoevsky* (London: Anthem Press, 2011).

Bergeron, V. and D. Lopes, "Aesthetic Theory and Aesthetic Science", *Aesthetic Science: Connecting Minds, Brains, and Experience* (Oxford: Oxford Univ. Press, 2012), pp. 63~79.

Bianchi, E., *Lectio Divina* (Brewster: Paraclete Press, 2015).

Billington, J., *The Icon and The Axe* (N.Y.: Vintage Books, 1970).

Binz, S., *Transformed by God's Word: Discovering the Power of Lectio and Visio Divina* (Notre Dame: Ave Maria Press, 2016).

_____, *Conversing with God in Scripture* (Frederick: The Word Among Us Press, 2008).

Bocharov, S., "Paradoks 'bessmyslennoi vechnosti.' Ot 'Nedonoska' k 'Idiotu'", *Paradoksy russkoi literatury* (Sankt-Peterburg: Inapress, 2001).

Bortnes, J., "Religion", *The Classic Russian Novel*, edit. M. Jones and R. Miller (Cambridge: Cambridge Univ. Press, 1998), pp. 104~129.

Bulgakov, S., *Tikhie dumy* (Moskva: Respublika, 1996).

_____, *Agnets bozhii* (Paris: YMCA Press, 1933).

Burnett, R., *How Images Think* (Cambridge: MIT Press, 2005).

Carroll, N. and M. Moor and W. Seeley, "The Philosophy of Art and Aesthetics, Psychology, and Neuroscience", *Aesthetic Science: Connecting Minds, Brains, and Experience* (Oxford: Oxford Univ. Press, 2012), pp. 31~62.

Cerny, V., *Dostoevsky and His Devils*, trans. F. Galau (Ann Arbor: Ardis, 1975).

Chatterjee, A., *The Aesthetic Brain: How We Evolved to Desire Beauty and Enjoy Art* (Oxford: Oxford Univ. Press, 2013)

_____, "Neuroaesthetics", *Aesthetic Science: Connecting Minds, Brains, and Experience* (Oxford: Oxford Univ. Press, 2012), pp. 299~317.

Clark, K. and M. Holquist, *Mikhail Bakhtin* (Cambridge: Harvard Univ. Press, 1984).

Classen, C., *The Color of Angels Cosmology, Gender, and the Aesthetic Imagination* (London: Routledge, 1998).

Coates, R., "The First and the Second Adam in Bakhtin's Early Thought",

Bakhtin and Religion A Feeling for Faith, edit. P. Contino and S. Felch (Evanston: Northwestern Univ. Press, 2001), pp. 63~78.

_____, Christianity in Bakhtin (Cambridge: Cambridge Univ. Press, 1998).

Crick, F., *Astonishing Hypothesis: The Scientific Search for the Soul* (N.Y.: Scribner, 1995).

Danckert, J. and J. Eastwood, *Out of My Skull, the Psychology of Boredom* (Cambridge: Harvard Univ. Press, 2020).

De Vyver, J., *The Artistic Unity of the Russian Orthodox Church. Religion, Liturgy, Icons and Architecture* (Michigan: Firebird Publishes, 1992).

DeYoung, R., *Glittering Vices* (Grand Rapids: Brazos Press, 2020).

Dissanayake, E., "The Artification Hypothesis and Its Relevance to Cognitive Science, Evolutionary Aesthetics, and Neuroaesthetics", *Cognitive Semiotics*, Vol. 9, No. 5 (2009), pp. 136~158.

Dostoevsky, A., *Dostoevsky Reminiscences*, trans. B. Stillman (N.Y.: Rivelight, 1977).

Dostoevsky, F., *The Diary of a Writer*, trans. B. Brasol (Santa Barbara: Peregrine Smith Inc., 1979).

Dwyer, A., "Dostoevsky's Prison House of Nation(s): Genre Violence in Notes from the House of the Dead", *The Russian Review*, Vol. 71 (2012), pp. 209~225.

Einstein, A., *The Ultimate Quotable Einstein*, edit. A. Calaprice (Princeton: Princeton Univ. Press, 2011).

_____, *Ideas and Opinions*, trans. S. Bargman (N.Y.: Three River Press, 1995).

_____, *Out of My Later Years* (N.Y.: Philosophical Library, 1959).

_____, and L. Infeld, *The Evolution of Physics* (N.Y.: Simon and Schuster, 1938).

Elkins, J., *The Object Stares Back* (N.Y.: Harvest Book, 1996).

Enns, J., *The Thinking Eye, the Seeing Brain: Explorations in Visual Cognition* (N.Y.: W.W. Norton, 2004).

Fataeeva, N., "Dostoevskii i Nabokov: o dialogichnost' i intertekstual'nosti 'otchaizniiz'", *Russian Literature*, Vol. 51 (2002), pp. 31~48.

Fedorov, G., *Moskovskii mir Dostoevskogo* (Moskva: Iazyki slavianskoi kul'tury, 2004).

Finke, M., *Metapoesis* (Durham: Duke Univ. Press, 1995).

Flath, C., "Fear of Faith: The Hidden Religious Message of Notes from Underground", *SEEJ*, Vol. 37, No. 4 (1993), pp. 510~529.

Florenskii, P., *Iconostasis*, trans. D. Sheehan and O. Andrejev (Crestwood: St. Vladimir's Seminary Press, 2000).

_____, *Mnimosti v Geometrii Rasshirenie Oblast'Dvukhmernykh Obrazov* (Moskva, 1922)

Florovskii, G., *Puti russkogo bogosloviia* (Paris, 1937).

Frank, J., *Dostoevsky The Years of Ordeal* (Princeton: Princeton Univ. Press, 1990).

_____, "The Petersburg Feuilletons", Dostoevsky. New Perspectives, edit. R. Jackson (Englewood Cliffs: Prentice-Hall, Inc.: 1984), pp. 35~55.

Fukuyama, F., *Our Posthuman Future* (N.Y.: Picador, 2002).

Fusso, S., "Maidens in Childbirth: The Sistine Madonna in Dostoevskii's 'Devils'", *Slavic Review*, Vol. 54, No. 2 (1995), pp. 261~275.

Gabel, J. and C. Wheeler, *The Bible as Literature* (Oxford: Oxford Univ. Press, 1986).

Gardiner, M. and J. Haladyn (edit.), *Boredom Studies Reader* (London: Routledge, 2017).

Gatrall, J., "The Icon in the Picture: Reframing the Question of Dostoevsky's Modernist Iconography", *SEEJ*, Vol. 48, No. 1 (2004), pp. 1~25.

_____, "Between Iconoclasm and Silence: Representing the Divine in Holbein and Dostoevskii", *Comparative Literature*, Vol. 53, No. 3 (2001), pp. 214~232.

Gazzaniga, M., *The Ethical Brain* (N.Y.: Dana Press, 2005).

Gibson, A., *The Religion of Dostoevsky* (Philadelphia: The Westminster Press, 1973).

Gogol', N., *Duzhovnaia Proza* (Moskva: Russkaia Kniga, 1992).

_____, *Sobranie sochinenii v 7 tomakh* (Moskva: Khudozhestvennaia literatura, 1967)

Grigor'ev, D. Prot., *Dostoevskii i tserkov'* (Moskva: Izdatel'stvo pravoslavnogo sviato-tikhonovskogo bogoslovskogo instituta, 2002).

Grillaert, N., "Only the Word Order Has Changed. The Man-God in Dostoevsky's Works", *Dostoevsky Studies, New Series*, Vol. 9 (2005), pp. 80~105.

Harari, Y., *Sapiens A Brief History of Humankind* (London: Vintage Books, 2011).

Harress, B., "The Renewal of Man: A Poetic Anthropology on Dostoevsky's Major Novels", *Dostoevsky Studies, New Series*, Vol. 3 (1999), pp. 19~25.

Heidegger, M., *Early Greek Thinking*, trans. D. Krell and F. Capuzzi (N.Y.: Harper & Row, 1975), 65.

Howe, I., *Politics and the Novel* (Chicago: Ivan R. Dee, 2002).

Hubbs, J., *Mother Russia The Feminine Myth in Russian Culture* (Bloomington: Indiana Univ. Press, 1988).

Hudspith, S., "Dostoevskii and Slavophile Aesthetic", *Dostoevsky Studies*, Vol. 4 (2000), pp. 177~197.

Hughes, J., "The Idiosyncratic Aspects of the Epilepsy of Fyodor Dostoevsky", *Epilepsy and Behavior*, Vol. 7, No. 3 (2005), pp. 531~538.

Hunt, M., *The Divine Face in Four Writers: Shakespear, Dostoevsky, Hesse, and Lewis* (N.Y.: Bloomsbury Academic, 2015).

Hütter, R., "Pornograph and Acedia", *First Things*, Vol. 222 (2012), pp. 45~49.

Iang, S., "Kartina Golbeina 'Khristos v mogile' v strukture romana 'Idiot'", *Roman F. M. Dostoevskogo 'Idiot': Sovremennoe sostoianie izucheniia*, edit. T. Kasatkina (Moskva: Nasledie, 2001), pp. 28~41.

Jackson, R., *Dialogues with Dostoevsky The Overwhelming Questions* (Stanford: Stanford Univ. Press, 1993).

_____, "Aristotelian Movement and Design in Part Two of Notes from the Underground", *Dostoevsky New Perspectives* (Englewood Clifffs: A Spectrum Book: 1984), pp. 66~89.

_____, *The Art of Dostoevsky* (Princeton: Princeton Univ. Press, 1981).

Jakobson, R., "O Pokolenii Rastrativshem Svoikh Poetov", *SW*, Vol. 5, 355~381.

Jammer, M., *Einstein and Religion Physics and Theology* (Princeton: Princeton Univ. Press, 2002).

386

_____ , *Concepts of Space: The history of Theories of Space in Physics* (Cambridge: Harvard Univ. Press, 1954).

Jones, M., *Dostoevsky and the Dynamics of Religious Experience* (London: Anthem Press, 2005).

Kane, R., *The Significance of Free Will* (Oxford: Oxford Univ. Press, 1998).

Kantor, V., "Confession and Theodicy in Dostoevsky's Oeuvre (The Reception of St. Augustine)", *Russian Studies in Philosophy*, Vol. 50, No. 3 (2011), pp. 10~23.

Kartashev, A., *Vselenskie sobory* (Moskva: Respublika, 1994).

Kasatkina, T., "Voskreshenie Lazaria: opit ekzegeticheskogo prochteniia romana F. M. Dostoevskogo 〈Prestuplenie i nakazanie〉", *Voprosy literatury*, Vol. 1, No. 2 (2003), pp. 176~208.

Katz, M., "Dostoevsky and Natural Science", *Dostoevsky Studies*, Vol. 9 (1988), pp. 63~76.

Kawabata, H. and S. Zeki, "Neural Correlates of Beauty", *Journal of Neurophysiology*, Vol. 91 (2004), pp. 1699~1705.

Ketchian, S., "Dostoevskij's Linguistically-based Ideational Polemic with Goncharov: Through Raskol'nikov and Oblomov", *Russian Literature*, Vol. 51, No. 4 (2002), pp. 403~419.

Khashba, B., "Depressiia i Religiia", *II Mezhdunarodnaia Nauchno-prakticheskaia Konferenzhiia: Obrazovanie, Nauka, i Tekhnologii: Sovremennoe Sostoianie I Perspektivy Razvitiia* (2019), pp. 47~49.

_____ , "Religioznyi Podzhod k Lecheniiu Depressii", *II Mezhdunarodnaia Nauchno-prakticheskaia Konferenzhiia: Obrazovanie, Nauka, i Tekhnologii: Sovremennoe Sostoianie i Perspektivy Razvitiia* (2019), pp. 50~51.

Kiiko, E., "Vospriiatie Dostoevskim Neevklidovoi Geometrii", *Materialy i Issledovaniia 6* (Leningrad: Nauka, 1985), pp. 120~128.

_____ , "Dostoevskii i Renan", *Dostoevskii Materialy i issledovaniia 4* (Leningrad: Nauka, 1980), 106~122.

Kirillova, I., "Dostoevsky's Markings in the Gospel according to St. John", *Dostoevsky and the Christian Tradition*, edit. G. Pattison and D. Thompson (Cambridge: mbridge Univ. Press, 2001), pp. 41~50.

Kjetsaa, G., *Dostoevsky and His New Testament* (Oslo: Solum Forlag A.S., 1984).

Klemashev, I., *Dostoevskii i Einshtein* (Moskva: FGUP, 2004).

Klioutchkine, K., "The Rise of Crime and Punishment from the Air of Media", *Slavic Review*, Vol. 61, No. 1 (2002), pp. 88~108.

Knapp, L., "The Fourth Dimension of the Non-Euclidean Mind: Time in Brothers Karamazov or Why Ivan Karamazov's Devil Does not Carry a Watch", *Dostoevsky Studies*, Vol. 8 (1987), pp. 105~120.

Kogan, G., "Vechnoe i tekushchee (Evangelie Dostoevskogo i ego znachenie v zhizni i tvorchestve pisatelia)", *Dostoevskii v kontse XX v* (1996), pp. 147~168.

Kopper, J., "Dante in Russian Symbolist Discourse", *Comparative Literature Studies*, Vol. 31, No. 1 (1994), pp. 25~51.

Kosslyn, S., *Image and Brain : the Resolution of the Imagery Debate* (Cambridge: MIT Press, 1994).

Kotel'nikov, V., "Apokaliptika i eskhatoloriia u Dostoevskogo", *Russkaia literatura*, Vol. 3 (2011), pp. 51~67.

Krinitsyn, A., "O spetsifike vizual'nogo mira u Dostoevskogo i semantike 'videnii' v romane 'Idiot'", *Roman F. M. Dostoevskogo 'Idiot':Sovremennoe sostoianie izucheniia*, edit. T. Kasatkina (Moskva: Nasledie, 2001), pp. 170~205.

Kuhn, R., *The Demon of Noontide Ennui in Western Literature* (Princeton: Princeton Univ. Press, 1976).

Kuznetsov, B., *Einstein and Dostoevsky*. trans. V. Talmy (London: Hutchinson Education, 1972).

Leatherbarrow, W., "Misreading Myshkin and Stavrogin: The Presentation of the Hero in Dostoevkii's Idiot and Besy", *The Slavonic and East European Review*, Vol. 78, No. 1 (2000), pp. 1~19.

Leder, H., "Next Steps in Neuroaesthetics: Which Processes and Processing Stages to Study?", *Psychology of Aesthetics, Creativity, and the Arts*, Vol. 7, No. 1 (2013), pp. 27~37.

Levinas, E., Otherwise than Being. trans. A. Lingis (Pittsburgh: Dequesne Univ. Press, 2009).

Levinas, E., Totality and Infinity. trans. A. Lingis (Pittsburgh: Dequesne Univ. Press, 1969).

Libet, B., "Unconscious Cerebral Initiative and the Role of Conscious

Will in Voluntary Action", Behavioral and Brain Sciences, Vol. 8 (1985), pp. 529~566.

Lindenmeyr, A., "Raskolnikov's City and the Napoleonic Plan", Dostoevsky. New Perspectives, edit. R. Jackson (Englewood Cliffs: Prentice-Hall, Inc., 1984), pp. 99~110.

Lock, C., "Bakhtin and the Tropes of Orthodoxy", Bakhtin and Religion, edit. S. Felch and P. Contino (Evanston: Northwestern Univ. Press, 2001), pp. 97~115.

Lossky, V., The Mystical Theology of the Eastern Church (Crestwood: St. Vladimir's Seminary Press, 2002).

_____, The Vision of God (Crestwood: St. Vladimir's Seminary Press, 1983).

_____, The Mystical theology of the Eastern Church(N.Y.: St. Vladimir Seminary Press, 1976).

Lotman, Y., "Simvol v sisteme kul'tury", Stati po semiotike i tipologii kul'tury, Tom 1 (Tallinn: Aleksandra, 1992), pp. 191~199.

Mat' Kseniia, "O Roli Knigi Renana Zhizn' Iisusa v Tvorcheskoi Istorii Idiota", Roman F. M. Dostoevskogo Idiot: Sovremennoe Sostoianie Izucheniia(Moskva: Nasledie, 2001), pp. 100~110.

Matinsen, D., "Shame and Punishment", Dostoevsky Studies, New Series, Vol. 5(2001), pp. 51~70.

Mazurek, S., "The Individual and Nothingness (Stavrogin: a Russian interpretation)", Studies in East European Thought, Vol. 62, No.1 (2010), pp. 41~54.

Meilakh, B., "Polemika o problemakh vzaimosviazei nauki i iskusstva", Na rubezhe nauki i iskusstva (Leningrad: Nauka, 1971).

Meyendorff, J., The Orthodox Church (N.Y.: St. Vladimir Seminary Press, 1981).

Mihailovic, A., Corporeal Words Mikhail Bakhtin's Theology of Discourse (Evanston: Northwestern Univ. Press, 1997).

Miles, M., "Vision: The Eye of the Body and the Eye of the Mind in Saint Augustine's 'De trinitate' and 'Confessions'", The Journal of Religion, Vol. 63, No. 2 (1983), pp. 125~142.

Miller, R., Dostoevsky's Unfinished Journey (New Haven: Yale Univ.

Press, 2007).

Moszkowski, A., *Conversations with Einstein*, trans. H. Brose (N.Y.: Horizon Press, 1970).

Murav, H., *Holy Foolishness: Dostoevsky's Novels and the Poetics of Cultural Critique* (Stanford: Stanford Univ. Press, 1992).

Muskhelishvili, N., "Traditsiia lectio divina: kognitivno-psikhologicheskoe prochtenie", *Vestnik PSTGU I: Bogoslovie. Filosophiia*, Vol. 51, No.1 (2014), pp. 99~120.

Nasedkin, N., *Samoubiistvo Dostoevskogo* (Moskva: Algoritm, 2002).

Natov, N., "The Ethical and Structural Significance of the Three Temptations in The Brothers Karamazov", *Dostoevsky Studies*, Vol. 8 (1987), pp. 3~44.

Nault, J., *The Noonday Devil: Acedia, the Unnamed Evil of Our Times*, trans. M. Miller (San Francisco: Ignatius Press, 2015).

Nazirov, R., "Spetsifika khudozhestvennogo mifotvorchestva F. M. Dostoevskogo: Sravnitel'no-istoricheskii podkhod", *Dostoevsky Studies, New Series*, Vol. 3 (1999), pp. 87~98.

Newberg, A. et. al., "Cerebral Blood Flow During Meditative Prayer: Preliminary Findings and Methodological Issues", *Perceptual and Motor Skills*, Vol. 97, No. 2 (2003), pp. 625~630.

Oakley, D., "Notes from Underground: An Examination of Dostoevsky's Solution to the Absurd Dilemma", Macalester Journal of Philosophy, Vol. 11 (2002), pp. 33~40.

Oeler, K., "The Dead Wives in the Dead House: Narrative Inconsistency and Genre Confusion in Dostoevskii's Autobiographical Prison Novel", *Slavic Review*, Vol. 61, No. 3 (2002), pp. 519~534.

Offord, D., "The Causes of Crime and the Meaning of Law: Crime and Punishment and Contemporary Radical Thought", *Fyodor Dostoevsky's Crime and Punishment*, edit. H. Bloom (N.Y.: Chelsea House Publishes, 1988), pp. 81~101.

Ollivier, S., "Icons in Dostoevsky's Works", *Dostoevsky and the Christian Tradition*, edit. G. Patterson and D. Thompson (Cambridge: Cambridge Univ. Press, 2001), pp. 51~68.

Ossorgin, M., *Visual Polyphony: The Role of Vision in Dostoevsky's Poetics*

(Diss. Columbia Univ. Press, 2017).

Pattison, G. and D. Thompson, "Introduction: Reading Dostoevsky Religiously", *Dostoevsky and the Christian Tradition*, edit. G. Pattison and D. Thompson (Cambridge: Cambridge Univ. Press, 2001), pp. 1~30.

Pepperell, R. "Art Connections", *The Routledge Companion to Literature and Science* (London: Routledge, 2011), pp. 264~275.

Pickstock, C., *After Writing* (Malden: Blackwell Publishers, 1997).

Pintner, C., *Lectio Divina the Sacred Art* (Woodstock: Skylight Paths Publishing, 2011).

Polanyi, M., *Knowing and Being* (Chicago: Univ. of Chicago Press, 1969).

Pomeranzh, G., "Evklidovskii i neevklidovskii razum v tvorchtsnvfkh dostoevskogo", *Kontinent*, No. 3 (1975), pp. 109~150.

Poole, R., "The Apophatic Bakhtin", *Bakhtin and Religion*, edit. S. Felch and P. Contino (Evanston: Northwestern Univ. Press, 2001), pp. 151~175.

Pope, R. and J. Turner, "Toward Understanding Stavrogin", *Slavic Review*, Vol. 49, No. 2 (1990), pp. 543~553.

Pyman, A., "Dostoevsky in the Prism of the Orthodox Semiosphere", *Dostoevsky and the Christian Tradition*, edit. G. Patterson and D. Thompson (Cambridge: Cambridge Univ. Press, 2001), pp. 103~115.

Ramachandran, V. and W. Hirstein, "The Science of Art. A Neurological Theory of Aesthetic Experience", *Journal of Consciousness Studies*, Vol. 6 (1999), pp. 15~51.

Ramachandran, V., "Neural Basis of Religious Experience", *Conference Abstracts, Society for Neuroscience* (1997).

Raposa, M., *Boredom and Religious Imagination* (Charlottesville: Univ. of Virginia Press, 1999).

Reddaway, D., "Pasternak, Spengler, and Quantum Mechanics", *Russian Literature*, Vol. 31, No. 1 (1992), pp. 37~69.

Renan, E., *Zhizn Iisusa* (Rostov-na-Donu: Eniks, 2004).

Robertson, D., *Lectio Divina the Medieval Experience of Reading* (Collegeville: Liturgical Press, 2011).

_____, "Lectio Divina and Literary Criticism: from John Cassian to Stanley Fish", *Cistercian Studies Conference*, Vol. 46 (2011), pp. 83~93.

Rosen, E., "Ivan Karamazov Confronts the Devil", *Dostoevsky Studies*, Vol. 5 (2001), pp. 117~128.

Rottschaefer, W., "The Image of God of Neurotheology: Reflections of Culturally Based Religious Commitments or Evolutionarily Based Neuroscientific Theories?", *Zygon*, Vol. 34, No. 1 (1999), pp. 57~65.

Rudnev, V. "'Zlye deti'. Motiv infantil'nogo povedeniia v romane 'Besy'", *V chesti 70-letiia professora Iu. M. Lotmana* (Tartu: Eidos, 1992), pp. 161~170.

Saver, J. and J. Ravin, "The Neural Substrates of Religious Experience", *Journal of Neuropsychiatry and Clinical Neurosciences*, Vol. 9 (1997), pp. 498~510.

Scanlan, J., *Dostoevsky the Thinker* (Ithaca: Cornell Univ. Press, 2002).

Schilpp, P (edit.), *Albert Einstein Philosopher-Scientist* (N.Y.: Harper and Row, 1959).

Schur, A., "The Limits of Listening: Particularity, Compassion, and Dostoevsky's 'Bookish Humaneness'", *The Russian Review*, Vol. 72 (2013), pp. 573~589.

Schwartz, R., "Vision and Cognition in Picture Perception", *Philosophy and Henomenological Research*, Vol. 62. No. 3 (2001), pp. 707~720.

Sherbinin, J., "Transcendence through Art: the Convicts' Theatricals in Dostoevskii's 'Zapiski iz mertvogo doma'", *SEEJ*, Vol. 35, No. 3 (1991), pp. 339~351.

Shimamura, A., "Toward a Science of Aesthetics", *Aesthetic Science: Connecting Minds, Brains, and Experience*, edit. A. Shimamura and S. Palmer (Oxford: Oxford Univ. Press, 2012), pp. 3~30.

Shklovskii, V., *Za i protiv zametki o Dostoevskom* (Moskva: Sovetskii pisatel', 1957).

Skov, M. and O. Vartanian, *Neuroaesthetics (Foundations and Frontiers of Aesthetics)* (N.Y.: Baywood Publishing Company, 2009).

Stepanian, K., "Eto budet, no budet posle dostizheniia tseli...ili Chetyre vsadnika v povestovanii o 'polozhitel'no prekrasnom' cheloveke", *Soznat'i skazat'Realizm v vysshem smysle kak tvorcheskii metod F. M. Dostoevskogo* (Moskva: Raritet, 2005), pp. 173~189.

_____ , "Idiot — roman-zagadka", *Soznat'i skazat'Realizm v vysshem smysle kak tvorcheskii metod F. M. Dostoevskogo* (Moskva: Raritet, 2005), pp. 123~142.

_____, "Iurodstvo i bezumie, smert' i voskresenie, bytie i nebytie v romane 'Idiot'", *Soznat'i skazat'Realizm v vysshem smysle kak tvorcheskii metod F. M. Dostoevskogo* (Moskva: Raritet, 2005), pp. 148~172.

St. John of Damascus, *On the Divine Images: Three Apologies against Those who Attack the Divine Images*, trans. A. Anderson (Crestwood: St. Vladimir's Seminary Press, 980).

Starr, G., *Feeling Beauty: The Neuroscience of Aesthetic Experience* (Cambridge: The MIT Press, 2013).

Strawson, G., "The Impossibility of Ultimate Moral Responsibility", *Real Materialism and Other Essays* (Oxford: Oxford Univ. Press, 2008), pp. 319~331.

Tataryn, M., *Augustine and Russian Orthodoxy* (Lanham: International Scholars Publications, 2000).

Terras, V., *Reading Dostoevsky* (Madison: Univ. of Wisconsin Press, 1998).

Thodore the Studite, *On the Holy Icons*, trans. C. Roth (Crestwood: St. Vladimir Seminary Press, 1981).

Thompson, D., "Dostoevskii and Science", *The Cambridge Companion to Dostoevskii*, edit. W. Leatherbarrow (Cambridge: Cambridge Univ. Press, 2002), pp. 191~211.

_____, "Problems of the Biblical Word in Dostoevsky's Poetics", *Dostoevsky and the Christian Tradition*, edit. G. Pattison and D. Thompson (Cambridge: Cambridge Univ. Press, 2001), pp. 69~99.

_____, "Poetic Transformations of Scientific Facts in Brat'ja Karamazovy", Dostoevsky Studies, Vol. 8 (1987), pp. 73~92.

Tikhomirov, V,. "K voprosu o prototipakh obrazov idei v romanakh Dostoevskogo", *Dostoevskii: Issledovaniia i materialy,* Vol. 12 (1996), pp. 44~54.

Toporov, B., "O strukture romana Dostoevskogo v sviazi s arkhaichnymi skhemami mifologicheskogo mishleniia(〈Prestuplenie i nakazanie〉)", *Mif, Ritual, Simvol, Obraz* (Moskva: Progress, 1995), pp. 193~258.

Tunimanov, V., F. *M. Dostoevskii i russkie pisateli XX veka* (Sankt-
    Peterburg: Nauka, 2004).

_____, *Tvorchestvo Dostoevskogo* (Leningrad: Nauka, 1980).

Valverder, M., *Disease of the Will: Alcohol and the Dilemmas of Freedom*
    (Cambridge: Cambridge Univ. Press, 1998).

Vartanian, O., and V. Goel, "Neuroanatomical Correlates of Aesthetical
    Preference for Paintings", *Neuroreport*, Vol. 15, No. 5 (2004), pp. 893~897.

Velasco, J., *The Culture of Boredom* (Linden: Brill Rodopi, 2020).

Vinogradov, I., *Dukhovnye iskaniia russkoi literatury* (Moskva: russkii
    put', 2005).

Ziolkowski, E., "Reading and Incarnation in Dostoevsky", *Dostoevsky and the
    Christian Tradition*, edit. G. Pattison and D. Thompson (Cambridge:
    Cambridge Univ. Press, 2001), pp. 156~170.

찾아보기

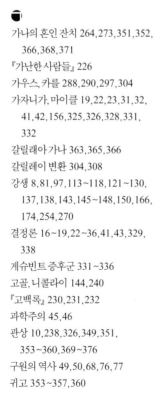

지은이 **석영중** 1959년 서울에서 태어났다. 고려대학교 노어노문학과를 졸업하고 미국 오하이오 주립대학교 슬라브어문과에서 문학박사 학위를 받았다. 1991년부터 현재까지 고려대학교 노어노문학과 교수로 재직하면서 지속적으로 도스토옙스키 강의를 해왔다. 한국러시아문학회 회장과 한국슬라브학회의 회장을 역임했다. 저서로『매핑 도스토옙스키: 대문호의 공간을 다시 여행하다』,『인간 만세: 도스토옙스키의〈카라마조프가의 형제〉읽기』,『자유: 도스토예프스키에게 배우다』,『도스토예프스키, 돈을 위해 펜을 들다』,『톨스토이, 도덕에 미치다』,『러시아 문학의 맛있는 코드』등이 있으며, 역서로는 도스토옙스키의『분신』,『가난한 사람들』,『백야 외』(공역), 톨스토이의『이반 일리치의 죽음·광인의 수기』(공역), 푸시킨의『예브게니 오네긴』,『대위의 딸』, 체호프의『지루한 이야기』, 자먀틴의『우리들』, 스트루가츠키 형제의『세상이 끝날 때까지 아직 10억 년』등이 있다. 푸시킨 작품집 번역에 대한 공로로 1999년 러시아 정부로부터 푸시킨 메달을, 2000년 한국백상출판문화상 번역상을 받았다. 2018년 고려대학교 교우회 학술상을 수상했다.

도스토옙스키 깊이 읽기 종교와 과학의 관점에서

발행일 2021년 10월 30일 초판 1쇄
        2024년 1월 25일 초판 5쇄

지은이 석영중
발행인 홍예빈·홍유진
발행처 주식회사 열린책들

경기도 파주시 문발로 253 파주출판도시
전화 031-955-4000 팩스 031-955-4004
www.openbooks.co.kr